文選卮言

饒宗頤先生文選學論文集

饒宗頤 著
鄭煒明 羅慧 編

中州問學叢刊 劉志偉 主編

圖書在版編目(CIP)數據

文選卮言 ：饒宗頤先生文選學論文集 /饒宗頤著 ；鄭煒明，羅慧編. -- 上海 ：上海古籍出版社，2024.12. --（中州問學叢刊）. -- ISBN 978-7-5732-1460-7

Ⅰ. I206.2-53

中國國家版本館 CIP 數據核字第 2024HZ9590 號

《敦煌吐魯番本文選》經中華書局

授權許可使用

中州問學叢刊

文選卮言

——饒宗頤先生文選學論文集

饒宗頤　著

鄭煒明　羅　慧　編

上海古籍出版社出版發行

（上海市閔行區號景路 159 弄 1-5 號 A 座 5F　郵政編碼 201101）

（1）網址：www.guji.com.cn

（2）E-mail：guji1@guji.com.cn

（3）易文網網址：www.ewen.co

浙江臨安曙光印務有限公司印刷

開本 890×1240　1/32　印張 14　插頁 2　字數 314,000

2024 年 12 月第 1 版　2024 年 12 月第 1 次印刷

印數：1—1,500

ISBN 978-7-5732-1460-7

I·3885　定價：78.00 元

如有質量問題，請與承印公司聯繫

《中州問學叢刊》總序

河南之地，古稱中州。“中”者，謂其地在四方之中，亦謂華夏文明，根本在兹。此亦中原、中土、中國之“中”也。故商起乎東，周興於西，皆宅兹中國，以御天下。

難之者曰：先哲不有云乎，“四方上下曰宇，古往今來曰宙”。時空無限，今人任擇一點，皆可斟定爲“中”，是則天下本無“中”，孰謂不然？況以現代眼光觀之，各族類欲以世界文化中心自命者，皆難免偏隘之譏；而中華地廣，習俗多異，藝學之道，各具風華，固不能齊於一者也。今有叢刊之創，名以“中州問學”，其義何在？

答云：“中”字古形，象立一幟在環中，謂有志於此，小子何敢？然中州厚土，生長聖賢，發育英雄，實華夏文明之淵藪；布德澤於四方，吹萬類而有聲，無以過也。敬邀賢達，會集同仁，承緒古德，以求日新，雖謂力薄，實有願焉。

中州之學，源深流廣，更仆難數。言其大者，燁燁生光。

河出圖，洛出書，隱華夏之靈根。老聃默默，仲尼僕僕，建儒道之本義。孟軻見梁惠王也，曰仁義而已矣。莊周於無何有鄉，述逍遥爲至樂。玄奘幼梵，發雄願於萬里；二程思精，垂道統於千祀。詩而能聖，杜子美用情深切；文以稱雄，韓昌黎發義高邁。清明上河,圖豈能盡;東京繁華,夢之不休。前賢往哲,或生於斯,或游於斯,焕乎其有文章;時彦來俊,或居境内,或棲海外,樂否共談學問!

然後可言"問學"之旨。

吾人所謂"問學",本乎《中庸》"君子尊德性而道問學"之義。

探究歷史玄奥,抉發前人精義,光大華夏傳統,固吾輩之責。

然又不盡於此。

問者,疑也。有疑乃有問,有問乃有學。靈均問天,子長叩史,所以可貴。故前賢可紹,非謂復述陳言;精義待發,必與時事相接。惟清季民初以還,中外之交流日密,而相得之樂固存,齟齬之處亦多。因思學分東西,地判南北,而天道人心,潔淨精微,潛夢通神。由中國觀世界、由世界觀中國,近年學人頗措意於此,良有以及也。

因兹發願籌畫"中州問學叢刊"。論其宗旨,欲置中州之學於世界史、人類史之視域,取資四方,融鑄衆學,考鏡源流,執古求變,深思未來。亦以此心力,接續河洛學脉,催生當代中州學術文化流派。

謹誠邀宿學同規藍圖,共襄盛事。

是爲序。

劉志偉

2020 年仲夏於中州德容齋

稿　約

敬啟者：

本叢刊崇尚思想創新而以文獻為基、學術為本，兼顧學術普及，將涵蓋人文社會科學及其與諸學科交融之領域等，研究内容包括：

“中州”本源文化、“聖賢”“英雄”文化與“人類新軸心時代”；21世紀學術文化研究系統、學科發展體系重構；“活體文獻”、華夏文物考古、非物質文化遺產的保護及其與當代文學、藝術創作之融合；華夏夢學與人類文明發展奥秘之探尋；人文社會科學及其與諸學科交融領域的專題性原創研究及集成性文獻整理、數字人文建設；以文獻實學為堅實基礎的思想與學理研究；東西方學術、文化巨匠的訪談對話；海外漢學著作翻譯、研究；思想史、學術史研究。

誠邀尊撰，以光大叢刊！

《中州問學叢刊》編委會

2020年8月

總　目

略論饒宗頤先生文選學的特色(代前言)

鄭煒明　羅　慧

1917 年 8 月 9 日,饒宗頤先生出生於中國廣東潮州。小名福森,小字百子,又稱伯子。其父饒鍔先生早就爲他取名宗頤,字伯濂,蓋望其師法周敦頤,成爲理學家。[①] 但饒先生最終選擇了走自己的學術與文化之旅,成爲深入探索中華傳統文化内核與外緣的一代華學大家,於中國古典文學和中國古代歷史學皆卓有建樹。1955 年端午,饒先生在其著作《楚辭書録・自序》中開始自字選堂。[②] 據饒先生多年後自撰的《選堂字説》一文謂其字有三義,其第一義亦即最早之義實與文選學相關:"平生治學,所好迭異。幼嗜文學,寖饋蕭《選》;以此書講授上庠歷三十年。"[③]筆者在二十

---

① 鄭煒明、陳玉瑩《選堂字考——兼及先生名、字、號的其他問題》,見鄭煒明主編《香港大學饒宗頤學術館十周年館慶同人論文集: 饒學卷》,上海古籍出版社,2015 年,第 16—23 頁。

② 鄭煒明、陳玉瑩《選堂字考——兼及先生名、字、號的其他問題》,見鄭煒明主編《香港大學饒宗頤學術館十周年館慶同人論文集: 饒學卷》,上海古籍出版社,2015 年,第 24—25 頁。

③ 饒宗頤《固庵文録》,(臺北)新文豐出版公司,1989 年,第 325 頁。

世紀八十年代，於澳門東亞大學本科學院和研究院的中國文史學部，受業於饒先生，也曾幾番聽過饒先生講述文選學相關問題的課，至今印象猶新，可見文選學實乃饒先生的一個研究和教學上的重點所在。然而，一直有學術界的朋友表示不解爲何饒先生一向强調自己極重視文選學，但文選學的著作卻並不多。因此，我們嘗試以這篇小文來作一個簡略的解釋。

雖然饒先生是一位在文選學有一定知名度的學術名家，但有關饒宗頤先生文選學的研究並不多。我們所知見的大體只有兩篇已刊行的論文和兩篇重要的相關書評，即共四篇：

1. 游志誠《饒宗頤文選學述評》。[①] 游氏此文最大貢獻在於指出饒宗頤先生於《唐代文選學略述——〈敦煌吐魯番本文選〉前言》[②]一文中"首揭《文選》書法碑帖本的概念"，認爲"必可開闢文選學研究新範疇，展現新的《文選》版本校勘成果。而饒宗頤論述的《文選》書家碑帖，參校《文選》各本這種新研究方法，可暫名之曰'文選書法學'"，游氏並對《文選》書法學作出了範疇界定和以《東方朔畫像贊》爲案例的版本校勘示範研究，其説實可視爲游氏新文選學的新探索之一。[③]

2. 孫少華《饒宗頤先生〈文選〉研究的成就與啟示——以氏著〈文選卮言〉爲中心》。[④] 孫氏此文對饒宗頤先生在《饒宗頤二十世

---

① 見鄭煒明執行主編《饒學與華學——第二届饒宗頤與華學暨香港大學饒宗頤學術館成立十周年慶典國際學術研討會論文集》(上)，上海辭書出版社，2016 年，第 192—202 頁。

② 《唐研究》(第 4 卷)，北京大學出版社，1998 年，第 47—66 頁。

③ 游志誠《饒宗頤文選學述評》，見鄭煒明執行主編《饒學與華學——第二届饒宗頤與華學暨香港大學饒宗頤學術館成立十周年慶典國際學術研討會論文集》(上)，上海辭書出版社，2016 年，第 193—196 頁。

④ 見鄭煒明主編《饒宗頤教授百歲華誕國際學術研討會論文選集》，(香港)紫荆出版社，2016 年，第 81—86 頁。

紀學術文集》第16册卷十一"文學"部分的《文選卮言》[①]裏所收録的全部共六篇論文作了相對詳細的評點。他認爲饒先生"其中對永隆寫本與李善注的研究、《文選》編纂年代與選録標準的討論、對蕭統文學觀與《文選》文體分類的分析、對唐代《文選》學史的總結等等,基本上代表了當時《文選》研究的最高水平。饒先生對《文選》研究的某些結論,今天仍然成立,其研究方法亦對後世《文選》研究者具有重要啟示意義。尤其是,饒先生對敦煌本《文選》之斠正、校記與其所編《敦煌吐魯番〈文選〉》搜羅之古寫本殘縑零簡,不僅具有文獻學研究價值,而且也爲時下盛行的《文選》文本研究提供了重要借鑒"[②],對饒先生文選學的研究方法和成就作出了肯定。

3. 徐俊《〈敦煌吐魯番本文選〉書評》。[③] 徐氏書評於饒先生論述唐代文選學的内容中,特别指出了饒先生所提出的須加措意的三事,即《漢書》學與《文選》學二者之兼行互補;大型類書著述之興盛;崇文館和弘文館所藏圖籍對於文學資料之助益;此外,又提到了饒先生考證初唐四傑之首的王勃乃江都《文選》學派的人物之一等等,也對饒先生企圖透過自己的研究,來糾正傳統文選學過於强調《文選》注甚至局限於李善注的傾向,予以肯定。徐氏所列的以上幾點,實皆彰顯了饒先生以文化史方法治文學的重要性。[④]

---

① 饒宗頤《饒宗頤二十世紀學術文集》第16册卷十一"文學",(臺北)新文豐出版公司,2003年,第547—761頁。

② 見鄭煒明主編《饒宗頤教授百歲華誕國際學術研討會論文選集》,(香港)紫荆出版社,2016年,第81頁。

③ 見季羨林、饒宗頤、周一良主編《敦煌吐魯番研究》第五卷(2000),北京大學出版社,2001年,第367—370頁。

④ 見季羨林、饒宗頤、周一良主編《敦煌吐魯番研究》第五卷(2000),北京大學出版社,2001年,第368—369頁。

4. 范志新《構建文選學基礎工程的遺憾——略評〈敦煌吐魯番本文選〉》。[①] 范氏此書評，對饒先生所編撰的《敦煌吐魯番本文選》，尤其是代前言的《唐代文選學略述》這個部分的一些版本學和考據學等等方面的學術問題，提出了四五點質疑和商榷。雖然這篇書評的標題略有誇大扣帽之嫌，但其内容的確揭示了饒先生作爲前輩學者的時代局限。饒先生治文選學主要是在二十世紀五十年代初至七十年代中以前，到後來九十年代末時固仍欲勉力爲之，卻或早已精神不繼了。因此，范氏所批判的問題，今天依舊值得後來的學者關注、研究和深入考證。

除了上述四位學者已經提過的幾點之外，關於饒宗頤先生文選學的特色，我們還可以略作補充説明如下：

1. 從本書後附的《饒宗頤先生文選學年表簡編》(以下稱《年表》)來看，饒先生從事文選學的研究，可以從 1939 年發表《離騷伯庸考》算起，一直至 2003 年發表《賈誼〈鵩鳥賦〉及其人學》爲止，前後共達 64 年，還跨了兩個世紀，時間跨度可以説是十分長的了。我們也能從《年表》中清楚看到饒先生的文選學研究，最重要和相對集中的時期是從 1952 年至 1975 年這二十多年之間，其大部分文選學的重要著作，皆完成或草成於這個時期，只不過公開發表和出版有先後而已。

2. 從《年表》中我們可以看到，饒宗頤先生的文選學是教學相長的：文選學這門課是他曾在港澳高校中主要講授的課業。饒先生 1952 年至 1968 年在香港大學中文系，1981 年至 1987 年在澳門

---

① 范志新《構建文選學基礎工程的遺憾——略評〈敦煌吐魯番本文選〉》，《中國圖書評論》2003 年第 5 期，第 28—30 頁。

東亞大學本科學院的中文系和研究院中國文史學部都曾屢屢講授文選學,而期間文選學相關的研究成果也發表不輟。

3. 饒宗頤先生的文選學最重要的特色之一就是跨學科。饒先生的文選學内涵,相當程度上是與楚辭學[①]、敦煌學等互爲關涉的;前者如其《楚辭書録》的外編《楚辭拾補》中所收的幾篇論文,皆與《文選》關涉,後者如其《敦煌本〈文選〉斠證》《敦煌吐魯番本文選》等等皆是明證。饒先生的跨學科研究文選學,就是爲了要突破傳統的文選學,開拓《文選》研究的新角度和新領域。而跨了學科這一點,也正是爲什麽有不少學者以爲饒先生的文選學著作不多的主要原因之一。

4. 饒宗頤先生的文選學的另一個重要的特色是以乾嘉學派以來最傳統的國學研究方法如目録、版本、輯佚、校勘、文字、聲韻、訓詁、注釋、考據之學等古典文獻學方法,來爲其文選學作最根本的研究,爲企圖恢復或更接近《文選》原本而作出了努力和貢獻。

5. 饒宗頤先生的文選學還有著方法論方面的特點,可稱之爲饒宗頤先生文選學的"三重證據法",即中國本土的傳世與出土的文選學文獻,加上域外的相關文獻作有機結合的研究。饒先生在自己的相關研究中,極重視《文選》的日本古鈔寫本和日本平安朝之後的各種文選學刊本的研究。游志誠教授對此有極佳的概括:"饒宗頤……將出土敦煌寫本與中土傳世刻本結合,再旁參日本古

---

① 饒宗頤先生乃楚辭學的倡議者,具體可見其1978年在香港中文大學的退休演講稿《楚辭學及其相關問題》。案:後以《騷言志説——附〈楚辭學及其相關問題〉》爲題,發表於《法國遠東學院學報——戴密微教授紀念論文集》,(巴黎)法國遠東學院,1981年,第107—118頁。饒先生於此一附文中的第七部份,論證了《楚辭》對後代文學的沾溉問題,其中就有論及《文選》的特立"騷"爲一類,對後代文學影響深遠。而饒先生的目的就是要擴大和創新傳統學術的學問領域。

鈔寫卷以及平安、鐮倉朝之刊刻本，海内海外雙重結合的文選學文獻材料新拓展，大大地開啟了'現代文選學'史創新與突破的新視野，可總括曰：國際文選學的拓展。"[①]

6. 饒宗頤先生甚至有利用《文選》的内容作爲重要史料和依據，來作其他學術領域的研究。例如《説琴徽——答馬蒙教授書》《説玓——兼論琴徽》《三論琴徽》《再談〈七發〉"玓"字》等系列性的古琴學論文，都是這個特色典型的例證。

7. 饒宗頤先生的文選學又有著國際化的色彩。饒先生一方面積極吸納日本漢學家如斯波六郎、吉川幸次郎、小尾郊一等兩代學人的文選學[②]，另一方面饒先生也向西方漢學界輸出他的文選學。後者可以饒先生與美籍法國漢學家侯思孟(Donald Holzman，1926—2019)和美國漢學家韋思博(Francis Abeken Westbrook，1942—1991)這兩位西方漢學界的文選學家的交往爲例。侯思孟對饒先生十分尊敬，饒先生 2017 年曾至巴黎舉辦書畫展，侯思孟與汪德邁(Leon Vandermeersch，1928—2021)二人來謁，仍自稱學生。[③] 1980 年至 2004 年間侯思孟寫信給饒先生時，皆稱"選堂師"，而自稱"弟子"；1997 年 12 月 17 日，他曾有一信向饒先生，謂想研究謝靈運，希望饒先生可長居巴黎以便隨時請教云云。[④] 侯思孟以研究阮籍見稱

---

① 游志誠《饒宗頤文選學述評》，見鄭煒明執行主編《饒學與華學——第二屆饒宗頤與華學暨香港大學饒宗頤學術館成立十周年慶典國際學術研討會論文集》(上)，上海辭書出版社，2016 年，第 196 頁。

② 可參考饒宗頤述，胡曉明、李瑞明整理《饒宗頤學述》，浙江人民出版社，2000 年，第 51—52 頁。

③ 當時筆者隨侍在側，親歷其境。

④ 這一批侯思孟致饒宗頤先生的書信，現藏於香港大學饒宗頤學術館的饒宗頤教授資料庫暨研究中心。

於學林,而饒先生對他的研究,也曾有所指點,1976 年 3 月 10 日在作客巴黎時,嘗爲侯思孟的《阮嗣宗生活與作品》撰寫《題辭》,短文之中仍列舉典籍,以補侯思孟“史家月旦嗣宗,殊不多覯”的慨歎,並極贊阮籍之慎,實爲有得於《易》,另外也考證了阮籍《樂論》中的劉子應非劉劭莫屬。從一篇短短的《題辭》也已可見饒先生的文選學對西方的文選學漢學家是有著怎樣的影響力了。[①] 至於韋思博,乃饒宗頤先生 1970 年至 1971 年在美國耶魯大學任客座教授時教授過文選學的一位學生。韋思博 1972 年在耶魯大學撰成的博士學位論文,題目爲《謝靈運抒情詩及〈山居賦〉中的山水描寫》(*Landscape Description in the Lyric Poetry and "Fuh on Dwelling in the Mountains" of Shieh Ling-Yunn*),其中就多有饒先生的耐心指導和講解的成果在内,而韋思博也在其博士論文卷首的致謝辭首段中向饒先生鳴謝,强調了如果没有饒先生耐心的教導和百科全書式的學問,他就不可能翻譯和解釋得好謝靈運這一篇難度很高的《山居賦》。[②] 可以看出,雖然饒先生並非韋思博名義上的博士論文指導教授,但實際上至少《山居賦》這個部分,是饒先生親授的。[③] (此外,饒先生在客座耶魯大學期間,當然還有一些在耶魯大學的晚輩漢學家也曾就文選學諸多問題求教於饒先生,而饒

---

① 見 Donald Holzman, *Poetry and Politics: The Life and Works of Juan Chi, A.D. 210 - 263*, *New York*, *Cambridge University Press*, 1976。後又收入饒宗頤《固庵文録》,(臺北)新文豐出版公司,1989 年,第 257—259 頁。

② Francis Abeken Westbrook, *Landscape Description in the Lyric Poetry and "Fuh on Dwelling in the Mountains" of Shieh Ling-Yunn*, University Microfilms, A Xerox Company, Ann Arbor, Michigan, U.S.A., pp. ii.

③ 曾參考羅慧、孫沁《饒宗頤先生〈江南春集〉文獻及相關史料研究》(未刊稿),謹此致謝。

先生當時也是傾囊相授，據説甚至是逐字逐句地講解，令人羨慕；只不過後來有人成了名家，不像韋思博那麽坦誠和知道感恩，不願意提起，筆者也就不在這裏點名了。）饒先生向來重視魏晋六朝的山水文學，後來在 1991 年，饒先生於中國旅遊協會文學專業委員會温州年會暨謝靈運學術研討會上作主題發言，發表了《山水文學之起源與謝靈運研究》（由隗芾先生整理）[①]，而從這一篇論文，我們也可略窺韋思博筆下稱頌饒先生百科全書式的文選學内涵了。

8. 饒宗頤先生的文選學，又是與他移居香港後數十年來所累積的數萬册藏書分不開的。饒先生的藏書量或可居香港之首，但他從不承認自己是藏書家，反而一直强調自己是個用書家。在文選學範疇而言，饒先生用過很多書，單以他自己藏書中的古籍部分而言，便有十多種文選學的著作，今舉若干種比較特别的爲例：如明初唐藩翻刻元張伯顔池州路本的《文選》（卷 23 至 25，1 册）、清嘉慶十四年鄱陽胡氏重雕宋淳熙本《文選李善注》六十卷、清同治十一年江蘇書局刻本《重訂文選集評》、黄節丁卯十二月借鹽城孫人和鈔本倩寫官抄録，並據清許巽行校補原稿，以硃筆添注校訂過的《文選筆記》（案此一鈔本爲未刊孤本，清許巽行原著的《文選筆記》，廣文書局於 1966 年曾刊行影印本）、羅振玉編的倩寫官鈔寫的，署宣統十年（1918）影印本日藏《唐寫文選集注殘本》、明嘉靖本《六臣注文選》（卷 10 至 11、卷 17 至 18，2 册）、民國掃葉山房石印本的劉坦之《文選詩補注》等等[②]。從

① 見於《温州師範學院學報（哲學社會科學版）》（第 4 期），温州師範學院，1992 年 8 月，第 3—4 頁。

② 上述古籍現皆歸香港大學饒宗頤學術館收藏。另可參鄭煒明等編《香港大學饒宗頤學術館藏品圖録 II 之館藏古籍珍善本》，香港大學饒宗頤學術館，2011 年 5 月，第 2—9 頁，第 32、46、52、74、166 等頁。

上述藏書舉例,我們已足可知見饒宗頤先生的文選學,仍然是以厚實的傳統爲基礎的。

9. 饒宗頤先生的文選學,又一向著重文、藝、學三結合,即除學術研究外,還要在自己的文學創作和書畫藝術的作品中有所體現,此即筆者曾指出過的饒宗頤先生的"文藝學"三絶的内涵之一。饒先生與文選學相關的文學作品和書畫藝術作品實在頗多,我們在這裏就不一一列舉了。

本文簡略地講了一下饒宗頤先生文選學的特色,絶對不敢説是已經很全面,相信充其量也只是對一些先行同道已刊鴻文的小小補充而已,但求結合所附的拙編《饒宗頤先生文選學年表簡編》,或許對於讀饒先生的文選學相關著作略有微助,則於願已足了。

2023 年 11 月 28 日

於香港大學饒宗頤學術館

附記:

本集以《文選卮言》爲名,蓋取自 2003 年出版的《饒宗頤二十世紀學術文集·文學卷》的文選學論文部分(下稱"文集本")之名。這部文集乃饒先生生前自訂的,因此,我們相信這個集名,當也屬饒先生自訂的範圍之内。這次出版饒先生的文選學論文集,就沿用了此名。

文集本《文選卮言》只録相關論文六篇,其中三篇實乃分拆《敦煌吐魯番本〈文選〉》一書的序、代前言和敍録而成。而今本則共收録饒先生標明以《文選》爲題目而所編或撰的全部論著八種,分兩大部分：第一部分爲饒先生所編的《敦煌吐魯番本〈文選〉》一書，其中代前言的《唐代文選學略述》，部分采用文集本文字，蓋此或乃饒先生2003年最後親訂的版本；第二部分則命名爲《選堂選學小集》，收文七篇。由此可見，文集本和今本雖然書名一致，但内容方面實則以今本爲最全。

當然，饒先生的文選學相關著作不止這八種。他還有不少從篇題上看並未標明而實際上仍屬文選學研究範疇内的相關著作，大家可參考拙編所附年表即能窺其全豹。無奈因爲資源有限，暫時只能先推出目前這一本，這一點也是要向大家説明的。

最後，也是最重要的，謹向好友鄭州大學劉志偉教授和上海古籍出版社的楊晶蕾老師衷心致謝，没有他們的支持和多般幫助，此書未必能够面世，著實銘感。

2023年12月12日增訂
2024年11月8日再訂

敦煌吐魯番本《文選》

敦煌吐魯番本文選

選堂題

饒宗頤

初 版 序

拙編《敦煌吐魯番本文選》，網羅世界各地收藏《昭明文選》古寫本之殘縑零簡。由於聞見所限，未能全力以赴，久置篋衍，未敢釐定；賴榮新江兄之助，得以整比完編。就中柏林藏吐魯番寫本《幽通賦》並注，新江携來，尤爲難得。比勘李善注引曹大家注，不是一物，疑出《漢書》舊注，一時難下斷語，故刊於附録，用竢賢者之探討。又《中國歷史博物館藏法書大觀》收入之《五等論》，原爲傅增湘舊藏，學界似有不同意見，本書暫行從略。法京收藏諸件，年前嘗向巴黎國家圖書館申請，獲得印行權，所有費用由北山堂佽助，謹在此深表謝意。

叙録之中，S.5550 號《晋紀總論》，榮新江據許建平考證比定。又 S.10179 殘文，已印入《英藏敦煌文獻》第十三册，已由新江細心比定爲陸士衡《吴趨行》及《塘上行》，今併採其説補入，更爲本書增色。其英藏斷片，多得新江訂補。

其他各收藏及先時刊佈單位，有日本朝日新聞社印之《吐魯番古寫本展》、江蘇美術出版社、甘肅人民出版社印行之《敦煌》大畫册暨北京國家圖書館、敦煌研究院、The British Library、Staatsbibliothek zu Berlin - Preussischer Kulturbesitz Orientabteilung、Bibliothèque Nationale de Paris,嘉惠既多,統此致謝。

一九九九年十二月　饒宗頤

目　録

唐代文選學略述(代前言)[①]

饒宗頤

《文選》一書,自隋迄今,爲學文者必讀之書。康南海《桂學答問》云:"文先讀《楚辭》,後讀《文選》,則材骨立矣。""《文選》當全讀,讀其筆法、調法、字法。兼讀《駢體文鈔》,則能文矣。"清世盛行考據之學,考據家亦重文事,戴震其特出者也。戴氏言:做文章極難,閻(若璩)能考核而不能做文章,顧(炎武)、江(永)[②]文章較勝。己則如大鑪,"入吾鑪一鑄而皆精良矣。"言下頗自負。彼論:文有二種,剛者如大堅石,柔則輭如綿。又評相如"《封禪文》顔色如天上雲霞,奇麗絶"(段玉裁編《東原先生年譜》),可謂善讀文者矣。戴氏治《楚辭》,深憧文章肌理,剛柔之説似先於桐城姚氏,而在"聲色格律"四字提出之前,創談文"色"之美,尤具卓識。蓋考核之務,必以文章修養培植其根基,所造有淺深,對於古人文筆之理解,亦視此而定。今之學人,文、史判爲兩途,考核家祇論史事,無暇及於

① 編者按:本次出版,在中華書局2000年版的基礎上,對部分排誤及句讀作了更動。

② 編者按:"顧(炎武)、江(永)",《戴震文集·戴東原先生年譜》(中華書局1980年版)第246頁,作"顧寧人、汪鈍翁",汪鈍翁即汪琬。

文章，與文絶緣。夫文理未通，未明古人立言之義例、行文之脉絡、立論之輕重，欲求免於誤解者幾希！過激者且貶選學爲妖孽，試問有幾人真能讀懂《封禪文》者！

蘇軾力譏昭明書去取之謬，不知秦漢魏晋沉博絶麗之作，罔不在是。張戒因言“子瞻文欠宏麗，正坐讀選未深”，其説良是（見《歲寒堂詩話》，文廷式《純常子枝語》二十七引之）。朱子論《封禪文》出於誤解，迴不如東原之精闢。

明代復古，《文選》一書，彌受重視，一時有“選體”之目。山陰王思任云：

> 有論孟之顯，則必有墨兵蒙（莊）寇（列）之幻。窮則定至於變，通則適反其常，此不易之理也。然而變起於智者，又通於智者，此三百篇詩之大常也，一變之而騷，再變之而賦，再變之而選，再變之而樂府、而歌行，又變之而律，而其究也，亦不出三百篇之圍範。（《李賀詩解序》）

標揭騷賦之後有“選”之一體，此自指選體詩而言。元明以來，選詩多有别出單行之本，如元劉履之《選詩補注》，明馮惟訥（《詩紀》之作者）之《選詩約注》，故詩中之選體，成爲獨立式樣，不與樂府、歌行、律句同風，至於今時，學詩者無不溯源於選體，職是故耳。

《文選》所收，多歷代傳誦之名文。魏晋六朝以來，學文者起於髫齔之年，無不誦習之，琅琅上口，史書所記，可供談助，舉例言之：

> 蜀魯國劉琰爲固陵太守，後主（劉禪）立，封都鄉侯。車服飲食，號爲侈靡，侍婢數十，皆能爲聲樂，又悉教誦讀《魯靈光

殿賦》。(《蜀志》卷一〇《琰傳》)

晋末郭澄之,西向爲劉裕誦王粲詩"南登霸陵岸,迴首望長安"句,裕遂不再西伐。(《晋書》卷九二《文苑傳》)

宋劉顯,瓛族子。六歲能誦《吕相絶秦》、賈誼《過秦》。號曰神童。(《南史》卷五〇《劉瓛附傳》)

齊宜都王劉鏗,明帝誅先帝諸子,鏗詠陸機《弔魏武賦》:"昔以四海爲己任,死則以愛子託人。"

王華閒居諷詠,常誦王粲《登樓賦》"冀王道之一平,假高衢而騁力"。(《宋書》卷六三《華傳》)

隋李德林年數歲,誦左思《蜀都賦》,十餘日便度。(《隋書》卷四二本傳)

北齊時孌倖趙鬼能讀《西京賦》,言於東昏侯曰"柏梁既灾,建章是營",乃大起芳樂、玉壽等諸殿。(《通鑑》卷一四三)

撰《茶經》之陸羽得張衡《南都賦》,不能讀,危坐效羣兒囁嚅若成誦狀。(《新唐書·隱逸傳》)

宋璟七歲能屬文,一遍誦《鵩鳥賦》。(《顔魯公文集》卷四)

足見名篇名句之魅力,前賢在兒時多能成誦。賦中之《西京》《蜀都》《魯靈光殿》乃長文鉅製,尚爲人所篤好,《鵩鳥》《過秦》短篇精警之作,一遍便上口,六歲童子優爲之。昔賢無不能文,實與諷誦默識有關。杜甫詩云:"呼婢取酒壺,續兒誦《文選》。"杜公之爛熟《文選》,因之有"熟精《文選》理"之句!

隋開皇七年,以秀才、明經、進士三科,考試選拔官吏,《文選》成爲試士出題之讀本。《北史·杜正言傳》云:

楊素試正言題，令擬《上林賦》《得賢臣頌》《燕然山銘》《劍閣銘》。

故士子多摹擬《文選》名篇。李白前後三擬《文選》，不如意輒焚之。惟留《恨賦》、《别賦》；今集卷一衹存《恨賦》一首（《酉陽雜俎》前集卷一二）。又若岑文本有擬揚雄《劇秦美新》一篇，見《全唐文》卷一五〇，又載《文苑英華》卷三五九。《新唐書・藝文志》有開元處士卜隱之《擬文選》三十卷，殆收摹擬諸作，惜其書失傳。

東友岡村繁論《文選》自编纂以來，頗遭冷落，至蕭該始爲《文選音》，遂導《文選》學之先路（《學術集林》卷十一）。實則早期《文選》所收諸賦，多有音、注之作。劉宋御史褚詮之著《百賦音》十卷，已能綜合前人之作，遠在蕭該之前。諸賦名篇，自來多已别寫成書單行，《新唐書・藝文志》著録有：

司馬相如《上林賦》一卷
張衡《二京賦》二卷
《三都賦》三卷
左太沖《齊都賦》一卷

知當時各賦均别帙行世。唐時《文選》所收，有注之賦，見於著録者：

曹大家《注班固幽通賦》一卷
項岱《注幽通賦》一卷
薛綜《二京賦音》二卷

綦毋邃《三京賦音》一卷

今觀柏林所藏吐魯番出《幽通賦》注，非李善注本所採之曹大家注，或即項岱之注，有待細考。《文選・史述贊》李善注引項岱三條，劉昭《續漢祭祀志》李賢注亦引項岱（誤作威）注文。

綦毋邃音即《三都賦》注，共三卷，見《隋書・經籍志》引《七録》。《隋志》：梁有《誡林》三卷，綦毋邃撰。《通典》九五：晋哀帝興寧中，有綦毋邃駁尚書奏事一條。其人蓋晋穆、哀時人。日本《文選集注》抄本及《御覽》引綦毋氏注六條（阮廷焯有輯本，見《大陸雜志》三三・四期）。梁有張載及晋侍中劉逵、晋懷令衛瓘（權）注左思《三都賦》三卷，亡。《三國・魏志・衛臻傳》裴注稱：子楷，楷子權字伯輿，晋大司馬汝南王亮輔政，以權爲尚書郎，權作左思《吴都賦叙》，爲注了無所發明。權陳留人，事亦見《晋書・文苑》。其《吴都賦注》，近人周法高有輯本。

梁有班固《典引》一卷，蔡邕注，亡。今李善注《典引》下仍著蔡邕注，其中另有善曰若干則，此外必爲邕注，是未亡也。邕著《獨斷》，詳於漢世政事。吴時巨公，注張衡《二京賦》者，先後有傅巽（一作武巽，非）、薛綜。巽字公悌，北地泥陽人，客荆州，曾説劉琮降曹。文帝時侍中遷尚書，梁有《傅巽集》二卷。綜沛郡竹邑人，避地交州爲劉熙弟子，仕吴官太子少傅，著詩賦難論數萬言，名曰私載，有集三卷。綜注全爲李善採用。尤（袤）刻本《西京賦》“長風激於别隯”，注云：“水中之洲曰隯。音島。”此爲薛綜注原文。今隯字作隝。《類篇》阜部“隝，水中可居曰隝”是也。又有晁矯者，亦注《二京賦》，未詳其始末。晋室南渡，郭璞亦注《子虚》《上林賦》各一卷，梁又有《二京賦》，李軌、綦毋邃注，亡（俱見《隋志》）。張、左二家當時合爲《五都賦》六卷。善注《運命論》下引張揖《上林賦注》云:“紒,鬟後垂也。紒即髻字也。”是《上林賦》又有張揖注。凡此皆蕭該、曹憲之所取資,《文選》音注之業,實當溯源於此。

蕭該爲《文選》作音義之第一人,衆所共悉。該爲蕭衍第九子鄱陽王恢之孫,幼封攸侯。隋開皇初,以國子博士與儀同劉臻、外史顔之推、武陽太守盧思道、散騎常侍李若、諮議參軍辛德源、内史(吏部)侍郎薛道衡、著作郎魏澹(彦淵)等八人同詣魏郡陸爽子法言處宿,討論音韻、聲調、南北是非、古今通塞,法言著其説,成《切韻》一書(據王仁昫《刊謬補缺切韻》前陸氏序文)。陳寅恪《從史實論切韻》對此八人仕履年代多所考證。其時顔之推官外史,尚未爲學士也。《北齊書·顔之推傳》云:“開皇中,太子召爲學士,甚見禮重。”可證。而蕭該與何妥同至長安,則已拜國子博士,故法言序稱之爲“蕭國子該”,《切韻》之音真正代表南音者以蘭陵之蕭該爲主。(顔之推籍琅琊臨沂,劉臻則爲沛國相人。)可見隋初該之學術地位。

法京敦煌卷P.2833《文選音》,研究者多家,王重民以書中王子淵《聖主得賢臣頌》“淬其鋒”之淬字,《文選集注》引《音決》有云:“蕭,子妹反。”與此卷合,遂定此卷爲蕭該之《文選音》。周祖謨從《廣韻》音切,校其與此卷之違合,謂曹憲、公孫羅皆江都人,許淹則爲句容人,江都、句容地相邇,故語音亦近,因定此卷爲許淹音(説見《問學集》),理據未甚充分,尚待研究。

新舊《唐書》均言蕭該著《文選音義》十卷,《隋書·經籍志》作《文選音》三卷,無“義”字。《文選·思玄賦》“行頗僻而獲志兮”,注下引蕭該音,“頗”字本作陂,布義切。《離騷》“路曼曼其修遠兮”,《音決》云:“漫蕭武半反。”又《漢書·揚雄傳》,官本引蕭該《音義》。

蕭氏音訓，殘膏剩馥，僅此而已。

嘗論隋唐之際，選學蓬勃原因，繼承前此音注之業而外，有三事須加措意者。（一）《漢書》學與《文選》學二者之兼行互補，（二）大型類書著述之興盛，（三）崇文、弘文二館收藏圖書對於文學資料之助益。試分述之。

《文選》收漢人文章爲數夥頤，漢文多近典誥之製，艱深不易誦讀，隋唐間，治《漢書》者多兼攻《文選》。《隋書·儒林·蕭該傳》云：

> 梁荆州陷（五五四），與何妥同至長安。……尤精《漢書》，甚爲貴遊所禮。開皇初，賜爵山陰縣公，拜國子博士。……撰《漢書》及《文選音義》。

該與包愷同爲《漢書》宗匠。《隋書·閻毗傳》記閻毗受《漢書》於蕭該。該著《漢書音》十二卷，又有《後漢書音》三卷，見二《唐志》。此如李善著述，《文選注》而外，又有《文選辨惑》十卷、《漢書辨惑》三十卷（《新唐書》誤作李喜，喜爲善之形誤）。是時《文選》一書地位，遠不及《漢書》之崇高，爲人所重。故蕭該以《漢書》聞名遠在《文選》之上。“漢書學”一名在唐初極爲流行，詳《舊唐書·秦景通傳》云：

> 景通與弟暐，尤精《漢書》，當時習《漢書》者皆宗師之，常稱景通爲大秦君，暐爲小秦君。……景通，貞觀中累遷太子洗馬，兼崇賢館學士。爲“漢書學”者，又有劉納言，亦爲當時宗匠。納言，乾封中……以《漢書》授沛王（李）賢。及賢爲皇太

子，累遷太子洗馬，兼充侍讀。(《舊唐書》卷一八九上《儒學》上)

是時《漢書》已成熱門之顯學，《文選》初露頭角，尚未正式成學，蕭該、曹憲、李善均是先行之人，蕭、李兼以《漢書》名家，不特《漢書》音注有益於《文選》所收録之漢代文章，且由“漢書學”起帶頭作用，從而有“文選學”之誕生。

是時學人之《漢書》著述，若顧胤有《漢書古今集義》二十卷，高宗且有御銓定《漢書》八十七卷，高宗與郝處俊等撰。處俊有《集》。《唐志》所載在李善《漢書辨惑》之前，計有劉伯莊《漢書音義》二十卷，敬播《注漢書》四十卷，又《漢書音義》十二卷，姚珽《漢書紹訓》四十卷，沈遵《漢書問答》五卷，皆一時隽彦，可謂盛矣。日本《文選集注》王褒《聖主得賢臣頌》旁注屢言“察云”，指姚察之《漢書訓纂》中之説，此即當日治選學必旁參《漢書》之明證。

隋唐之際，江淮之間，治《文選》爲作音注繼蕭該而後者，以曹憲爲魁首，在同一地區從事《文選》音者，據新舊《唐書・曹憲傳》所載，又有魏模、許淹、公孫羅諸家，極一時之盛。《李善傳》稱其爲廣陵江都人，嘗受《文選》於同郡人曹憲。憲於隋煬帝時參預《桂苑珠叢》(一百卷)之編撰工作，人稱其該博。又爲魏張揖之《廣雅》音。盧照鄰十餘歲時從曹憲及王義方授《蒼》、《雅》(見兩《唐書》本傳)，義方著有《筆海》十卷(《新唐書・藝文志》)，唐初亦以博雅著聞。《隋志》類書類收《長洲玉鏡》及諸葛潁之《玄門寶海》。《桂苑珠叢》見慧琳《音義》引用共一百三十餘條(新美寬輯本)，《珠叢》題隋諸葛潁等撰，亦爲訓詁類書，潁殆主持其事者。

自隋之後，王室提倡風雅，承六朝之餘風，以編撰巨型類書爲一時風尚。以貞觀十六年成書之《文思博要》一千二百卷(高士廉有《文思博要序》,見《文苑英華》卷六九九,三六〇六頁)、高宗時太子弘門下編修《瑶山玉彩》五百卷、《累璧》四百卷,最爲巨觀,惜均不存於世;惟有歐陽詢《藝文類聚》一百卷、虞世南《北堂書鈔》一百七十三卷,幸行於人間,可窺見此類著述之規模。私家著述若張大素之《策府》五百八十二卷,孟利貞之《碧玉芳林》四百五十卷、《玉藻瓊林》一百卷(俱見《新唐書·藝文志》類書類),皆卷帙繁重,久已淪佚,從各書之命名尋求之,其内容當是有關文藻之纂緝。孟利貞且著有《續文選》十三卷,其人與曹憲相同,從事類書,兼欲賡續昭明,廣其選文工作。《瑶山玉彩》一書,似即步《桂苑珠叢》未竟之緒,《新唐書·藝文志》云:"孝敬皇帝(即太子弘)令太子少師許敬宗、司議郎孟利貞、崇賢館學士郭瑜、顧胤、右史董思敬等撰。"

《舊唐書·文苑》上《孟利貞傳》云:

> 孟利貞,華州華陰人……初爲太子司議郎……受詔與少師許敬宗、崇賢館學士郭瑜、顧胤、董思恭等撰《瑶山玉彩》五百卷。龍朔二年奏上之,高宗稱善。……利貞累轉著作郎,加弘文館學士。垂拱初卒。又撰《續文選》十三卷。

是書由許敬宗領銜,參預其事者郭瑜、顧胤皆官崇賢館學,官階高於李善(善僅爲直學士)。李善未聞參加此一工作,殆因其時在潞王(李賢)府任記室之故。

曹憲與修《桂苑珠叢》,以博該聞名,而兼治《文選》。孟利貞取途與之相同,蓋非博綜難以治《選》,亦惟博綜而能兼治《文選》;則游刃有餘,事倍功半,二者正相資爲用也。

博綜之業必賴大量圖書之助。唐代圖書之府有三:一爲門下省之弘文館，一爲東宫之崇文館，一爲史館，一時稱之爲三館（三館學士，《新唐書・選舉志》上載其二館而不計史館）。《舊唐書・職官志》三云：

> 東宫官屬：……崇文館（貞觀中置，太子學館也。）學士、直學士，學生二十人，校書二人。……學士掌東宫經籍圖書以教授諸生。

按崇文館原稱崇賢館。李善於高宗顯慶三年上《文選注表》題銜爲"文林郎、太子右内率府録事參軍、崇賢館直學士"。時尚名"崇賢館"。據《舊唐書・王方慶傳》云："兼侍皇太子讀書，方慶言：孝敬皇帝（弘）爲太子時，改弘教門爲崇教門，沛王爲皇太子，改崇賢館爲崇文館，皆避名諱，以遵典禮。"是避弘字諱改弘教爲崇教，避賢字諱改崇賢爲崇文。可見由崇賢改稱爲崇文乃在李賢由沛王立爲皇太子時，即上元二年六月之事（參新舊《唐書》孝敬皇帝弘及章懷太子諸傳）。顯慶三年李賢猶未爲太子也。

門下省之弘文及東宫之崇賢二館，皆圖書之府，李善於顯慶三年任崇賢館直學士，是時郭瑜、顧胤已爲該館學士。先是，貞觀中《漢書》學宗匠秦景通爲崇賢館學士，時初設館未久也。曹憲以該博被徵爲弘文館學士，以年老不赴，弘文館乃在門下省者。當日學問該博之學人，多出身於此二館，以圖籍正在其掌握中也。不特《漢書》爲然，唐代《史記》專家，亦多出自弘文與崇文二館，劉伯莊、張嘉會、司馬貞皆其例證，即張守節亦官東宫，接近二館文士，程金造《史記管窺》已詳論之。

《文選》學始於曹憲。劉肅《大唐新語》卷九《著述》云："江淮間，爲《文選》學者，起自江都曹憲。貞觀初，揚州長史李襲譽薦之，徵爲弘文館學士。憲以年老不起，遣使就拜朝散大夫。”“憲以仕隋爲秘書[學士]（此二字據《儒林傳》增），聚徒數百人，公卿亦多從之學。撰《文選音義》十卷。年百餘歲乃卒。”（《儒林傳》作一百五歲卒）按肅於元和中官江都主簿，熟悉江都掌故，此爲最早關於《文選》學之記載，兩《唐書・儒學傳》皆本此説。《新唐書・藝文志》集部總集類曹憲《文選音義》下注云：“卷亡。”又經部小學類有曹憲《爾雅音義》二卷及《博雅》十卷，無音字（按當從《隋志》作《廣雅音》），又有《文字指歸》四卷（《隋志》作《古今字圖雜録》），是憲所長爲文字訓詁，不僅治《廣雅》一書而已。

曹憲著述有《文字指歸》《曹氏切韻》二書，僅見日本新美寬氏有輯本，可補漢土之缺。《文字指歸》，據唐麻杲《切韻》功字注、綏字注，慧琳《音義》二，希麟《音義》一，共得五條。其芭蕉生交阯郡一條，云出《文字指》，則此書名或無“歸”字。

另《曹氏切韻》，新氏據和書《和漢年號字鈔》、《五行大義》背記、《法華經釋文》（大正）、《浄土三部音義》、《園太曆》、《倭名類聚鈔》、《弘法内典鈔》等書輯出多條（見該書三二五—三三〇頁），試舉一例，如佛條云：“佛，恍忽也，言忽無常也，見《牟子》。案佛、道沖妙，難以指求，故言恍忽。”以老氏解佛義甚新穎。知唐時曹憲此二書曾傳至扶桑。

考《舊唐書・太宗紀》，貞觀八年正月“壬寅，命尚書右僕射李靖……揚州大都督府長史李襲譽……使於四方，觀省風俗”。《册府元龜》卷六〇七：襲譽爲揚州總管長史，撰《忠孝圖》二十卷，貞觀十三年上之。襲譽於貞觀十七年轉凉州都督（參郁賢皓《唐刺史考》頁一四四五）。曹憲即由襲譽表薦爲弘文館學士也。

曹憲弟子及回鄉治選學者，李善之外，如魏模、許淹、公孫羅，姓名皆闇晦不彰。許淹，句容人，周祖謨考證敦煌本《文選音》謂出自許淹，衹備一說，難爲的論。惟公孫羅賴日本存世之《文選集注》稍有事蹟可徵。

公孫羅，江都人，《舊唐書・儒學傳》稱其歷沛王府參軍，沛王即李賢，是與李善同居李賢府爲僚佐。羅著有《文選鈔》六十九卷及《文選音決》十卷。見《日本國見在書目》。兩《唐志》俱有公孫羅《文選注》六十卷，《舊志》云：公孫羅《文選音》十卷，《新志》作《音義》十卷。二書卷數相同，説者均疑其爲一書。據斯波六郎考證，日本《文選集注》所引，《鈔》與《音決》皆見之，而每每互異，如《吴都賦》，《鈔》作鬱而《音決》作蔚；謝玄暉《八公山詩》，《鈔》作仟而《音決》作阡之類。《集注》卷第四十七每引羅云，羅自指公孫羅説。《圖書寮善本書目》卷四記"紙背間引公孫羅《文選鈔》，可珍也"語，具見向來爲人之所重視。

李善事蹟見《舊唐書・儒學傳》，《新唐書》則附其子《李邕傳》。惟所記時間、人事有不盡詳確者，尤以李善與章懷太子及賀蘭敏之二人關係之深，須重作考證，於李善之生平行蹟方能瞭然。

一、李善與（章懷太子）李賢

標點本《舊唐書・李善傳》云：

> 明慶中，累補太子内率府録事參軍崇賢館直學士兼沛王侍讀。嘗注解《文選》，分爲六十卷，表上之。賜絹一百二十匹，詔藏於秘内。除潞王府記室參軍，轉秘書郎……

《新唐書·李邕附傳》云：

> 父善，淹貫古今……人號書簏。顯慶中，累擢崇賢館直學士兼沛王侍讀。爲《文選注》，敷析淵洽，表上之，賜賚頗渥。除潞王府記室參軍。

按《舊唐書》"明慶"乃避諱改"顯"字爲"明"。善上《文選表》在顯慶三年九月，本書各本皆同。李賢先封潞王，龍朔元年九月始爲沛王。兩傳繫沛王事於顯慶，在上《文選表》之前，顯然有混淆。兹據《舊唐書·高宗紀》列李賢大事如下：

> 永徽五年　　在路生皇子賢。
>
> 　　六年正月庚寅封賢爲潞王。
>
> 顯慶元年六月，岐州刺史潞王賢爲雍州牧。
>
> 龍朔元年九月壬子，徙封潞王賢爲沛王……沛王賢爲揚州都督。

足見賢爲沛王乃由潞王徙封，事在龍朔元年九月(《唐大詔令集》三四《册揚州都督沛王賢文》：維龍朔元年歲次辛酉十月癸亥朔十七日己卯，皇帝若曰……雍州牧、幽州都督、潞王賢……是用命爾爲沛王。《全唐文》一四同，詳《唐刺史考》，一四四七頁)。顯慶三年上《文選注》時，善安得爲沛王侍讀?

又顯慶元年正月辛未，立代王弘爲皇太子，李善任太子右内率府録事，當在太子弘東宫，其後始佐李賢，先在潞王府，後轉沛王記室，因沛王兼揚州都督，善爲江都人，有地緣之誼；然其事李賢，乃在賢未爲太子以前。又李賢之妃爲清河房氏仁裕之孫女，仁裕於永徽四年(653)任揚州都督長史，賢以沛王爲揚州都督在顯慶五年即龍朔元年，先後一年[①]。見《文物》1972年七期《發掘簡報》，盧粲撰《章懷太子並妃清河房氏墓誌銘》。

二、善居白塔寺

李善注《文選》始於居揚州時，曾寓白塔寺注《文選》，日僧圓仁撰《入唐求法巡禮行記》卷一云："開成三年(838)十一月廿九日。揚州有卅餘寺。法進僧都本住白塔[寺]，臣善者，在此白塔寺撰《文選注》矣。"(《入唐求法巡禮行記校注》，八十頁)白塔寺者，陳名僧法泰晚年居之(《續高僧傳》一)，與汾州抱腹、岱岳靈巖、荆府玉泉爲四大名刹，見義净《南海寄歸内法傳》十八便利之事(王邦維校注本，一二一頁)。

三、李善與賀蘭敏之

《舊唐書·李邕附傳》云：

> 父善，嘗受《文選》於同郡人曹憲。後爲左侍極賀蘭敏之所薦引，爲崇賢館學士，轉蘭臺郎。敏之敗，善坐配流嶺外。會赦還，因寓居汴、鄭之間，以講《文選》爲業，年老疾卒。

按善於顯慶三年上《文選注表》時官銜已爲崇賢館直學士，不得謂爲賀蘭敏之所薦引。考《舊唐書·外戚傳》云：

---

① 編者按：此處"先後一年"不確，龍朔元年爲公元661年。

(武)后取賀蘭敏之爲士彠後,賜氏武氏,襲封,擢累左侍極、蘭臺太史令。與名儒李嗣真等參與刊撰。

按《新唐書》則稱其與元兢。當武氏炙手可熱之時,名儒李嗣真、元兢皆與之參訂著述。《新唐書·藝文志》僞史類著録有武敏之《三十國春秋》一百卷。先是蕭方等著《三十國春秋》,此繼其業,增益至百卷。是書殘文,清湯球有輯本(在《廣雅叢書》内),是敏之亦治史,故與元兢等交好。陳振孫《直齋書録解題》十二釋家類收:"《金剛經》一卷,唐武敏之所書,在長安。"則敏之亦工書者流。

敏之爲蘭臺太史令,李善轉任蘭臺郎,乃由其所汲引。若謂善任崇賢館學士經其薦引,恐非事實。敏之敗,流雷州以死,善亦流姚州(姚州今雲南地,所竄更荒遠),在當日被視爲敏之之黨羽。後遇赦始得還。

附李善行事年表

善嘗受《文選》於同郡人曹憲。

住揚州白塔寺,注《文選》。

高宗永徽六年正月庚寅,以李弘爲代王,封李賢爲潞王,善爲潞王府記室參軍,未知在何年。

顯慶元年	立弘爲皇太子。
三年九月	善成《文選注》,上表,是時題銜爲太子右内率府録事參軍、崇賢館直學士。
四年	太子賓客許敬宗與崇賢館學士郭瑜、顧胤等成《瑤山玉彩》,凡五百篇。
龍朔元年九月	徙潞王賢爲沛王。

	善爲沛王侍讀，公孫羅爲沛王府參軍。
乾封中	善出爲涇川令。
	賀蘭敏之爲左侍極，賜姓武，出爲蘭臺太史令，善因敏之薦，轉蘭臺郎。
咸亨二年	武敏之以罪流雷州，復原姓賀蘭。
	善坐與有故，配流姚州。
咸亨五年	改元上元大赦，善獲赦還。寓汴、鄭間，以《文選》教授（趙夔《東坡詩序》云"李善於梁宋之間開《文選》學，注六十卷"）。
永隆年二月十九日	弘濟寺寫善注張衡《西京賦》。
載初元年（即永昌元年）	善卒。

善淹貫古今，人號曰書簏。或譏其不擅文，今存止《文選注上表》一篇。考同時學人若曹憲有集三十卷，郝處俊有集十卷，張大素有集十五卷，惟善無之。

善子邕，知名於代。其孫爲僧玄晏，鄂州開元寺僧，與劉長卿、袁滋善，贊寧《宋高僧傳》有其傳。

《王公（倰）神道碑》記高叔祖善，蘭臺、崇文館學士，注《文選》行於時。蘭臺指其爲賀蘭敏之蘭臺太史令之屬官。

李善注之刊刻，似始於北宋。《宋會要輯稿》："景德四年八月，詔三館秘閣直館校理，分校《文苑英華》、李善《文選》，摹印頒行。……至天聖中，監三館書籍劉崇超上言：李善注《文選》援引該贍，典故分明，欲集國子監官校定净本，送三館雕印。從之。天聖七年十一月板成，又命直講黄鑑、公孫覺校對焉。"此李善注雕板之經過也。《玉海》引《實録》景德四年校勘《英華》《文選》之役，祥符二年十二月辛未又命張秉、薛映、戚綸、陳彭年覆校。鄭重其事。今觀韓國奎章閣《六家文選》書末附主事名單：

> 天聖三年五月校勘了畢。校勘官有公孫覺、賈昌朝、張逵、王式、王植、王畋、黄鑑。
>
> 天聖七年十一月雕造了畢。校勘印板有公孫覺、黄鑑。
>
> 天聖九年進呈。諸官有藍元用、皇甫鑑明、王曙、薛奎、陳堯佐、吕夷簡。

自天聖三年至九年參預刻書人名，具如上列，足見雕板之不易。今北京圖書館藏存李善注北宋刻本，臺北"故宫博物院"亦有相同殘本共十一卷，俱即此天聖間之國子監本（參張月雲《宋刊文選李善單注本考》，《故宫學術季刊》二卷四期，一九八五年）。此當爲李善注單刊之最初刻本。北圖此本，爲周叔弢所捐贈者。

《文選》學興起問題，涉及文章總集之來源，清代學者因致力蕭選，久已有所論列，如王鳴盛《蛾術編》十四、成爟《篛園日札》、趙翼《廿二史劄記》，均有考證。《沅湘通藝録》中，學人復次其事爲賦，多所揚榷，故友劉茂華著《江淮學術之啟蒙及其成熟》（《浸會學院學報》第四卷一期，一九七七年），更爲具體而微，可以參看。

《文選》爲蕭氏一家之學，蕭該始爲《文選音》，導其先路。該於荆州陷與何妥同至長安，入隋拜國子博士。何妥著有《家傳》二卷，使其書存世，可考二人之交誼。

又蕭大圓，梁簡文帝之子，撰《淮海亂離志》，《史通・補注篇》譏令狐德棻《周書》未能兼採。《北史・蕭圓傳》稱其撰時人詩筆爲

《文海》四十卷，《隋志》、兩《唐志》均著録，惟卷數不同，亦《文選》之流亞，堪值一記。

蕭統有子三，歡、譽、詧，詧稱宣帝，子巋即明帝，詳周貞亮著《昭明太子年譜》(附《昭明太子世系表》，載《昭明文選論集》，臺灣木鐸出版社)。蕭瑀爲後梁明帝巋之子，入唐爲尚書左僕射。瑀嘗以劉孝標《辨命論》詭誖不經，乃著論非之，以爲人禀天地而生謂之命，至吉凶禍福，則繫諸人，今一於命，非先王所以教人者，柳顧言、諸葛潁嘆曰：是足鍼孝標膏肓矣(《新唐書》一〇一《瑀傳》)。按諸葛潁蓋《玄門寶海》一百二十卷之著者，其博洽可知，對蕭瑀之稱譽，非信口開河者也。

瑀曾孫蕭嵩，於開元十九年奏言："王智明、李元成、陳居注《文選》。先是馮光震奉敕入院校《文選》，上疏以李善舊注不精，請改注，從之。光震自注得數卷。嵩以先代舊業，欲就其功，奏智明等助之。明年五月，令智明、元成、陸善經專注《文選》，事竟不就。"(《玉海》五四引《集賢注記》)智明、光震學術非深，其解"蹲鴟"爲芋子，見譏於學士向挺之，劉肅已著其事。蕭嵩終不克完成先人之業。《新唐志》："《六典》三十卷。……蕭嵩知院，加劉鄭蘭、蕭晟、盧若虚；張九齡知院，加陸善經。"是善經又參與《六典》工作。

惟當日陸善經所注，不少保存於日本流傳之《文選集注》。向宗魯撰《書陸善經事——題文選集注後》一文已詳考之。知其以河南府倉曹參軍入集賢院爲直學士。開元二十二年參預李林甫注《月令》。天寶五載爲國子司業。善經著《孟子注》。《文選集注》卷六十一江文通《雜體詩卅首》前識語云："音決，陸善經本有序，因以載之也。"五臣注本任彦升《彈劉整文》，《集注》引陸善經云："本狀云奴教子當伯已下，昭明所略。"又日本上野精一藏舊抄本欄外屢引陸善經本，如《文選序》“遂放湘南”，注云“陸本湘作江”。“則卷盈乎緗帙”，注云：“陸云：緗，桑初生之色也，近於黄。”《文選集注·彈曹景宗》“使蝟結蟻，聚水草有依”，注末有云：今案：《鈔》“使”上有“致”字，五家陸善經本爲“故”。所引陸説，至足矜貴。日本新美寬亦撰《陸善經之事蹟》一文(《支那學》九卷一號)。《集注》卷六三善經《離騷經》注説，余曾輯要，載《楚辭書録》。對善經注《彈劉整文》之評價，屈守元曾舉出三事(見《跋文選集注殘本》，載《海角濡樽集》)。高閬仙早云：“尋繹其(善經)注，實未見佳處。”善經能詩，有句見《賀監集》。

《新唐書·藝文志》徐堅《文府》二十卷下注云：

> 開元中，詔張説括《文選》外文章。乃命堅與賀知章、趙冬曦分討，會詔促之。堅乃先集詩、賦二韻爲《文府》上之，餘不能就而罷。

《藝文志》四復記開元中，又有卜長福者，爲《續文選》三十卷。開元十七年上之，授富陽尉。

增廣續補《文選》以外之文章，是一種纂文工作，與作注不同，卜氏上此書在開元十七年，前於蕭嵩之新注二年，其後復有人補緝爲《通選》之書，《舊唐書·文宗紀》云：

> 太和八年四月壬辰，集賢學士裴潾撰《通選》三十卷，以擬昭明太子《文選》，潾所取偏僻，不爲時論所稱。

《新唐書·藝文志》四著録裴潾《太和通選》三十卷，當即此書。

李善之注，在唐時引起駁議非難者，崇文館學士康國安即著《駁文選異義》二十卷，《新唐書・藝文志》有《康國安集》十卷，次於張九齡之下，著其仕履。按《顔魯公集》七《康使君希銑碑》云：

父國安，明經高第，以碩學掌國子監，領三館進士教之……崇文館學士，贈杭州長史。……先君崇文學士府君，有《文集》十卷，注《駁文選異義》二十卷。

即此人也。

開元六年，工部侍郎吕延祚進《五臣集注文選表》，後題開元六年九月十日，此即所謂《五臣注》也。

《新唐書》卷二〇二《文藝中・吕向傳》云：

向字子回，亡其世貫，或曰涇州人。工草隸，能一筆環寫百字，若縈髮然，世號"連錦（疑是"綿"）書"。……開元十年，召入翰林，兼集賢院校理，侍太子及諸王爲文章。

又《趙冬曦傳》云：

翰林供奉吕向、東方顥爲校理。……踰年，與季良、廙業、知章、吕向皆爲直學士。

按向爲涇州人，先是李善嘗爲涇川令，涇川可能李善曾官其地，帶來選學研究風氣，向似受其濡染。向與賀知章、趙冬曦同爲直學士。冬曦與知章皆參加開元時張説主持徐堅編括《文選》以外文章之《文府》工作，向治《文選》，並與諸賢共事，故亦致力焉。觀陸善經有詩見於《賀監集》，時諸人同爲選學，故有來往。

“向嘗以李善釋《文選》爲繁釀，與吕延濟、劉良、張銑、李周翰等更爲詁解，時號‘五臣注’。”向出密宗巨匠金剛智門下，撰有記金剛智事，見圓照《貞元釋教録》(參周一良《唐代密宗》，三八頁)。五臣謭陋，李匡乂《資暇録》特著“非五臣”條以斥之，至謂：“乃知李氏絶筆之本，懸諸日月焉，方之五臣，猶虎狗、鳳鷄耳。”匡乂爲李勉子，字濟翁，官南漳守。《唐刺史考》引《福建通志·職官》稱李正己大中間，漳州刺史，並云字濟翁，尚待覆考。自匡乂以後，唐宋學人群起共非斥五臣而尊李善，若丘光庭《兼明書》、姚寬《西溪叢語》、王楙《野客叢書》、東坡、容齋之儔，世所共知，惟下至清世，尊李抑五臣之論，相繼不絶，以至於今日。北宋坊間刻本，實以五臣爲主，觀天聖四年沈嚴爲秀州刻《五臣本後序》有云：“製作之端倪，引用之典故，唐五臣注之審矣。可以垂吾徒之憲則，須時文之掎摭，是爲益也，不其博歟。”不免溢言逾分，亦可見學林與書坊，見解之懸殊，有如此者！

五臣注始刻於五代孟蜀時毋昭裔。《宋史》四七九孟氏世家記毋守素父昭裔，“蜀宰相，太子太師致仕”，“昭裔好藏書，在成都令門人勾中正、孫逢吉書《文選》《初學記》《白氏六帖》鏤板。守素齎至中朝，行於世。大中祥符九年，子克勤上其板，補三班奉職”。王明清《揮麈録餘話》二記“毌丘儉貧賤時嘗借《文選》於交遊間，其人有難色。發憤異日若貴，當板以鏤之遺學者。後仕王蜀爲宰，遂踐其言刊之。印行書籍，創見於此”。蓋誤孟蜀爲王蜀，又訛爲毌丘儉(儉乃三國魏人)。此《文選》初次鏤板，當是五臣注本。《崇文總目》總集類《文選》三十卷，吕延濟注，即五臣本。毋昭裔本後人亦稱之曰“二川”本。沈嚴後序云：“二川兩浙，先有印本。模字大而部帙重，較本粗而舛脱夥。”頗致譏彈。真宗景德四年，始詔分校印李善注，大中祥符間，纔告完成，是時毋昭裔刊板，已由其子上於朝，想校勘諸官必曾參考其書也。

現存五臣注本，日本三條家存有寫本殘帙。至於刻本，則有臺北“故宫博物院”之陳八郎本，及北京大學與北京圖書館（今國家圖書館）分藏之杭州猫兒橋河東岸開箋紙馬鋪鍾家刻本，殘存卷二十九、卷三十兩卷。陳八郎本現已印行流通，書共十六册，有木記二：爲“建陽崇化書坊陳八郎宅善本”，一爲江琪記，内云“琪謹將監本與古本參校試正，的無舛錯”，“紹興辛巳，龜山江琪咨閲”。所謂古本是否指蜀刻毋昭裔本？而監本則明指天聖七年國子監劉崇超主事之李善注本，知曾以善注參校。杭州本據刻工人名證知爲南宋初期刊本。書僅二卷，甚望有好事者能合刊景印問世，以嘉惠士林。江琪所據古本，究何所指，鄭因百教授嘗介紹此本謝客詩“孤嶼”二字之重讀，韓國奎章閣所據元祐九年之秀州學本亦有之。秀州本末引天聖四年沈嚴之《五臣本後序》，至爲可珍，此賴傅剛之揭櫫（《國學研究》卷五）。北宋時五臣本與李善本，刊校者仍時參校，不免有混淆之處。余早歲曾校三條本，而陳八郎本無緣加以利用，今老矣，無能爲矣，望有同志能合上舉諸本再精校，所謂“古本”真相或有大明之日也。

南齊時，張融浮海至交州，於海中作《海賦》，文見《南齊書》本傳，蓋引申木玄虚原賦末句“品物類生何有何無”之語，張賦結尾警句云：“亡有所以而有，非膠有於生末，亡無所以而無，信無心以入太，不動動是使山岳相崩，不聲聲故能天地交泰。”顧覬之曰：“卿此

賦實超玄虛，但恨不道鹽耳。”融即求筆注之曰：“漉沙構白，敖波出素，積雪中春，飛霜暑路。”(《南齊書·張融傳》)

日本所傳《文選集注》寫本《海賦》“朱燉緑烟，腰眇嬋娟”之下較胡刻所據尤袤本，多“珊胡虎珀，群星接連，車渠馬瑙，全精如此”十六字。此經黃侃校出，並譏楊翁守敬藏此卷於篋衍數十年，未能發見，如逸珠盈椀。[①] 屈守元《選學椎輪》初集(上编)《文選雜述》記其事，今吐魯番本《海賦》，此數句均殘，僅存“腰”下一“眇”字，隱約可覩，無由勘覈其原本有無此十六字，殊爲可惜。西土高昌所出古寫本，《文選序》以倩麗勝，《海賦》零紙則結體秀整含蓄，字與字之間，疏朗有致，風格不同，均出能書者之手筆。

唐初有以草書書寫《文選》整部者，似即裴行儉。《舊唐書》卷八四《行儉傳》云：“上元二年，加銀青光禄大夫，高宗以行儉工於草書，嘗以絹素百卷令行儉草書《文選》一部，帝覽之稱善，賜帛五百段。行儉嘗謂人曰：褚遂良非精筆佳墨未嘗輒書，不擇筆墨而妍捷者，惟余及虞世南耳。”(《新唐書》一〇八本傳同)《宣和書譜》一八言行儉與馬載合稱裴馬，“工草隸，以書名家。高宗嘗以絹素詔寫《文選》”。此本當藏於御府。傳言行儉有選譜，撰草字雜體數萬言並傳於代，宋宣和御府祇著其草書《千文》。行儉出河東裴氏，父仁基，其事蹟又詳《張説集》一九《贈太尉裴公神道碑》。

歷來書家寫《文選》名篇，似以《文賦》爲最早。黃山谷《題跋》

---

① 編者按：檢周勛初纂輯《唐鈔文選集注彙存》無此十六字。據傅剛《〈文選〉版本研究》(增訂本)，日本所傳古抄無注三十卷本《文選》此處有十七字，作“珊瑚琥珀，群産相連，硨磲馬瑙，淵積如山。其”。宋刻尤袤本亦存“珊瑚”至“如山”十六字，黃侃《文選平點》鈔本同。未知饒公是否别有所本。

有《書右軍文賦後》一文云：

> 余在黔南，未甚覺書字綿弱，及移戎州，見舊書多可憎。……李翹叟出褚遂良臨右軍書《文賦》，豪勁清潤，真天下之奇觀也。（《文集》卷二八）

山谷所見乃褚之臨本，褚乃臨羲之書者，世但知唐陸柬之寫《文賦》，而不知乃淵源自右軍、登善也。陸柬之行書《文賦》及《離騷》，藏臺北"故宫博物院"，卷後有元至元四年五月十六日揭奚斯跋、至正廿一年五日危素跋。《宣和書譜》云：陸柬之，其隸行入妙，書《頭陀寺碑》《急就章》最聞於時，御府藏有其《頭陀寺記》而無《文賦》。

後代名家書《文選》名篇見於著録者，如陸贄寫《與山巨源書》，見《平生壯觀》，李商隱書《月賦》，見淳熙秘閣續帖，明文徵明書《離騷》，現傳有小字本。王寵曾抄《文選》全部。趙孟頫寫《過秦》三篇，有董其昌跋，董書《月賦》及《登樓賦》，並見《壯觀》，不具記。詩文家治選各有手抄本，如王漁洋手寫之《文選鈔》二册，今猶存於世，臺北"中央圖書館"藏，尤可貴矣！

唐世《文選》成爲考試必讀之書，故有"《文選》爛，秀才半"之語，《文選》一書，流播至廣且遠。敦煌本《秋胡變文》中記士子求學携袂文書，内有《莊子》《文選》（《管錐編》四册），可以見其在邊陲流行，故莫高窟所出寫本斷片，三十卷本、六十卷帶注本、六朝精寫本皆有之。《西京賦》李善注殘卷，永隆中寫於弘濟寺，永隆之頃，李善已自姚州赦回，寓居汴、鄭之間，以講《文選》爲業，是注當爲經多次增訂之本，李匡乂稱"代傳數本李氏《文選》，有初注成者、覆注者，有三注四注者"。徵之《西京賦》此寫卷，自是事實。知古人成書之非易！惜弘濟寺所在未能考出其地點。

開元時，《文選》且爲賞賚外蕃之秘笈，《舊唐書》一九六《吐蕃傳》云："（開元）十八年十月，名悉獵等至京師……悉獵頗曉書記……時吐蕃使奏云：（金城）公主請《毛詩》《禮記》《左傳》《文選》各一部。制令秘書省寫與之。正字于休烈上疏（疏略），疏奏不省。"而《唐會要》三六云：開元十九年賜金城公主書，内有《文選》。其後宋季，大理李觀音得來求《文選》，以馬交换，事見《宋史·兵志》。

東則日本，早在聖德太子《十七條憲法》，亦言及《文選》，正倉院文書中有《文選音義》斷簡（參神田喜一郎《東洋學文獻叢説》，二九一頁）。

日本之有《文選》殘卷刊本，或謂在延喜十三年良峰衆樹所刊，時當五代梁乾化三年，即鳳曆元年，去唐六載耳。僅存曹子建《送應氏詩》第二首及孫子荊《征西官屬送於陟陽侯作詩》一首。傅雲龍從貴陽陳氏渠得見此殘本，爲之景刊，載於《籑喜廬叢書》之三，此書光緒十五年李文田題耑。傅氏有跋，謂此爲源親房藏本，有印記。親房任參議在永仁、延慶間，永仁元年即元之至大元年也，參傅雲龍《遊歷圖經餘記》一四。但日本學人以爲贋作。《五代史補》記《文選》鏤版於孟蜀毋昭裔，後於延喜此本廿載有餘矣（《文選》版本扼要叙述，今不贅，見屈守元《文選雜述》，載《選學椎輪初集》，臺灣貫雅文化公司印）。

蕭選以外，文章之苴補選緝，唐人多所致力，以廣昭明之不逮，惜至今皆無傳於後。章樵《古文苑》選録頗精，但不以《文選》爲書名。

明代“廣文選”、“續文選”一類之書殊夥，兹記其版本如次：

《廣文選》，劉節編，嘉靖十六年晋江陳氏刊。

又，馬維銘編，天佚草堂刊定，萬曆四十六年刊。

《廣文選删》，張溥編，明刊本。

《廣廣文選》，周應治纂，萬曆二十四年刊。

《續文選》，胡震亨撰，萬曆刊本。

《續文選》，湯紹祖編，萬曆三十年海鹽刊本。

其抽取《文選》某一類而單刊者，重要版本如：

元劉履《選詩補注》，臺北“中央圖書館”藏黑口本。

明馮惟訥《選詩約注》，萬曆辛巳檇李沈恩孝刊本。

明郭正域輯《評點選賦》，凌濛初輯評，香港大學藏朱墨套印本。

至於擬選之作，遽數之不能終其物，其傳世作品，約舉二三，如宋毛滂《擬秋興賦》，明王寵《擬感舊賦》(《檇李叢書》本)，清阮元有《擬射雉賦》(《揅經室四集》)。

《文賦》一篇，擬作特多，明嘉禾姚綬有《次韻擬文賦》手書一卷，見《穰梨館書畫録續編》卷六，末有王澍跋語。入民國，江陰夏孫桐亦有《次韻擬文賦》之作，見《觀所尚齋文存》卷一。

連珠一體，後世擬撰尤衆，詳《篛園日札》記“七辭及連珠”條。

清人爲連珠體者，以鄙陋所知，如王夫之有《連珠》二八首(本集卷一)，陳濟生有《廣連珠》一卷，鈕琇《竹連珠》(臺北“中央圖書館”藏顧沅《生死管》抄本)，張之洞《連珠詩》(《廣雅詩集》下册)，俞樾《梵珠》取佛經語纂成連珠一百八首(《曲園雜纂》卷四二)。

前人對《文選》一書評騭，每抑揚任聲，姚鉉《唐文粹序》譽《文選》爲奇書，陸龜蒙嘆昭明之後，無後繼者可操選政。明人則有譏《文選》爲兔園册子者。(平湖錢士聲著《甲申傳信録》，嘗於僧寺讀《文選》，一僧曰秀才如許年歲，尚讀此兔園册子，丁傳靖《闇公詩存》卷六因有“讀選還遭惡口禪”之句。僧人信口開河，固不足爲訓。)

前代文家靡不資《文選》爲餽貧糧，杜甫採擷至富，具見李詳之《杜詩證選》，其襲用選句不勝僂指。杜於《文選》，深有體會，其《示宗武》詩云:“熟精《文選》理。”《宋史・藝文志》著録詞人張元幹有《文選精理》二十卷，以“理”爲書名，取自杜公，可見其深造有得，書竟不傳於後，惜哉！世不乏湛深選學之士，安得翫詠舊文，加以爬梳，抉發《文選》之精理，續前人失傳之秘，謹拭目以俟之。

一九九八年春

【補記】

拙文考曹憲事蹟與李善及賀蘭敏之之關係，頗有發藴之勞。近見吴之邨惠貽其《滕王閣與孟學士》一節，考出孟學士即王勃《滕王閣序》云“騰蛟起鳳，孟學士之詞宗”。《唐代墓誌彙編》開元〇七四《馬懷素墓誌》云:“父文超……龍朔初，黜陟使舉檢校江州尋陽丞，棄官從好，遂寓居廣陵，與學士孟文意、魏令謨專爲討論，具有撰著。”懷素即文超之第三子，《新唐書・馬懷素傳》稱客江都師事李善。文超、懷素父子皆客寓廣陵，於是知孟學士應指孟文意。《新唐書・曹憲傳》謂,憲以《文選》授諸生,而同郡魏模、公孫羅、江夏李善相繼傳授。因謂魏模即《馬懷素墓誌》之魏令謨。

又據楊炯《王子安集序》:“九歲讀顏氏(師古)《漢書》,撰《指瑕》十卷。十歲包綜六經……自符音訓。時師百年之學,旬日兼之。……沛王之初建國也,博選奇士,徵爲侍讀。”勃被徵入沛王府,實與李善共事。百年之學指曹憲,憲年一百五歲。故以王勃亦屬江都《文選》學派人物。又於《文苑英華》卷六五六載王勃二文,《上武侍極啟》,一稱“武氏流雷州,善以牽連貶姚州”。王勃交趾省父,作《滕王閣序》,而有“興盡悲來”之嘆,似爲武敏之而發。是亦足備一説,故附記之。

叙　録

敦煌吐魯番本文選

昭明太子文選序(中國歷史博物館藏吐魯番本)

吐魯番三堡張懷寂墓出土初唐寫本,1928年發現,存十七行,起"〔懷〕沙之志,吟澤有顦顇之容"句,訖"自姖〔姬〕漢已來"句。載黄文弼《吐魯番考古記》,又收入《中國歷史博物館藏法書大觀》。

張平子西京賦(法藏 P.2528)

李善注。起"井幹叠而百增"句及李注,"井"字已漶。訖篇終,尾題"文選卷第二"。共三百五十三行,行約十八字,注均雙行,書法工整。絲欄,末尾有"永隆年二月十九日弘濟寺寫"一行。側又有西藏文音譯"文選"二字。弘濟寺在長安,書於高宗永隆時,去李善於顯慶三年(658)九月上《文選注表》,僅二十二年,爲善注最早寫本。《西京賦》先有薛綜注及音,見《隋志》及《唐志》。是本先引薛注,繼稱"臣善曰",今本删去"臣"字。同屬永隆寫本者又有英藏S.1835《論諫》一文,字體相近。

左太沖吴都賦(俄藏 Дx.1502)

白文無注。殘存一葉,二十三行,朱絲欄,行十六、十七字。起“波而振緡,想萍實之復形,訪靈夔於鮫人”句,訖“其奏樂也,則木石潤色,其吐哀也,則〔淒〕風〔暴〕興,或……”句,下缺。影本已收入《俄藏敦煌文獻》。

揚子雲羽獵賦、長楊賦,潘安仁射雉賦,班叔皮北征賦,曹大家東征賦,潘安仁西征賦(德藏吐魯番本)

白文無注本。吐魯番出。行書殘葉。背爲佛教説話畫卷,原卷藏德國柏林印度藝術博物館。起“亶觀夫剽禽之紲〔踰〕”句,訖於《西征賦》“由此觀之,土〔無常俗〕”句,約存二百四十行左右。上半及中間多破損缺失,共十斷片,最大者 20×324.5 釐米。影本見一九九一年朝日新聞社印之《吐魯番古寫本展》。

江文通恨賦(英藏 S.9504)

白文無注。首尾俱殘,有界欄,朱筆句讀。起“魂惑生到此”,訖於“自〔白〕日西匿壟”,知即《恨賦》。“壟”之下文當是“隴雁少飛”句,借“壟”爲“隴”。共存九行,行八至十一字左右。榮新江《英國圖書館藏敦煌漢文非佛教文獻殘卷目録》首先著録。

成公子安嘯賦(英藏 S.3663)

起“自然之至音”句,訖於篇末“此音聲之至極”句。共三十七行,行十六字左右。末行題“文選卷第九”,知確爲昭明舊三十卷本(善注已編入卷十八)。後有“鄭敬爲景點訖”數字,知施點者爲鄭敬,其人無考。卷背有“撼替”二字音注,潘重規疑如“説文音隱”

之例。此賦余最初録出,見《敦煌本文選斠證》一,1958 年《新亞學報》第三卷第三期。

束廣微補亡詩六首(以下俄藏 Φ242A)

僅存第六首,起自"明明后辟"句。

謝靈運述祖德詩二首五言、韋孟諷諫一首四言並序、張茂先勵志詩一首四言、曹子建上責躬應詔詩表

止於"馳心輦轂"句。原非李善注,而爲另一注本。謝靈運事下引丘淵之《新集録》;韋孟《諷諫詩》下引張揖《字詁》,張茂先《勵志詩》引江邃釋"蒲盧"一名,有裨輯佚。此卷日本狩野直喜有跋,見《支那學》第五卷第一期;德國 Gerhard Schmitt 有考證,見 MitteiLungen des Instituts fur Orientforschung, XIV.3, 1968 年。

陸士衡樂府十七首之短歌行四言(以下法藏 P.2554)

白文無注。紙缺下右方半截。起句爲"〔蘭〕以秋芳,來日苦短",訖"短歌可詠,長夜無荒"。

謝靈運會吟行、鮑明遠樂府八首

鮑明遠樂府八首僅存《東武吟》《出自薊門北行》《結客少年場行》《東門行》《苦熱行》《白頭吟》,缺去《放歌行》及《升天行》二首。

陸士衡樂府十七首之吴趨行及塘上行(英藏 S.10179)

白文無注,存陸士衡《樂府十七首》中之《吴趨行》尾部及《塘上行》,上部均殘。據寫本形式、字體,當與法藏 P.2554 同卷。按法藏 P.2554 末首詩爲陸士衡的《短歌行》,在《塘上行》後,與今本不同。《文選》刻本系統中的袁本、茶陵本順序正好是《吴趨行》《塘上行》《短歌行》，可證唐人寫本原本如此。《英藏敦煌文獻》第十三册題作"殘文"誤，參榮新江《〈英藏敦煌文獻〉定名商補》，載《文史》第五十二輯。

張景陽七命（俄藏 Дx.1551、德藏吐魯番本 Ch.3164）

俄藏 Дx.1551 紙殘缺，僅得"虞人數獸，林衡計鮮；論最犒勤，息馬韜弦；肴駟連鑣。酒駕方軒"句中八字而已。小字注引張晏《漢書注》，知爲李善注。德藏吐魯番出土 Ch.3164 亦爲《七命》殘文，與上文應銜接，奪去"千鐘電釂"至"我而爲之乎"若干句，以下爲"〔大夫曰：楚之陽劍歐冶所〕營，耶谿之鋌，赤山之精，銷踰羊頭，鍱越鍛成"。且有李善注。"鍱"字，尤袤本作"鏷"，善注云"鏷或謂爲鍱"，是兩字通。

楊德祖答臨淄侯牋（英藏 S.6150）

紙殘缺，於"對鶡而辭，作暑賦，彌日而不獻；見西施之容，歸憎其貌者也"句，僅存二行十六字。

東方曼倩答客難（以下法藏 P.2527）

第一頁，紙缺右上半部。起"〔並進輻湊者，〕不可勝數"句，有李善注。

揚子雲解嘲一首

止於"或釋褐而傅"句。詳劉師培《提要》及拙作《斠證》二。

孔安國尚書序（法藏 P.4900）

紙缺左方下半截，無注，亦不書撰人，於"八索"旁有淡墨注音。止"讚易道〔以黜八索〕"句。

顔延年三月三日曲水詩序,王元長三月三日曲水詩序(法藏 P.4884)

白文無注。顔序得四行,起"〔帀筵禀〕和,闔堂衣(依)德"句;而第一行"情磐景遽,歡洽日斜,金駕總駟"句,"情磐景"缺去右半邊,下缺八字,"駟"字在第二行。王序得五行,首二行完整,而第三至第五行缺去上半截八至十字。止於"固不與萬民〔共也〕"句。

王元長三月三日曲水詩序(法藏 P.2707)

承接上卷,得十行,惟第十行僅見"忘餐念"三字之右半邊,而缺去"私法含弘而不殺"、"具明廢寢昃晷"數字。

王元長三月三日曲水詩序,任彦昇王文憲集序(法藏 P.2543)

此卷與上卷之間,缺去"念負重於春冰,懷御奔於秋駕"句,以至"本枝之盛如此,稽古之政如彼"一節。此殘葉始於"用能免群生於湯火",訖於篇末。任彦昇《王文憲集序》僅得三行;第三行"故吕虔歸其佩刀"句缺去殆盡。

任彦昇王文憲集序(法藏 P.2542)

是卷始於"〔若乃金版玉匱之書,海上名山〕之旨"句,至"攻乎異端歸之〔正義〕"句,下文缺。

按,P.4884、P.2707、P.2543、P.2542 四卷之間,除缺去若干小段外,上下實相銜接。

任彦昇王文憲集序(俄藏 Дx.2606)

白文無注。起"〔六〕年又申前命,七年固辭",至"弘量不以容非,攻〔乎異端〕"句。

揚子雲劇秦美新，班孟堅典引（法藏 P.2658）

白文無注。紙甚殘，合計得廿七行；前四行下半截約缺去十二字；十七至第廿二行下方缺一大洞。揚文“翱翔乎禮樂之場”句，首行僅見“禮樂之”三字。第二行始於“懿律嘉量，金科玉條”句。班文得四行；第廿四至廿七行上方缺去。止於“賈誼過秦”句。

干令升晋紀總論（英藏 S.5550）

白文無注。殘片只存下半截，許建平君比定爲《文選》卷四十九《晋紀總論》，且謂與法藏 P.2525 似屬同卷。殘存文字起“〔遂服輿〕軫，驅〔馳三世〕”句，至“〔玄豐亂〕内，欽〔誕寇外〕”句。

沈休文恩倖傳論（以下法藏 P.2525）

白文無注。殘卷起“〔屠釣，卑〕事也；板築，賤役也”句，至篇終。

班孟堅述高紀，班孟堅述成紀，班孟堅述韓英彭盧吴傳，范蔚宗光武紀贊

卷甚完整，合計得七十行。惟首四行上半部殘損。原卷尾題“文選卷第廿五”，知爲昭明之三十卷本。

李蕭遠運命論（法藏 P.2645）

白文無注。存三十四行，始“〔從容正道，不能維〕其末”句，訖“豈獨君子耻〔之而弗爲乎〕”句。

李蕭遠運命論（敦煌研究院藏 0356）

白文無注。存廿二行，起“之而弗爲乎”句，訖“則善惡書乎史策，毁譽”句，與法藏 P.2645 卷銜接。王重民有校記，見《敦煌寫本跋文四篇》;李永寧有文介紹。已印入《敦煌》大型畫册,江蘇美術出版社、甘肅人民出版社印行。卷中"世"字不避唐諱,殆六朝寫本。鈐任子宜藏印。

陸士衡辯亡論(北京圖書館新 1543)

共三紙,七十一行,長 138 釐米。録《辯亡論》上全文,無注。《敦煌劫餘録續編》著録。白化文有校,見《敦煌遺書中〈文選〉殘卷綜述》,載《昭明文選研究論文集》,吉林文史出版社,1988 年。

陸士衡演連珠(法藏 P.2493)

白文無注。存百四十五行,行十六字左右。起"博則凶"句,終"臣聞虐暑熏天"句,下缺。卷背爲《金剛般若經旨贊》。

陸佐公石闕銘並序(法藏 P.5036)

白文無注。起"〔箕坐椎〕髻之長"句,訖"皇帝御天下之七載也,構兹盛則,興此〔崇麗〕"句,下缺,共存四十五行。

顔延年陽給事誄並序(法藏 P.3778)

白文無注。存三十五行,起"〔上下〕力屈"句,訖於篇終並《陶徵士誄一首》篇題。

顔延年陽給事誄並序(英藏 S.5736)

存七行,起"〔敢詢前〕典而爲之誄",至"負雪懷霜,如彼〔騑駟〕"句。

王仲寶褚淵碑文(法藏 P.3345)

存五十五行,行十七字左右。起"誠由太祖之威風"句,至於篇終,末題"文選卷第廿九",知爲昭明三十卷本。此卷已經許壽裳、王重民校過。許氏舉"群后恇慟於下"及"儀形長遰"二句之可貴。按建陽宋本同作"慟",可訂胡氏《考異》之非。五臣作"長逝","逝"即"遰"之異寫,是作"遞"者不如"遰"之長。王校有誤處,如"土寓"即"宇"之籀文,王誤作"寓"。有漏處,如"東野之秘寶",今本作"東序"。善注"尚書公如故",本卷似衍"公"字。"齊王趁車"句,五臣誤"趁"爲"超",乃形訛。

附　　録

文選音(法藏 P.2833、英藏 S.8521)

伯卷存九十七行,起今本《文選》卷廿三任彦昇《王文憲集序》之後半,訖第廿五卷干令升《晋紀總論》之前半。斯本存六行,起今本《文選》卷五八蔡伯喈《陳太丘碑文》之"重"字,至王仲寶《褚淵碑文》之"冠"字(見榮新江《英國圖書館藏敦煌漢文非佛教文獻殘卷目録》著録)。篇題用簡稱大字,如"出師"、"酒德"等是。"三國"作"圀",乃武后時寫本。文字與善注違異者七十餘事,近於陸善經本有音無義,與諸家異,詳周祖謨《問學集》頁 177—191。

班孟堅幽通賦並注(德藏吐魯番本 Ch.3693＋Ch.3699 ＋Ch.2400＋Ch.3865)

正文存"形氣發〔於根柢兮,柯葉彙而零〕茂。恐罔(魍)魎〔之責景兮，羌未得其〕云已。犁(黎)〔淳耀于高辛兮，芈〕彊大於南汜；〔嬴取〕威於伯儀兮，姜本〔支乎〕三趾：既人(仁)〔得其信然〕兮，仰天路而同軌。東从虐而殲仁兮，〔王合位乎〕三五。〔戎女烈而〕喪孝兮，伯徂歸於龍虎：〔發〕還師以成性兮，重醉行〔而自耦〕。”若干字缺文，全爲補足。此賦注語甚長，現存起於子輅死事，當是正文“溺招路以從己兮”句下著，“子輅”即“子路”。李善注博引曹大家、應劭、項岱、晋灼、韋昭、張晏及《漢書》音義各説，皆不見於此注，不知出自誰氏。參王重民《敦煌古籍叙録》76—78頁。(榮新江)

王仲宣登樓賦(法藏 P.3480)

原爲殘紙一葉，前書劉希夷《白頭翁》斷句，再抄此賦，共十四行。非《文選》原本。賦文删去“兮”字。後爲《落花篇》七言，及樊鑄、陳子昂《感遇詩》(樂羊爲魏將)與蒲州進士馮待徵《虞美人怨》。

上吐魯番、敦煌莫高窟所出《文選》寫本殘卷，屬於李善注者三(《西京賦》、《答客難》與《解嘲》、《七命》殘紙)，白文明著卷數爲蕭統三十卷本者，有《嘯賦》、《恩倖傳論》至《光武紀贊》、《褚淵碑文》等。注本而非李善注者，若俄京之《文選》詩殘卷、吐魯番之《幽通賦》是。其中確爲六朝精寫本，如《曲水詩序》《王文憲集序》，更覺寶貴。諸卷散在柏林、巴黎、倫敦、聖彼得堡各處，《吴都賦》僅一紙，向未刊佈，彌爲可珍。吐魯番所出《文選序》，吉光片羽，亦附入焉。日本細川侯爵永青文庫藏有注本《文選》古鈔，據稱出自敦煌，神田喜一郎先生已勒爲專書，岡村繁考證，尤爲縝密精細，具見所著《文選の研究》，故兹從略焉。

《敦煌遺書總目索引》頁三二四稱，李木齋舊藏有開元四年二月寫本《文選注》卷二，共二十七行，真贋未詳。又法京列法藏P.2541號原爲《文選》殘卷，王重民目録稿初稱無注，後改云有注。此卷現已失去，無從查考，至爲可惜。

凡石室所出秘笈《文選》有關寫本，大體畢具於斯，按其卷第羅列，可免檢索之勞，足爲校讐之助。清世學人於選學致力至勤，惜限於聞見，若許密齋（巽行）平生校蕭選至七十二歲，前後凡十三次，而所見不出汲古閣本（見許氏《文選筆記》卷一《密齋隨録》）。益嘆今人眼福，迥非前賢所可及也。

饒宗頤

一九八一年三月初稿

一九九七年七月再訂

昭明太子文選序（中國歷史博物館藏吐魯番本）

言曰悠懷也先校反
而究升臣善曰漢書曰自合浦南至都盧國太康地志曰都盧國其人善緣高說文曰趫善緣木之士也趫騎反馺
娑駘盪燾奡桔桀枍詣承光睽罛庨豁馺娑駘盪枍詣
承光皆臺名燾奡桔桀睽罛庨豁皆形貌也臣善曰燾徒到反
奡五到反桔音吉桀反睽呼圭反罛許孤反庨呼交反
增桴重棼鍔鍔列列臣善曰鍔鍔列列高貌反宇業業飛檐巘巘
凡屋宇皆垂下向而好上屋扉邊頭凡皆更敝使反上其形業業然
檐板承落也巘巘高貌也臣善曰西都賦曰上反宇以蓋戴巘[illegible]
孽反流景內照引曜日月言皆朱畫華采流引日月之光曜於宇內也天梁之宮
寔開高闈天梁宮名宮中之門謂之闈此言特高大也旗不脫扃結駟方蘄
雖書為旗扃閒也謂建旗車上有關制之令不動搖曰扃每門解下之此令門高不復脫扃結駕駟馬方行而入也蘄馬銜也臣善
曰左氏傳曰楚人惎之脫扃古熒反楚辭曰青驪結駟齊千乘蘄巨衣反轐輻輕騖容

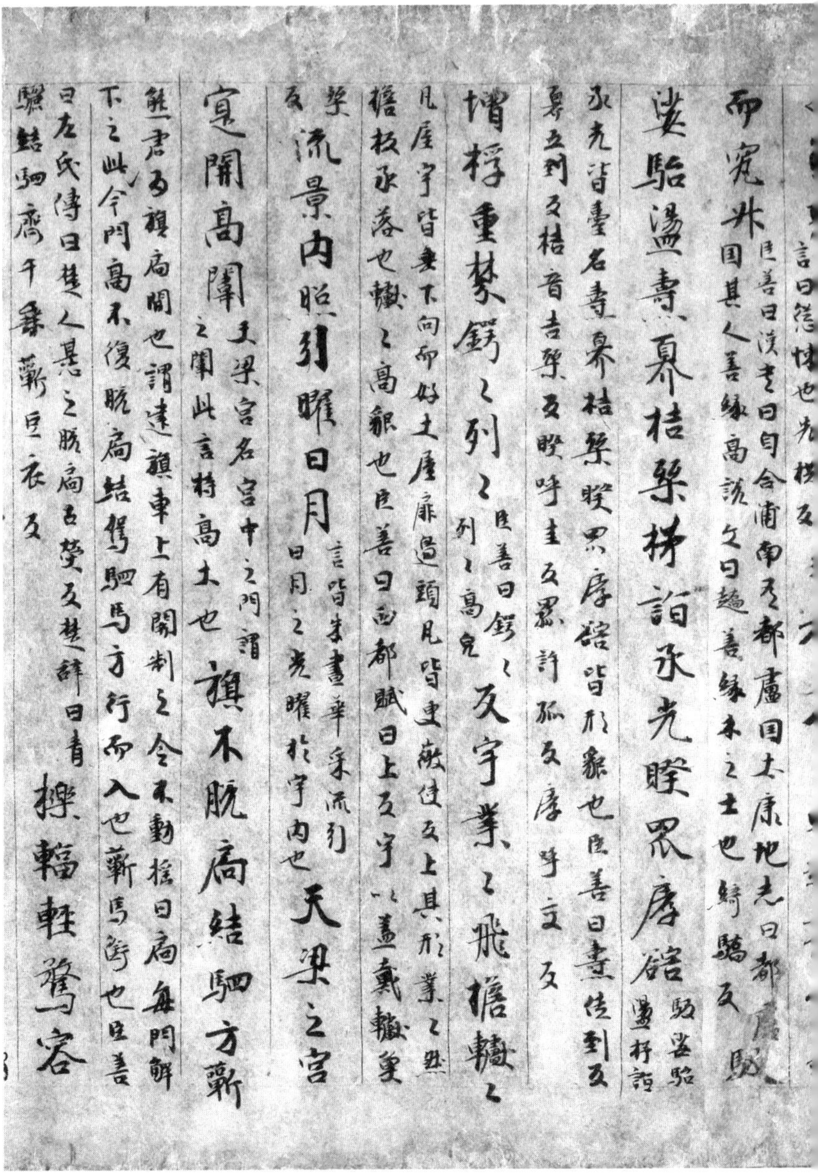

張平子西京賦(法藏 P.2528)

之阜疊而百增臣善曰漢書又曰武帝作井幹

於浮柱結重欒以相承跱稍置也三輔置浮柱之上欒柱上曲者

累層構而遂隮望北辰而高興隮升北辰極也消雺埃

於宸集重陽之清澂雺埃塵穢也宸天地之交宇也言神明臺高既除去下地之垢穢乃上正

於天陽之宇清澂之中也上西陽清又西陽故曰重陽臣善曰楚辭

曰集重陽入帝宮兮造旬始而觀清都宸音宸

虹之長鬐察雲師

髻葉

稍之上飛闥而仰眺正睹瑤光與玉繩木也臣善曰

春秋運斗樞曰北斗七星第七曰瑤光

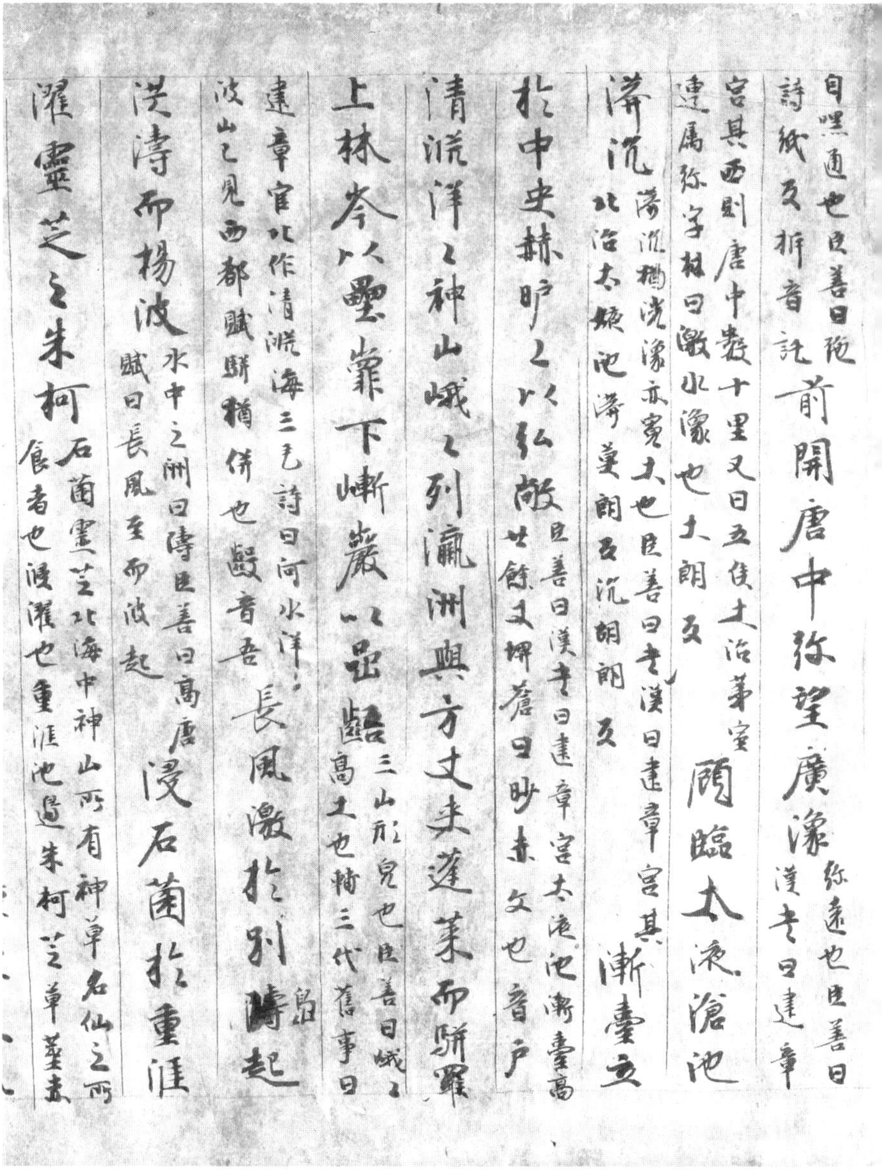
目嘿通也臣善曰陁
詩紙反析音託前開唐中彌望廣潒彌遠也臣善曰
漢書曰建章
宮其西則唐中數十里又曰五侯大治第室
連屬彌字林曰潒水潒也大朗反顧臨太液滄池
漭沆漭沆猶洸潒亦寬大也臣善曰漢書曰建章宮其漸臺立
北治太液池漭莫朗反沆胡朗反
於中央赫昈昈以弘敞臣善曰漢書曰建章宮太液池漸臺高
廿餘丈埤蒼曰昈赤文也音戶
清淵洋洋神山峨峨列瀛洲與方丈夾蓬萊而駢羅
上林岑以壘嶵下嶄巖以嵒齬三山形兒也臣善曰峨峨
高大也猶三代舊事曰
建章宮北作清淵海三山詩曰河水洋洋長風激於別島起
岑山之兒西都賦嶵猶倂也齬音吾
洪濤而揚波水中之洲曰島臣善曰高唐浸石菌於重涯
賦曰長風至而波起
濯靈芝以朱柯石菌靈芝北海中神山所有神草名仙之所
食者也浸濯也重涯池邊朱柯芝草莖赤

無君子旗扃間也謂建旗車上有關制之令不動搖曰扃每門解
下之此今門高不復脫扃結駕駟馬方行而入也蘄馬銜也臣善
曰左氏傳曰楚人惎之脫扃古熒反楚辭曰青
驪結駟齊千乘蘄臣衣反　櫟輻輕騖容
於一扉馭車發馬疾以蓋櫟於輻使有聲也　長廊廣廡途閣雲蔓謂閣
道如雲氣相延蔓也臣善曰許慎淮南子注
曰廊屋也說文曰廡堂下周屋也無禹反　閈庭詭異門千戶
万臣善曰蒼頡篇曰閈垣也胡旦反
西都賦曰張千門而立万戶　重閨幽闥轉相踰延宮中之門小者
曰闈言平
相通也望叫窱以徑廷眇不知其所返叫窱徑廷過度之意言入其中
皆迷惑不識還道也臣善曰窱
他弔反廷他定反方万反　既乃珍臺蹇產以極壯
墱道邐倚以正東臺蹇產形貌也墱閣道也邐倚一高一下
一屈一直也乃從城西建章館而踰西
城東入於中也臣善曰甘泉賦曰珍臺閒館
西都賦曰凌墱道而超西墉邐力氏反倚其綺反　似閬風之遐坂
橫西洫而絕金墉閬風崑崙山名也墉牆謂城也絕度也言
閣道似此山之長崖橫越西池而渡金城也

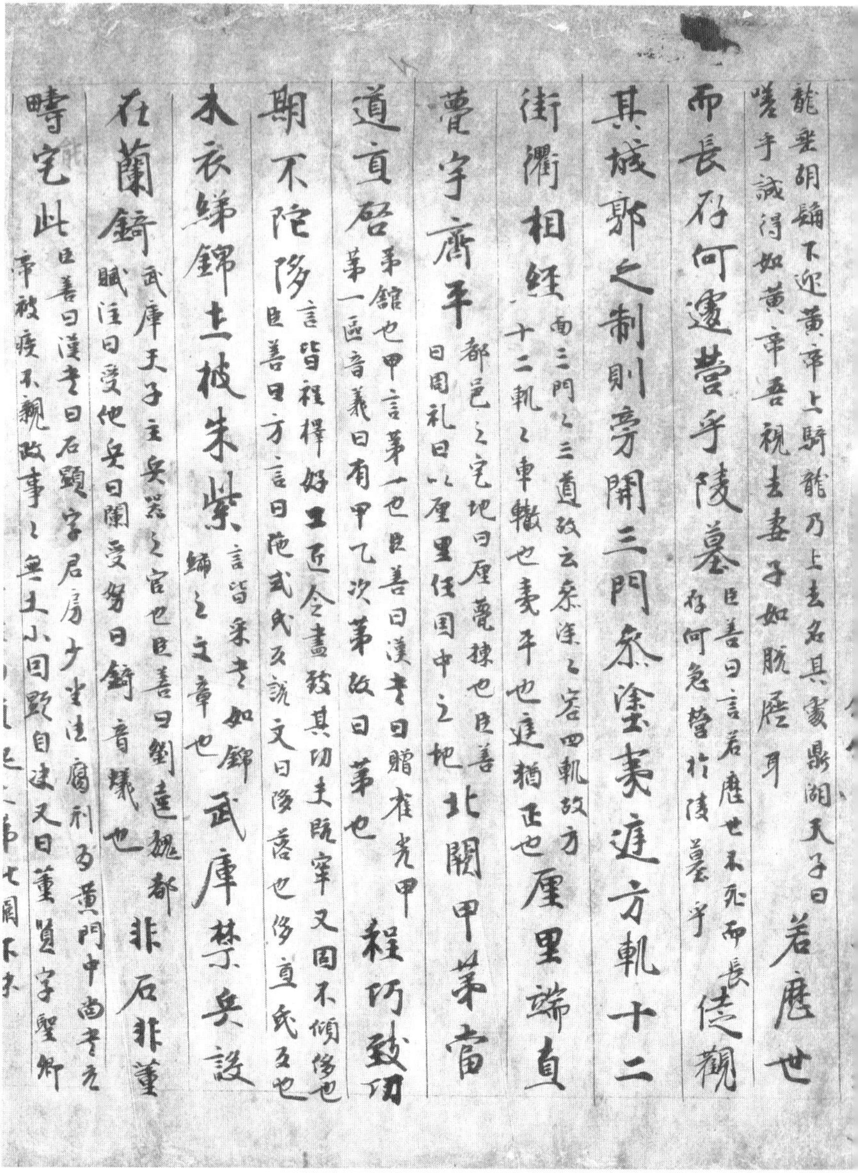
龍垂胡髯下迎黃帝上騎龍乃上去名其處鼎湖天子曰嗟乎誠得如黃帝吾視去妻子如脫屣耳若歷世而長存何遽營乎陵墓臣善曰言若歷世不死而長存何急營於陵墓乎徒觀其城郭之制則旁開三門參塗夷庭方軌十二街衢相經面三門門三道故云參塗塗容四軌故方十二軌軌車轍也夷平也庭猶正也廛里端直甍宇齊平都邑之宅地曰廛甍棟也臣善曰周禮曰以廛里任國中之地北闕甲第當道直啓第館也甲言第一也臣善曰漢書曰贈霍光甲第一區音義曰有甲乙次第故曰第也程巧致功期不阤陊言皆程擇好工匠令盡致其功夫既牢又固不傾陊也臣善曰方言曰阤式氏反說文曰陊落也陊直氏反也木衣綈錦土被朱紫言皆采畫如錦綈之文章也武庫禁兵設在蘭錡武庫天子主兵器之官也臣善曰劉逵魏都賦注曰受他兵曰蘭受弩曰錡錡音蟻也非石非董疇寔出此臣善曰漢書曰石顯字君房少坐法腐刑為黃門中尚書元帝被疾不親政事事無大小因顯白決又曰董賢字聖卿

[illegible]

洪濤而揚波水中之洲曰濤臣善曰高唐賦曰長風至而波起浸石菌於重涯
濯靈芝以朱柯石菌靈芝北海中神山所有神草名仙之所食者也浸濯也重涯池邊也朱柯芝草莖赤
色也臣善曰菌芝屬抱朴子曰芝有石芝菌求隕反海若遊於玄渚鯨魚失流
而蹉跎海若海神鯨大魚也臣善曰楚辭曰令海若舞馮夷又曰臨沅湘之玄淵薛君韓詩章句曰水一溢一否為渚三輔三代舊
事曰清淵北有鯨魚刻石為之長三丈楚辭曰驥垂兩耳中坂蹉跎於是采少君以端信
庶欒大之貞固臣善曰少君欒大已見西都賦人姓名及事易知而別卷重見者云見某篇亦從省也他皆類此也
立脩莖之仙掌承雲表之清露屑瓊蘂以
朝飡必性命之可度臣善曰漢書曰孝武又作柏梁銅柱承露僊人掌之屬矣三輔故事曰武帝作銅露盤承天露和玉屑飲之欲以求仙楚辭曰精瓊靡以為粻王逸曰靡屑
美往昔之松喬要
羨門乎天路臣善曰列仙傳曰赤松子者神農時雨師也服水玉又曰王子喬者周靈王太子晉也道人浮丘公接以上嵩
高山史記曰始皇之碣石使燕人盧生求羨門韋昭曰羨門[illegible]

曰昏讀爲臨也何必昏於作勞邪贏優而足恃昏勉也優饒也言何必當勉力作勤勞之事乎斯爲之利自饒足恃也臣善曰尚書曰不昏作勞也彼肆人之男女麗靡奢乎許史臣善曰漢書曰孝宣許皇后元帝母生元帝之封外祖父廣漢爲平恩侯又曰衛太子史良娣宣帝祖母也是恭宣帝立恭已死封恭長子高爲樂陵侯若夫翁伯濁質張里之家擊鍾鼎食連騎相過東京公侯壯何能加臣善曰漢書曰翁伯以販脂而傾縣邑濁氏以胃脯而連騎質氏以洒削而鼎食張里以爲醫而擊鍾晉灼曰胃脯今大官常以十月作沸湯燖羊胃以末椒薑坋之訖暴使燥者也燖翔爓反坋步寸反如淳曰洒削作刀劍削也晉灼曰張里里名也都邑遊俠張趙之倫齊志無忌擬跡田文臣善曰漢書曰長安宿豪大猾箭張禁酒趙放皆通邪結黨輕死重氣結黨連羣寔蕃有徒其從如雲寔實也蕃多也徒衆也臣善曰尚書曰寔繁有徒毛詩曰齊子歸止其從如雲也茂陵之原陽陵之朱趫悍虓豁如虎如貙臣善曰原原涉朱朱安世也史記曰誅趫捍趫與趫同欺誰反說文曰悍勇

在蘭錡武庫天子主兵器之官也臣善曰劉逵魏都賦注曰受他兵曰蘭受弩曰錡音蟻也非石非董

疇宅此臣善曰漢書曰石顯字君房少坐法腐刑為黃門中尚書元帝被疾不親政事之無大小因顯自決又曰董賢字聖卿

哀帝悅其儀貌拜為黃門郎詔將作為賢起大第北闕下木土之功窮極技巧柱檻衣以綈錦武庫禁兵盡在董氏爾乃

廓開九市通闤帶闠廓大也闤市營也闠中隔門也臣善曰漢宮闕疏曰長安立九市其六市在

道西三市在道東闤胡間反旗亭五重俯察百隧旗亭市樓也隧列肆道也臣善曰史記褚先生

曰臣為郎與方士會旗亭下周制大胥今也惟尉臣善曰周礼曰司市胥師廿人然尊其職故曰大漢

言曰京兆尹長安四市皆屬焉與左馮翊右扶風為三輔吏置三輔都尉瓌貨方至鳥集鱗

萃瓌奇貨也方四方也言奇寶至如鳥之集鱗之接也鬻者兼贏求者不匱 鬻 賣

也兼倍也贏利也匱乏也爾乃商賈百族裨販夫婦坐者為商行者為賈裨販買賤

賣貴以自裨益者臣善曰周礼曰大市日昃而市百族為主朝市朝時而

市商賈為主夕市日夕 一 良善也先覓良

雅曰[illegible]

臣善曰王莽於五都立均官更名雒陽邯鄲臨完成都市長皆為五均司市師也 商旅聯槅隱

展〻 言賈人多車枙相連屬隱展〻重車聲也 臣善曰說文曰槅大車枙 居責反 冠帶交

錯方轅接軫 臣善曰楊雄蜀都賦曰方轅齊轂隱軫幽輵 枚乘兔園賦曰車馬接軫相屬方輪錯轂 說文曰軫車後橫木也

封畿千里統以京尹 臣善曰漢書曰內史周官武帝更名京兆尹 張晏曰地絕高曰京十億曰兆尹正也

郡國宮館百卌五 離宮別館在諸郡國者也 臣善曰三輔故事曰秦時殿觀百卌五

右極盩厔并卷酆鄠 臣善曰漢書右扶風有盩厔縣 盩張流反 厔張栗反 左

暨河華遂至虢土 暨言及也 臣善曰漢書右扶風有虢縣也 上林禁苑

跨谷弥阜 跨越也 弥猶掩也 大陸曰阜 上林苑名禁人妄入也 東至鼎湖邪界

細柳 鼎湖細柳皆地名 鼎湖在華陰 細柳在長安西北 掩長楊而聯五柞

傳衆也臣善曰尚書曰寔塡丕傳毛詩曰齊子歸止其從如雲也茂陵之原陽陵之朱

趫悍虓壑如虎如貙臣善曰原原涉朱朱安世也史記曰誅趫捍趫與趫同欺誰反說文曰悍勇也戶旦反毛詩曰闞如虓虎虓呼交反貙雅曰貙獌似貍貙勑珠反睚眦蠆芥屍僵路

隅臣善曰漢書曰原涉字巨先自陽翟徙茂陵涉好殺睚眦於塵中獨死者甚多廣雅曰睚裂也說文曰眥目匡也淮南子曰瞋目裂眥睚五懈反眥在賣反張揖子虛賦曰蔕介刺鯁也蠆與蔕同並丑介反丞相欲以贖子

罪陽石汙而公孫誅臣善曰漢書曰公孫賀爲丞相子敬聲爲太僕擅用北軍錢千九百萬下獄是時詔捕陽陵朱安世賀請逐捕以贖敬聲罪後果得安世安世者京師大俠也遂從獄中上書告敬聲與陽石公主私通遂父子死獄中若其五縣游麗辯論

之士街談巷議彈射臧否剖析豪氂擘肌分

理臣善曰五縣謂長陵安陵陽陵茂陵平陵毛詩曰未知臧否聲類曰豪長毛也漢書音義曰十豪爲氂力之反鄭玄周禮注曰

擘破裂也補革反說文曰肌肉也所好生毛羽所惡成創痏毛羽言飛揚創痏謂槃

痕也臣善曰蒼頡曰[illegible]五十里爲近郊百里

蝨首作螽守袁曰蝨首黃帝史

木蘩曰林臣善曰穀梁傳曰林屬於山爲麓 木則樅栝椶柟梓棫楩楓 樅松葉栢

身也栝栢葉松身梓如栗而小棫白蕤楓々香也臣善曰郭璞

山海經注曰椶一名并閭尒雅曰梅柟樅七容反栝古活反椶子公反

柟音梓章移反棫郭璞上林賦注曰楩杞也似梓楩卑綿反楓音風也

嘉卉灌叢蔚若鄧林 嘉猶美也灌叢蔚皆盛皃臣善曰山海經曰夸父與日競走渴飲河

渭河渭不足北飲大澤未至道渴而死弃其杖化爲鄧林也 欝蓊薆薱橚爽櫹槮

皆草木盛貌也臣善曰蒲音爾橚音蕭槮音森 吐葩颺榮布葉垂陰 葩華也 草

則葴莎菅蒯薇蕨荔苀 臣善曰尒雅曰葴馬藍郭璞曰今大葉冬藍音針尒雅曰薃

侯莎又曰白華野菅郭璞曰菅茅屬也聲類曰蒯草中爲索々苦怪反毛萇詩傳曰薇菜也尒雅曰蕨虌也說文曰荔草似蒲音

隸尒雅曰苀東蠡郭璞曰未詳胡郎反 王蒭茵臺戎葵懷羊 臣善尒雅曰菉王蒭郭

璞曰今菉蓐也尒雅曰茵貝母郭璞曰似韭武行反尒雅曰臺夫須

又曰菺戎葵郭璞曰今蜀葵也菺音肩戎音戎尒雅曰蘪懷羊

跨谷弥阜跨越也弥猶掩也大陸曰阜東至鼎湖邪界
上林苑名禁人妄入也
細柳鼎湖細柳皆地名鼎湖在華陰掩長楊而聯五柞
東細柳在長安西北
長楊宮在盩厔五柞亦館繞黃山而款牛首繞裹也款至也
名云之五柞樹也臣善曰漢書
右扶風槐里縣之黃山宮三輔黃繚亘綿聯四百餘里繚亘猶
圖曰甘泉宮中之牛首池繚了也
綿聯猶連蔓也四百苑之周圍臣善曰亘當為垣西都賦曰繚以
周牆三輔故事曰北至甘泉九嵕南至長楊五柞連綿四百餘里也
植物斯生動物斯止植猶草木動謂禽獸臣善曰周礼
曰動物宜毛物植物宜皁物也
衆鳥翩翻群獸否騃皆鳥獸之形狠也臣善曰韓詩曰
趍曰否々行曰騃々否音鄙騃音
俟散似驚波聚似京詩京高也水中之土曰京詩言禽獸散
聚之時如水驚風而揚波聚時如
水中之[illegible]臣善曰列子曰北海之

淮南子云曰出湯谷拂于扶桑楚

辭曰出自湯谷次于濛汜其中則有黿鼉巨鼈鱣鯉鱮鮦鮪鯢

鰽魦脩額短項大口折鼻詭類殊種曰鰽魦以上皆魚名也脩額至

折鼻皆貌之形也詭類殊種多雜物也臣善曰郭璞山海經注曰黿

似蜥蜴佳多反郭璞尔雅注曰鱣似鱏知連反鄭玄詩箋曰鱮似

魴也尔雅曰鱮鮦也重重毛萇詩傳曰鮪似鮥鯖手鳥則鶤鷄

軌反鮎奴謙反又曰鰽揚也魦鮀也鰽音胥也

鵾鴨鴐鵝鴻鶤臣善曰高誘淮南子注曰鶤鷄長脰綠色其形似

鴈張揖上林賦注曰鴐鵝野鵝鵝鴨二鳥名也凡鳥

鳥草木皆不重見他皆類

此鶤音昆鴐音加上春候來季秋就溫臣善曰周礼曰上春生種稑之

種礼記曰孟春鴻鴈來鄭玄曰鴈自南方來將北反其居也又曰季秋

之月鴻鴈來賓鄭玄曰來賓亡而來去也列子曰禽獸之知違就溫

南翔衡陽北棲鴈門臣善曰尚書曰荊及衡陽惟荊州孔安國

曰衡山之陽漢書有鴈門郡也

集歸隼沸卉軿訇奮迅聲也臣善曰周易曰射集隼

高墉之上軿芳耕反訇火宏反衆形

殊聲不可勝論論説也臣善曰廣

雅曰勝舉也於是孟冬作陰寒風肅

……也說文曰荔草似蒲音

隸爾雅曰芃東蠡郭璞曰未詳胡郎反 王芻莔臺戎葵懷羊 臣善爾雅曰菉王芻郭璞曰今菉蓐也爾雅曰莔貝母郭璞曰似韭武行反爾雅曰臺夫須又曰菺戎葵郭璞曰今蜀葵也菺音肩戎音戎爾雅曰褱懷羊郭璞曰未詳

苯䔿蓬茸彌皋被崗 彌猶覆也言草木熾盛覆被於皋澤及山崗之上也臣善曰苯音本䔿子本反

篠簜敷衍編町成篁 篠箭也敷猶布也衍曼也編連也町謂畝畝篁竹墟名也臣善曰尚書曰篠簜既敷町音挺也

山谷原隰泱漭無疆 言其多無境限也臣善曰泱烏朗反

迺有昆明靈沼黑水玄阯 小渚曰沚臣善曰漢書武帝穿昆明池黑水玄沚謂昆明靈沼之水沚也水邑也

周以金堤樹以柳杞 金堤謂以石為邊厲而多種杞柳之木臣善曰金堤言堅也子虛賦曰上金堤杞即棲木也

豫章珍館揭焉中峙 皆豫章木為臺館也臣善曰三輔黃圖曰上林有豫樟觀說文曰揭高舉也渠列反

牽牛

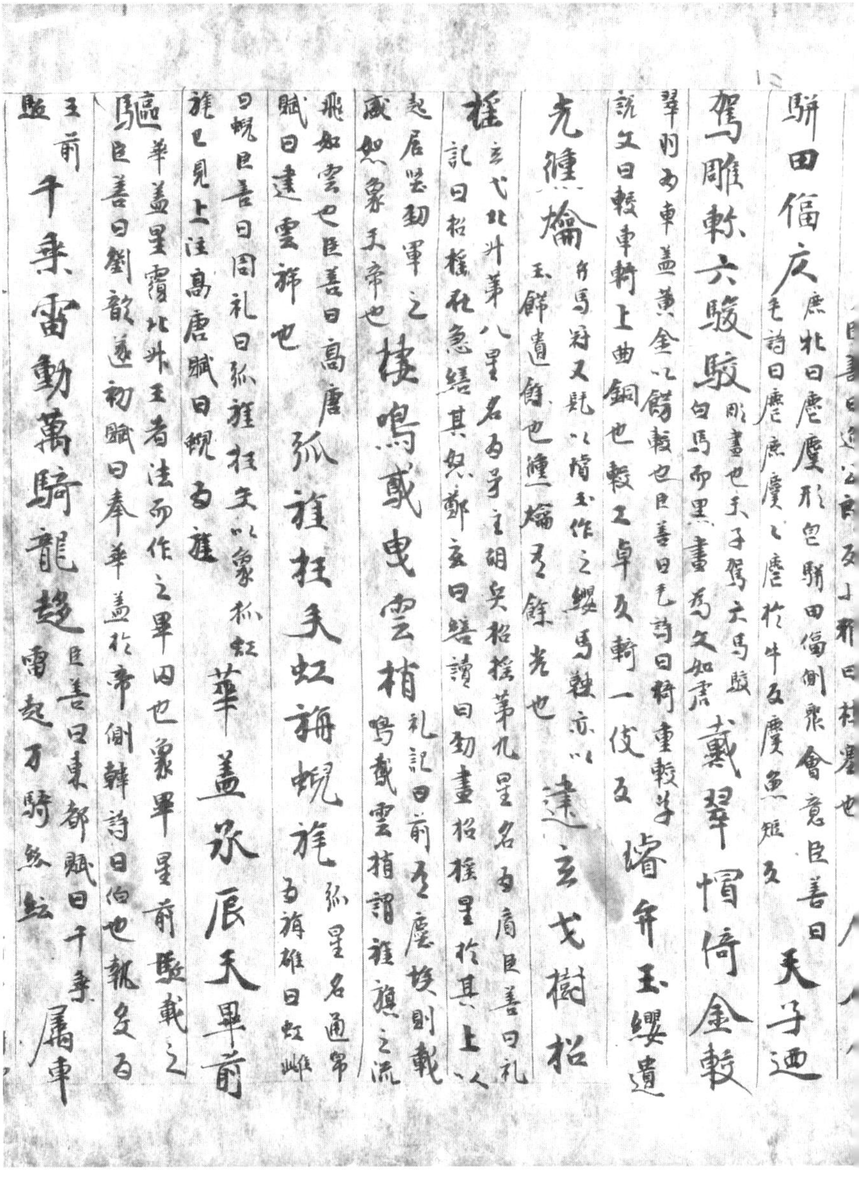

駢田偪仄麀牝曰麀麌形皃駢田偪側衆會意臣善曰毛詩曰麀鹿麌麌麀於牛反麌魚矩反天子迺

駕雕軫六駿駮彫畫也天子駕六馬駮白馬而黑畫爲文如虎戴翠帽倚金較

翠羽爲車蓋黃金以飾較也臣善曰毛詩曰猗重較兮說文曰較車輢上曲銅也較工卓反輢一伎反璿弁玉纓遺

光儵爚弁馬冠叉髦以璿玉作之纓馬鞅亦以玉飾遺餘也儵爚其餘光也建玄弋樹招

搖玄弋北斗第八星名爲矛主胡兵招搖第九星名爲盾臣善曰礼記曰招搖在急繕其怒鄭玄曰繕讀曰勁畫招搖星於其上以

起居堅勁軍之威怒象天帝也棲鳴鳶曳雲梢礼記曰前有塵埃則載鳴鳶雲梢謂旌旗之流

飛如雲也臣善曰高唐賦曰建雲旆也弧旌枉矢虹旃蜺旄弧星名通帛爲旃雄曰虹雌

曰蜺臣善曰周礼曰弧旌枉矢以象弧虹旌也見上注高唐賦曰蜺爲旌華蓋承辰天畢前

驅華蓋星覆北斗王者法而作之畢罔也象畢星前驅載之臣善曰劉歆遂初賦曰奉華蓋於帝側韓詩曰[illegible]

王前監千乘雷動萬騎龍趍臣善曰東都賦曰千乘雷起万騎紛紜屬車

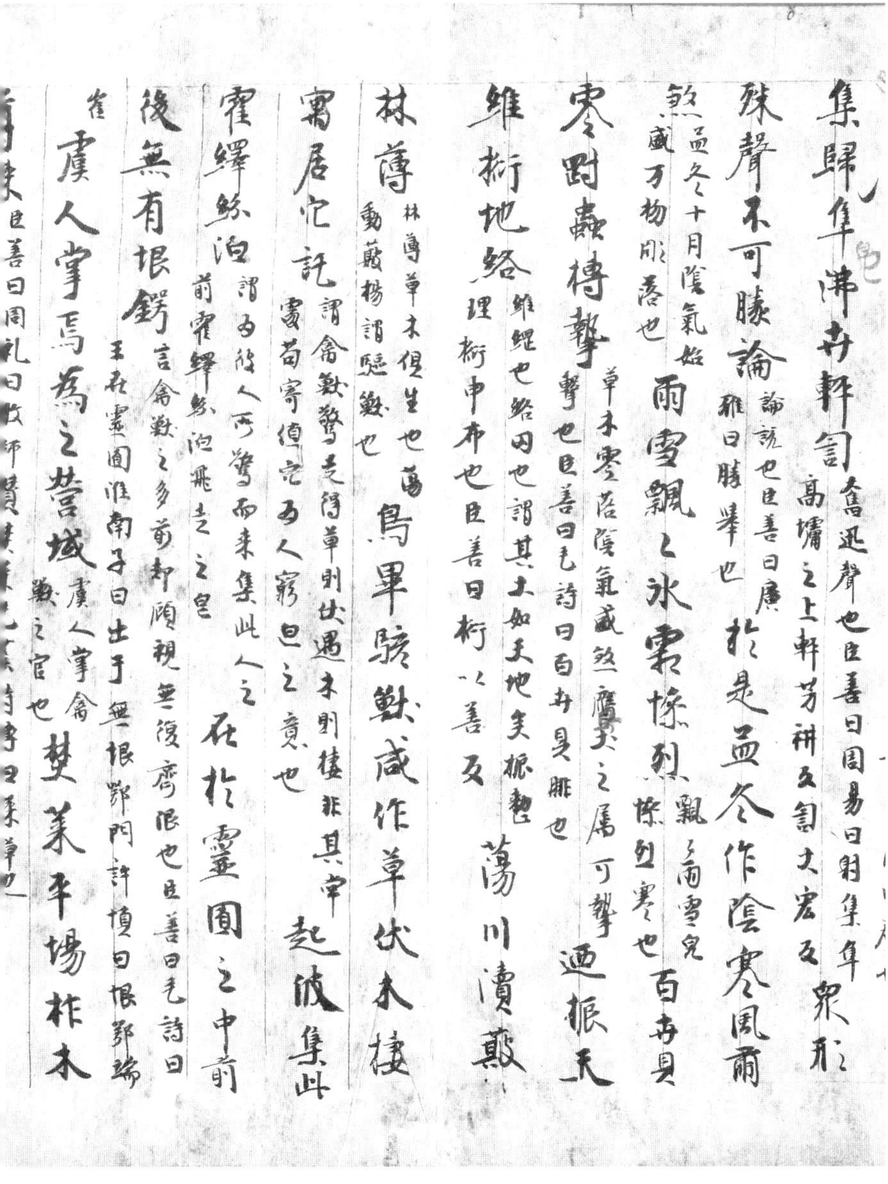

集歸隼沸卉軿訇 奮迅聲也臣善曰周易曰射集隼高墉之上軿芳耕反訇火宏反 眾形
殊聲不可勝論 論說也臣善曰廣雅曰勝舉也 於是孟冬作陰寒風肅
煞 孟冬〻十月陰氣始盛萬物彫落也 雨雪飄〻冰霜慘烈 飄〻雨雪皃 慘烈寒也 百卉具
零剛蟲搏摯 草木零落陰氣盛煞鷹隼之屬可摯摯也臣善曰毛詩曰百卉具腓也 迺振天
維衍地絡 維綱也絡因也謂其大如天地矣振整理衍申布也臣善曰衍以善反 蕩川瀆簸
林薄 林薄草木俱生也蕩動簸揚謂驅歐也 鳥畢駭獸咸作草伏木棲
寓居穴託 謂禽獸驚走得草則伏遇木則棲非其常處苟寄傾穴而人窮迫之意也 起彼集此
霍繹紛泊 謂為獵人所驚而來集此人之前霍繹紛泊飛走之皃 在於靈囿之中前
後無有垠鍔 言禽獸之多前却顧視無復齊限也臣善曰毛詩曰王在靈囿淮南子曰出于無垠鄂門許慎曰垠鄂端
崖 虞人掌焉為之營域 虞人掌禽獸之官也 焚萊平場柞木

罷之水衣也

陳列也臣善曰周礼虎賁下大夫旅賁氏中士漢書曰長安作飛廉館三輔黃圖上林有上蘭觀

結部曲整行伍

臣善曰司馬彪續漢書曰大將軍營五部部之校尉一人部下有曲曲軍候一人左氏傳曰行出犬雞杜預曰廿五人為行行亦卒之行也周礼曰五人為伍

燎京薪駭雷鼓

積高為京燎謂燒也

縱獵徒赴長莽

莽草長謂深且遠也

迾卒清候武士赫怒

臣善曰鄭玄礼記注曰迾遮也迾猶遮列反清候清道候望

緹衣韎韐睢盱跋扈

臣善曰緹衣韎韐武士之服字林曰緹帛丹黃色他米反毛詩曰韎韐有奭毛萇曰韎韐者茅蒐染也字林曰睢仰目也盱張目也睢士隹反盱大于反毛詩曰無然畔援鄭玄曰畔援猶拔扈也拔與跋古字

光炎燭天庭囂聲震海浦

燭照也海浦四瀆之口也臣善曰爾雅曰水通也卿天庭鄭玄周礼注曰囂讙也許朝反

河渭為之波盪吳岳為之陁堵

波盪搖動也陁落也臣善曰漢書曰自華西名山七有岳山吳山

百禽㥄遽騤瞿奔觸

㥄猶怖遽促也騤瞿走狼奔觸唐突也臣善曰歸稽賦曰君貌之㥄遽㥄音陵遽渠庶反騤音逵瞿巨駒反

喪精亡魂失

驅華蓋星霣比斗王者法而作之畢四也象畢星前驅載之
臣善曰劉歆遂初賦曰奉華蓋於帝側韓詩曰伯也執殳爲王
前驅 千乘雷動萬騎龍趨 臣善曰東都賦曰千乘雷起万騎紛紜 屬車
之簉載獫猲獢 大駕最後一乘懸豹尾以前爲省中侍御史載之簉副也臣善曰漢書音義曰大駕
屬車八十一乘毛詩曰輶車鸞鑣載獫歇驕毛萇曰獫歇驕田犬
也長喙曰獫短喙曰歇驕簉楚適反猲呂驕反獢許喬反
匪唯翫好迺有祕書小說九百本自虞初 小說醫巫厭祝
之術凡有九百卌篇言九百舉大數也臣善曰漢書曰
虞初周說九百卌三篇小說家者蓋出稗官也 從容之求
寔俟寔儲 特此祕術儲以自隨待上所求問皆當具也 於是蚩尤秉鉞奮
鬣被般 臣善曰山海經曰蚩尤作兵伐黃帝史記曰黃帝與蚩尤戰於涿鹿之野蒼頡篇曰鉞斧也長毛曰鬣般君反
也上林賦曰被班文般與班古字通也 禁禦不若以知神姦螭魅魍魎莫
臣善曰左氏傳王孫滿謂楚子曰昔夏鑄鼎象物使人知

善曰鶡舉鳥反伉音鬩斥音尺也

兔兔騰猱淩巒超壑兔狡兔騰猱者也巒山也壑坑谷也自游鶡至此皆說禽輕狡難得也比諸東郭㕙之能獲臣善曰毛詩曰躍躍毚兔音讒逡勑倫反臣善戰国策淳于髡曰夫盧天下之駿狗也東郭逡海内之狡兔也鄭玄禮記注猶比方也孔安国尚書傳曰者之

迺有迅羽輕足尋景追括迅羽鷹也輕足好犬也括箭之叉御弦者鳥不暇舉獸不得發舉飛也發騁走也臣君曰島書賦曰飛鳥未及起走獸未及發青骹摯於韝下青骹鷹青脛者盖韓盧犬謂黑毛也韓盧噬於緤末摯擊也噬齧也緤牽也韝臂衣鷹下韝而擊犬牽末而齧皆謂急搏不遠而獲臣善曰骹脛也戰国策淳于髡曰韓子盧者天下之壯犬也骹苦交反韝音溝緤音薛

及其猛毅髬髵隅目高逵髬髵作毛鬣也隅目角眼視高逵深瞳子皆謂猛獸作怒可畏者臣善曰髬音悲髵音而也威懾兕虎莫之敢伉兕水牛類伉當也謂獸猛兕虎且猶畏之人無敢當之者臣善曰伉古郎反

迺使中黃育獲之

也。沲，落也。臣善曰：漢書曰：自華西名山七，有岳山、吳山。百禽凌遽，騤瞿奔觸，凌，猶怖遽促也。睽瞿，書根奔觸，唐突也。臣善曰：羽獵賦曰：君猳之凌遽。凌音陵。遽，渠庶反。騤音逵。瞿，巨駒反。喪精亡魂，失歸忘趨，投輪關輻，不邀自遇。言禽獸亡失精魂，不知所當歸趣也。反閑入輪輻之間，不須邀遮，往自得之。飛罕潚箾，流鏑檑標。潚箾，罕形也。檑標，中聲也。臣善曰：說文曰：罕，罔也。潚音肅。箾音相。檑，芳美反。標，芳邈反。矢不虛舍，鋋不苟躍。舍，放也。躍，跳也。矢鋋跳躍，必有獲矣。臣善曰：說文曰：鋋，小矛也。當足見蹍，值輪被轢。足所蹈為蹍，車所加為轢。臣善曰：蹍，女展反。僵禽斃獸，爛若磧礫。僵，仆也。石細者曰礫。謂所獲禽鳥爛然如衆細石也。但觀置羅之所羂結，竿殳之所揘畢，羂，縺也。結，縛也。竿，竹也。殳，杖也。揘畢，謂秘也。臣善曰：羂，古犬反。揘音橫。畢，乎筆反。叉蔟之所攙捔，徒搏之所撞秘。攙捔，貫刺之。撞秘，猶揘畢也。臣善曰：蔟，楚角反。攙，在銜反。捔，助角反。撞，直江反。秘，房結反。白

日未……爾其……十二……晷景也。晡謂……也。言日景

其甚[illegible]

橑封狐陵重巘獵昆駼洞穴深且通也橑取也封大也陵猶升也山之上大下小者巘昆駼如馬枝蹄善登高言能升重巘之嶺而獵取昆駼之獸也善曰巘言兒反駼音途

杪木末擭獑猢杪猶表稱猢擭數而白白要以前黑在木表擭謂樝取之良善曰杪音眇擭於白反獑在銜反猢音胡也

超殊榛摕飛鼺殊猶大也榛木也摕猶取之也良善曰尔雅曰鼺鼠表由郭璞曰狀如猴肉翅飛且乳摕大結反鼺音吾

是時後宮嬖人昭儀之倫嬖幸也昭儀後宮也常亞於乘輿亞次也乘輿天子所乘車也

慕賈氏之如皐樂北風之同車良善曰左氏傳曰昔賈大夫惡取妻三年不言不笑御以如皐射雉獲之其妻始笑而言杜預曰賈國之大夫也毛詩北風曰惠而好我攜手同車

般于游畋其樂只且般樂也良善曰尚書曰文王弗敢般于遊田毛詩曰其樂只且只且辭也且子余反

於是鳥獸單目觀窮單也窮極也所觀畢也

遷延邪睨集乎長楊之宮遷延退還也良曰高唐賦曰遷延引身息行夫

注深童子皆詶樝蜀作矣可畏

者臣善曰㲋音悲反歸音而也 威懾兕虎莫之敢伉 兕水牛類伉當也謂𩑶猛兕虎且猶

畏之人無敢當之者臣善曰伉古郎反 迺使中黃育獲之

儔朱鬘鬗髽植髮如竿 鬗柏額露頭髽植髮如竿以擊猛獸能服之也臣善曰

尸子曰中黃伯曰余左執泰行之優而右搏雕虎戰國策范雎說秦

王曰烏而死夏育之勇焉而死鬘亞反髽壯瓜反鬗作詐計反

禮裼戟手奎踽槃桓 奎踽開足槃桓便旋如槫形也臣善曰毛詩禮裼暴虎左氏傳曰戟其手廣

雅曰般桓不進也奎

苦攜反踽去禹反 鼻赤象圈巨狿 象赤者怒巨狿虞之也怒大者曰狿謂能食象皋

又穿鏖以著圈臣善曰說文曰

圈養畜圈也其免反狿音延 摣㽘猱狖𤟄 㽘羨身人面身有毛

枝髮迅走食人猱其毛如刺是狖寮狖也𤟄貌如京食人猱之猿

也一曰師子摣批皆謂擿摞之臣善曰摣莊加反歸字沸反㽘音

謂批側倚反狖音庚 揩枳落突棘藩 臣善曰字林曰揩摩也口皆反說文曰枳

猱音馥猊五孚反

木似橘居紙反 梗林為之靡拉檏叢為之摧殘 靡拉摧殘言指

[illegible]肥也　清酤美酒也臣善曰

史記曰楚人謂多夥音禍毛詩曰既載
清酤音户廣雅曰敦多也音支
皇恩溥洪德施
皇之帝
也善博
徒御説士忘罷
臣善曰毛詩曰徒御不驚毛
萇曰徒輦者也御之馬也
巾車
命駕回旆右移
巾車主車官也回車右轉將旋也臣善曰孔
叢子魏曰巾車命駕將適唐都鄭玄周
礼注曰巾
猶衣也
相羊五柞之館旋憩昆明之池
相羊仿
羊也池
即所謂靈沼也臣善曰楚
辭曰聊逍遥以相羊
登豫章簡矰紅
豫章也中
臺也簡
者也繳射天長八寸
其絲名矰紅也
蒲且發弋高鴻
臣善曰列子曰蒲且
子之弋弱弓纖繳
乘風而振之連
雙鶬於青雲
挂白鵠聯飛龍
挂交絲挂鳥上也
飛龍鳥名也
磻不特
絓注必加雙
沙石縣絲為磻非徒獲一而已必雙得之
也臣善曰説文曰磻以石繳也磻音波
於是
命舟牧為水嬉
舟牧主舟官嬉戲也臣善曰礼記曰舟牧覆
舟琴道雍門周曰水嬉則舫龍舟

樂只且只且辭
也且子余反　於是鳥獸單目觀窮　單也窮極也遷　所觀畢也
延邪睨集乎長楊之宮　遷延退還也臣君曰　高唐賦曰遷延引身　息行夫
展車馬　息休也臣善曰左氏傳曰子反命軍吏察甲兵展　車馬鄭玄礼記注曰展整也張輦反　收禽
舉胔數課衆寡　胔死禽獸將腐之名也數　計課錄校所得多少　置互擺
牲頒賜獲鹵　互所以挂肉擺謂破磔之頒謂以所鹵獲之　禽獸賜士衆也臣善曰擺芳皮反漢書音義
鹵與虜　同也　割鮮野饗犒勤賞功　謂饗食士衆於廣野　中勞勤苦賞有功也
臣善曰子虛賦曰割鮮染輪杜預左
氏傳注曰犒勞也犒苦到反　五軍六師千里列
百重　臣善曰漢官儀漢有五營周礼天子六軍五軍即　五營也六師即六軍也尚書曰張皇六師也　酒車
酌醴方駕授邕　酒肴皆以　車載之　升觴舉燧既釂鳴鐘
燧火也謂行酒舉烽火以告衆也以釂鳴鐘
釂也臣善曰說文曰釂飲酒盡也焦曜反　膳夫騎馳察
善夫掌夫察其旨視也察或無也善掌人騎馬行

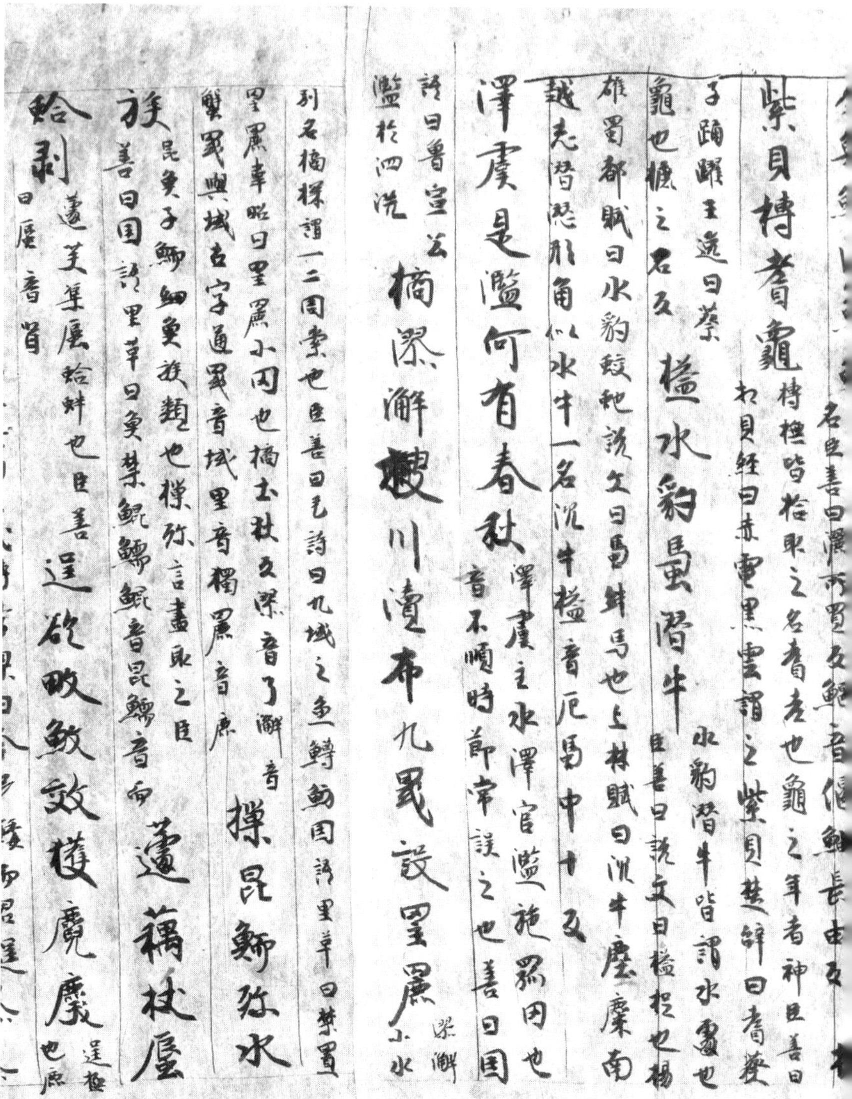
紫貝摶蒼龜摶撫皆拾取之名蒼者也龜之年者神臣善曰相貝經曰赤電黑雲謂之紫貝楚辭曰蒼龞子踊躍王逸曰蔡龜也膢之名反

檻水豹蠱潛牛臣善曰說文曰檻檻也楊水豹潛牛皆謂水靈也雄蜀都賦曰水豹鼓鼍說文曰馬蚌馬也上林賦曰沉牛麈麋南越志潛怒形角似水牛一名沉牛檻音尼蜀中十反

澤虞是濫何有春秋澤虞主水澤官濫施罟因也音不順時節常設之也善曰国詩曰魯宣公濫於泗洸

摘罧澥㯐川瀆布九罭設罜麗罧澥小水列名摘㯐謂一二同棄也臣善曰毛詩曰九域之魚鱒魴国語里革曰禁罝罜麗韋昭曰罜麗小网也摘去鼓反罧音了澥音鑿罭與域古字通罭音域罜音獨麗音鹿

㯐昆鮞殄水族昆魚子鮞細魚族類也㯐殄言盡取之臣善曰国語里革曰魚禁鯤鮞鯤音昆鮞音而

蘧藕拔蜃蛤剝蘧芙蕖蜃蛤蚌也臣善曰蜃音腎

逞欲畋魰效獲麑麇逞極也鹿

鮭注必加雙沙石賦絲爲繳非徒獲一而已必雙得之也臣善曰說文曰磻以石繳也磻音波於是

命舟牧爲水嬉舟牧主舟官嬉戲也臣善曰礼記曰舟牧覆舟琴道雍門周曰水嬉則艕龍舟

浮鷁首翳雲芝船頭象鷁鳥鷁鳥厭水神故天子乘之翳覆也臣善曰淮南子曰龍舟鷁首甘泉賦曰登夫鳳皇而翳華之

垂翟葆建羽旗謂聚羽翟爲葆蓋建隼羽爲旌旗也臣善曰琴道雍門周曰水嬉建羽旗

齊栧女縱櫂歌臣善曰栧子鼓栧之子漢書音義韋昭曰栧楫也櫂歌也西都賦曰櫂女謳漢武帝秋風辭曰發櫂歌方言曰楫或謂之櫂郭璞曰今江櫂歌也直教反

發引龢校鳴葭

奏淮南度陽阿發引和言一人唱餘和也葭吏校急之乃鳴臣善曰杜篤葭賦曰李伯陽入西戎所造漢書曰淮南鼓員謂舞人也淮南鼓員四人然鼓員謂無人也淮南子曰足蹀陽阿之舞

感河馮懷湘娥臣善曰莊子曰子馮夷得道以潛大川楚辭曰帝子降于北渚王逸曰言堯二女娥皇女英隨舜不及隨湘水之中因爲湘夫人也

驚䎘

一因兩水中交也雀隨鶩單謂皆使遠布也

謂其伎能也臣善曰漢書曰武帝作角抵戲文穎曰秦名此樂為角抵兩〻相當角力伎藝射御故名角抵烏獲扛
鼎都盧尋橦臣善曰史記曰秦武王有力〻士烏獲孟說皆至大官王與孟說舉鼎說文
曰扛橫關對舉也扛與舡同古尨反漢書曰武帝享四夷之客作巴俞盧都音義曰體輕善緣也衝陿鷰濯
匈突銛鋒卷簟席以矛插其中伎兒以身投從中過燕濯以盤水置前坐其後踊身張手跳前以足偶節踰水復
却坐如鷰之浴也臣善曰漢書音義銛利也息廉反跳丸劍之徽霍走索上而相
逢徽霍跳丸劍之形也索上長繩繫兩頭於梁舉其中央兩人各從一頭上交相度所謂儛絙者也華嶽峨
峨岡巒參差神木靈草朱實離〻華山為西岳峨〻高大參差低仰皃
也神木松柏靈壽之屬靈草芝英赤離〻實垂之皃也臣善曰西都賦曰靈草冬榮神木叢生毛詩曰其桐其椅其實離〻毛萇曰離
〻垂也總會僊倡戲豹舞羆白虎鼓瑟蒼龍吹篪
仙倡偽作假形謂如神也羆豹熊虎皆為假頭女娥坐而長歌聲清暢而蝼
虵蝼虵聲餘詰曲也臣善曰女娥〻皇女英也洪涯立而指麾被毛羽之襳襹

族昆魚子鮞細魚族類也摷殄言盡取之臣善曰國語里革曰魚禁鯤鮞鯤音昆鮞音而蘧藕拔蜃

蛤剝蘧芙渠根蛤蚌也臣善曰蜃音首逞欲畋魰效獲麑麌逞極也麌

子曰麑麌子曰麌臣善曰左氏傳季梁曰今民餒而君逞欲音魚國語曰獸長麑麌麑音迷麌烏老反摎蓼

浶浪摎求編也臣善曰摎古巧反蓼音老浶音勞浪音郎乾池滌藪臣善曰孔安國尚書傳曰滌

滌也上無逸飛下無遺走擭胎拾卵蚳蝝盡取臣善

曰國語曰鳥翼鷇卵蟲舍蚳蝝韋昭曰蚳蟻子也可以為醢蝝復陶也可食未孚曰卵蚳直尸反蝝音緣也取樂今

日遑恤我後遑暇也言且妕今日之苟樂焉能復顧後日之長久也臣善曰毛詩曰我躬不閱遑恤我後既

定且寧焉知傾陁天下已定責且安樂極意恣心何能復顧後日傾壞耶大駕幸

乎平樂張甲乙而襲翠被樂觀大作樂處也臣善曰班固漢書贊曰孝武造

作大魚從東方來當觀前而變作龍蜿ゝ
蝹ゝ龍形皃也臣善曰蜿於袁反蝹於居反 含利颬ゝ化為仙
車驪四鹿芝蓋九葩 含利獸名性吐金故曰含利颬ゝ容也
驪猶羅列騈駕之也以芝為之蓋
之葉九葩之采也臣
善曰颬呼加反 蟾蜍與龜水人弄蛇 作千歲蟾蜍及千歲龜行
奇幻倏忽易貌分形
舞於前也水人俚兒能禁固弄蛇也
臣善曰蟾音詹蜍市余反 吞刀吐火雲霧杳
冥 臣善曰西京雜記曰東海黃公立興雲霧 畫地成川流
漢官典職曰正旦作樂漱水成霧
渭通涇 臣善曰西京雜記曰東海黃公成 東海黃公赤刀
山河又曰淮南王好方士方畫地成河
粵祝 不能持赤刀禹步越祝厭虎者 冀厭白虎卒不能
号黃公又於觀前為之
救 臣善曰西京雜記曰東海人黃公少時為幼能制蛇御虎常佩
赤金刀及衰老飲酒過度不能白虎見於東海黃公以赤刀往
厭之術既不行 挾邪作蠱於是不售 蠱或也售猶行也
遂為虎所殺也 謂懷挾不正道者
於是時不 爾乃建戲車樹脩旃 樹植也旃謂橦也建 侲僮
得行也 之於戲車上也

仙倡偽作假形謂如神也罷豹熊虎皆為假頭女娥坐而長歌聲清瑩而蝼
蛇蝼蛇聲餘詰曲也臣善曰女娥娥皇女英也洪涯立而指麾被毛羽之襳纚
洪涯三皇時伎人倡家託作之毛羽之襳纚衣毛形也臣善曰襳所宜反纚史宜反度曲未終雲起雪
飛初若飄飄後遂霏霏飄飄霏霏雪下皃也皆匆為作之臣善曰赵固漢書贊曰元帝自度
曲臣瓚曰度曲歌終更授其次謂之度曲也復陸重閣轉石成雷復陸複道閣也於上
轉石以象雷聲礔礰激而增響磅磕象乎天威增響重聲磅磕
雷霆之音如天之威怒也臣善曰礔敫赤反磅補萌反磕苦盖反巨獸百尋是為曼延
作大獸長八十丈所謂蛇龍曼延也臣善曰漢書曰武帝作漫衍之戲神山崔巍欻從背
見欻之言忽也所作大獸從東來當觀樓前背上忽然出神山崔巍也熊虎升而拏
攫猨狖超而高援皆為所作也臣善曰拏攫相持持也拏皆為反攫居碧反怪
獸陸梁大雀踆踆皆為所作也陸梁東西倡佯也踆踆大雀容也臣善曰尸子曰先王豈無大鳥怪獸

周觀郊遂臣善曰字林曰閭里門也閻里中門也周禮有六遂若神龍之變化章后皇之爲貴龍出則昇天潛則泥蟠故云變化章明也天子稱元后皇漢帝稱也臣善曰管子曰龍被五色欲小則如蠶蠋欲大函天地然後歷掖庭適驩館掖庭今官主後宮擇所驩者乃幸之捎襃色從嬿婉嬿婉美好之皃也臣善曰毛詩序曰華落色衰韓詩曰嬿婉之求薛臣善曰嬿婉好皃也嬿於見反婉於万反促中堂之陿坐羽觴行而無筭中堂堂中央也臣善曰楚辭曰瑤漿蜜勺實羽觴漢書音義曰羽觴作生爵形儀礼曰無筭爵鄭玄曰筭數也秘舞更奏妙材騁伎秘言希見爲奇也更遞也奏進也妖蠱豔夫夏姬美聲暢於虞氏臣善曰左氏傳曰產曰在周易女惑男謂之蠱蠱音古左氏傳曰楚莊王欲納夏姬杜預曰夏姬鄭穆公女陳大夫御叔妻七略曰漢興善歌者魯人虞公發聲動梁上塵鬱將暢也勒亮反始徐進而羸形似不任

厭之術既不行遂需可售也挾邪作蠱於是不售蠱惑也售猶行也謂懷挾不正道者
於是時不得行也爾乃建戲車樹脩旃樹植也旃謂幢也建之於戲車上也侲童
程材上下翩翻侲之言善也善童幼子也程猶見也材伎能也翩翻戲幢形也臣善曰史記徐福曰海神云
若振女即得之臣侲之刃反突倒投而跟絓譬隕絕而復聯突然倒投身如
將隕足跟反絓橦上若已絕而復連也臣善曰投他豆反說文曰跟足踵也音根百馬同轡騁足並馳
於橦上作其形狀臣善曰陸賈新語曰楚平王增駕百馬而行橦末之伎態不可彌彌猶
極也言變巧之多不可極也彎弓射乎西羌又顧發乎鮮卑彎挽弓也鮮卑在
羌之東皆於橦上作之臣善曰魏書鮮卑者東胡之餘也別保鮮卑山因號焉於是眾變盡心
酲醉般樂極悵懷萃酲病也萃猶至也於是遊戲畢心餘於媱樂悵然思念所當復
至也臣善曰孟子曰般樂飲酒驅騁田獵陰戒期門微行要屈臣善曰漢書曰武

掖門之盛饌列爵十四競媚取榮後宮官從皇后以下凡十四等競爭邪媚求榮愛也
臣善曰漢書曰漢興因秦之稱號帝正適稱皇后妾皆稱夫人稱號凡十四等云　盛衰無常唯
愛所丁臣善曰爾雅曰丁當也衛后興於鬒髮飛燕寵於
體輕臣善曰漢書曰孝武衛皇后字子夫漢武故事曰子夫得幸頭解上見其美髮悅之毛詩曰鬒髮如雲之忍不屑髢
漢紀曰趙氏善舞號曰飛燕上悅之事由體輕而封皇后　俞乃還志究欲窮身
極娛臣善曰娛樂也臣善曰楚辭曰臣志究欲心意安　鑒戒唐詩他人是
媮唐詩曰子有衣裳弗曳弗婁宛其死矣他人是媮言今日之不極意恣驕亦如此矣　自君作
故何禮之拘臣善曰國語曾侯曰君作故韋昭曰君所作則為故事也商君書曰賢者更禮不肖者拘焉　增
昭儀於婕妤賢既公而又侯臣善曰漢書曰孝元帝傳婕妤有寵乃更號
曰昭儀在婕妤上昭儀尊之也又曰封董賢為高安侯　許趙氏
後代丁明為大司馬即三公之職也

也虞延也
曰左氏傳曰蠱在周易女惑男謂之蠱音古左氏傳曰楚莊王
欲納夏姬杜預曰夏姬鄭穆公女陳大夫御叔妻七略曰漢興善
歌者魯人虞公發聲動梁上始徐進而羸形〻似不任
麼誉猶暢也勒亮反
手羅綺嚼清商而却轉增蟬蜎以此豸清商鄭音蟬娧
此豸姿態妖蠱也臣善曰宋玉笛賦曰吟絲縱體而迅赴
清商追流徵嬋音蟬娟於緣反
若鶩鷁之羣羅縱體儛容也迅疾赴節如越也振朱屣於盤樽
振猶掉也朱屣赤地絲屣奮長褎之颯纚舞人特作長褎颯纚長皃也臣善曰韓子曰長袖善舞颯
蘇合反纚所侍反要紹脩態麗服颺菁要紹謂嬋娟作姿容也脩多也態驕媚意也
菁華英也臣善曰楚辭曰夸容脩態要於妙反菁音精昭藐流眄壹顧傾
城昭眉睫之間藐好貌容也流眄轉眼視也臣善曰昭亡挺反漢書李延年歌曰北方有佳人絕世而獨立一顧傾人城再顧

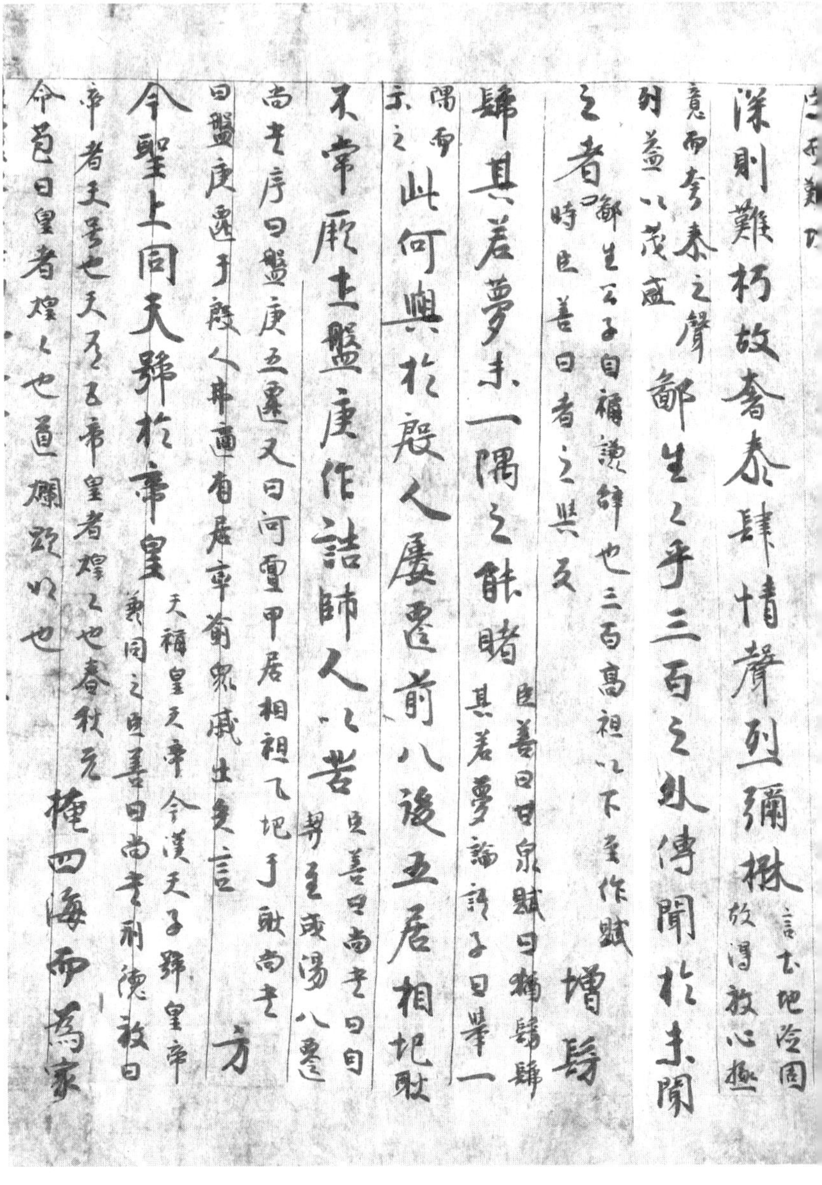

之所難以

深則難朽故奢泰肆情聲烈彌楙言土地險固故得放心極意而奢泰之聲列益以茂盛鄙生生乎三百之外傳聞於未聞之者鄙生公子自稱謙辭也三百高祖以下至作賦時臣善曰者之與又增髣髴其若夢未一隅之能睹臣善曰甘泉賦曰髣髴髣髴其若夢論語子曰舉一隅而示之此何與於殷人屢遷前八後五居相圮耿不常厥土盤庚作誥帥人以苦臣善曰尚書曰自契至成湯八遷尚書序曰盤庚五遷又曰河亶甲居相祖乙圮于耿尚書曰盤庚遷于殷人弗適有居率籲衆慼出矢言方今聖上同天號於帝皇天稱皇天帝今漢天子號皇帝兼同之臣善曰尚書刑德放曰帝者天號也天子皇帝皇者煌煌也春秋元命苞曰皇者煌煌也道爛顯明也掩四海而為家

昭儀於婕妤，賢既公而又侯。臣善曰：漢書曰：孝元帝傅婕妤有寵，乃更號曰昭儀，在婕妤上。昭儀，尊之也。又曰：封董賢為高安侯，後代丁明為大司馬，即三公之職也。許趙氏以無上，思致董於有虞。臣善曰：漢書曰：成帝謂趙昭儀曰：約趙氏，故不立許氏，使天下無出趙氏上者。王閎爭於坐側，漢載安而不渝。臣善曰：漢書曰：上置酒麒麟殿，視董賢而笑曰：吾欲法堯禪舜，何如？王閎曰：天下乃高帝天下，非陛下之有。統業至重，天子無戲言。高祖創業，繼體承基，暫勞永逸，無為而治。臣善曰：劇秦美新曰：漢祖創業蜀漢。書平當曰：今漢繼體承業二百餘年。又揚雄曰：不壹勞者不久佚。論語曰：無為而治，其舜也與。耽樂是從，何慮何思。臣善曰：尚書曰：惟湛樂之從。周易曰：天何思何慮。多歷年所，二百餘朞。朞，壹匝也。從高祖至于王莽二百餘年。臣善曰：尚書曰：殷禮配天，多歷年所。徒以地沃野豐，百物殷阜。沃，肥也。豐，饒也。殷，盛也。阜，大也。巖險周固，衿

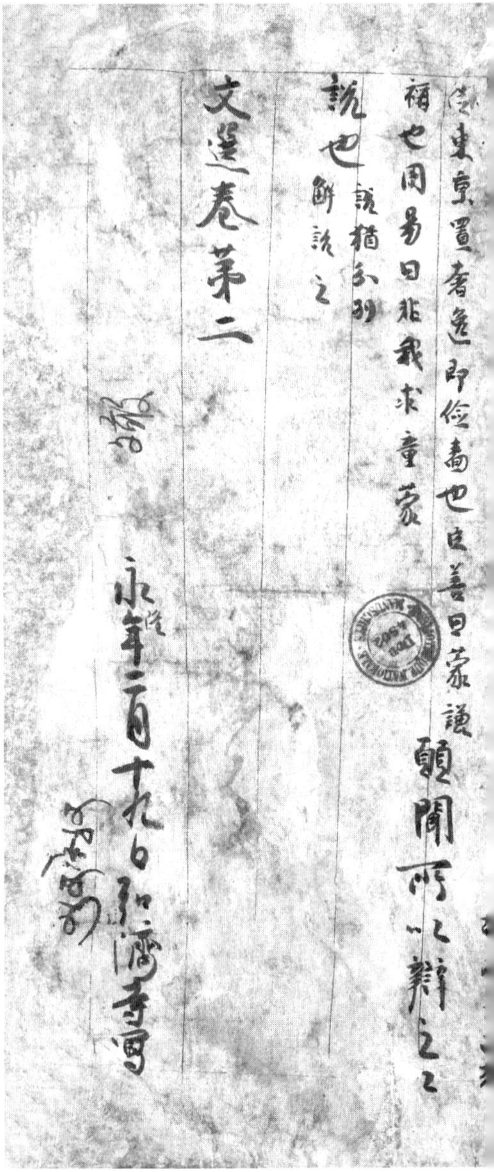

顧聞所以辯之之
穉也周易曰匪我求童蒙
說也　說猶分別　解說之
文選卷第二
永隆年二月十九日弘濟寺寫

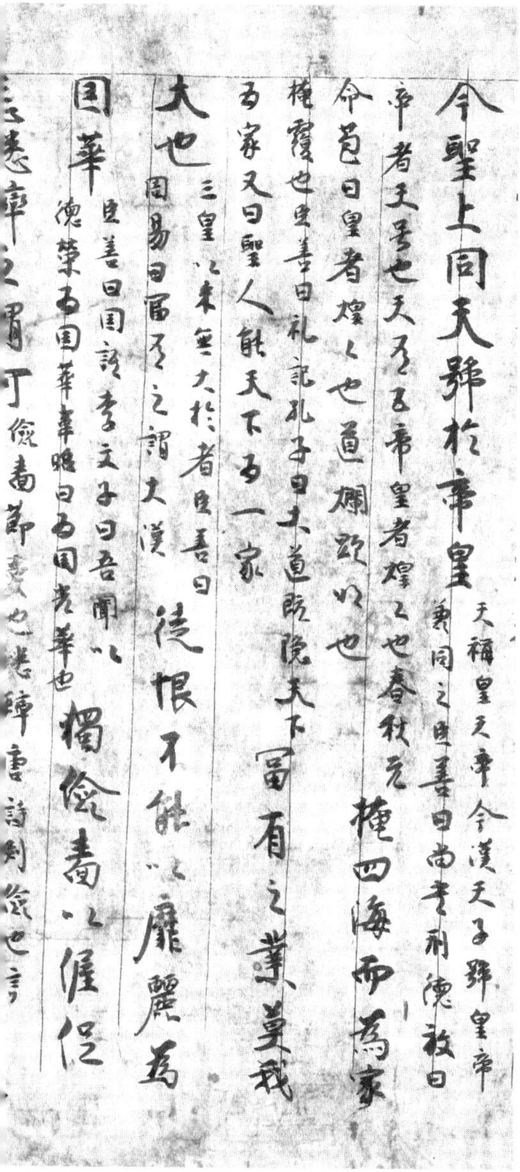

今聖上同天號於帝皇天稱皇天帝 今漢天子號皇帝兼同之 臣善曰尚書刑德放曰
帝者天號也天子五帝皇者煌々也春秋元掩四海而為家
命苞曰皇者煌々也道爛顯明也
掩覆也 臣善曰禮記孔子曰大道既隱天下
為家又曰聖人能天下為一家富有之業莫我
大也 三皇以來無大於者 臣善曰
周易曰富有之謂大業徒恨不能以靡麗為
國華 臣善曰國語李文子曰吾聞以
德榮為國華華曜曰為國者華也獨儉嗇以偓促
忘蟋蟀之謂何儉嗇節愛也蟋蟀唐詩刺儉也言

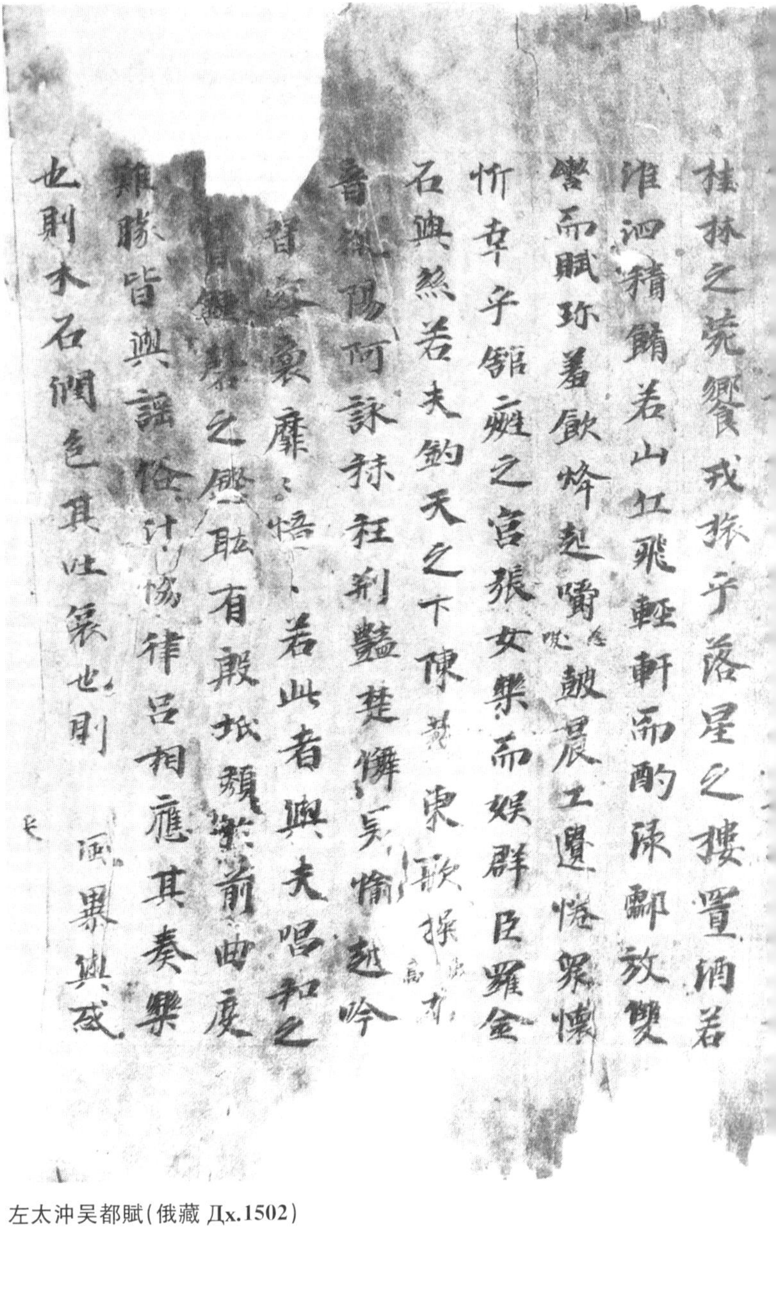

左太沖吴都賦(俄藏 Дx.1502)

波而振緍想萍實之復形訪靈夔於鮫
人精衛銜石而遇繳文鰩夜飛而觸綸北山
亡其翔翼西海失其遊鱗雕題之士鏤
身之卒祖乙比飾虬龍蛟螭與對簡其華質
則亄費錦繢料其虓勇則雕悍狼戾相與
昧潛嶮搜瓌奇摸蝳蝐捫觜蠵剖巨蚌
於回淵濯明月於漣漪畢天下之至異訖
無索而不臻谿壑為之一罄川瀆為之
中貧哂澹臺之見謀聊襲海而徇珍載
漢女於後舟追晉賈而同塵汨乘流以砰
宕翼颽風之颮颮直衝濤而上瀨常沛沛

揚子雲羽獵賦、長楊賦（以下德藏吐魯番本）

潘安仁射雉賦

班叔皮北征賦、曹大家東征賦

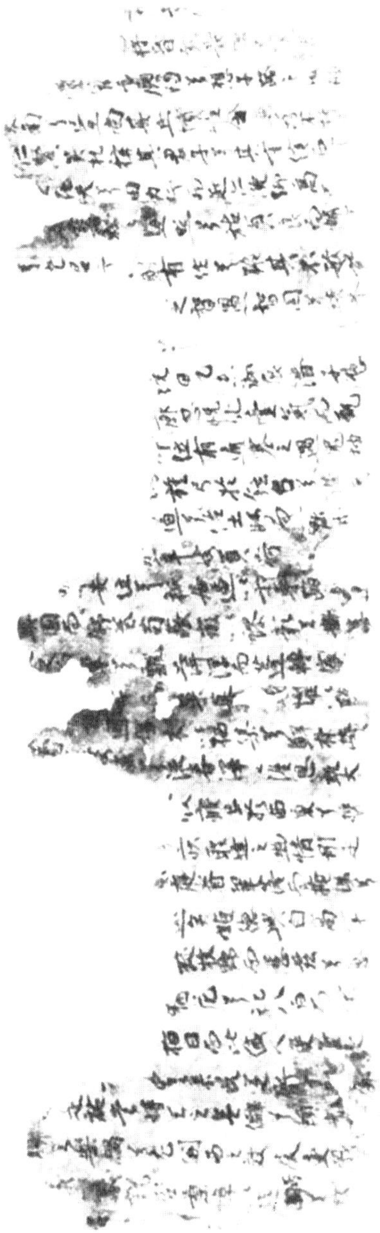

潘安仁西征賦

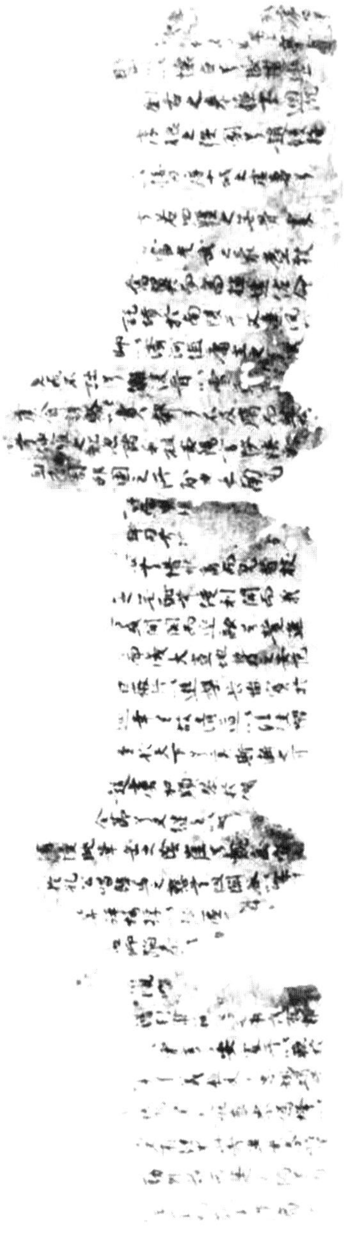

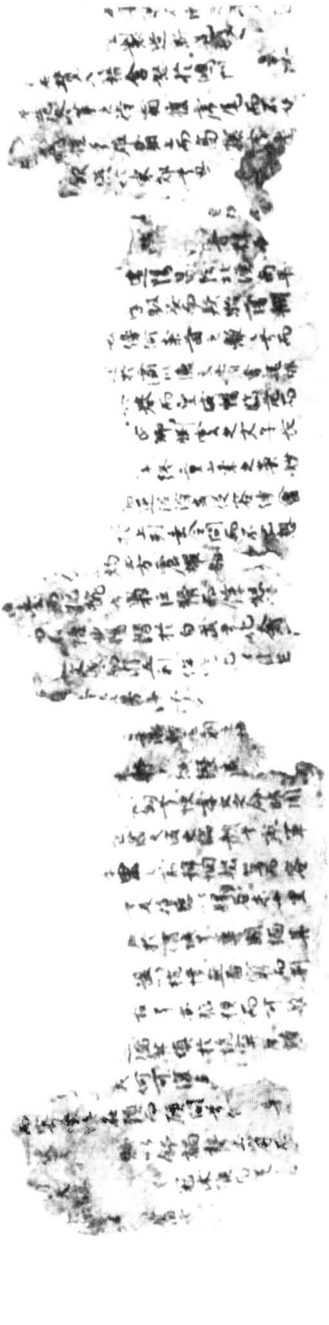

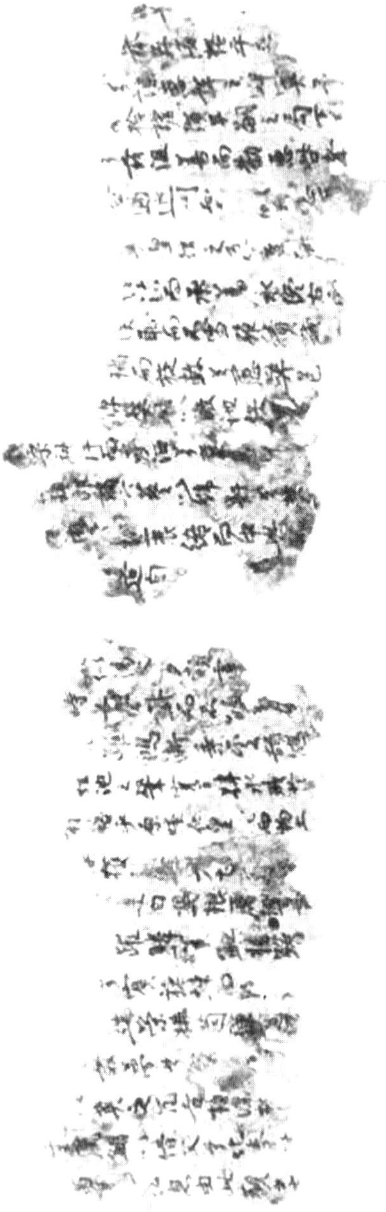

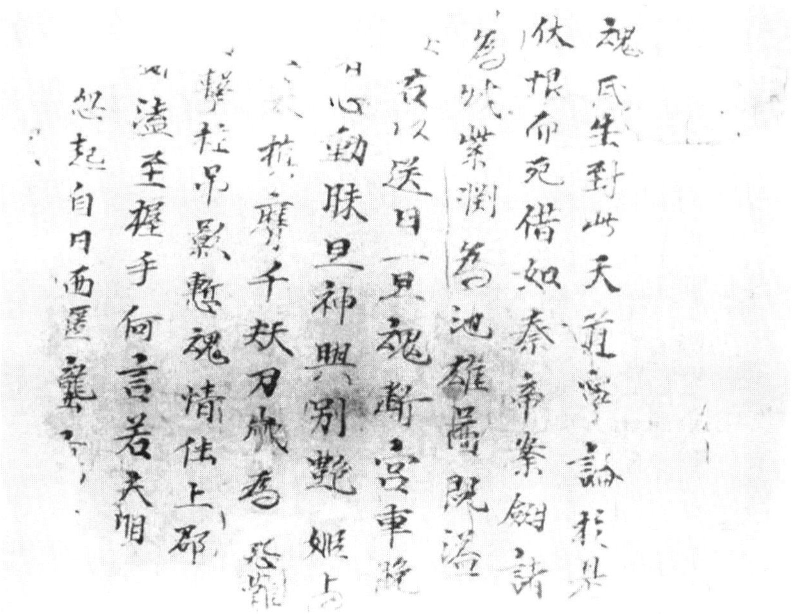

江文通恨賦(英藏 S.9504)

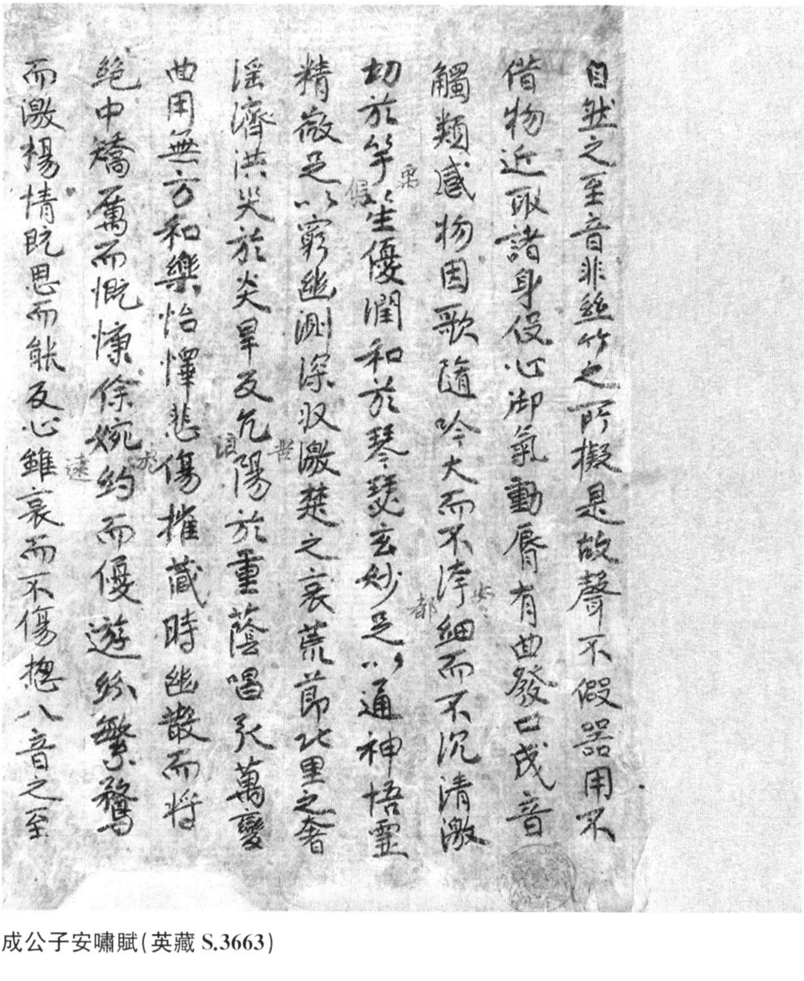

自然之至音非絲竹之所擬是故聲不假器用不
借物近取諸身役心御氣動脣有曲發口成音
觸類感物因歌隨吟大而不洿細而不沉清激
切於竽笙優潤和於琴瑟玄妙足以通神悟靈
精微足以窮幽測深收激楚之哀荒節北里之奢
淫濟洪災於炎旱反亢陽於重陰唱引萬變
曲用無方和樂怡懌悲傷摧藏時幽散而將
絕中矯厲而慨慷徐婉約而優遊紛繁騖
而激揚情既思而能反心雖哀而不傷總八音之至

成公子安嘯賦（英藏 S.3663）

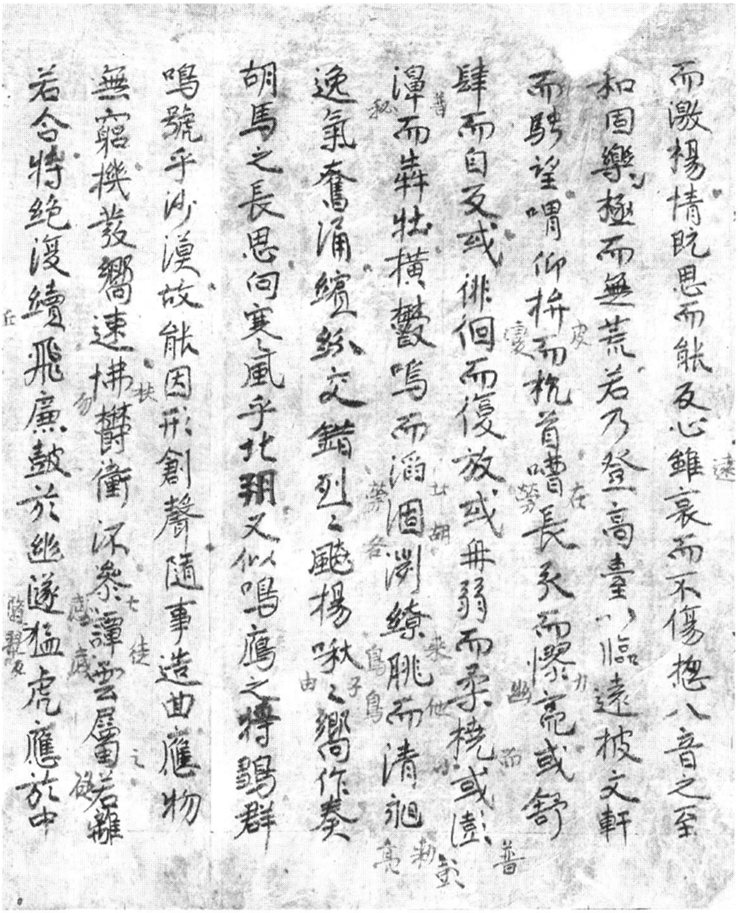
而激揚情既思而能反心雖哀而不傷揔八音之至
和固樂極而無荒若乃登高臺以臨遠披文軒
而騁望喟仰抃而抗首嘈長引而憀亮或舒
肆而自反或徘徊而復放或冉弱而柔撓或澎
濞而犇壯橫鬱鳴而滔涸洌飄眇而清昶
逸氣奮涌繽紛交錯列列飆揚啾啾響作奏
胡馬之長思向寒風乎北朔又似鴻鴈之將雛群
鳴號乎沙漠故能因形創聲隨事造曲應物
無窮機發響速怫鬱衝流參譚雲屬若離
若合將絕復續飛廉鼓於幽隧猛虎應於中

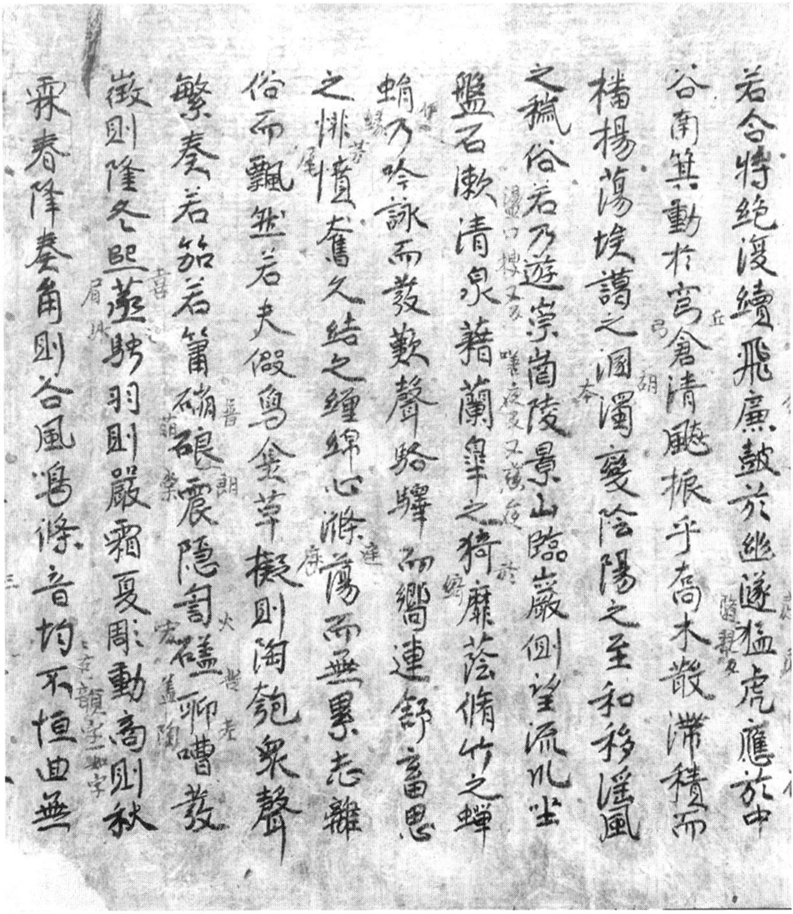

若合將絕復續飛廉鼓於幽隧猛虎應於中
谷南箕動於穹蒼清飈振乎喬木散滯積而
播揚蕩埃譪之溷濁變陰陽之至和移淫風
之穢俗若乃遊崇岡陵景山臨巖側望流川坐
盤石漱清泉藉蘭皋之猗靡蔭脩竹之蟬
蜎乃吟詠而發散聲駱驛而響連舒蓄思
之悱憤奮久結之纏綿心滌蕩而無累志離
俗而飄然若夫假象金革擬則陶匏衆聲
繁奏若笳若簫磞硠震隱訇礚聊嘈發
徵則隆冬熙蒸騁羽則嚴霜夏凋動商則秋
霖春降奏角則谷風鳴條音均不恒曲無

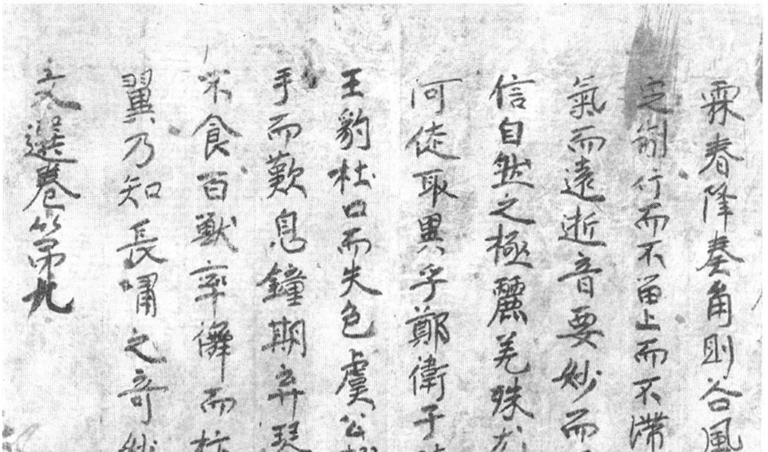
霖春降奏角則谷風鳴條音均不恒曲無
之制行而不留止而不滞隨口吻而發揚假芳
氣而遠逝音要妙而流響聲激嚁而清厲
信自然之極麗羌殊尤而絕世越韶夏與咸池
何徒取異乎鄭衛于時綿駒結舌而喪精
王豹杜口而失色虞公輟聲而止歌甯子檢
手而歎息鍾期棄琴而改聽尼父忘味而
不食百獸率儛而抃足鳳皇來儀而拊
翼乃知長嘯之奇妙此音聲之至極
文選卷第九

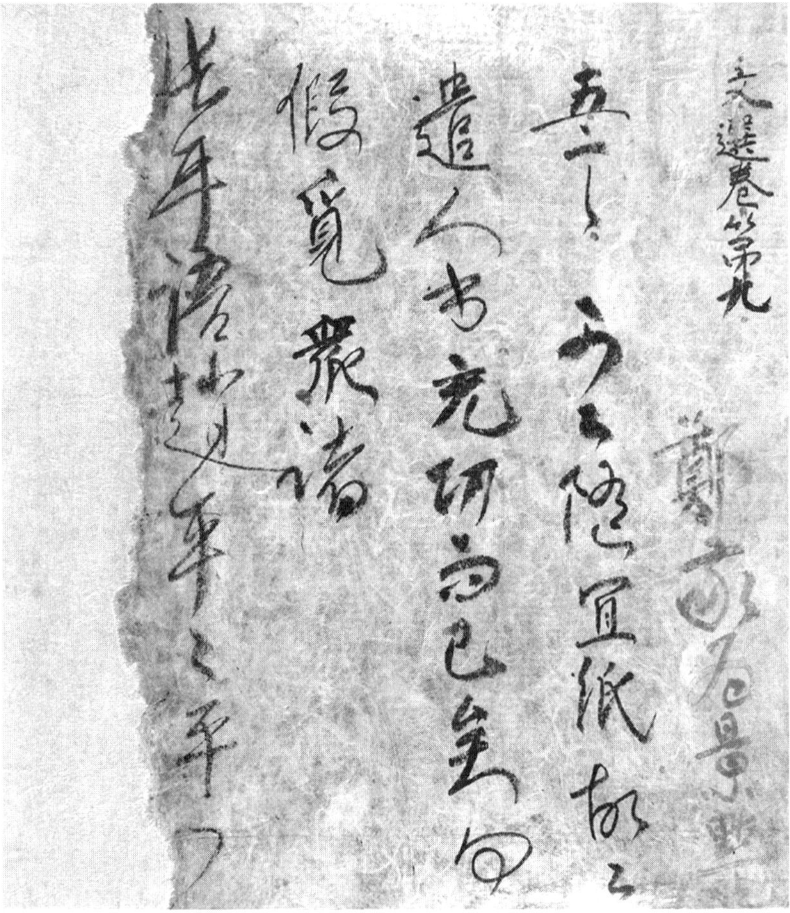

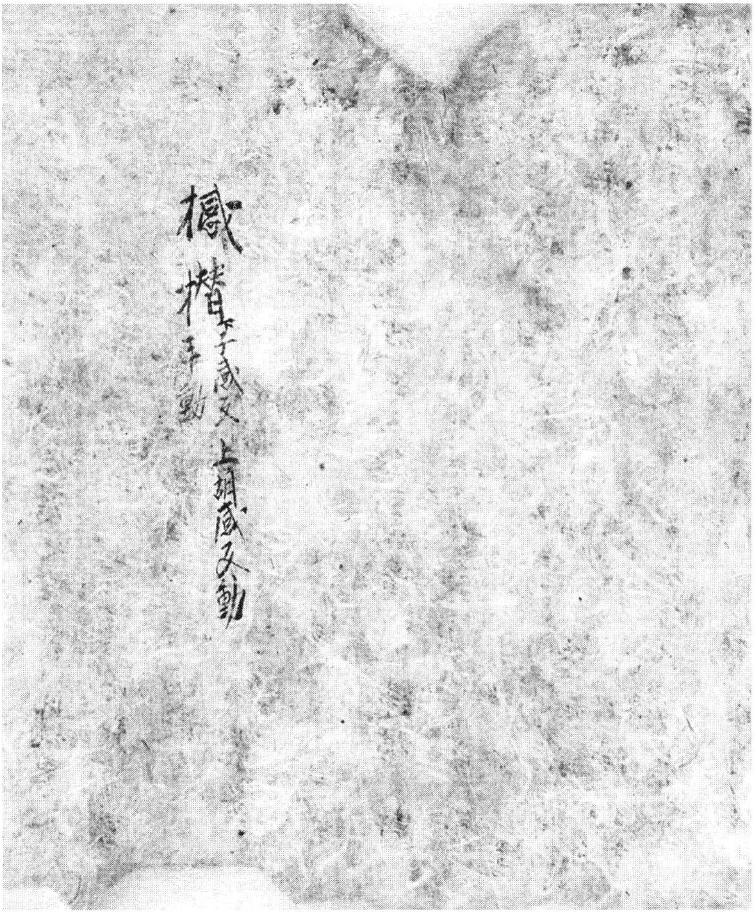

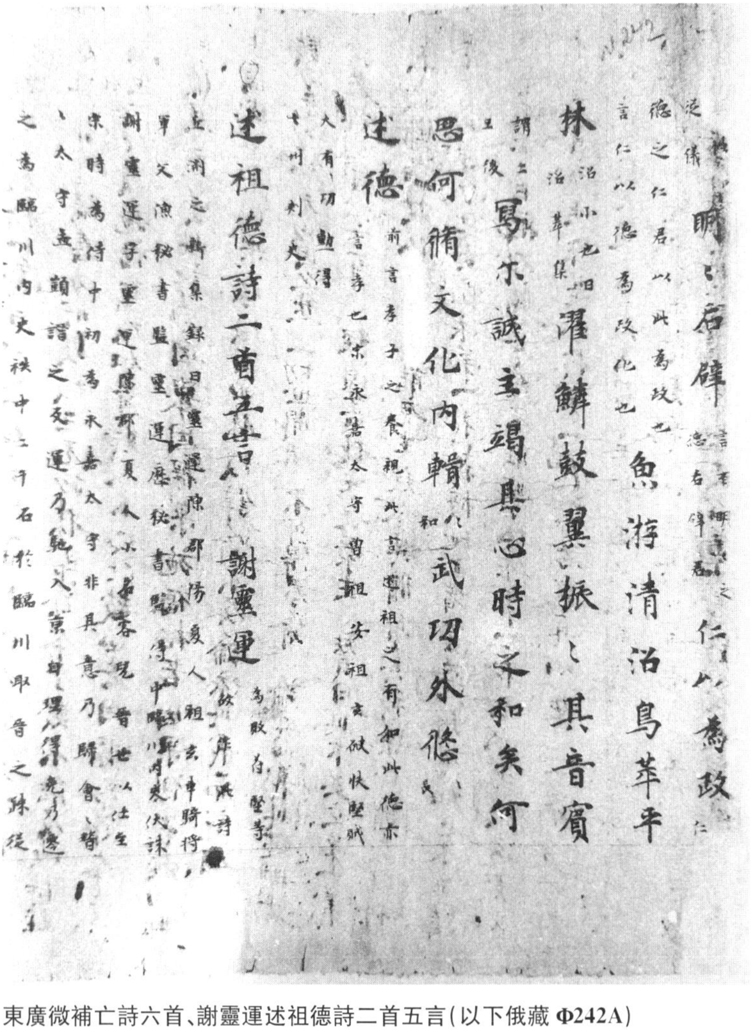

東廣微補亡詩六首、謝靈運述祖德詩二首五言（以下俄藏 Φ242A）

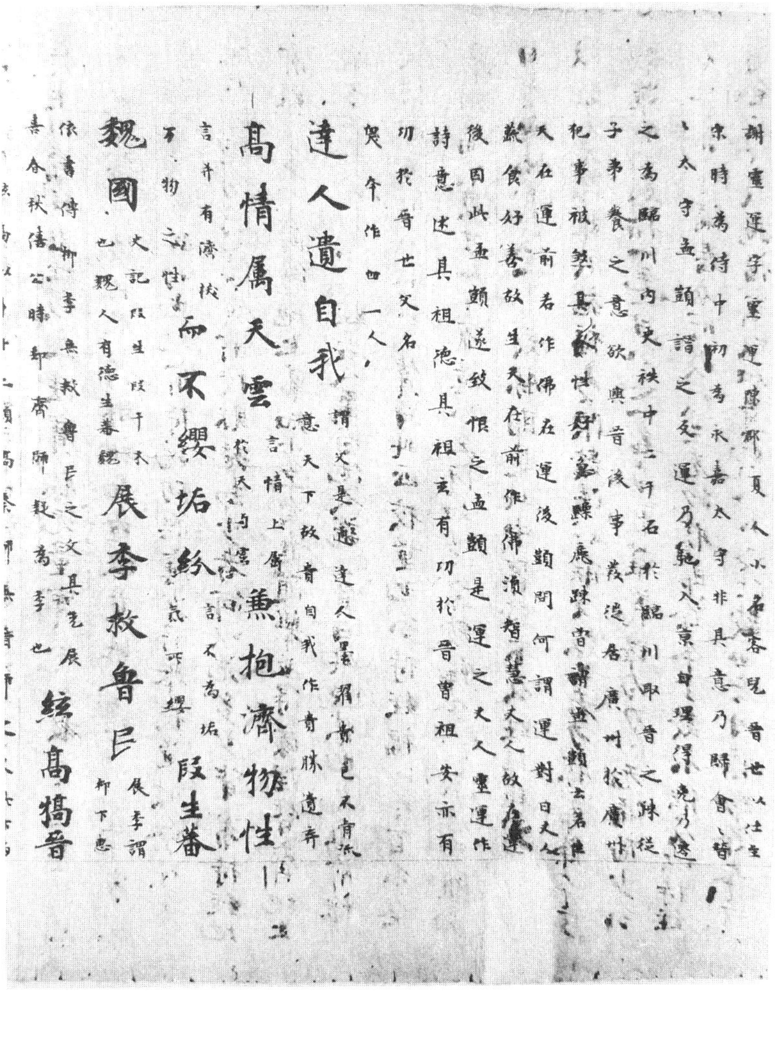
謝靈運字靈運，陳郡夏人，小名客兒，晉世以仕至
宋時為侍中，初為永嘉太守，非其意，乃歸會稽
太守孟顗謂之云：運乃馳入京，自理得免，乃遷
之為臨川内史，秩中二千石，於臨川取晉之殊從
子弟養之，意欲與晉後事，發覺於廣州於慶世
祀事被繫，其性疏[illegible]，麁跡嘗謂孟顗去君生
天在運前，君作佛在運後。顗問何謂，運對曰：丈人
蔬食好善，故生天在前，作佛須智慧，丈人之故在運
後。因此孟顗遂致恨之。孟顗是運之丈人。靈運作
詩意述其祖德，其祖玄有功於晉，曾祖安亦有
功於晉也。文名[illegible]
哭今作四一人。
達人遺自我　謂文是[illegible]達人[illegible]不育[illegible]意天下，故責自我作責勝遺弃
高情屬天雲　言情上屬天，於天與雲[illegible]　兼抱濟物性
言并有濟拔萬物之性。　而不纓垢紛　言不為垢紛所纓。　段生蕃
史記：段生，段干木也。魏人有德，生蕃魏。
魏國　展季救魯邑　展季謂柳下惠
依書傳，柳季無救魯邑之文，其是展
喜。今秋僖公時，却齊師，疑為季也。　弦高犒晉

魏國展李救魯邑絃高犒晉師仲連却秦軍臨組乍不紲對珪寧肯分連物辭所賞勵志故絕人遼遼歷千載遙遙播清塵清塵竟誰嗣明哲時經綸

人莚ㄟ歷千載 莚ㄟ還ㄟ播清塵 播清塵清
風之 清塵竟誰嗣 明哲時經綸 明哲謂
運之光祖經綸者 委講輟道論 為杖也
祚祖安王羲之文等同隐在會稽 講者謂運之
山出晉為苻堅於淮左 改服康世
也ㄟ卦不通之 屯難既云康 尊主隆斯
民康安屯難
巨 令百姓皆有隆平也
中原昔喪亂 中原謂雒陽晉懷帝時
懷帝役 有石勒劉聰等賊破雒陽
于平陽 喪亂豈已 滂騰永嘉末 滂騰破懷
之只永嘉懷 逼迫太元始 逼迫也太元東
帝年号也 晉元帝年号 河
外無反正 之北瞻謂之河外 江不有曬地 介ㄟ隔也謂於江南
地役也
職意也 万拜咸震慴 擕流賴君子

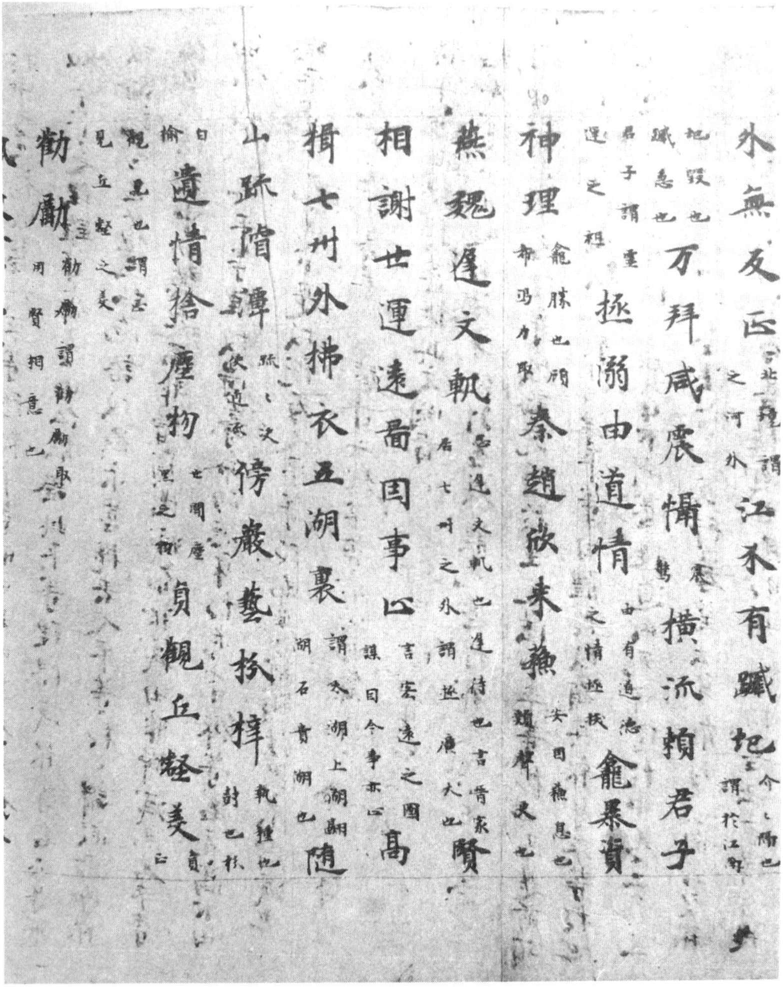
外無反正江介有蹙圮
万邦咸震懾橫流賴君子
拯溺由道情龕暴資
神理秦趙欣來蘇
燕魏遲文軌賢
相謝世運遠圖因事止高
揖七州外拂衣五湖裏隨
山疏濬潭傍巖藝枌梓
遺情捨塵物貞觀丘壑美
勸勵

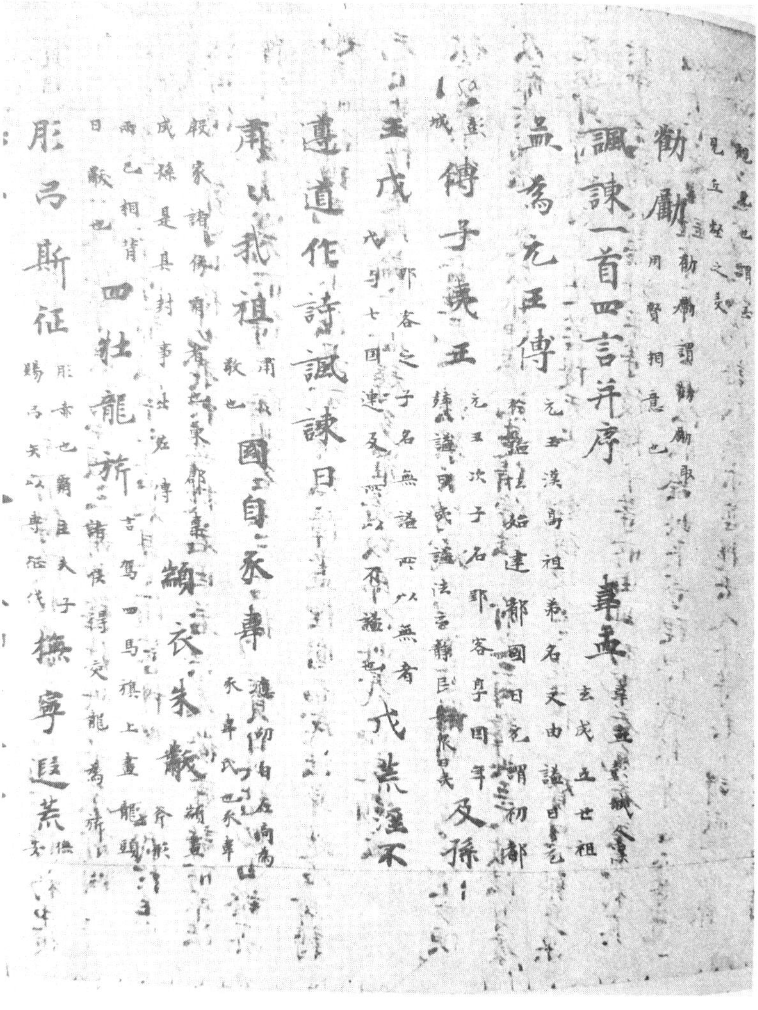

韋孟諷諫一首四言並序

而已相背　日戰也　四牡龍旂　言駕四馬旗上畫龍　諸侯得交龍為旂
彤弓斯征　彤赤也爾主天子　賜弓矢以專征伐　撫寧遐荒
摠齊群邦　以翼大商　大商殷也　迭彼大彭
應劭曰國語大彭豕韋為商伯大彭亦殷之霸國　與豕韋迭霸亦彭城縣是其封也事在春秋
勳績惟光　至于有周　言與殷家不異　迭伐我為霸主　歷
世會同　為國不絕　王赧聽譖　赧王名誕劉兆曰旁言曰譖　寔
絕我邦　應劭曰王赧周末主聽讒　受譖潤絕韋氏我也　我邦既
絕　厥政斯逸　應劭曰言絕豕韋之後政教迭　漏不迪王者也臣瓚案迭政
也管子曰令而不行謂之放也　言王不用我政政教迭也　賞罰之行　非
繇王室　庶尹群后　庶尹〻正　靡扶靡衛　五
服崩離　〻散也府隤也應劭曰　五服甸服侯服要服荒服　宗周以墜

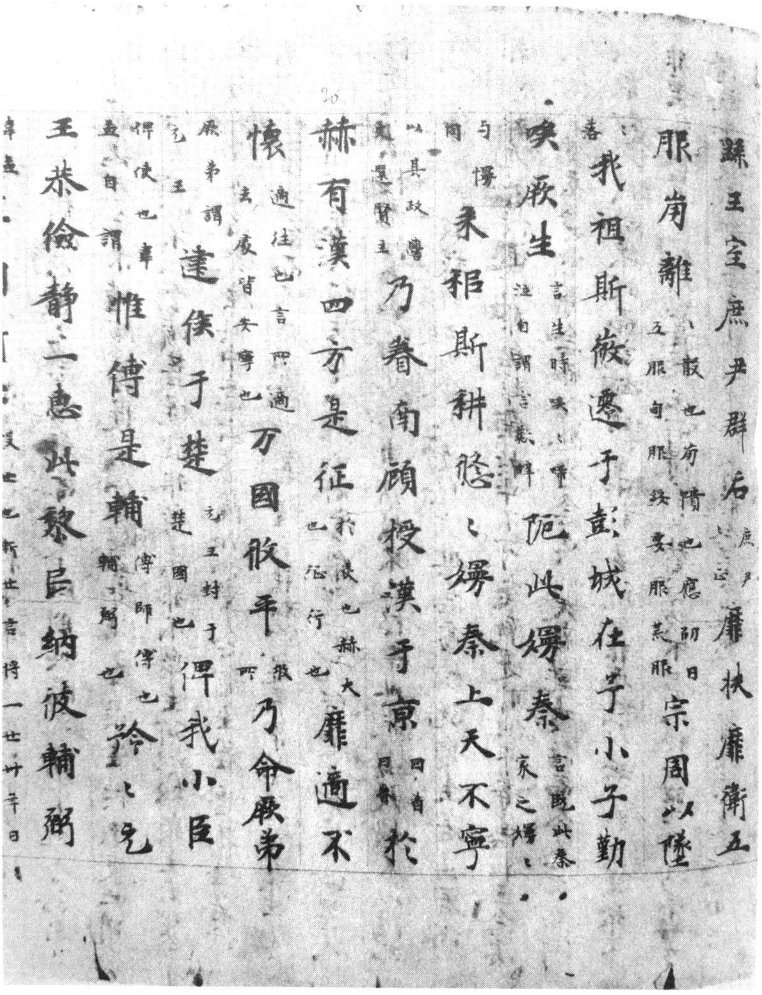
繇王室庶尹群后庶尹正靡扶靡衛五
服崩離崩散也崩隤也五服甸服侯服要服荒服宗周以墜
善我祖斯微遷于彭城在予小子勤
唉厥生言生時唉唉注自謂言艱難阨此嫚秦言既此秦家之嫚嫚
与嫚耒耜斯耕悠悠嫚秦上天不寧
以具政嚳賢主乃眷南顧授漢于京回眷民欲於
赫有漢四方是征於歎也赫大也征行也靡適不
懷適往也言四適去處皆安寧也万國攸平攸所乃命厥弟
厥弟謂元王建侯于楚元王封于楚國也俾我小臣
俾使也韋孟自謂惟傅是輔傅師傅也輔輔弼也兢兢元
王恭儉靜一惠此黎民納彼輔弼

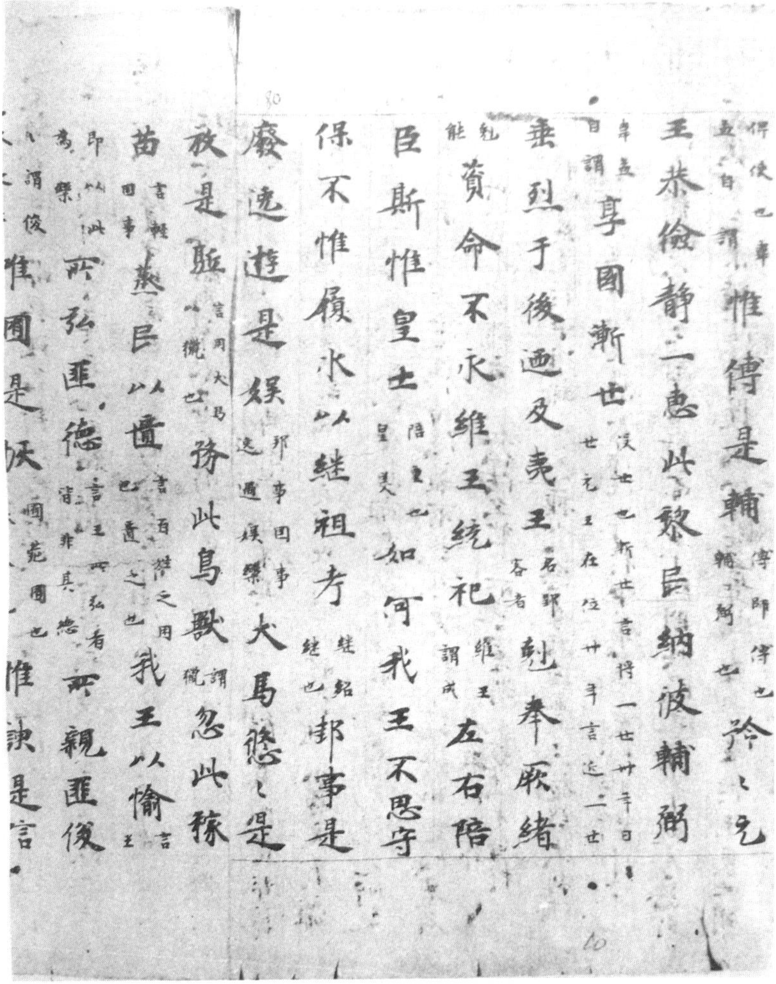
俾使也 韋孟自謂 惟傅是輔 傅師傅也 輔弼也 矜々元
王恭儉靜一惠此黎巳納彼輔弼
韋孟自謂 享國漸世 漢世也 漸世言將一世 卅年曰世 元王在位廿年 言近一世
垂烈于後迺及夷王 名郢客者 克奉厥緒
孔能 咨命不永惟王統祀 維王謂戊 左右陪
臣斯惟皇士 陪重也 皇美 如何我王不思守
保不惟履冰以繼祖考 繼紹 繼也 邦事是
廢逸遊是娛 邦事國事 逸遊娛樂 犬馬悠々是
放是驅 言用犬馬以獵也 務此鳥獸 謂獵 忽此稼
苗 言輕國事 蒸巳以匱 言百姓之用匱乏也 我王以愉 言王
為樂 所弘匪德 言王所弘者 皆非其德 所親匪俊
即以此 謂俊 惟囿是恢 囿苑囿也 惟諫是言

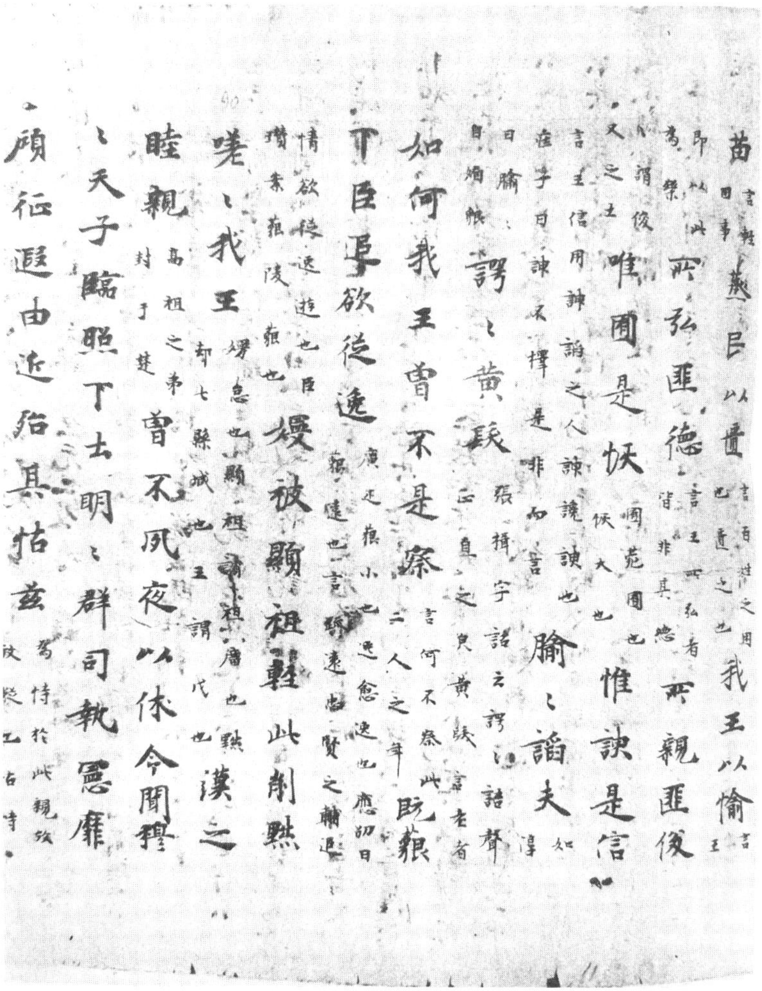
苗蕨邑以貴我王以愉
所弘匪德所親匪俊
唯囿是恢唯諛是信
睮〻諂夫
諤〻黃髮
如何我王曾不是察既藐
下臣追欲從逸嫚彼顯祖輕此削黜
嗟〻我王漢之
睦親曾不夙夜以休令聞穆
〻天子臨照下土明〻群司執憲靡
顧正遐由近殆其怙茲

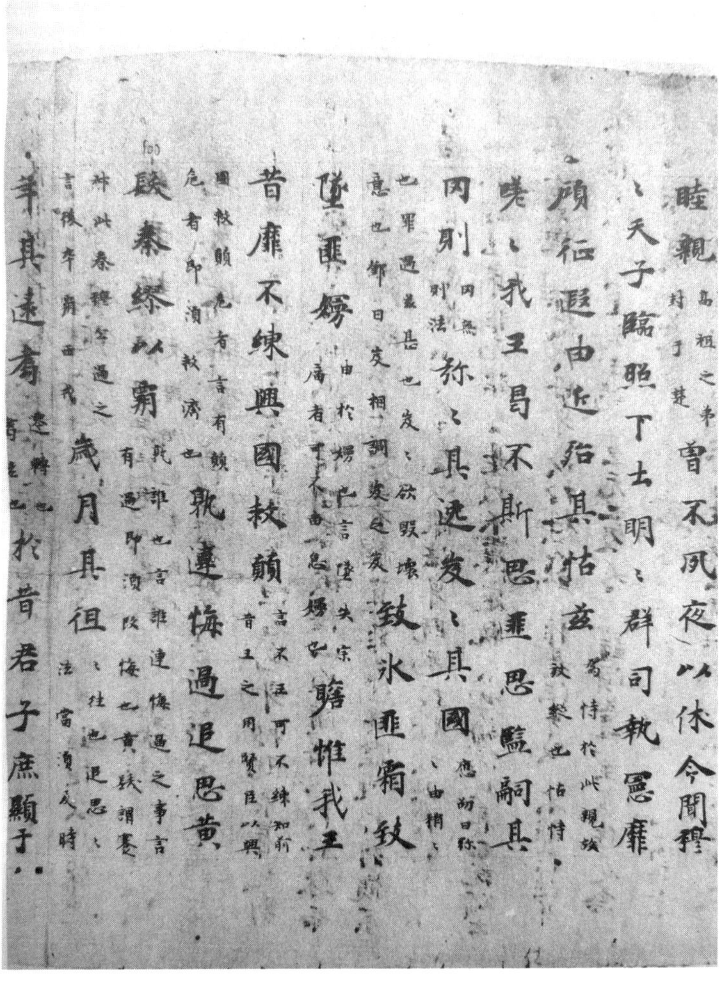

睦親（高祖之弟封于楚）曾不夙夜以休令聞穆
々天子臨照下土明々群司執憲靡
顧征遐由近殆其怙茲（言怙恃於此親族族黎也怙恃）
嗟々我王曷不斯思匪思匪監嗣其
罔則（罔無則法）弥々其逸岌々其國（愆而曰弥由積々）
也罪過滋甚也岌々欲毀壞意也鄭曰岌相調殆之岌　致冰匪霜致
墜匪嫚（由於嫚亡言墜失宗廟者言不由急嫚也）瞻惟我王
昔靡不練興國救顛（言不可不練知前音王之用賢臣以興
國救顛危者言有顛危者即須救濟也）孰違悔過追思黃
髮秦繆以霸（孰誰也言誰違悔過之事言有過即須改悔也黃髮謂老
弁此秦穆公過之言後卒霸西戎）歲月其徂（徂往也追思當須及時）
年其逮耇（逮及也耇老也）於昔君子庶顯于後

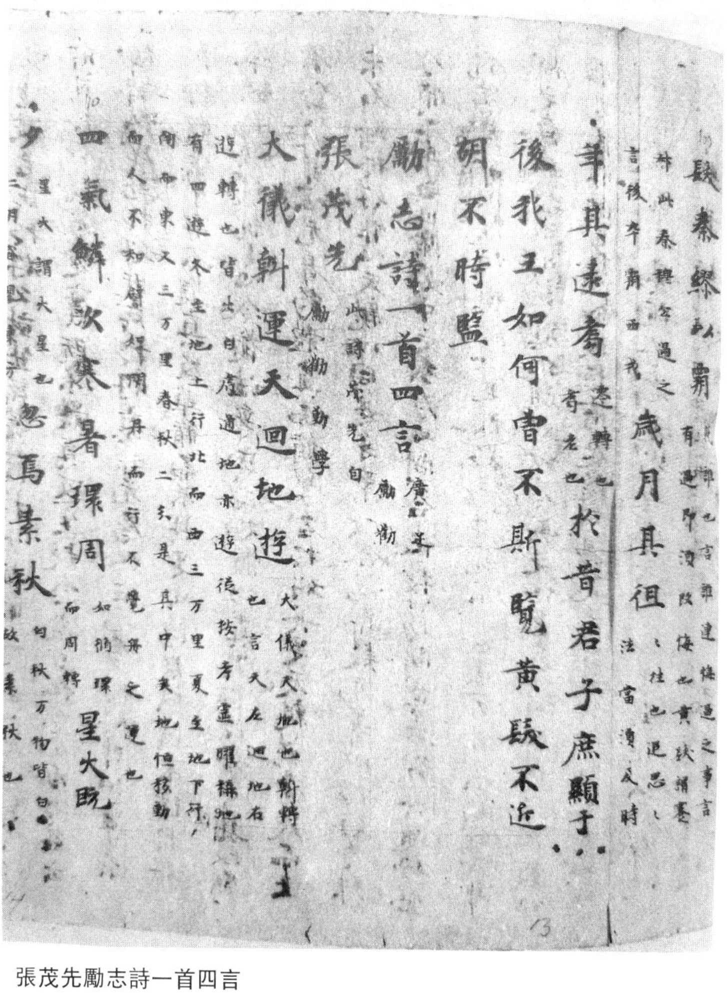

張茂先勵志詩一首四言

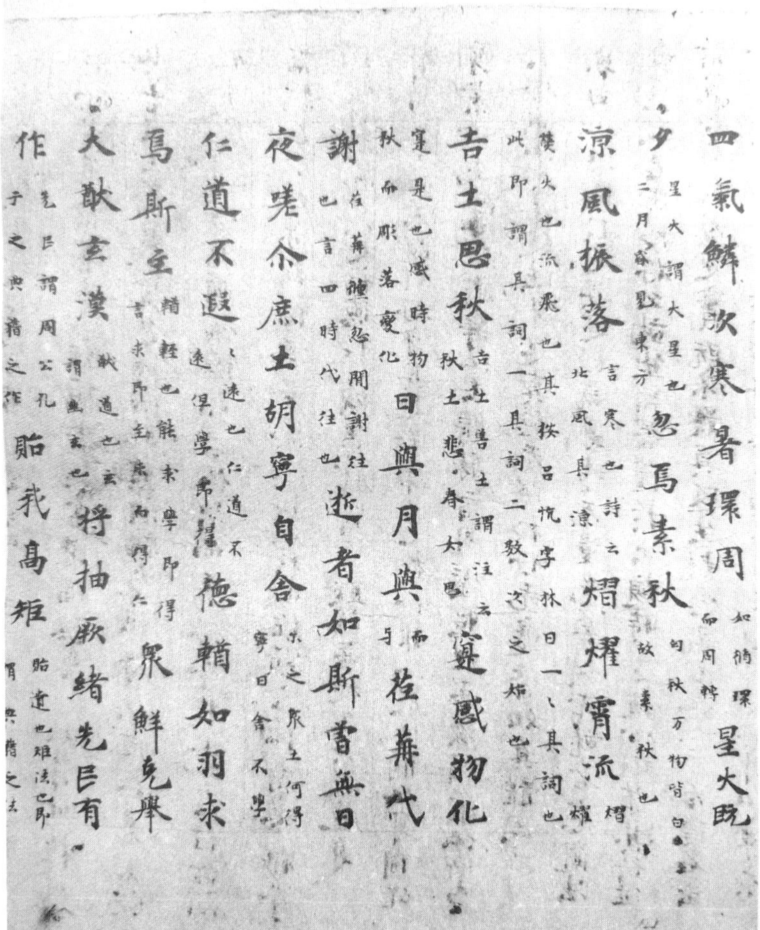
四氣鮮次，寒暑環周。如循環而周轉。星火既夕，星火謂大星也，二月昏見東方。忽焉素秋。句秋万物皆白，故素秋也。涼風振落，言寒也。詩云：北風其涼。熠燿宵流。熠燿螢火也，流飛也。其𦍑呂忱字林曰一具詞也，此即謂其詞一具詞二数之炳也。吉士思秋，吉士善士，謂注云秋士悲，春女思。寔感物化。寔是也，感時物而秋而彫落變化。日與月與，荏苒代謝。荏苒猶忽閒，謝往也，言四時代往也。逝者如斯，曾無日夜。嗟尒庶士，胡寧自舍。言尒之衆士何得寧日舍不學。仁道不遐，遐遠也，仁道不遠，但學而得。德輶如羽，求焉斯至。輶輕也，能求學即得，言求即至，求而得仁。衆鮮克舉。大猷玄漢，猷道也，玄謂無玄也。將抽厥緒。先臣有作，先臣謂周公孔子之典籍之作。貽我高矩。貽遺也，矩法也，即謂典籍之法。

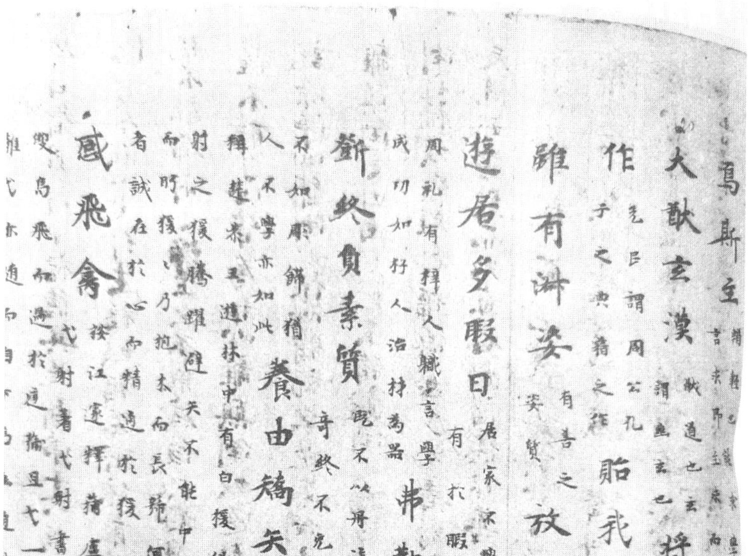

嶌斯主 言求師主求而得之 衆鮮克舉

大猷玄漢 猷道也玄謂幽玄也 將抽厥緒先臣有

作 先臣謂周公孔子之典籍之作 貽我高矩 貽遺也矩法也謂典籍之法

雖有淋姿 有善之姿質 放心縱逸出般于

遊居多暇日 居家不學即有於暇日 如彼梓材

周禮有梓人職言學成功如梓人治材為器 弗勤丹漆雖勞朴

斲終負素質 既不以丹漆雕飾假使朴斲有奇終不免負素之質具木雕文

不如雕飾猶人不學亦如此 養由矯矢獸號于林

楚恭王遊林中有白猿緣木而戲王使左右射之猿騰躍避矢不能中也於是養由基撫弓而眄猿乃抱木而長號何者誠在於心而精通於猿

淮南子

蒲盧縈繳神 按江遂擇蒲盧一名蒲且楚人也善弋射者弋射書四篇

感飛禽

鳥飛而過於道蒲且七一鳥而中之餘一鳥雖

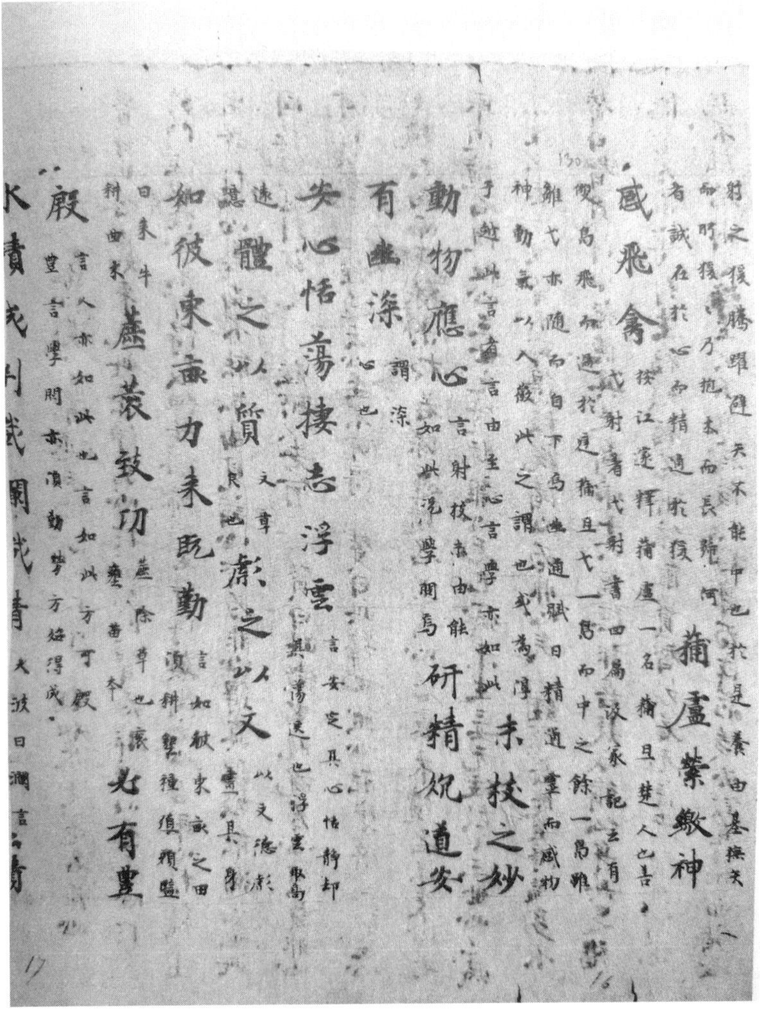

射之後騰躍超天不能中也於是養由基撫天
而所獲乃抱木而長號何
者誠在於心而精通於猿
挨江遂釋蒲盧一名蒲且楚人也善
蒲盧縈繳神
感飛禽弋射者弋射書四篇淮家記云有
雙鳥飛而過於庭蒲且七一鳥而中之餘一鳥雖
離弋亦隨而自下鳥無通賦日精通靈而感物
神動氣以入微此之謂也或爲浮
于斯此言者言由至心言學亦如此
末技之妙
動物應心言射技由能如此況學聞焉
研精究道安
有幽淥謂淥心也
安心恬蕩棲志浮雲言安定其心恬靜卻其蕩逸也浮雲取高
遠
體之以質文章良也
彪之以文以文飾彪其身
如彼東畝力耒既勤言如耕東畝之田須耕墾種植須耨塲
日耒牛耕由耒
㦸藨致功㦸除草也藨壅苗本
必有豐
言人亦如此也言如此方可穫
穫豈言學問亦須勤勞方始得成。
水積成川載瀾成清大波日瀾言人積

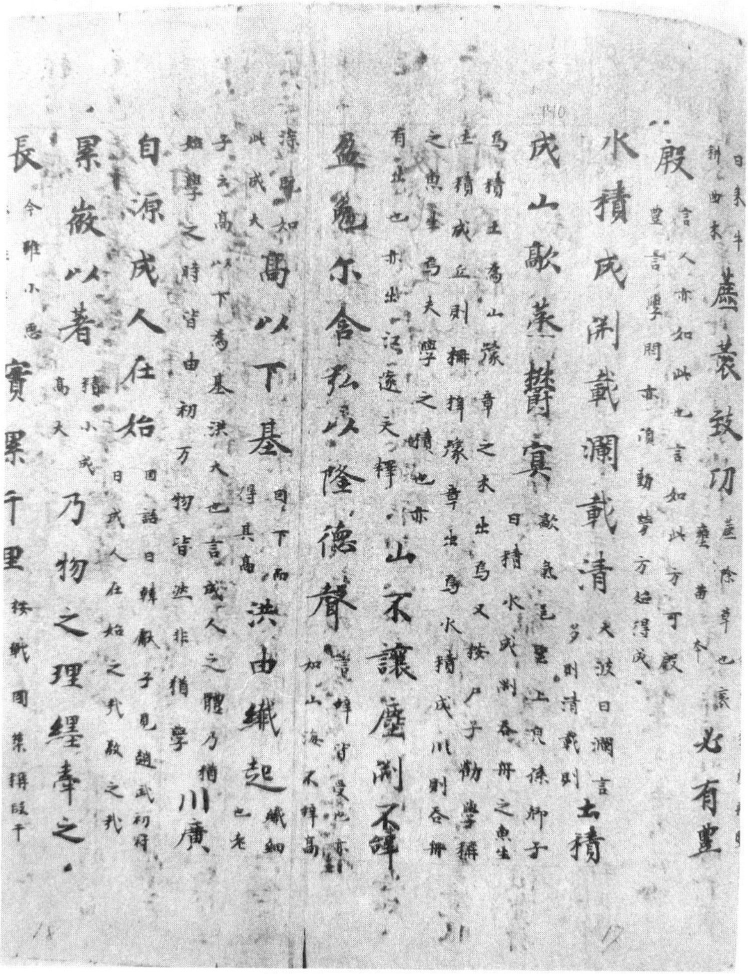
塵蓑致功，必有豊殷。水積成淵，載瀾載清；土積成山，歊蒸鬱冥。山不讓塵，淵不譁盈。爲尓含弘，以隆德聲。高以下基，洪由纖起；川廣自源，成人在始。累微以著，乃物之理；纆牽之長，實累千里。

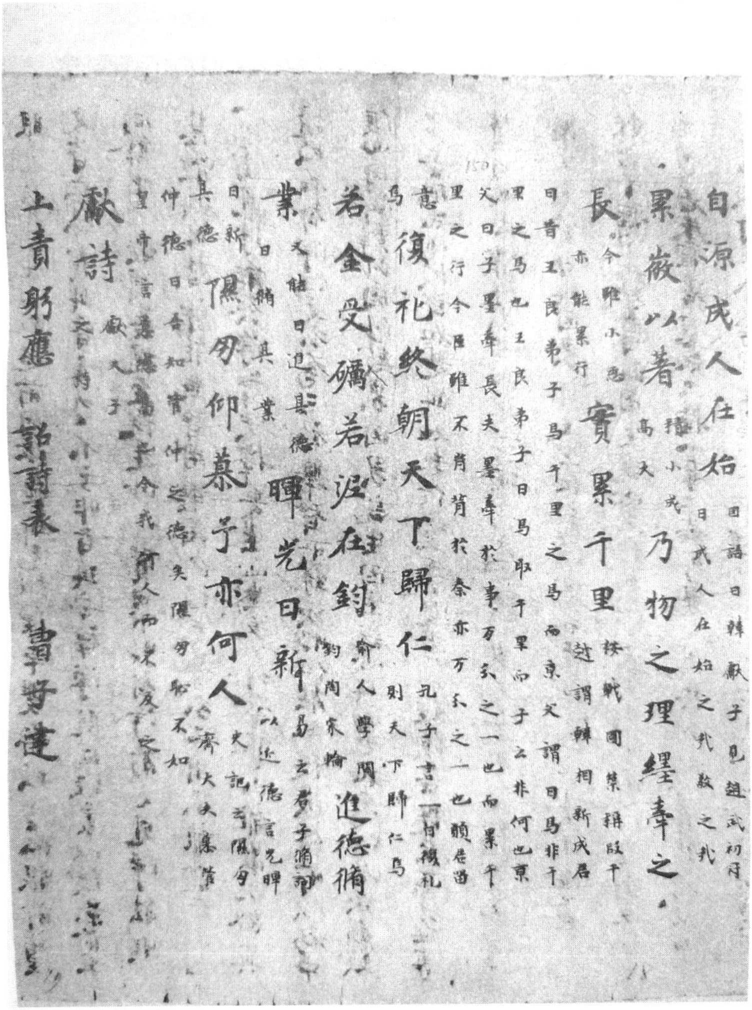

曹子建上責躬應詔詩表

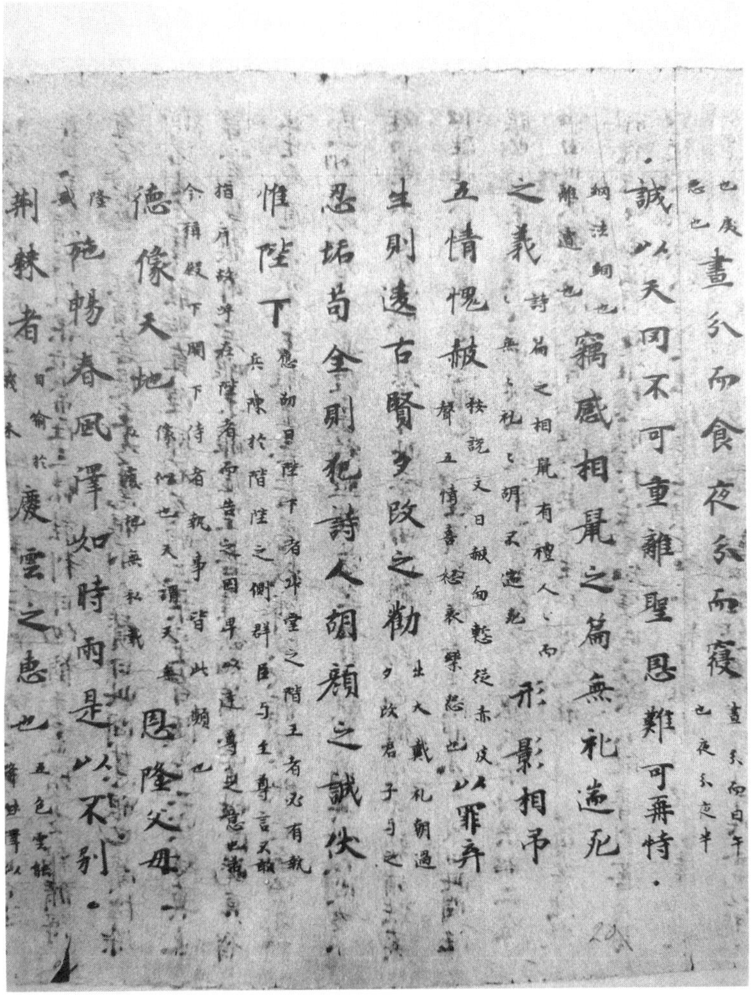
晝分而食夜分而寢
誠以天罔不可重離聖恩難可再恃
竊感相鼠之篇無禮遄死
之義形影相弔
五情愧赧以罪棄
生則違古賢夕改之勸
忍垢苟全則犯詩人胡顏之譏伏
惟陛下
德像天地恩隆父母
施暢春風澤如時雨是以不別
荊棘者慶雲之惠也

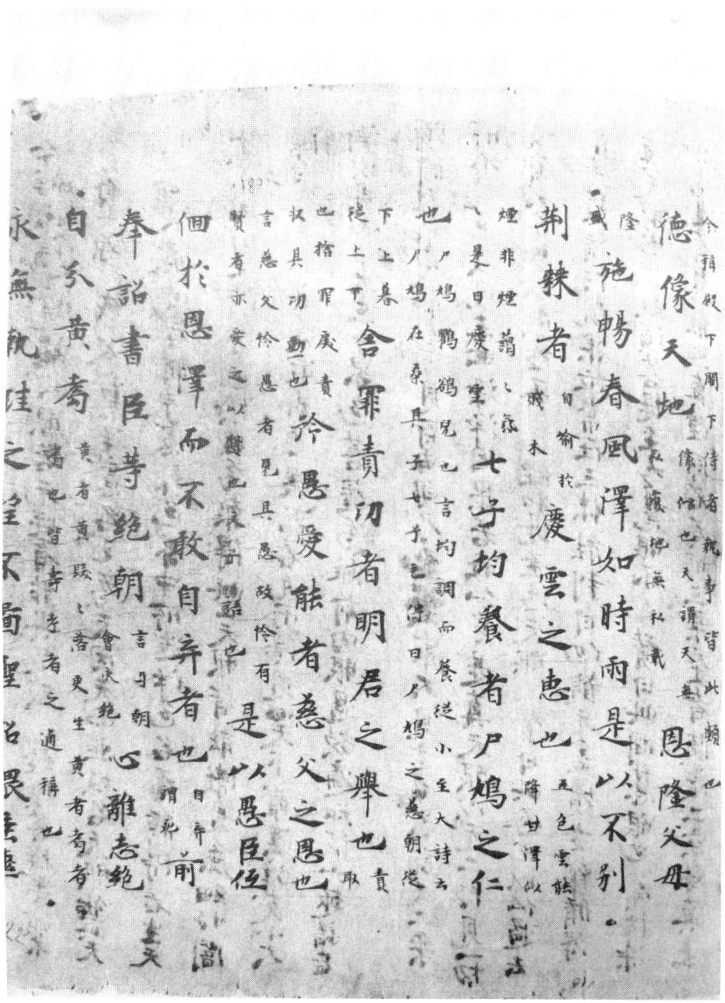
今辭殿下閣下侍者執事皆此類也
德像天地像似也天謂天無私覆地無私載恩隆父母
隆施暢春風澤如時雨是以不別
荊棘者賤木自喻於慶雲之惠也五色雲能降甘澤以
煙非煙鬱鬱紛紛是日慶雲七子均養者尸鳩之仁
也尸鳩鴶鵴也言均調而養從小至大詩云尸鳩在桑其子七兮毛詩曰尸鳩之慈朝從
下上暮從上下舍罪責功者明君之舉也責取
也捨其罪庚責收其功勳也矜愚愛能者慈父之恩也
言慈父憐愚者見其愚故憐有賢者亦愛之以賢也是以愚臣徊
徊於恩澤而不敢自棄者也自棄謂死前
奉詔書臣等絕朝言與朝會永絕心離志絕
自分黃耇黃者黃髮髮落更生黃者耇者壽也皆壽考者之通稱也
永無執珪之望不圖聖詔猥垂

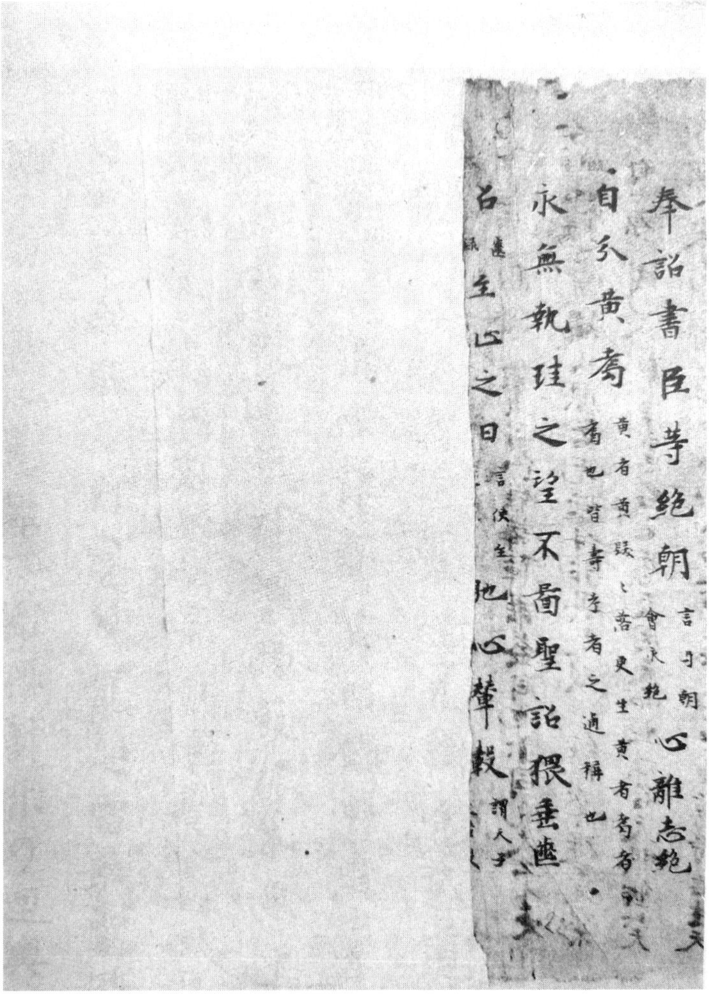

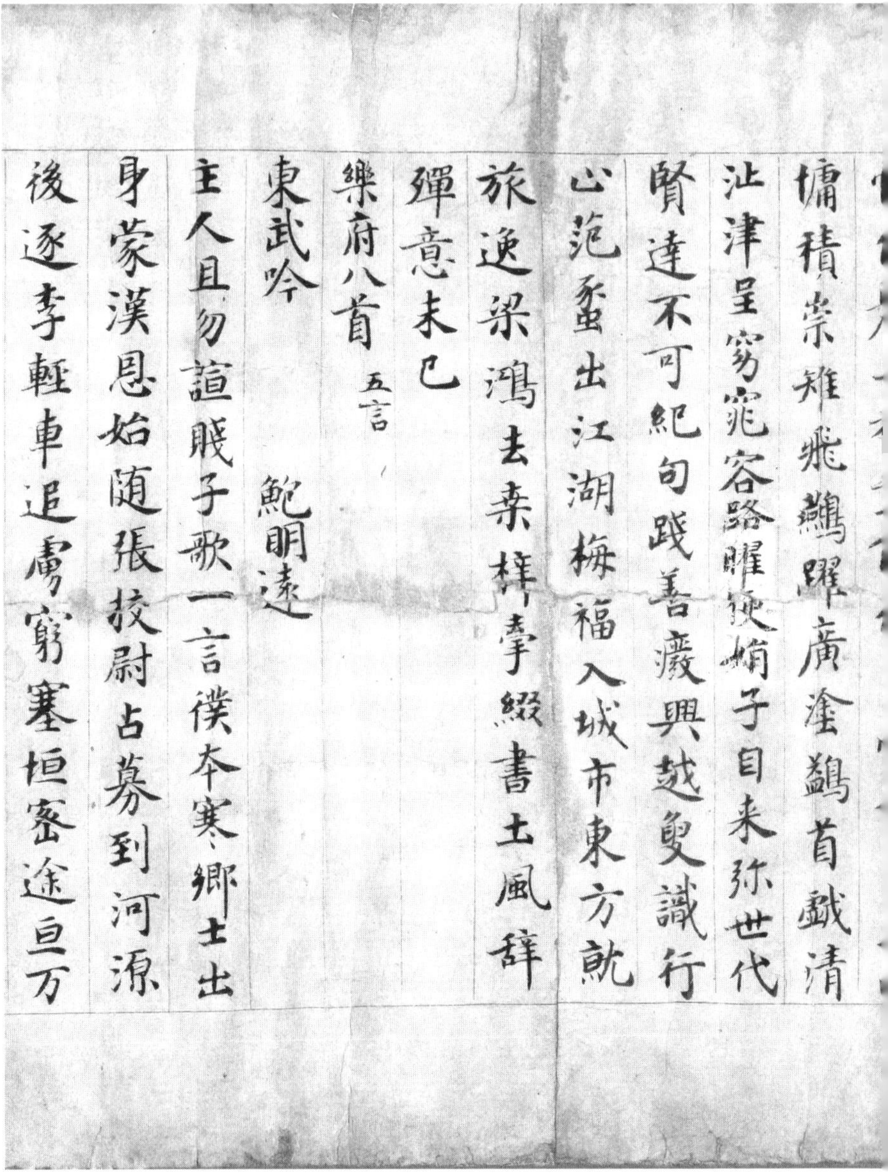

墉積崇雉飛甍躍廣塗鷁首戲清
沚津呈窈窕容路曜便娟子自来弥世代
賢達不可紀句踐善廢興越叟識行
止范蠡出江湖梅福入城市東方就
旅逸梁鴻去桑梓牽綴書土風辭
殫意未已
樂府八首 五言
東武吟 鮑明遠
主人且勿諠賤子歌一言僕本寒鄉士出
身蒙漢恩始隨張校尉占募到河源
後逐李輕車追虜窮塞垣密途亘万

陸士衡樂府十七首之短歌行、謝靈運樂府一首會吟行(以下法藏 P.2554)

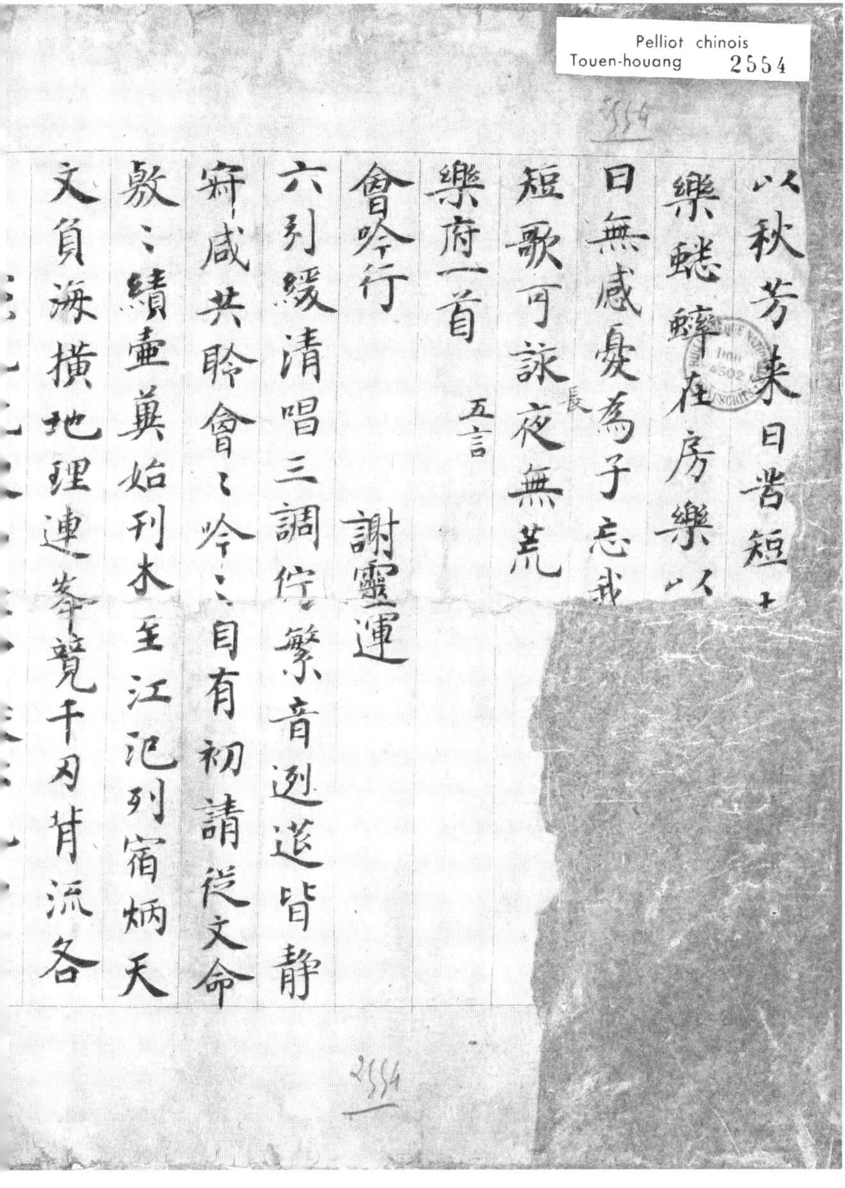
Pelliot chinois
Touen-houang 2554
2554
以秋芳來日苦短去
樂蟋蟀在房樂以
日無感憂爲子忘我
短歌可詠長夜無荒
樂府一首 五言
會吟行 謝靈運
六引緩清唱三調佇繁音迾筵皆靜
寂咸共聆會々吟々自有初請從文命
敷々績壺冀始刊木至江汜列宿炳天
文負海橫地理連峯竟千刃背流各
2554

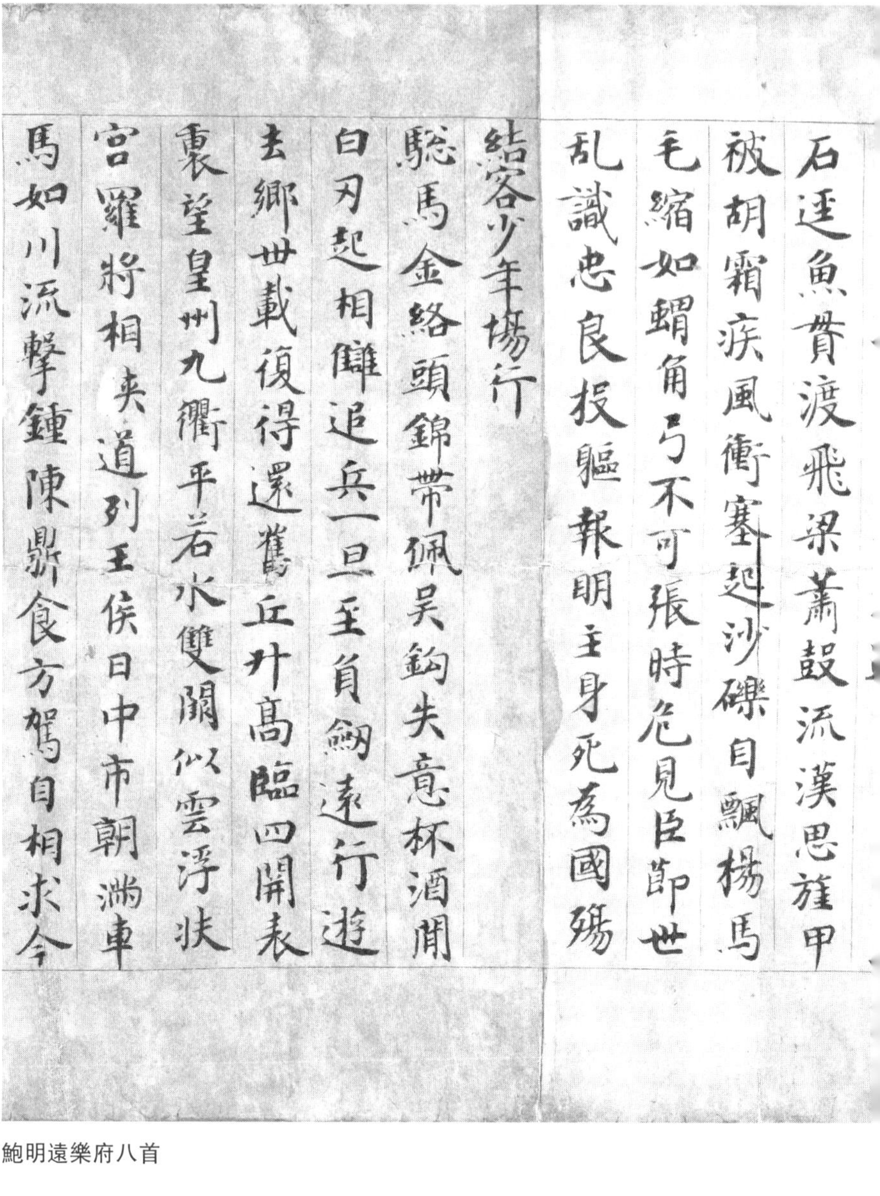

石逕魚貫渡飛梁蕭鼓流漢思旌甲
被胡霜疾風衝塞起沙礫自飄揚馬
毛縮如蝟角弓不可張時危見臣節世
乱識忠良投軀報明主身死爲國殤
結客少年場行
驄馬金絡頭錦帶佩吴鉤失意杯酒間
白刃起相讎追兵一旦至負劒遠行遊
去鄉卅載復得還舊丘升高臨四關表
裏望皇州九衢平若水雙闕似雲浮扶
宮羅將相夾道列王侯日中市朝滿車
馬如川流擊鍾陳鼎食方駕自相求今

鮑明遠樂府八首

身蒙漢恩始隨張校尉占募到河源
後逐李輕車追虜窮塞垣密途亘万
里寧歲猶七奔肌力盡鞍甲心思歷涼
溫將軍既下世部曲亦罕存時事一朝
異孤績誰復論少壯辭家去窮老還
入門要鐮刈葵藿倚杖牧雞豚昔如韝
上鷹今似檻中猨徒結千載恨空負百
年冤棄席思君幄疲馬戀君軒願垂
晉主惠不愧田子魂

出自薊門北行

羽檄起邊亭烽火入咸陽徵騎屯廣武

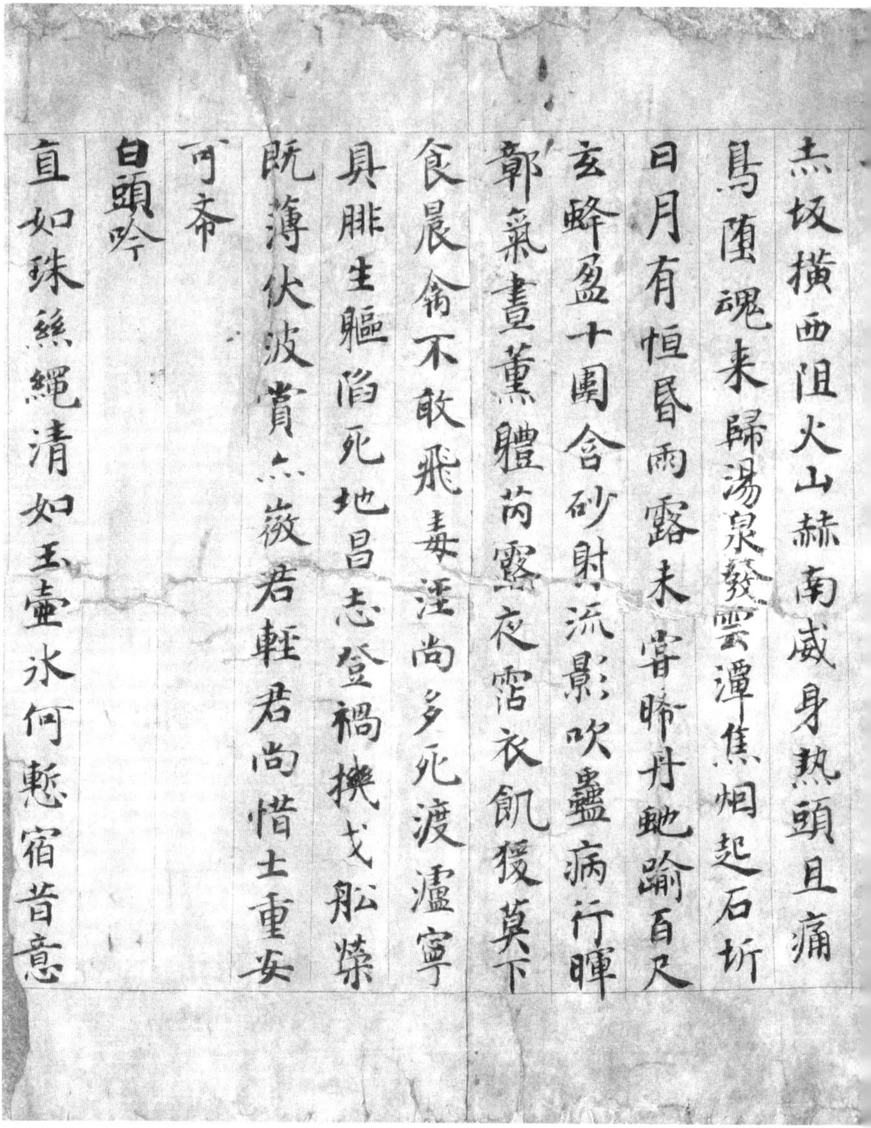
赤坂橫西阻火山赫南威身熱頭且痛
鳥墮魂来歸湯泉發雲潭焦烔起石圻
日月有恒昬雨露未嘗晞丹蛇踰百尺
玄蜂盈十圍含砂射流影吹蠱病行暉
鄣氣晝薰體菵露夜霑衣飢猨莫下
食晨禽不敢飛毒涇尚多死渡瀘寧
具腓生軀陷死地昌志登禍機戈舩榮
既薄伏波賞亦薇君輕君尚惜士重安
可希
白頭吟
直如珠絲繩清如玉壺冰何慙宿昔意

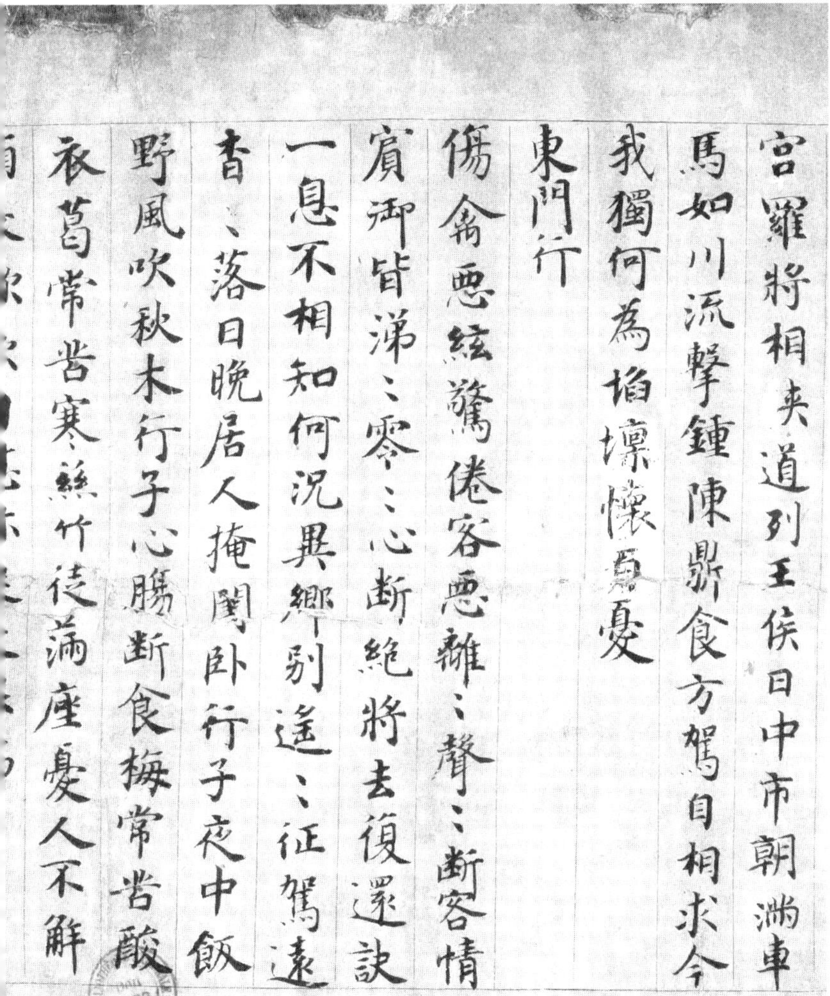
宮羅將相夾道列王侯日中市朝滿車
馬如川流擊鍾陳鼎食方駕自相求今
我獨何爲埳壈懷百憂
東門行
傷禽惡弦驚倦客惡離〻聲〻斷客情
賓御皆涕〻零〻心斷絶將去復還訣
一息不相知何况異鄉〻別遙〻征駕遠
杳〻落日晚居人掩閨臥行子夜中飯
野風吹秋木行子心腸斷食梅常苦酸
衣葛常苦寒、絲竹徒滿座憂人不解

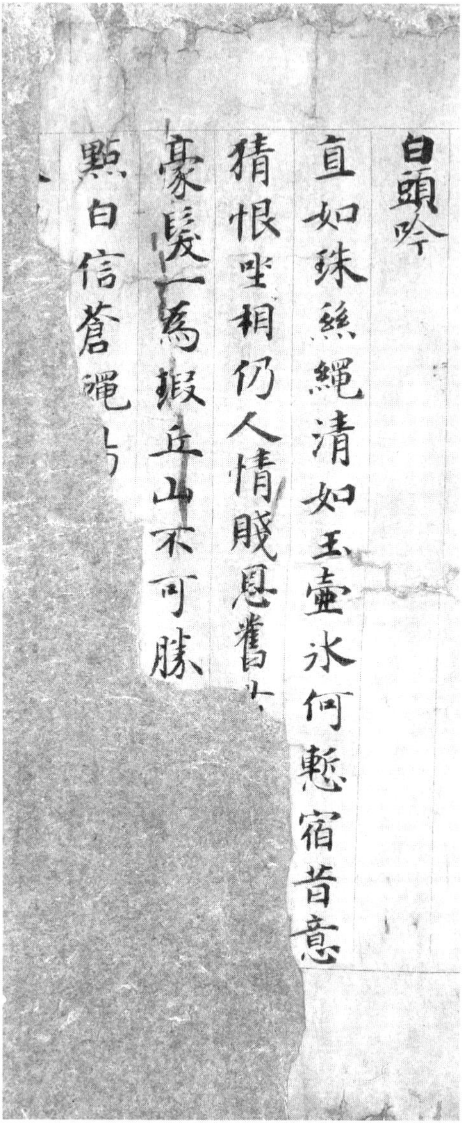
白頭吟
直如珠絲繩清如玉壺冰何慙宿昔意
猜恨坐相仍人情賤恩舊
豪髮一爲瑕丘山不可勝
點白信蒼蠅

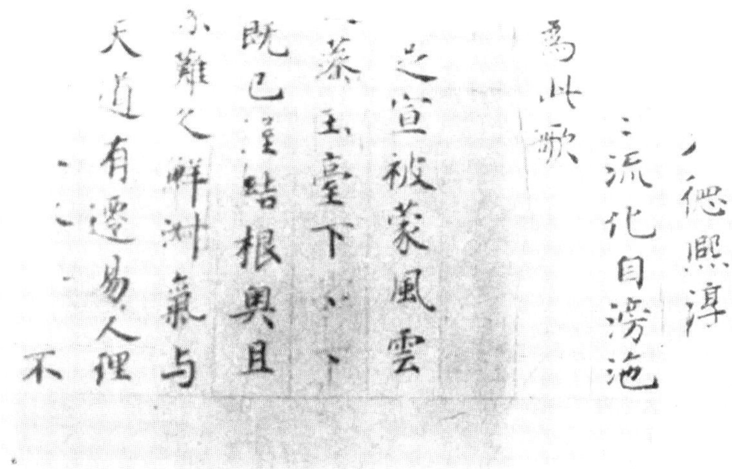

陸士衡樂府十七首之吴趨行及塘上行(英藏 S.10179)

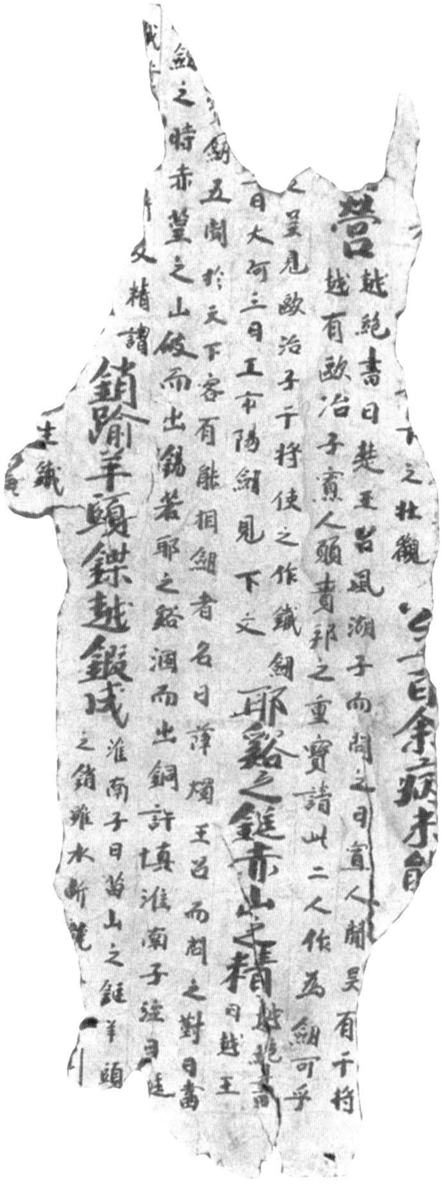

張景陽七命（德藏吐魯番本 Ch.3164）

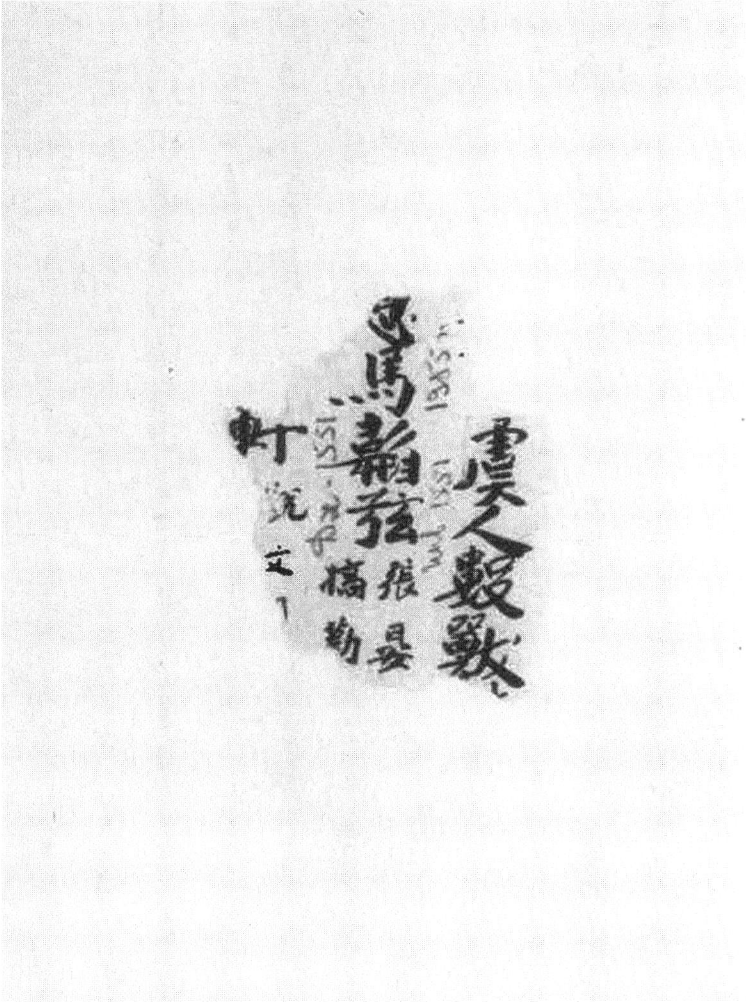

張景陽七命(俄藏 Дх.1551)

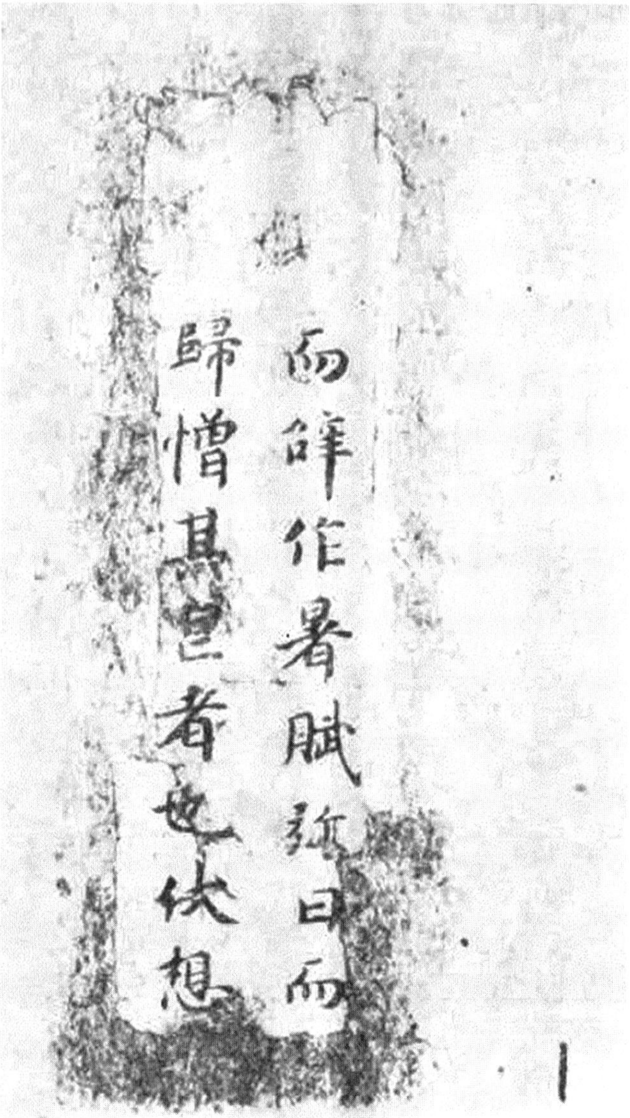

楊德祖答臨淄侯牋(英藏 S.6150)

東方曼倩答客難(以下法藏 P.2527)

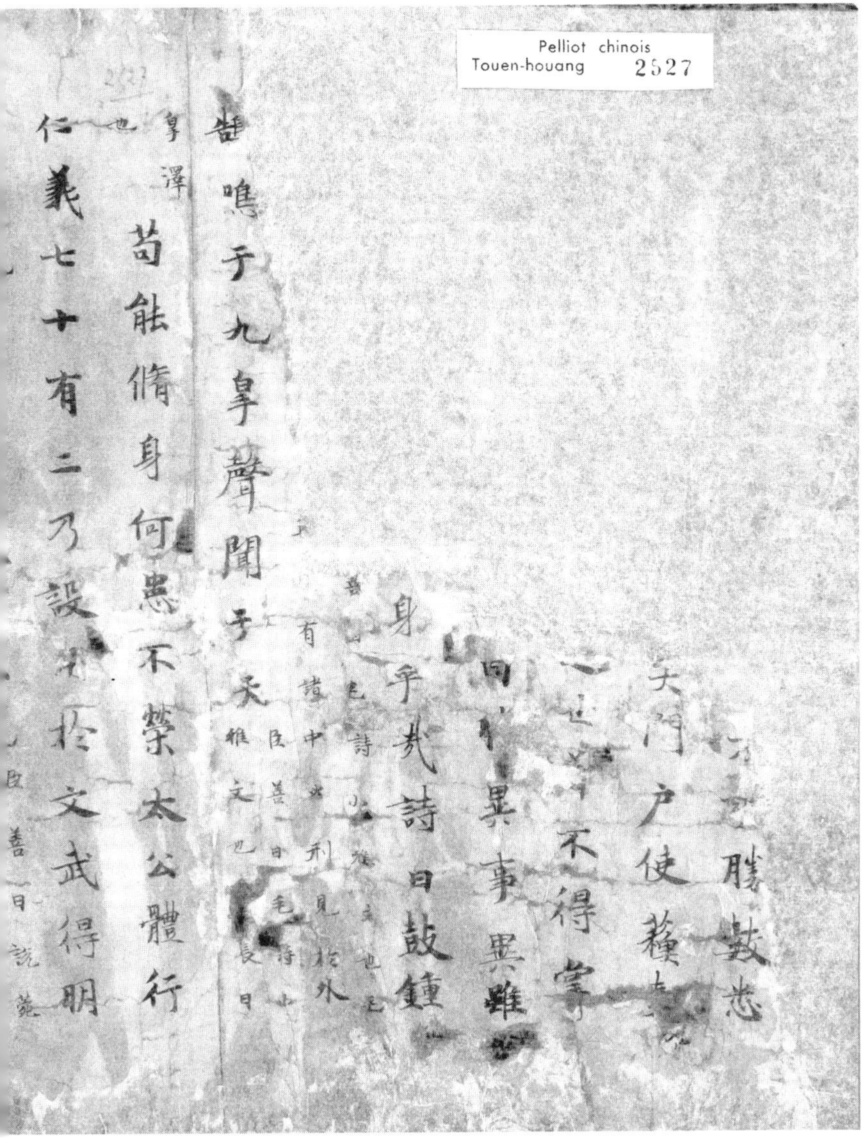
Pelliot chinois
Touen-houang 2527

身乎其詩曰鼓鍾
皆鳴于九皐聲聞于天
苟能脩身何患不榮太公體行
仁義七十有二乃設於文武得明

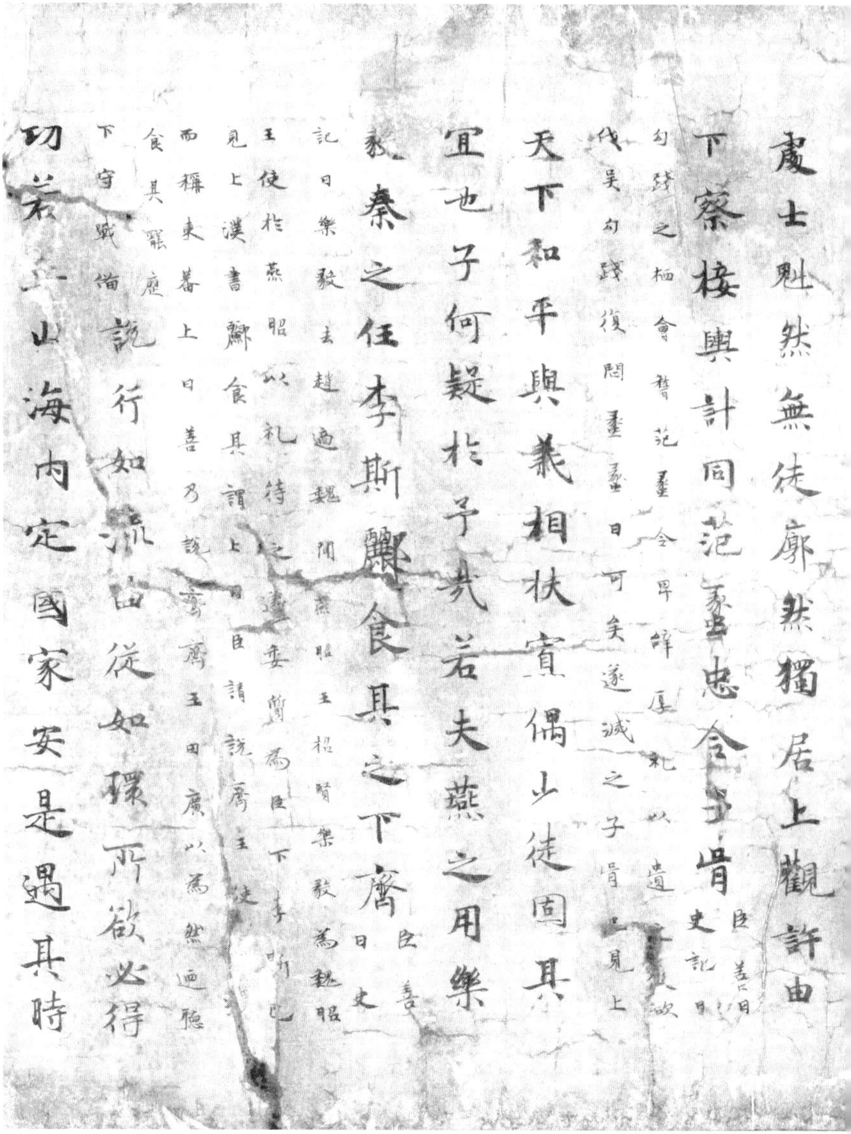
處士魁然無徒廓然獨居上觀許由
下察楱與計同范蠡忠合子胥 臣善曰 史記曰
勾踐之栖會稽范蠡令卑辭厚礼以遺[illegible]欲
伐吳勾踐復問蠡蠡曰可矣遂滅之子胥已見上
天下和平與義相扶寡偶少徒固其
宜也子何疑於予若夫燕之用樂
毅秦之任李斯酈食其之下齊 臣善曰史
記曰樂毅去趙適魏聞燕昭王招賢樂毅為魏昭
王使於燕昭以礼待之遂委質為臣下李斯已
見上漢書酈食其謂上曰臣請說齊王使
而稱東蕃上曰善乃說齊齊王田廣以為然迺聽
食其罷歷
下守戰備 說行如流曲從如環所欲必得
功若丘山海內定國家安是遇其時

言臣善曰皆孫卿子文也水至清則無魚人至察
則無徒冕而前旒所以蔽明黈纊塞
耳所以塞聰臣[illegible]皆大戴礼孔子之辭也黈[illegible]以黄綿為丸懸之於冕以
當兩耳所以塞聰[illegible]北縠梁倫注曰黈黄色也去斗反明有所不見
聰有所不聞舉大德赦小過毋求備
於一人之義也臣善曰論語曰仲弓為季氏宰問政子曰先有司赦小
過舉賢才尚書曰與人弗求備檢身若弗及枉而直之使自得
之優而柔之使自求之揆而度之使
自索之臣善曰皆大戴礼孔子之辭也家語亦同王肅曰雖當直枉縱容使自得
也優寬和柔之使自求其宜也揆度其法以閑示之使自索得也趙岐孟子注曰使自得
之使自得其

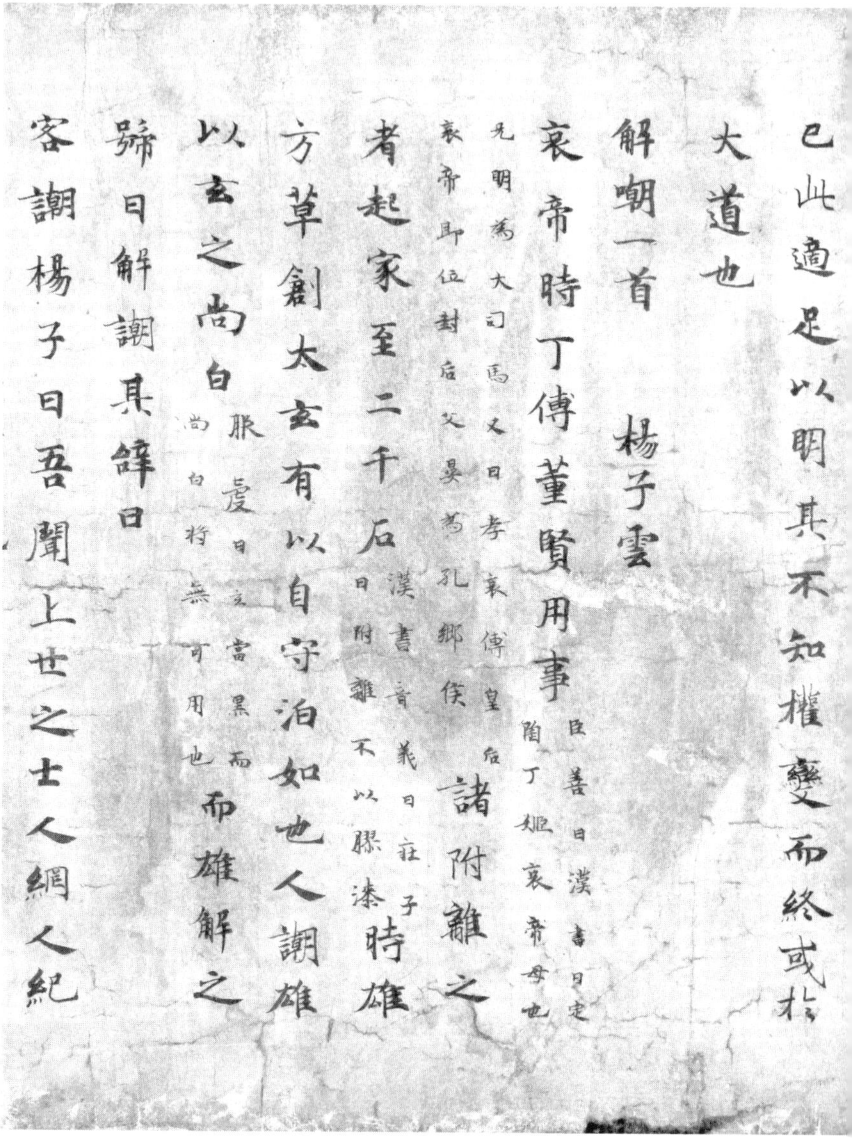
已此適足以明其不知權變而終惑於大道也

解嘲一首　楊子雲

哀帝時丁傅董賢用事臣善曰漢書曰定陶丁姬哀帝母也兄明為大司馬又曰孝哀傅皇后哀帝即位封后父晏為孔鄉侯諸附離之者起家至二千石漢書音義曰莊子曰附離不以膠漆時雄方草創太玄有以自守泊如也人謿雄以玄之尚白服虔曰玄當黑而尚白將無可用也而雄解之號曰解謿其辭曰

客謿楊子曰吾聞上世之士人綱人紀

揚子雲解嘲一首

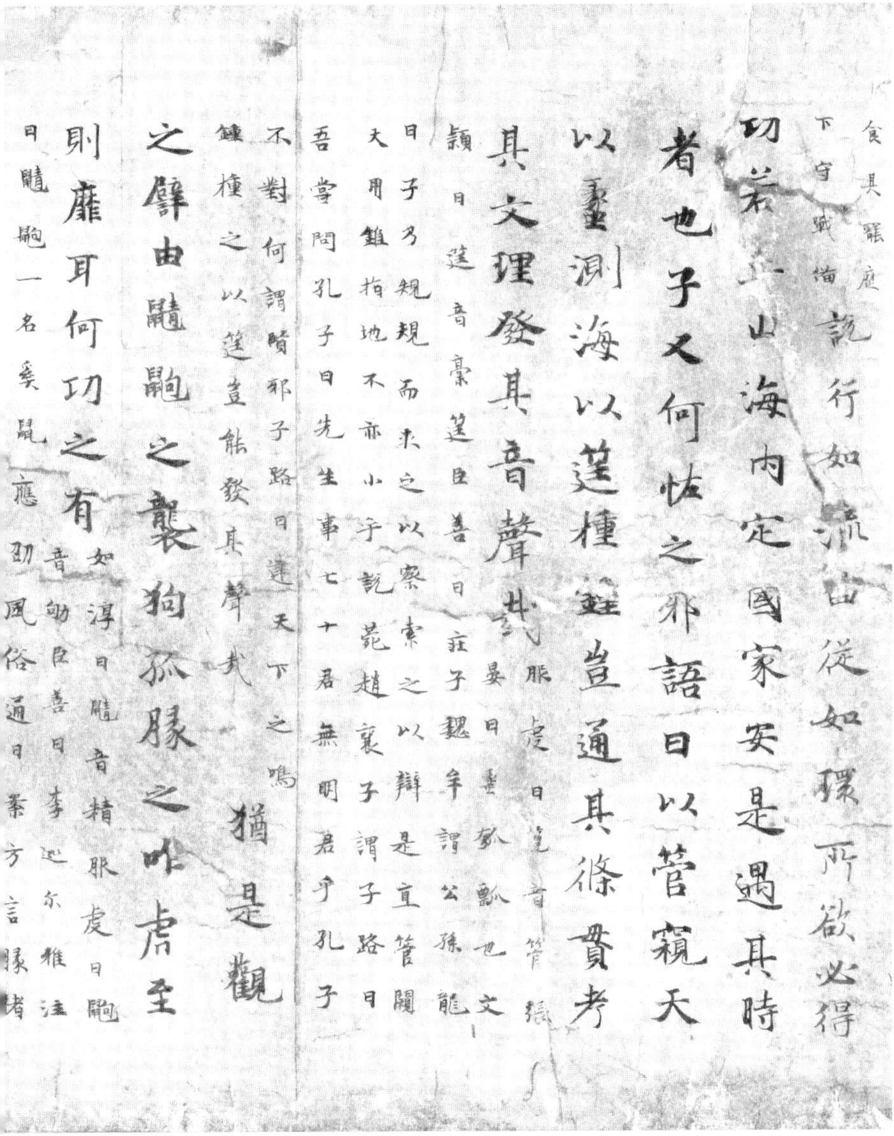

食具羅庭
下守職循說行如流出從如環所欲必得
功若山海內定國家安是遇其時
者也子又何怪之邪語曰以管窺天
以蠡測海以莛撞鍾豈通其條貫考
其文理發其音聲哉服虔曰筦音管張
晏曰蠡瓠瓢也文
穎曰莛音豪莛臣善曰莊子魏牟謂公孫龍
曰子乃規規而求之以察索之以辯是直管闚
天用錐指地不亦小乎說苑趙襄子謂子路曰
吾嘗問孔子曰先生事七十君無明君乎孔子
不對何謂賢邪子路曰建天下之鳴
鍾撞之以莛豈能發其聲哉猶是觀
之譬由鼱鼩之襲狗狐豚之咋虎至
則靡耳何功之有如淳曰鼱音精服虔曰鼩
音劬臣善曰李巡尔雅注
曰鼱鼩一名奚鼠應劭風俗通曰案方言豚豬

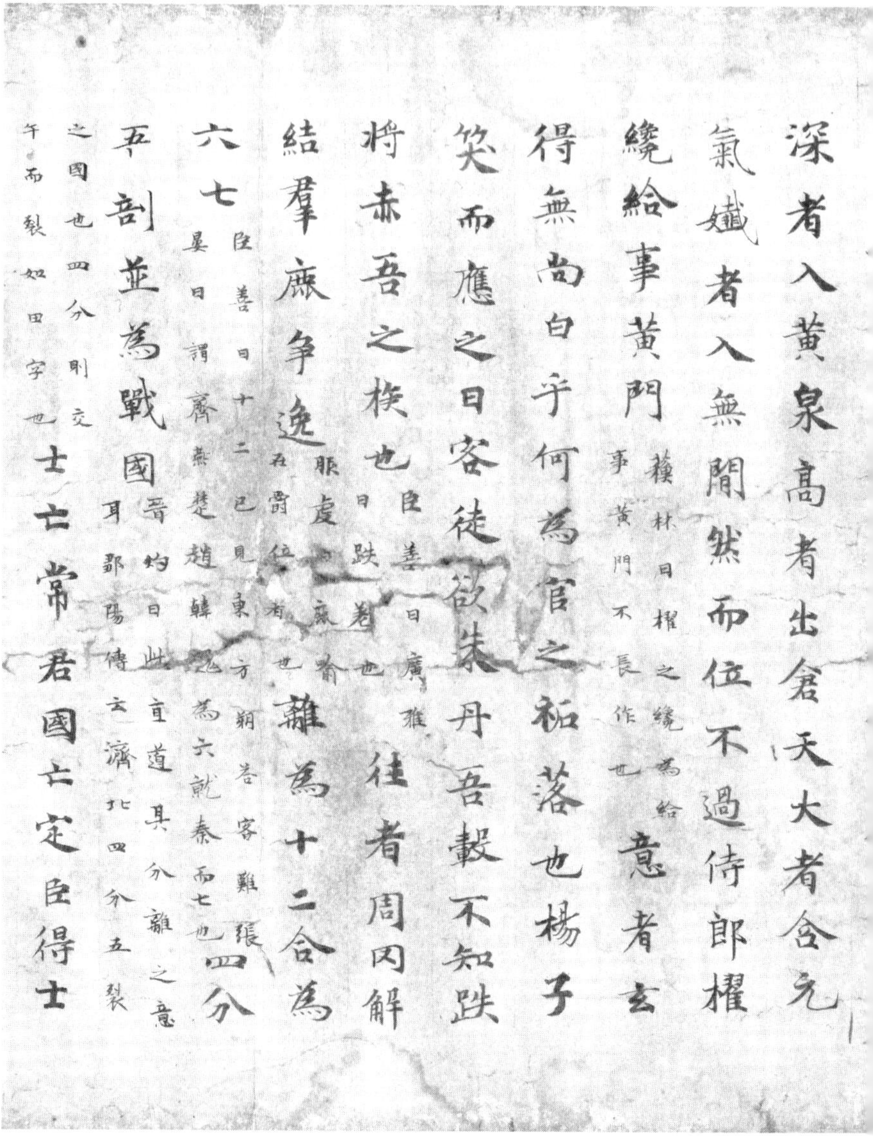
深者入黃泉高者出倉天大者含元
氣孅者入無閒然而位不過侍郎擢
纔給事黃門蘇林曰擢之纔為給事黃門不長作也意者玄
得無尚白乎何為官之拓落也楊子
笑而應之曰客徒欲朱丹吾轂不知跌
將赤吾之族也臣善曰廣雅曰跌差也往者周罔解
結羣鹿爭逸服虔曰鹿喻在爵位者也離為十二合為
六七臣善曰十二已見東方朔答客難張晏曰謂齊燕楚趙韓魏為六就秦而七也四分
五剖並為戰國晉灼曰此直道其分離之意耳鄒陽傳云濟北四分五裂
之國也四分則交午而裂如田字也士亡常君國亡定臣得士

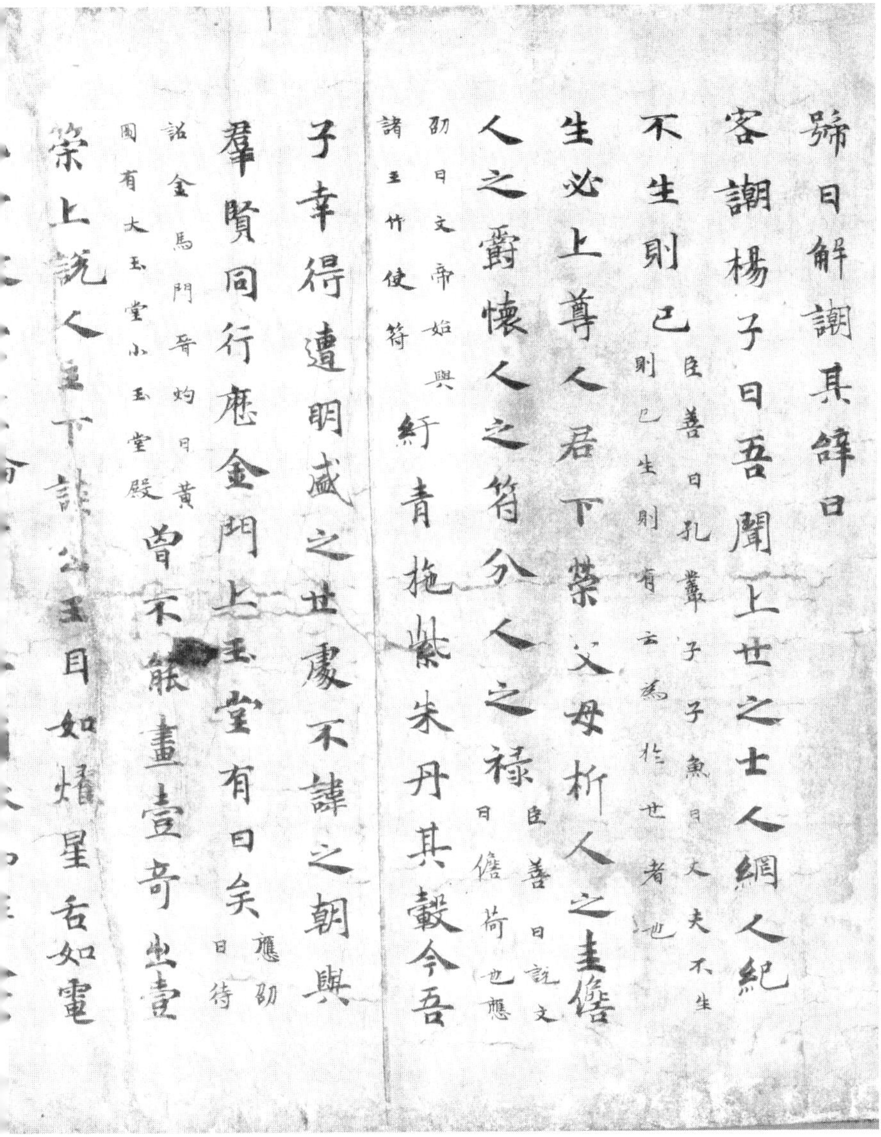
號曰解謿其辭曰
客謿楊子曰吾聞上世之士人綱人紀
不生則已臣善曰孔叢子子魚曰丈夫不生則已生則有云為於世者也
生必上尊人君下榮父母析人之圭儋
人之爵懷人之符分人之祿臣善曰說文曰儋荷也應
劭曰文帝始與諸王竹使符紆青拖紫朱丹其轂今吾
子幸得遭明盛之世處不諱之朝與
羣賢同行歷金門上玉堂有日矣應劭曰待
詔金馬門晉灼曰黃圖有大玉堂小玉堂殿曾不能畫壹奇出壹
榮上說人主下談公王目如燿星舌如電

西北一候如淳曰地理志云龍勒玉門陽關有候也徵以糺墨製

以鑕鈇服虔曰刑縛束之也應劭曰音以繩徽鍪之徽臣善曰説文曰糺三合繩

又曰墨索也公羊傳曰不忍加之鈇質何休曰斬腰之刑也散以禮樂風

以詩書贖以歲月結以倚廬應劭曰漢律以為親

行三年服不得選舉臣善曰左氏傳曰齊晏桓子卒晏嬰麤衰斬居倚廬天下

之士雷動雲合魚鱗雜襲咸營于八

區家家自以為稷契人人自以為皐繇

注善曰尚書帝曰俞咨禹汝平水土惟時懋哉禹讓于稷契泉咎繇戴縱垂

纓而談者皆擬於阿衡注善曰鄭玄儀礼注曰纓今之

情也纓與縱同所氏又阿衡已見上五尺童子羞比晏嬰與

平剖並為戰國晋灼曰此直道其分離之意耳鄧陽傳云濟北四分五裂之國也四分則交午而裂如田字也士亡常君國亡定臣得士者富失士者貧鴪翼厲翮恣意所存故士或自盛以橐或鑿坏以遁服虔曰范雎入秦藏於橐中臣善曰史記曰王稽辭魏去過載范雎入秦至湖見車騎曰為誰王稽曰穰侯范雎曰此恐辱我我寧匿車中有頃穰侯過淮南子曰顏闔魯君欲相之而不肯使之以幣先焉鑿坏而遁之普來久是故騶衍以頡頏而取世資孟軻雖連蹇猶為万乘師蘇林曰連蹇言語不便利也今大漢左東海右渠搜服虔曰渠搜西戎國也應劭曰禹貢析支渠搜屬雍州在金城

勾踐遂滅吴又曰越王勾踐支國奉國政屬大
夫種而使范蠡行成爲質於吴後越大破吴也
五羖入而秦喜樂毅出而燕懼臣善曰五羖已見李
斯上書史記曰樂毅伐齊破之燕昭王死子
立爲燕惠王乃使劫騎代將而召樂毅樂毅
畏誅遂西降趙惠王
恐趙用樂毅以伐燕范雎以折摺而危穰
侯臣善曰危穰侯已見李斯上書折摺已見鄒
陽上書晉灼曰摺古拉字也力荅反
蔡澤以噤吟而笑唐舉臣善曰史記曰唐
舉見蔡澤孰視
而笑曰先生曷鼻巨肩魋顏蹙齃膝攣吾聞
聖人不相殆先生乎韋昭曰噤欺廩反吟疑甚反
故當其有事也非蕭曹子房平勃
樊霍則不能安當其亡事也章句之
徒相與坐而守之亦亡所患故世亂

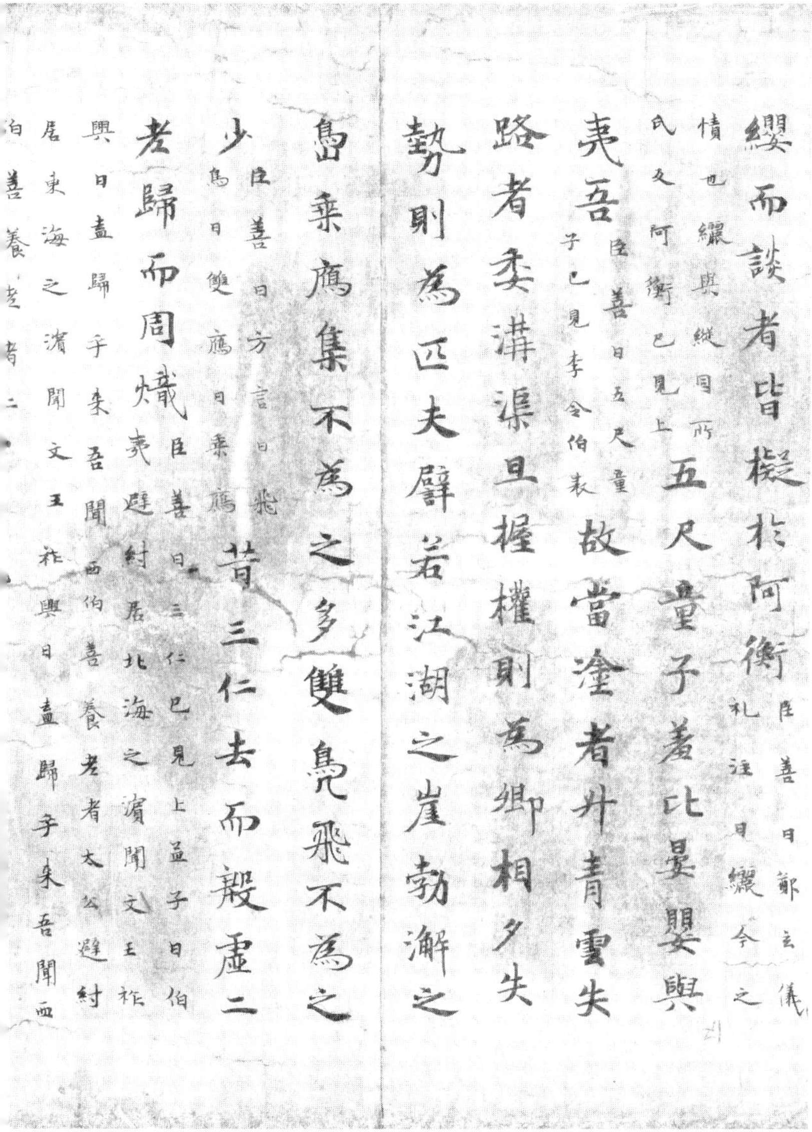

纓而談者皆擬於阿衡臣善曰鄭玄儀礼注曰纓今之情也纓與縱同所氏文阿衡已見上五尺童子羞比晏嬰與夷吾臣善曰五尺童子已見李令伯表故當塗者升青雲失路者委溝渠旦握權則爲卿相夕失勢則爲匹夫譬若江湖之崖渤澥之島乘鴈集不爲之多雙鳧飛不爲之少臣善曰方言曰飛鳥曰雙鴈曰乘昔三仁去而殷虛二老歸而周熾臣善曰三仁已見上孟子曰伯夷避紂居北海之濱聞文王作興曰盍歸乎來吾聞西伯善養老者太公避紂居東海之濱聞文王作興曰盍歸乎來吾聞西伯善養老者二

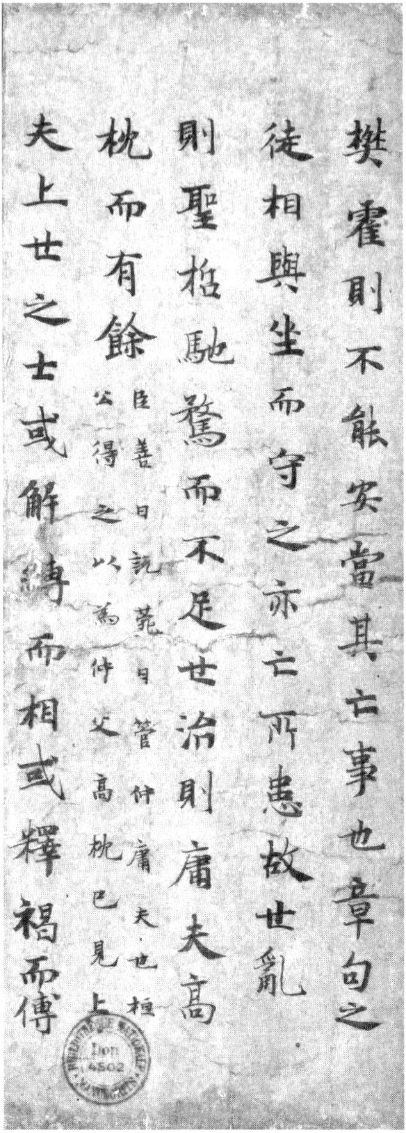

樊霍則不能安當其亡事也章句之
徒相與坐而守之亦亡所患故世亂
則聖哲馳騖而不足世治則庸夫高
枕而有餘臣善曰說苑曰管仲庸夫也桓公得之以為仲父高枕已見上
夫上世之士或解縛而相或釋褐而傳

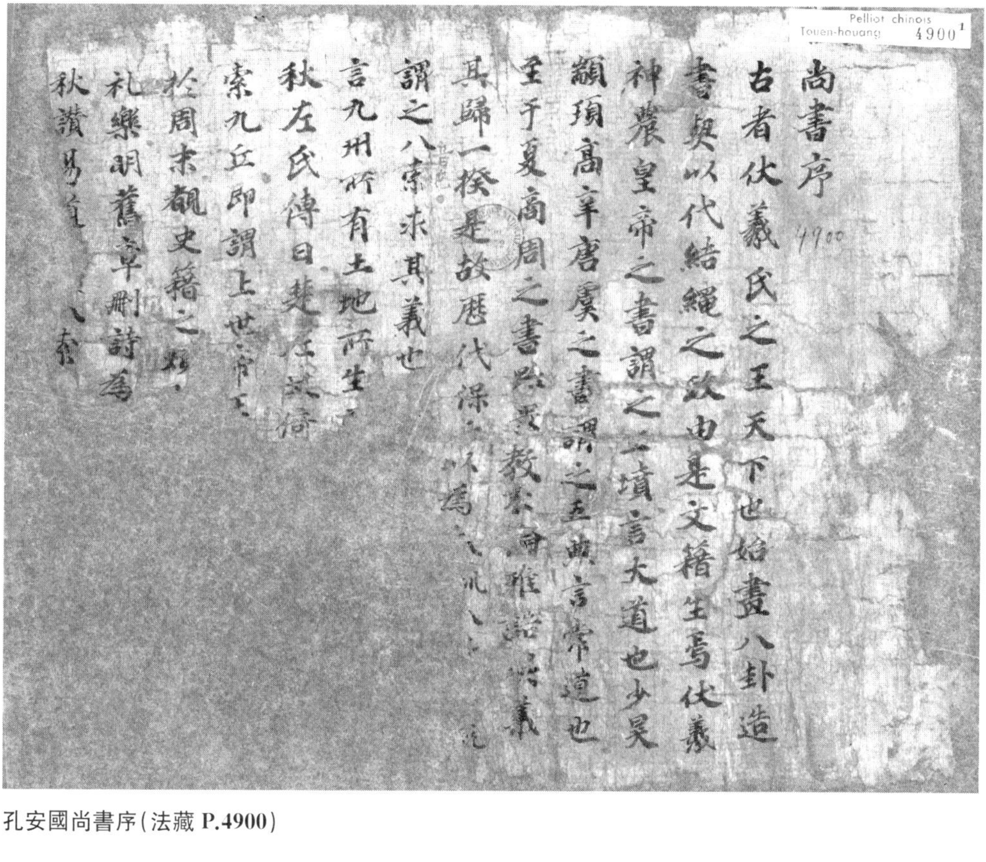

孔安國尚書序(法藏 P.4900)

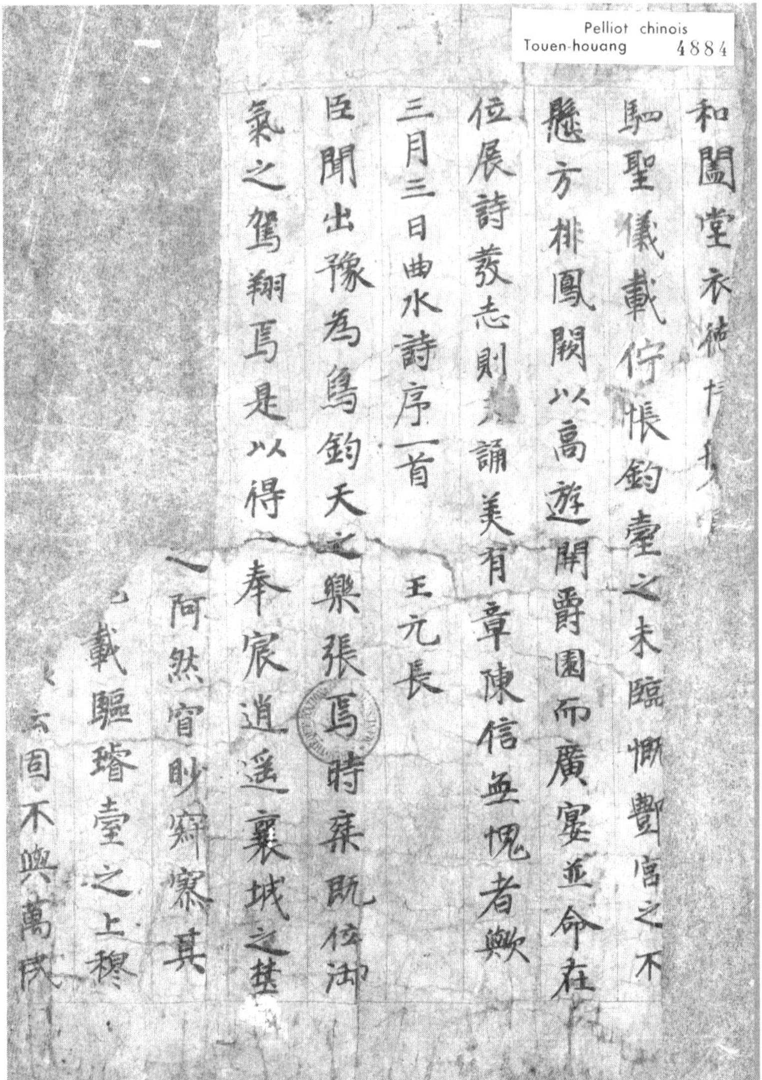

顏延年三月三日曲水詩序、王元長三月三日曲水詩序（法藏 P.4884）

Pelliot chinois
2707
共也我大齊之握機創曆誕命建家接礼貳
宮考庸太室幽明獻期雷風通饗昭華之
珎既從延喜之玉攸歸革宗受天保生萬國
度邑靜鹿丘之歎遷鼎息大坰之慙紹清
和於帝猷聯顯懿於王表駿發開其遠
祥定爾固其洪業皇帝體膺上聖運鍾
下武冠五行之秀氣邁三代之英風昭章
雲漢暉麗日月牢籠天地彈壓山川設
神理以景俗敷文化以柔遠澤普汎而無

王元長三月三日曲水詩序（法藏 P.2707）

王元長三月三日曲水詩序(以下法藏 P.2543)

用能免群生於湯火納百姓於休和草萊樂
業守屏稱事弘鏡皆明目臨池無洗耳沉冥
之怨既缺邁軸之疾已消興廢舉孝歲時
於外府署行議年日夕于中甸協律總章之
司序倫正俗崇文成均之職導德齊礼挈壺
宣夜辯氣朔於靈臺書笏珥彤紀言事於
仙室褰帷斷裳危冠空履之吏彯搖武猛
扛鼎揭旗之士勤恤民隱糾逖王慝䠶集隼
於高墉繳大風於長隧不仁者遠惟道斯行
讙荂蔑聞攘爭掩息希鳴桴於砥路鞠

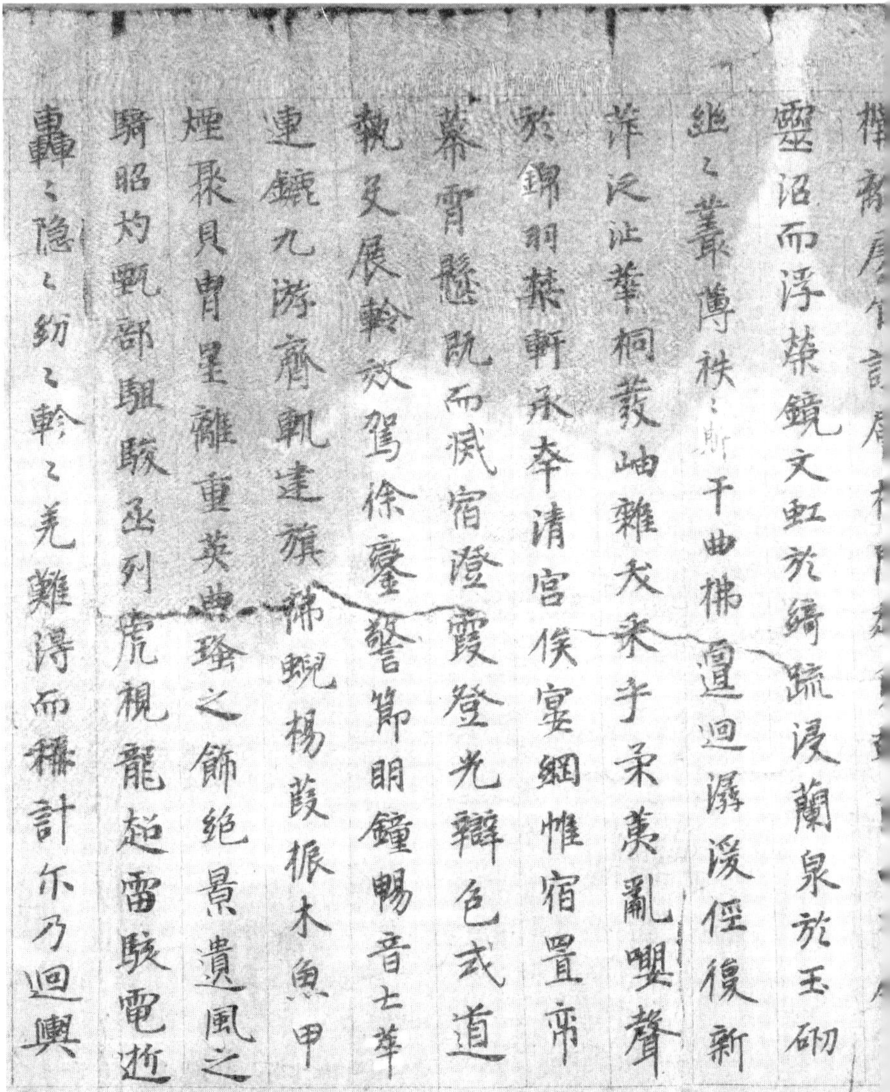
擇齋房
靈沼而浮榮鏡文虹於綺疏浸蘭泉於玉砌
繼〻叢〻薄扶〻斯干曲拂疊迴瀾漫徑復新
萍泛沚華桐蔭岫雜夭柔手菓亂嚶聲
於錦羽禁軒承奉清宮俟宴網帷宿置帝
暮霄懸既而賦宿澄霞登光辯色式道
執殳展輪效駕徐鑾警節明鐘暢音七萃
連鑣九游齊軌建旗拂蜺揚葭振木魚甲
煙聚貝胄星離重英與瑧之飾絕景遺風之
騎昭灼甄部驅駭亟列虎視龍超雷駭電逝
轟〻隱〻紛〻軫〻羌難得而稱計尔乃迴輿

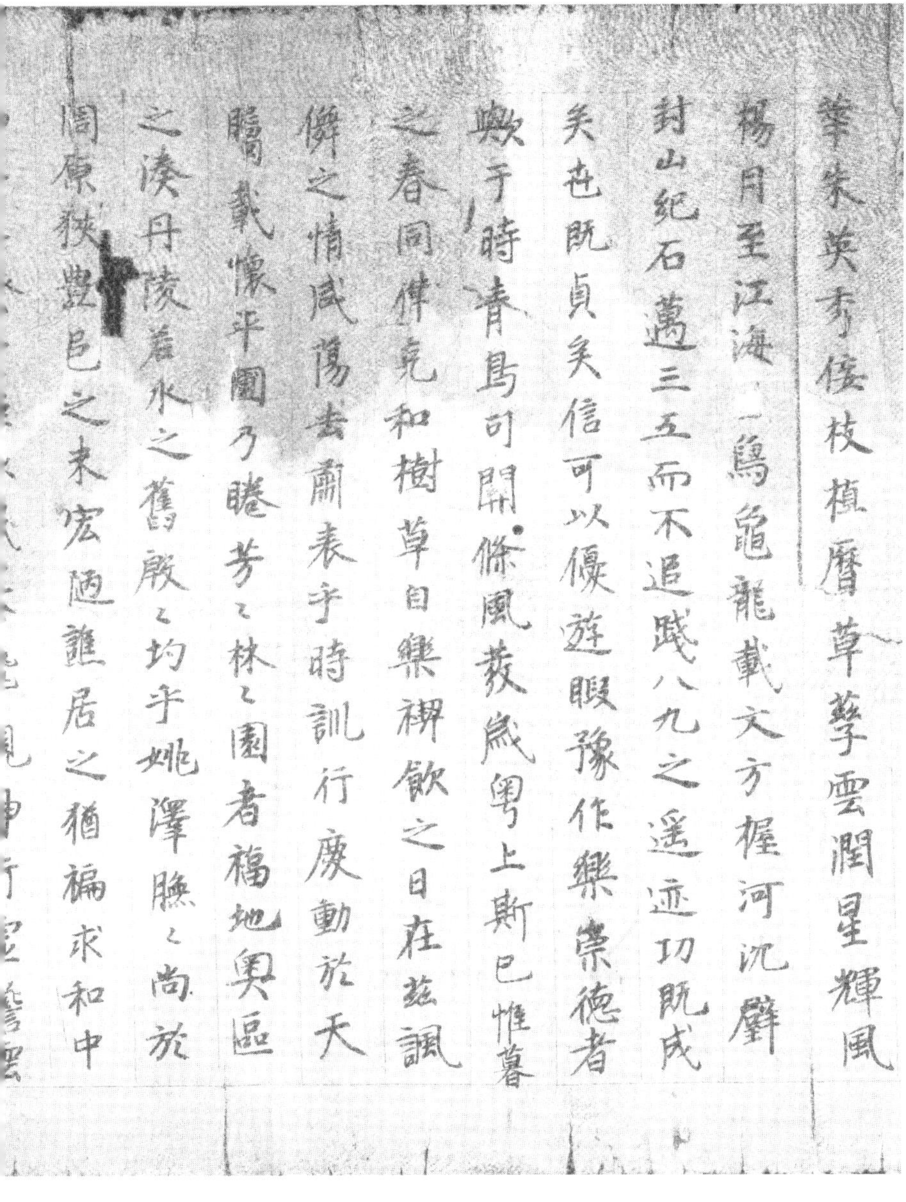
肇朱英秀侯枝植曆草孳雲潤星輝風
揚月至江海、鳥龜龍載文方握河沉璧
封山紀石邁三五而不追踐八九之遙迹功既成
矣世既貞矣信可以優遊暇豫作樂崇德者
歟于時青鳥司開條風發歲粵上斯巳惟暮
之春同律克和樹草自樂禊飲之日在茲諷
僻之情咸蕩去爾表乎時訓行廢動於天
瞻載懷平圖乃睠芳〻林〻園者福地奧區
之湊丹陵若水之舊般〻均乎姚澤臙〻尚於
閭原狄豊邑之未宏適譙居之猶偏求和中

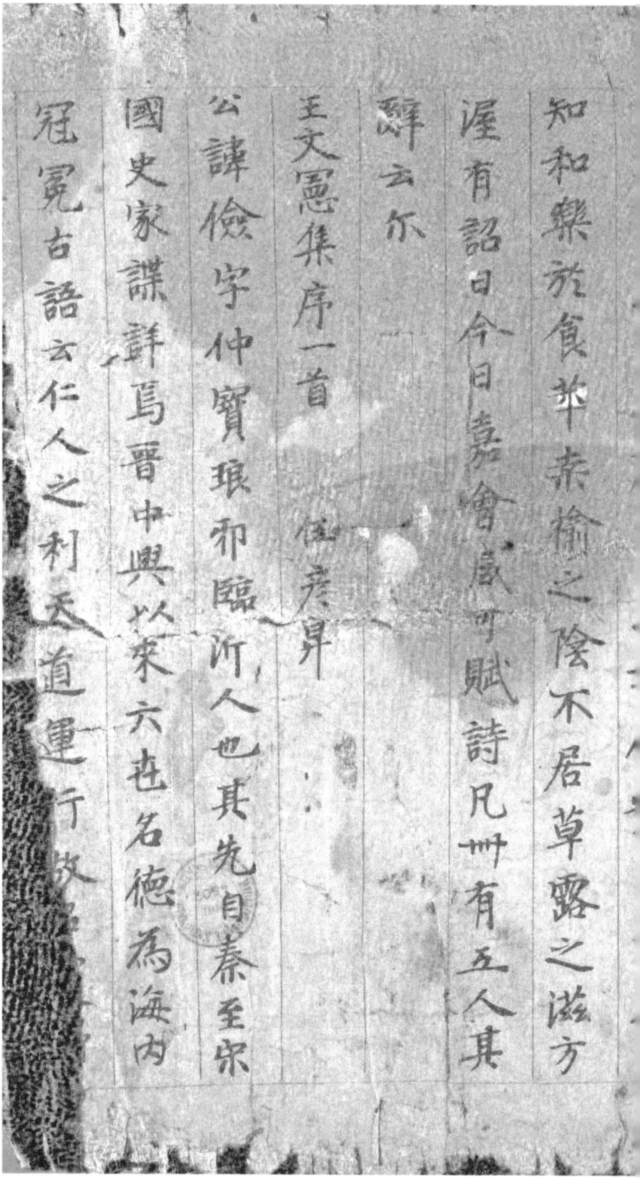
知和樂於食苹乘榆之陰不居草露之滋方
渥有詔曰今日嘉會咸可賦詩凡卅有五人其
辭云尔
王文憲集序一首　任彥昇
公諱儉字仲寶琅邪臨沂人也其先自秦至宋
國史家諜詳焉晉中興以來六世名德爲海內
冠冕古語云仁人之利天道運行故

任彥昇王文憲集序

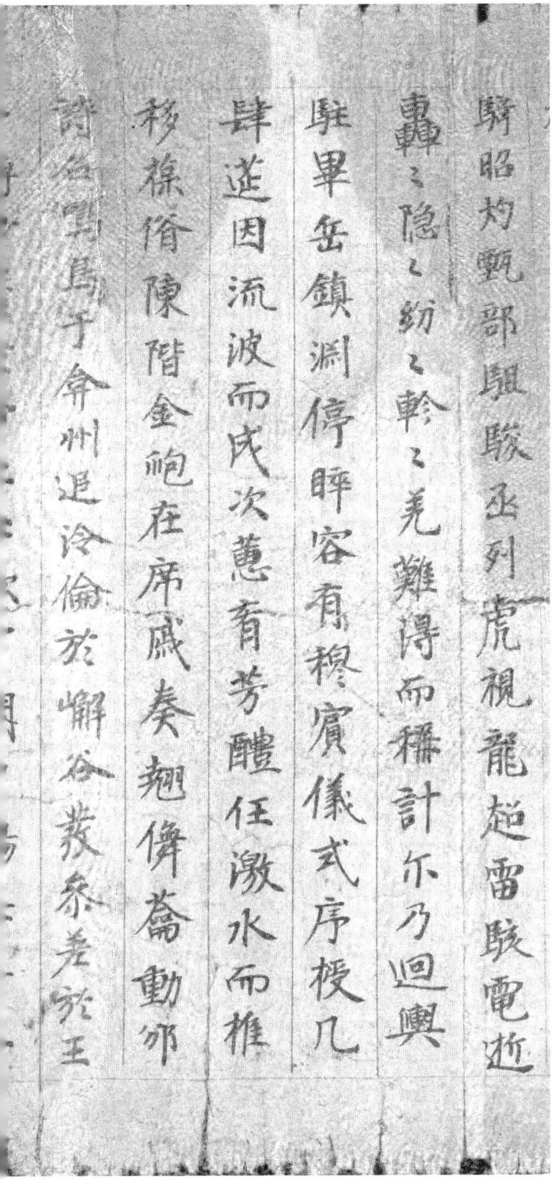

騎昭灼甄部闐駭丞列虎視龍超雷駭電逝
轟〻隱〻紛〻軫〻羌難得而稱計尒乃迴輿
駐畢岳鎮淵停睟容有穆賓儀式序授几
肆筵因流波而成次蕙肴芳醴任激水而推
移篠脩陳階金匏在席戚奏翹儛蹻動邪
詩名[illegible]鳥于弇州退泠倫於嶰谷發參差於王

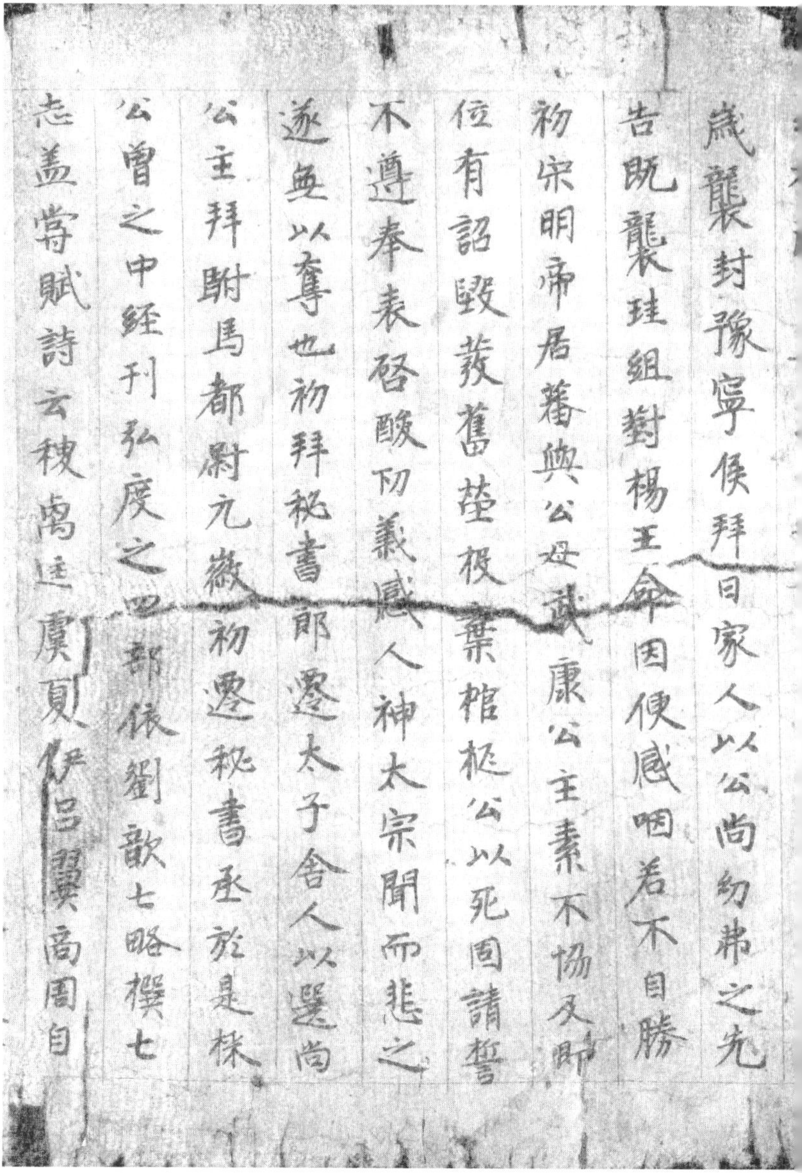
歲襲封豫寧侯拜日家人以公尚幼弗之先
告既襲珪組對揚王命因便感咽若不自勝
初宗明帝居藩與公母武康公主素不協及即
位有詔毀廢舊塋被棄棺柩公以死固請誓
不遵奉表啓酸切義感人神太宗聞而悲之
遂無以奪也初拜秘書郎遷太子舍人以選尚
公主拜駙馬都尉元徽初遷秘書丞於是採
公曾之中經刊弘度之四部依劉歆七略撰七
志蓋嘗賦詩云稷禼達虞夏伊呂翼商周自

任彥昇王文憲集序(法藏 P.2542)

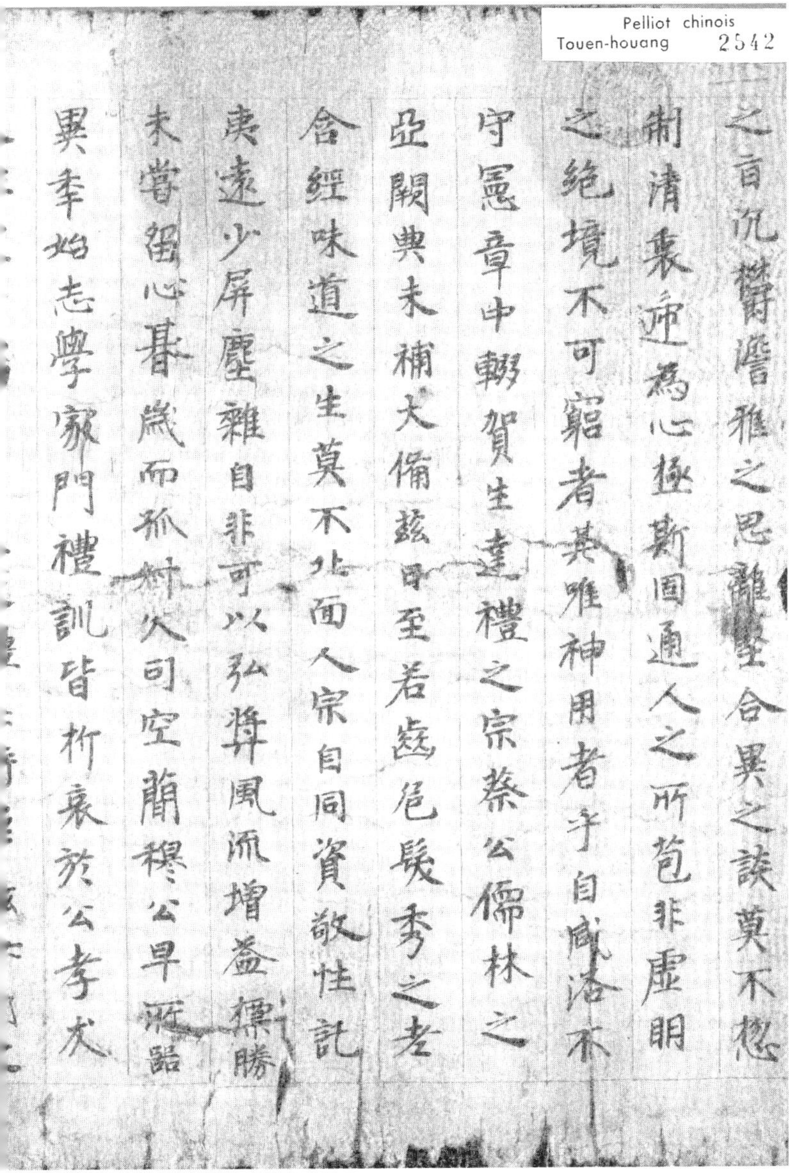

Pelliot chinois
Touen-houang 2542

之言沉鬱澹雅之思離堅合異之談莫不愡
制清衷遞為心極斯固通人之所苞非虛明
之絕境不可窮者其唯神用者乎自咸洛不
守憲章中輟賀生達禮之宗蔡公儒林之
亞闕典未補大備茲日至若齒危髮秀之老
含經味道之生莫不北面人宗自同資敬性託
夷遠少屏塵雜自非可以弘獎風流增益標勝
未嘗留心朞歲而孤[illegible]人司空簡穆公早所器
異年始志學家門禮訓皆折衷於公孝友

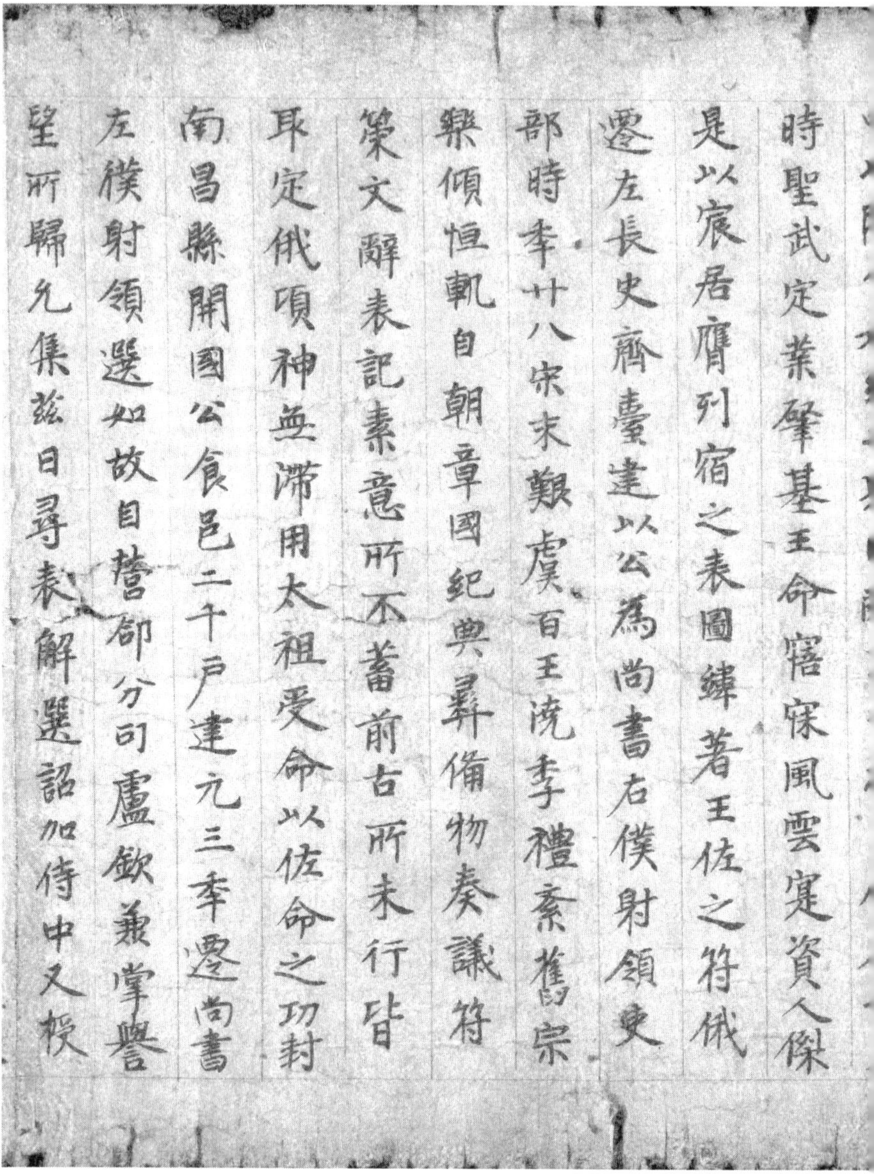
時聖武定業肇基王命寤寐風雲寔資人傑
是以宸居膺列宿之表圖緯著王佐之符俄
遷左長史齊臺建以公為尚書右僕射領吏
部時年廿八宋末艱虞百王澆季禮紊舊宗
樂傾恒軌自朝章國紀典彝備物奏議符
策文辭表記素意所不蓄前古所未行皆
取定俄頃神無滯用太祖受命以佐命之功封
南昌縣開國公食邑二千戶建元三年遷尚書
左僕射領選如故自營郤分司盧欽兼掌譽
望所歸允集茲日尋表解選詔加侍中又授

公曾之中經刊弘度之四部依劉歆七略撰七
志蓋嘗賦詩云稷离遠虞夏伊呂翼高周自
是始有應務之迹生民屬心矣時司徒袁粲
有高世之度脫落風塵見公弱齡便望風
推服歎曰衣冠礼樂盡在是矣時粲位亞台
司公年始弱冠年勢不侔公與之抗禮因贈
粲詩要以歲暮之期申以足之誡粲荅詩云
老夫之何寄之子照清襟服闋拜司徒右長
史出為義興太守風化之美奏課為最還除
給事黄門侍郎旬日遷尚書吏部郎參選昔

少傅餘悉如故留服枸駒前良耳則卧轍棄
子後予胥怨皇太子不矜天資俯同人範師友
之義穆若金蘭又領本州大中正頃之解職四年
以本号開府儀同三司餘悉如故謙光愈遠大
典未申六年又申前命七年固辭選任帝所重
違詔加中書監猶參掌選事長輿追專車之
恨公曾甘鳳池之失夫奔競之塗有自來矣以
難知之性協易失之情使無訟事深弘誘公
提衡惟允一紀于茲拔奇取異興微繼絶望側
階而容賢候景風而式典春秋卅有八七年五

左僕射領選如故自營郤分司盧欽兼掌譽
望所歸允集茲日尋表解選詔加侍中又授
太子詹事侍中僕射如故固辭侍中改授散
騎常侍餘如故太祖崩遺詔以公為侍中尚
書令鎮軍將軍永明元年進号衛將軍二年
以本官領丹楊尹六輔殊風五方異俗公不謀
聲訓而楚夏移情故能使解劒拜仇歸田息
訟前郡尹溫太真劉真長或功銘鼎彝或德
標素尚臭味風雲千載無爽親加弔祭表薦
孤遺遠協神期用彰世祀時簡穆公薨以
撫養之恩特深恒慕表求解職有詔不許

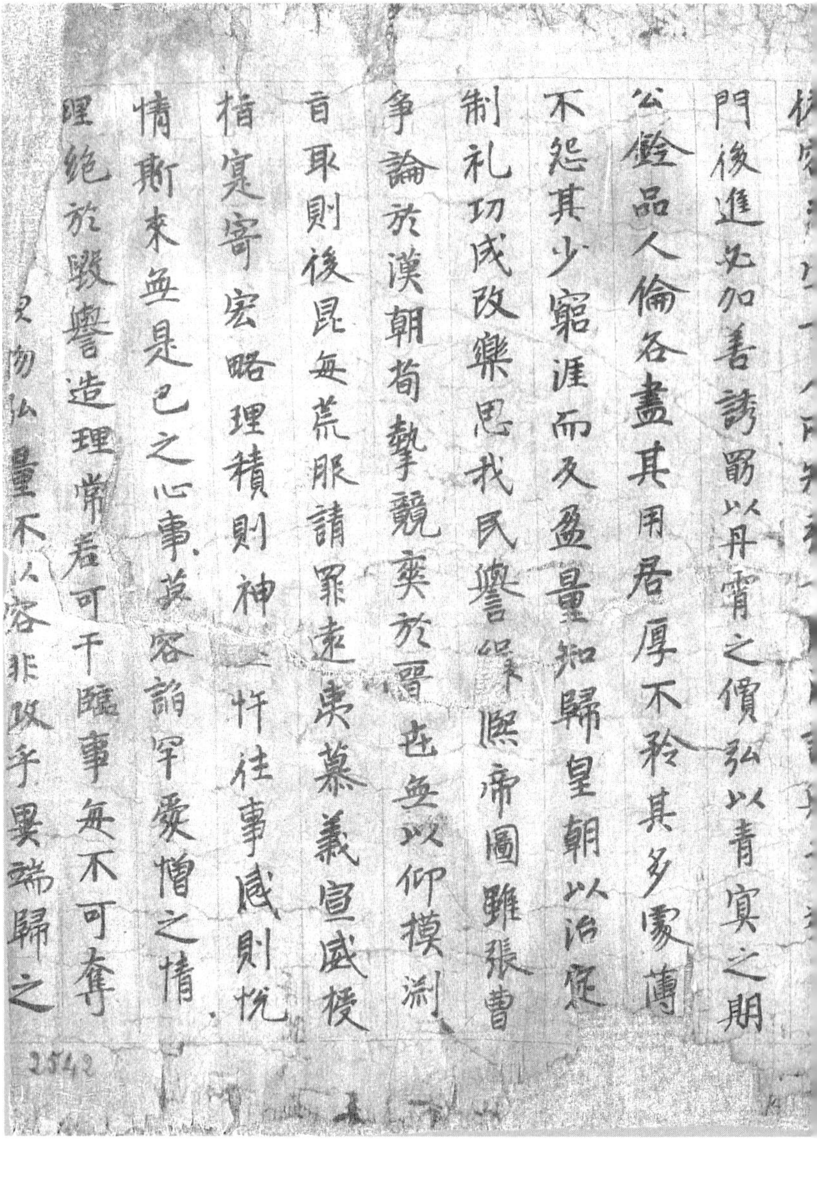
門後進必加善誘獎以丹霄之價弘以青冥之期
公銓品人倫各盡其用居厚不矜其多處薄
不怨其少窮涯而反蓋量知歸皇朝以治定
制禮功成改樂思我民譽緝熙帝圖雖張曹
爭論於漢朝荀摯競爽於晉世無以仰模淵
旨取則後昆每荒服請罪遠夷慕義宣威授
楷寔寄宏略理積則神無忤往事感則悅
情斯來無是己之心事莫容諂罕愛憎之情
理絶於毀譽造理常若可干臨事每不可奪
見物弘量不以容非攻乎異端歸之
2542

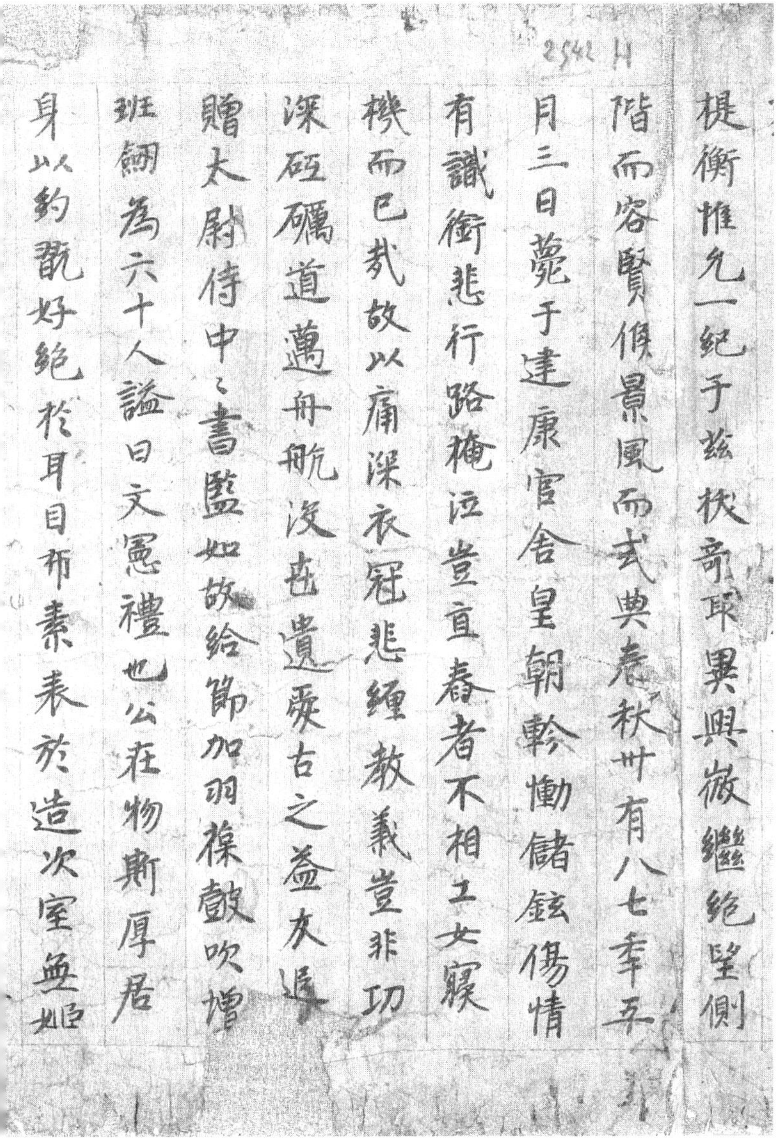

提衡惟允一紀于茲拔奇取異興微繼絕望側
階而容賢候景風而式典春秋卌有八七年五
月三日薨于建康官舍皇朝軫慟儲鉉傷情
有識銜悲行路掩泣豈直舂者不相工女寢
機而已哉故以痛深衣冠悲纏教義豈非功
深砥礪道邁舟航沒世遺愛古之益友追
贈太尉侍中〻書監如故給節加羽葆鼓吹增
班劍為六十人謚曰文憲禮也公在物斯厚居
身以約翫好絕於耳目布素表於造次室無姬

任彦昇王文憲集序(俄藏 Дx.2606)

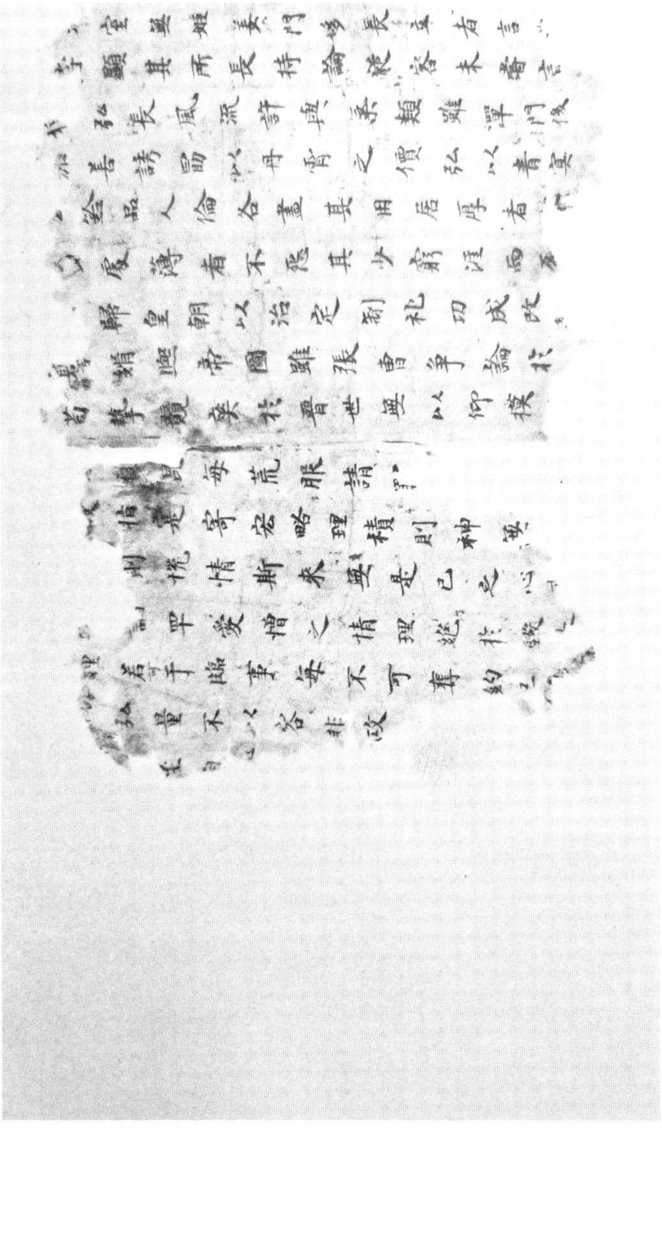

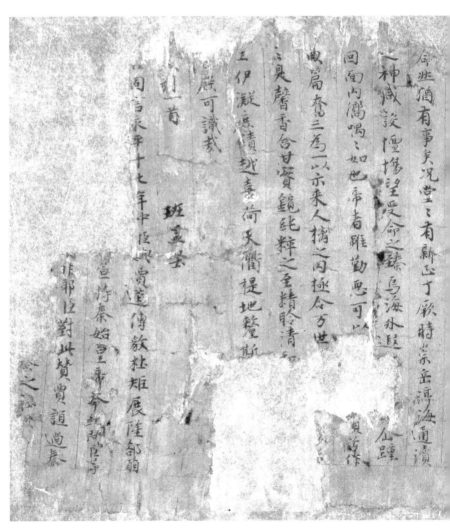

揚子雲劇秦美新、班孟堅典引（法藏 P.2658）

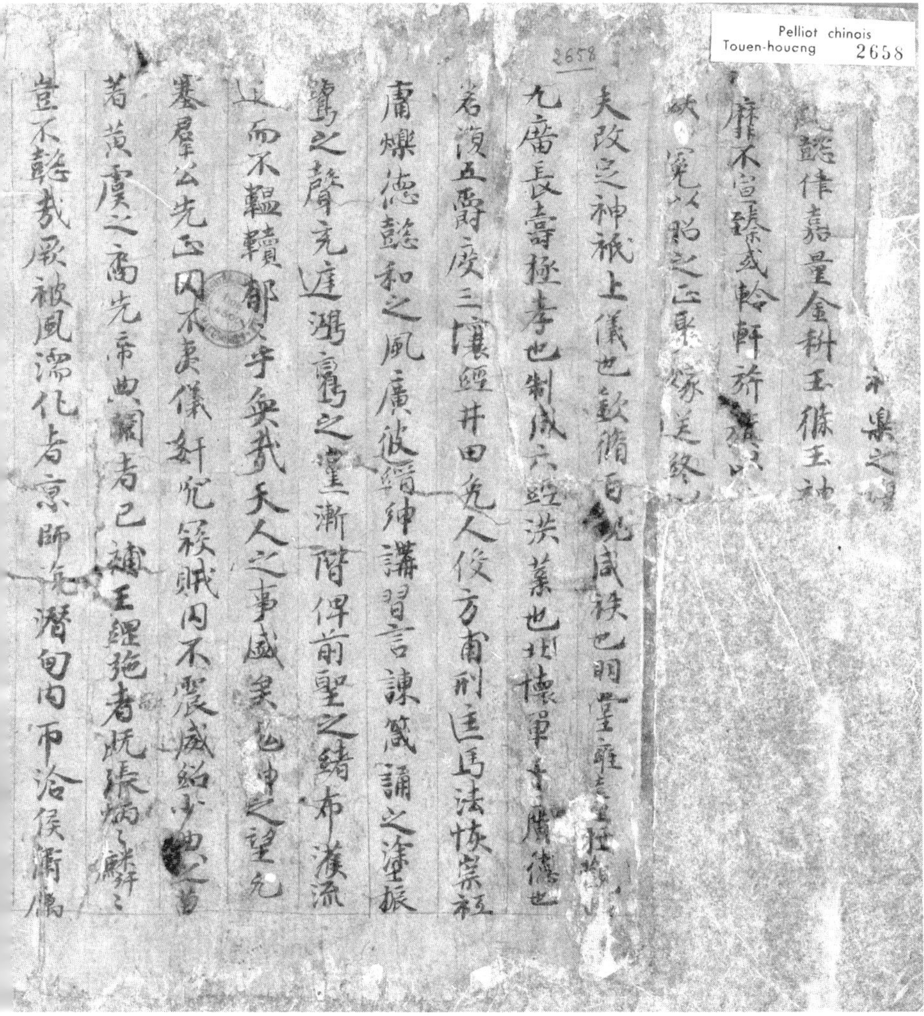

[illegible]泉之[illegible]
[illegible]懿偉嘉量金科玉條玉神
靡不宣臻或軨軒旂旗以
状寃以貽之正朔稼穡終[illegible]
夫政之神祇上儀也欽循百靈咸秩也明堂辟雍在[illegible]
九寓長壽極孝也制成六經洪藻也地懷軍書隱德也
若復五爵度三壤經井田免人役方甫刑匡馬法恢崇社
肅爍德懿和之風廣彼縉紳講習言諫箴誦之塗振
鷺之聲充廷鴻鷺之藍漸階俾前聖之緒布濩流
汜而不韞櫝郁乎與哉天人之事盛矣匹中之望允
塞群公先正罔不夷儀紆衿緩眦罔不震威紛紛[illegible]之黃
著黃虞之裔先帝典謨者已補玉經絶者既張嫣嫣麟麟
豈不韙哉爰被風流化者京師克潛甸内而洽侯衛鴻

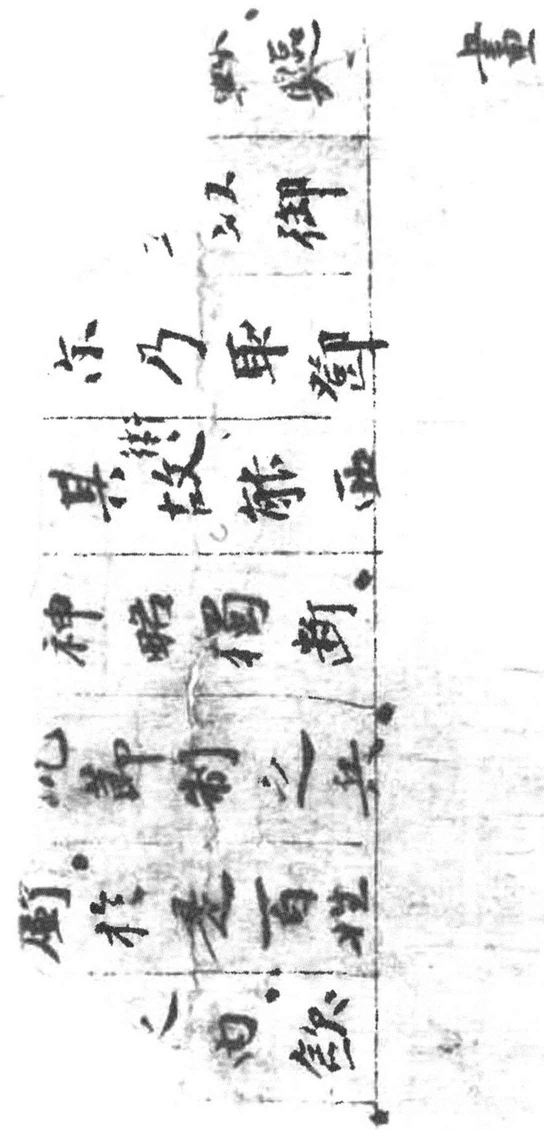

干令升晉紀總論(英藏 S.5550)

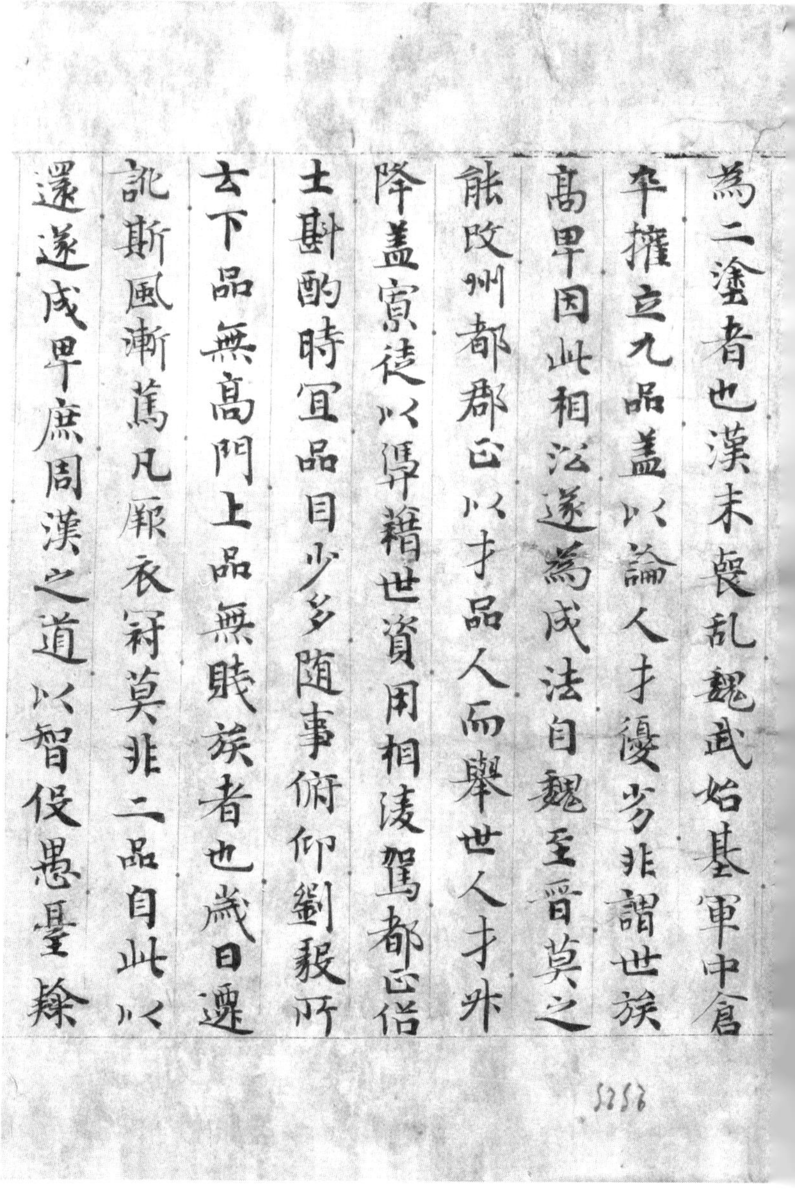
爲二塗者也漢末喪乱魏武始基軍中倉
卒權立九品蓋以論人才優劣非謂世族
高卑因此相沿遂爲成法自魏至晋莫之
能改州都郡正以才品人而舉世人才升
降蓋寡徒以憑藉世資用相陵駕都正俗
士斟酌時宜品目少多隨事俯仰劉毅所
云下品無高門上品無賤族者也歲月遷
訛斯風漸篤凡厥衣冠莫非二品自此以
還遂成卑庶周漢之道以智役愚臺隸參

沈休文恩倖傳論(以下法藏 P.2525)

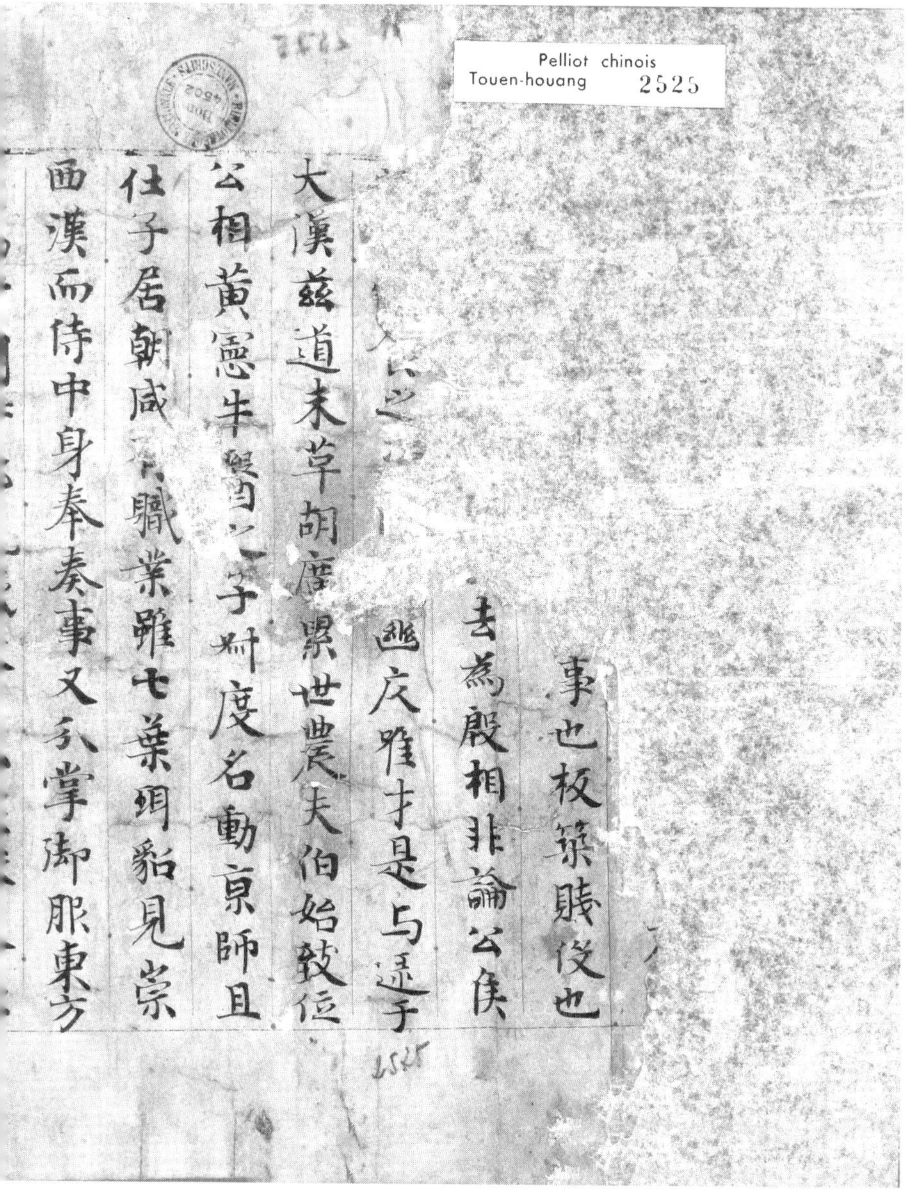

事也板築賤役也
去爲殷相非論公侯
幽仄雅才是与遠乎
大漢茲道未革胡廣累世農夫伯始致位
公相黃憲牛醫之子材度名動京師且
仕子居朝咸有職業雖七葉珥貂見崇
西漢而侍中身奉奏事又分掌御服東方

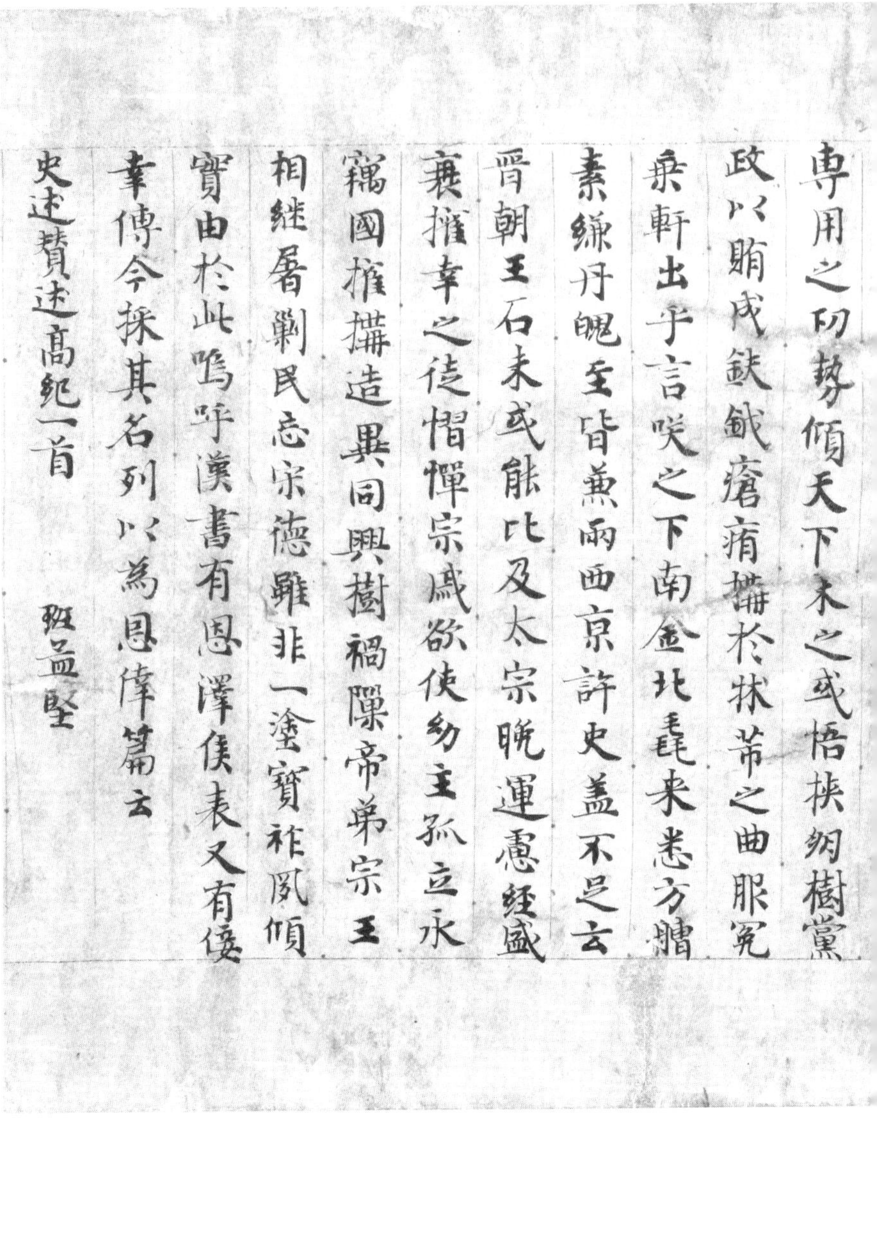
專用之功勢傾天下未之或悟挾朋樹黨
政以賄成鈇鉞瘖痡搆於林茀之曲服冕
乘軒出乎言咲之下南金北毳來悉方艚
素縑丹魄至皆兼兩西京許史蓋不足云
晉朝王石未或能比及太宗晚運慮經盛
衰權幸之徒慴憚宗戚欲使幼主孤立永
竊國權搆造異同興樹禍隙帝弟宗王
相継屠剿民忘宗德雖非一塗寶祚夙傾
實由於此嗚呼漢書有恩澤侯表又有佞
幸傳今採其名列以爲恩倖篇云
史述贊述高紀一首　班孟堅

訛斯風漸蕩凡厠衣冠莫非二品自此以
還遂成卑庶周漢之道以智役愚臺隸
參差用成等級魏晉以來以貴役賤士庶
之科較然有辯夫人君南面九重奧絕陪
奉朝夕義隔卿士階闥之任宜有司存既
而恩以狎生信由恩固無可憚之姿有易
親之色孝建泰始主威獨運空置百司權
不外假而刑政糾雜理難遍通目所寄
可歸近習賞罰之要是謂國權出内王
命由其掌握於是方塗結軌輻湊同奔人

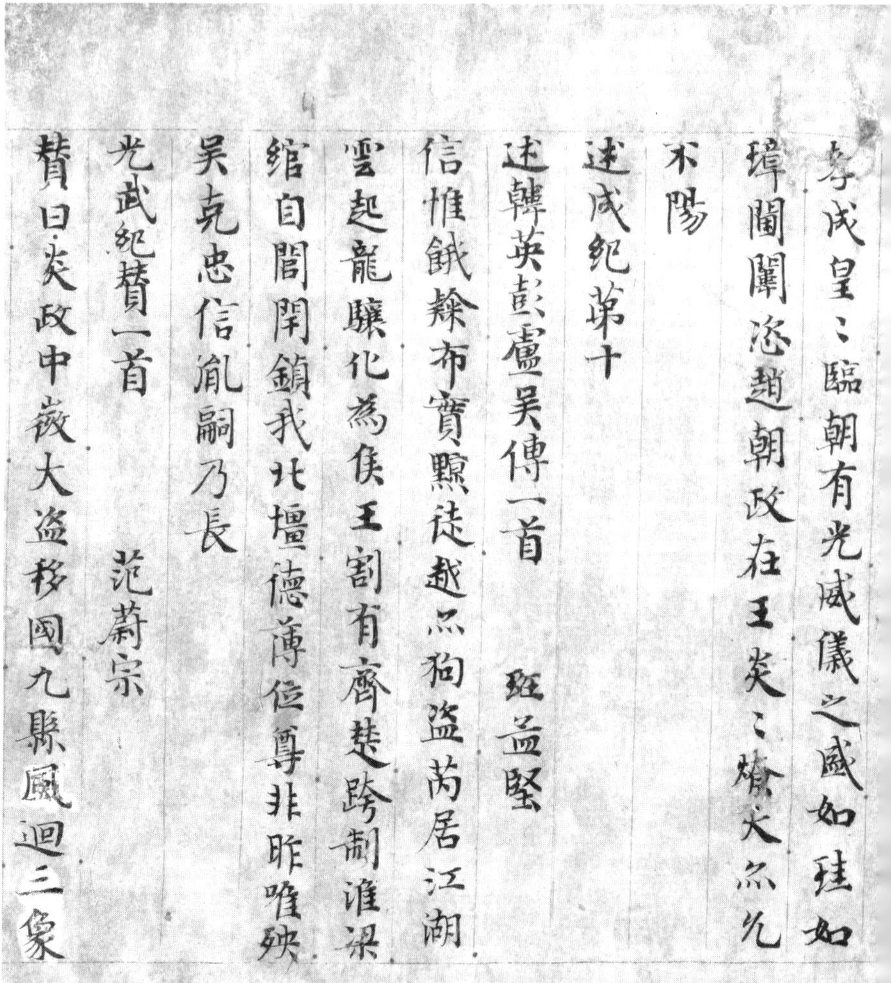
孝成皇〻臨朝有光威儀之盛如珪如
璋闈闥恣趙朝政在王炎〻燎火亦允
不陽
述成紀第十
述韓英彭盧吳傳一首　班孟堅
信惟餓隸布實黥徒越亦狗盜芮居江湖
雲起龍驤化為侯王割有齊楚跨制淮梁
綰自閭閈鎮我北疆德薄位尊非胙惟殃
吳克忠信胤嗣乃長
光武紀贊一首　范蔚宗
贊曰炎政中微大盜移國九縣飆迴三象

班孟堅述高紀、班孟堅述成記、班孟堅述韓英彭盧吳傳

韋傳今採其名列以爲恩倖篇云

史述贊述高紀一首　班孟堅

皇矣漢祖纂堯之緒寔天生德聰明神武秦人不綱網漏于楚爰茲發迹斷虵奮旅神母告符朱旗乃舉粤蹈秦郊嬰來稽首革命創制三章是紀應天順民五星同晷項氏畔換黜我巴漢西土宅心戰士憤怨乘畳而運席卷三秦割據河山保此懷民股肱蕭曹社稷是經爪牙信布腹心良平恭行天罰赫〻明〻

范蔚宗光武紀贊

光武紀賛一首　范蔚宗

賛曰炎政中微大盜移國九縣飆迴三象

霧塞民饜淫詐神思反德世祖誕命靈貺

自甄沉幾先物深略緯天尋邑百万貔虎

爲群長轂雷野高鋒彗雲英威既振新

都自焚虔劉庸代紛紜梁趙三河未澄

四關重擾神旌乃顧遞行天討金湯失險

車書共道靈慶既啓人謀咸賛明明廟

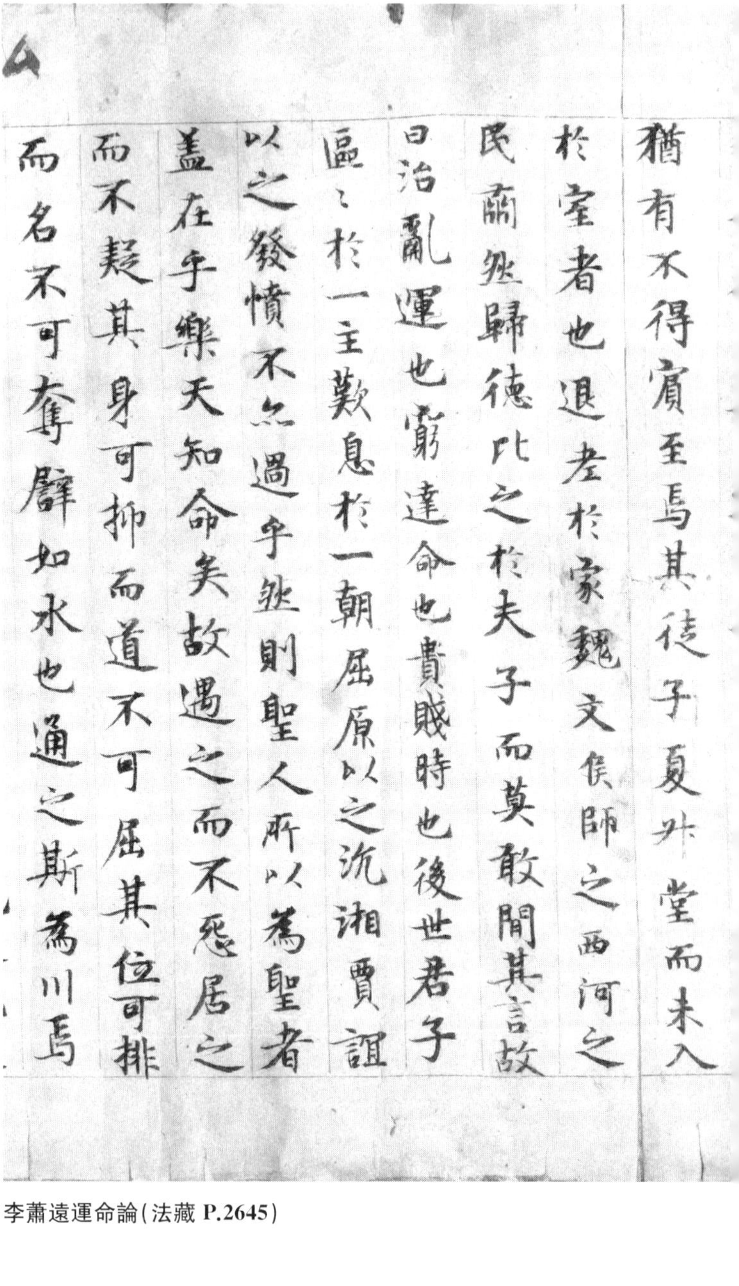

猶有不得賔至焉其徒子夏升堂而未入
於室者也退老於家魏文侯師之西河之
民肅然歸德比之於夫子而莫敢間其言故
曰治亂運也窮達命也貴賤時也後世君子
區區於一主歎息於一朝屈原以之沈湘賈誼
以之發憤不亦過乎然則聖人所以爲聖者
蓋在乎樂天知命矣故遇之而不怨居之
而不疑其身可抑而道不可屈其位可排
而名不可奪譬如水也通之斯爲川焉

李蕭遠運命論（法藏 P.2645）

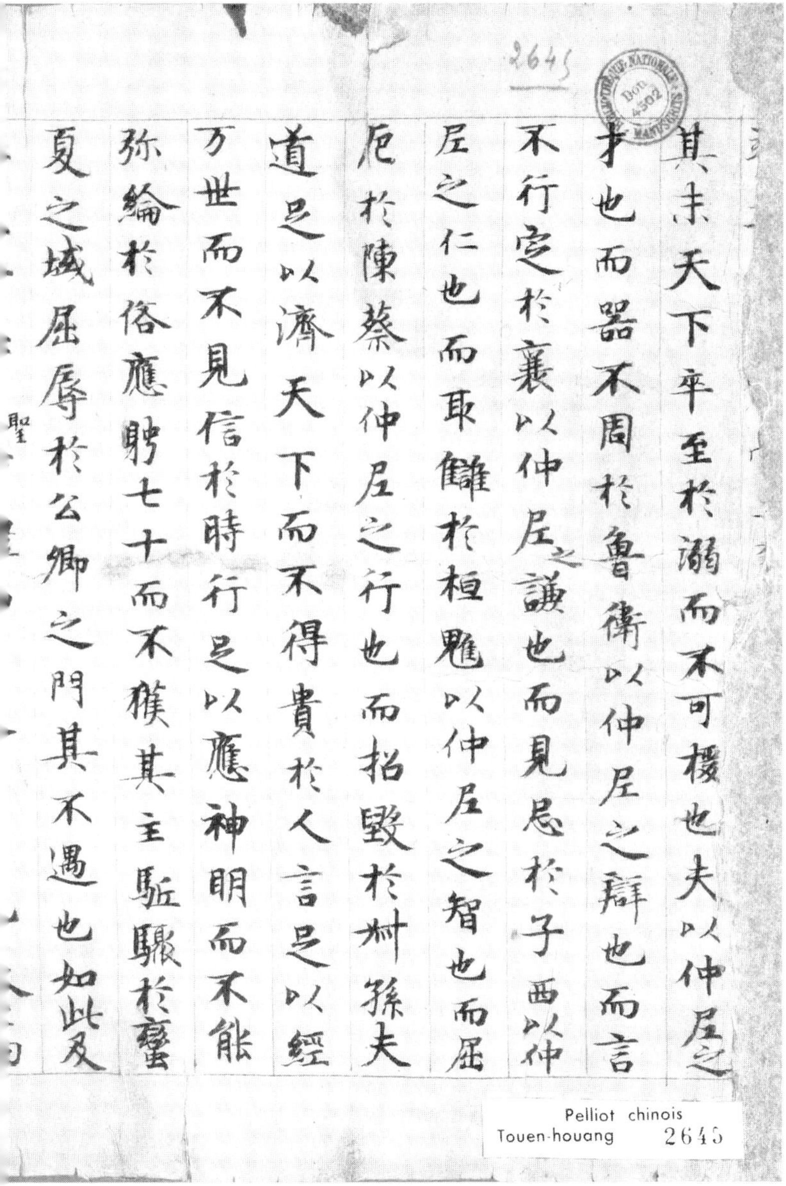
其未天下卒至於溺而不可援也夫以仲尼之
才也而器不周於魯衛以仲尼之辯也而言
不行於定哀以仲尼之謙也而見忌於子西以仲
尼之仁也而取讎於桓魋以仲尼之智也而屈
厄於陳蔡以仲尼之行也而招毀於叔孫夫
道足以濟天下而不得貴於人言足以經
万世而不見信於時行足以應神明而不能
弥綸於俗應聘七十而不獲其主驅驟於蠻
夏之域屈辱於公卿之門其不遇也如此及
聖

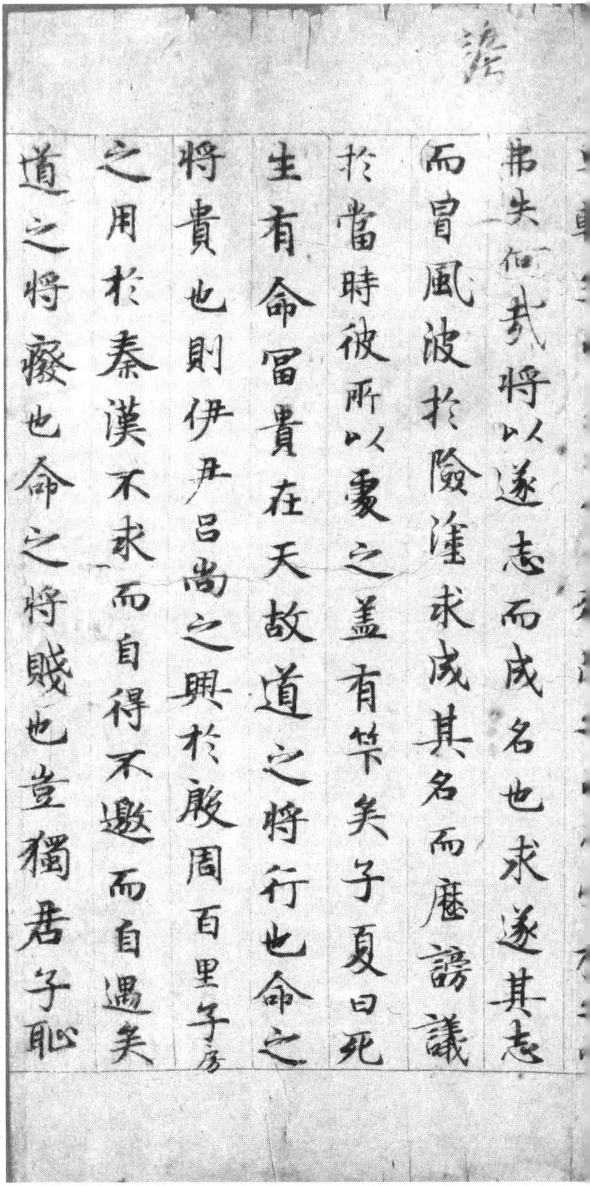

弗失何哉將以遂志而成名也求遂其志而冒風波於險塗求成其名而歷謗議於當時彼所以處之蓋有筭矣子夏曰死生有命富貴在天故道之將行也命之將貴也則伊尹呂尚之興於殷周百里子房之用於秦漢不求而自得不邀而自遇矣道之將廢也命之將賤也豈獨君子恥

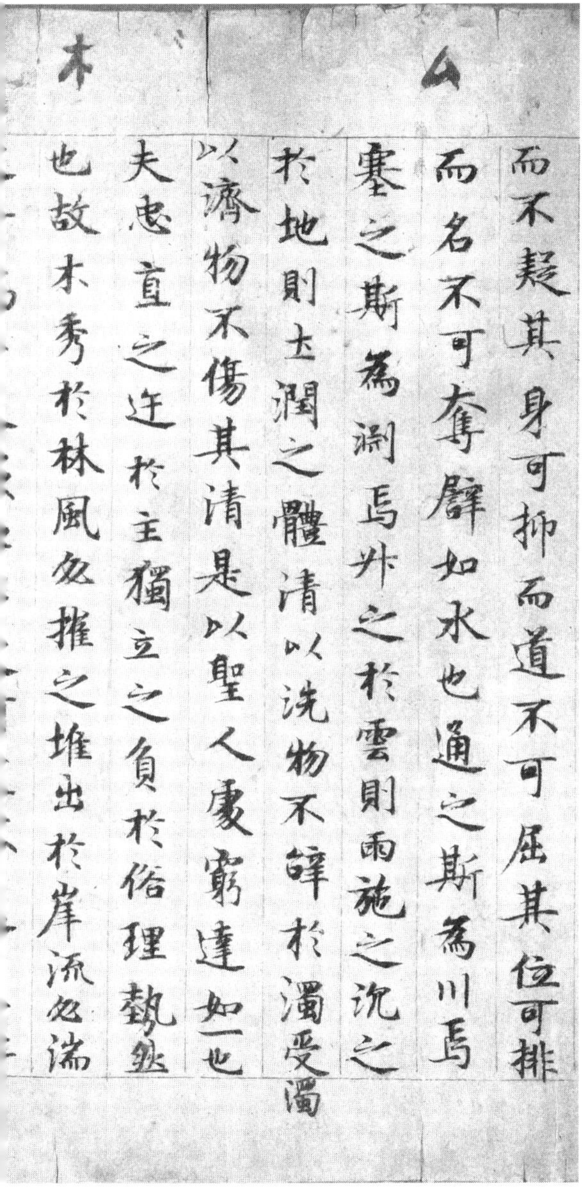
厶　本

而不疑其身可抑而道不可屈其位可排
而名不可奪譬如水也通之斯爲川焉
塞之斯爲淵焉升之於雲則雨施沉之
於地則土潤之體清以洗物不亂於濁受濁
以濟物不傷其清是以聖人處窮達如一也
夫忠直之迕於主獨立之負於俗理勢然
也故木秀於林風必摧之堆出於岸流必湍

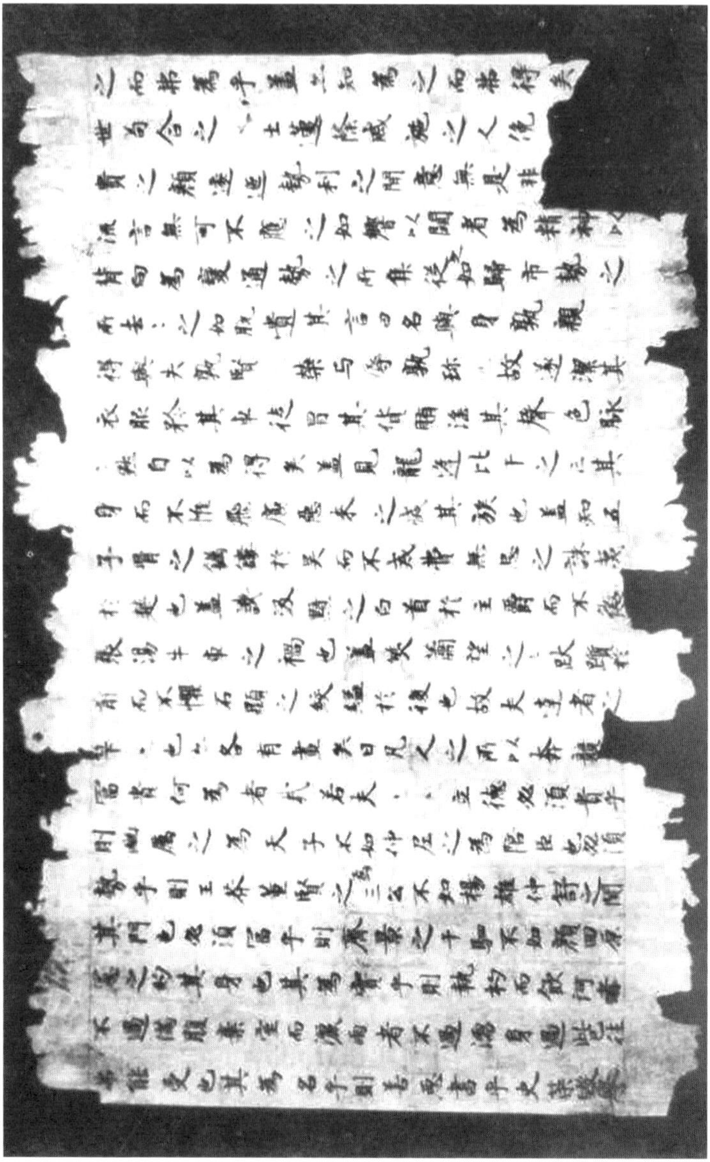

李蕭遠運命論(敦煌研究院藏 0356)

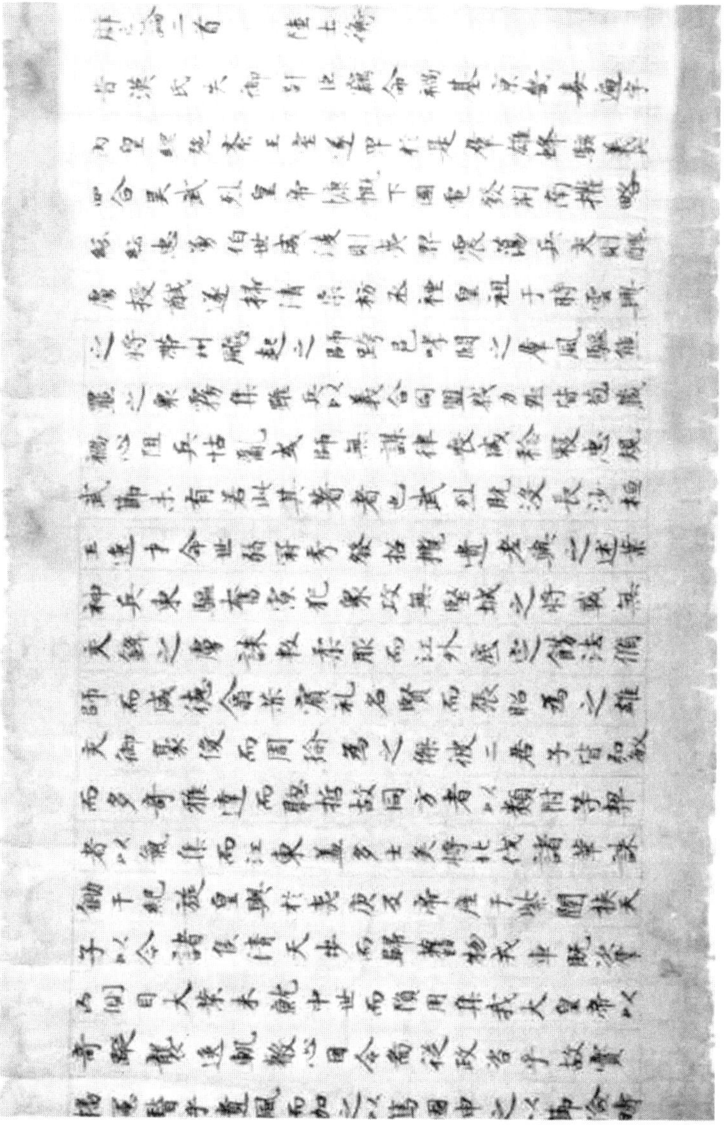

陸士衡辯亡論(北京圖書館藏新1543)

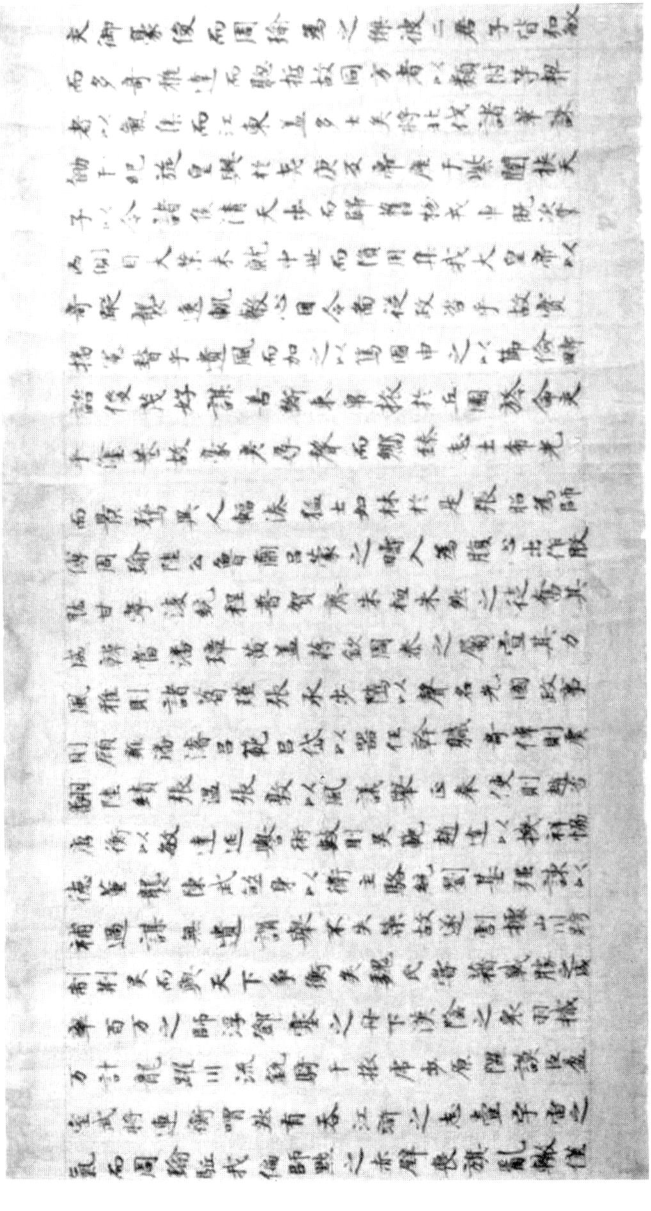

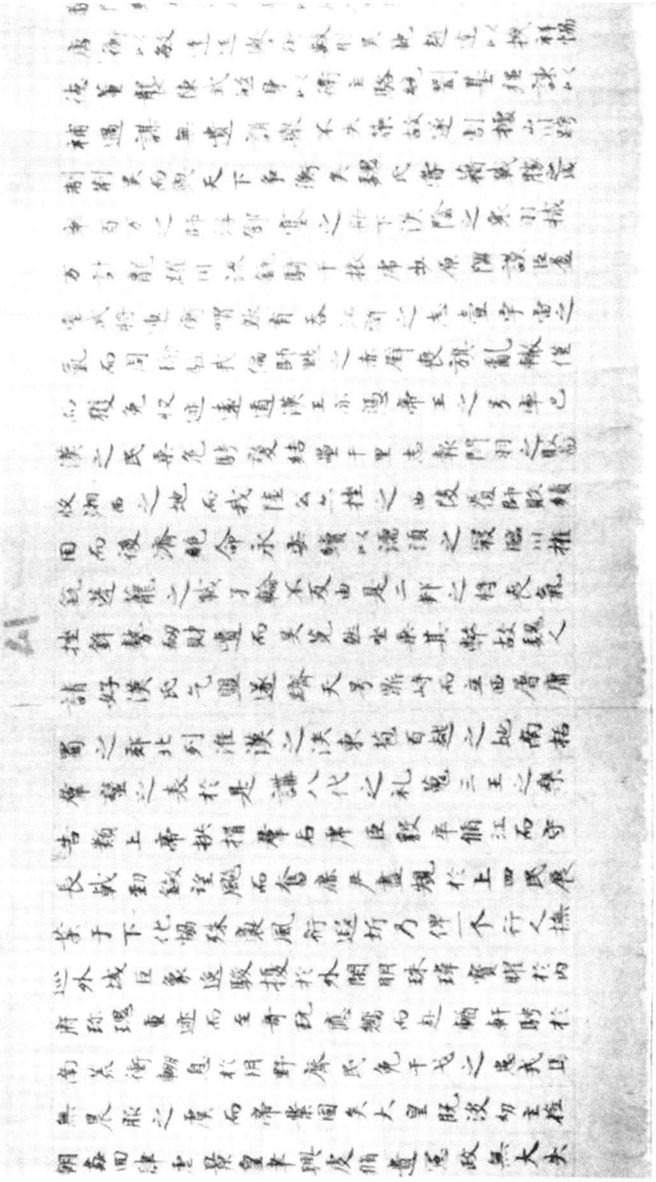

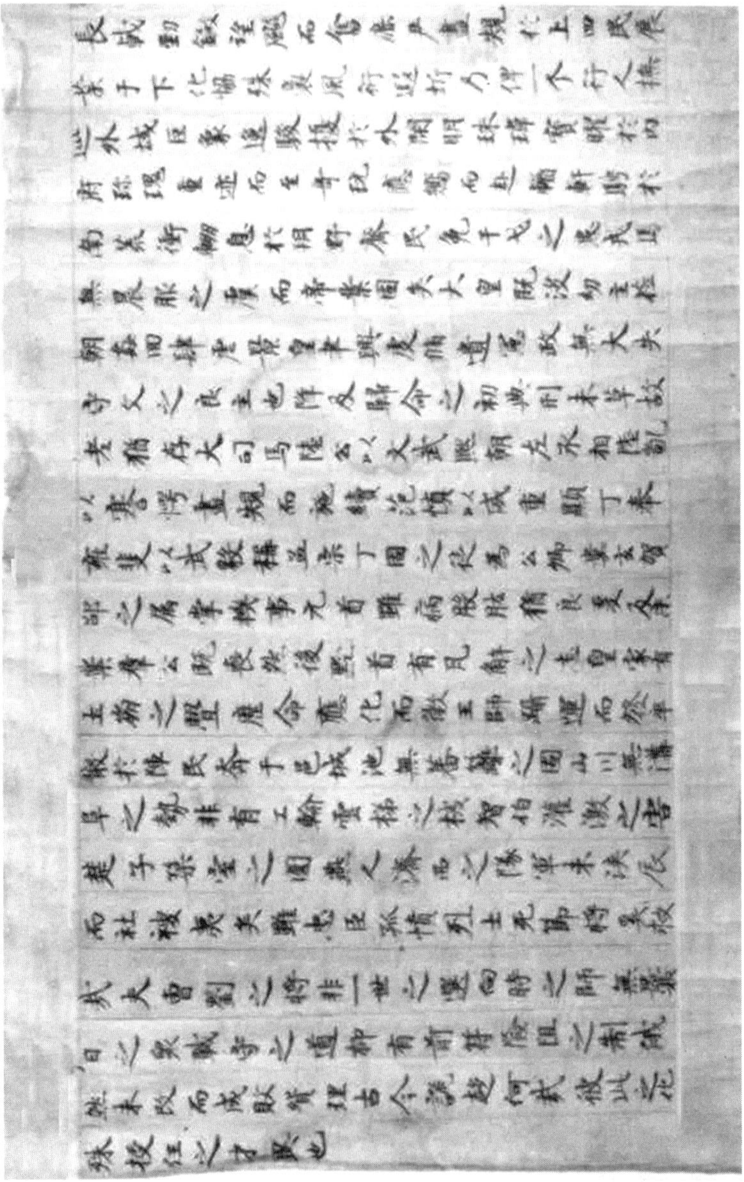

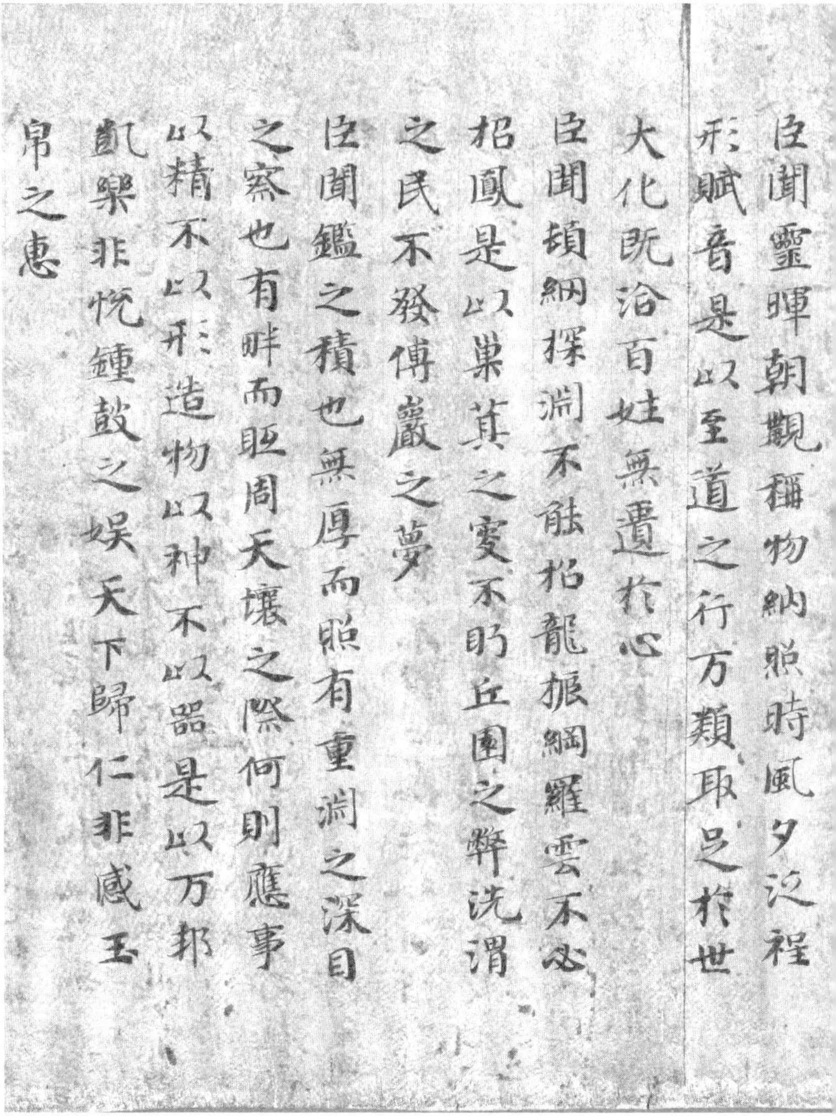
臣聞靈暉朝覯稱物納照時風夕泛程
形賦音是以至道之行万類取足於世
大化既洽百姓無遺於心
臣聞頓網探淵不能招龍振網羅雲不必
招鳳是以巢箕之叟不眄丘園之幣洗渭
之民不發傅巖之夢
臣聞鑑之積也無厚而照有重淵之深目
之察也有畔而眡周天壤之際何則應事
以精不以形造物以神不以器是以万邦
凱樂非悅鍾鼓之娛天下歸仁非感玉
帛之惠

陸士衡演連珠(法藏 P.2493)

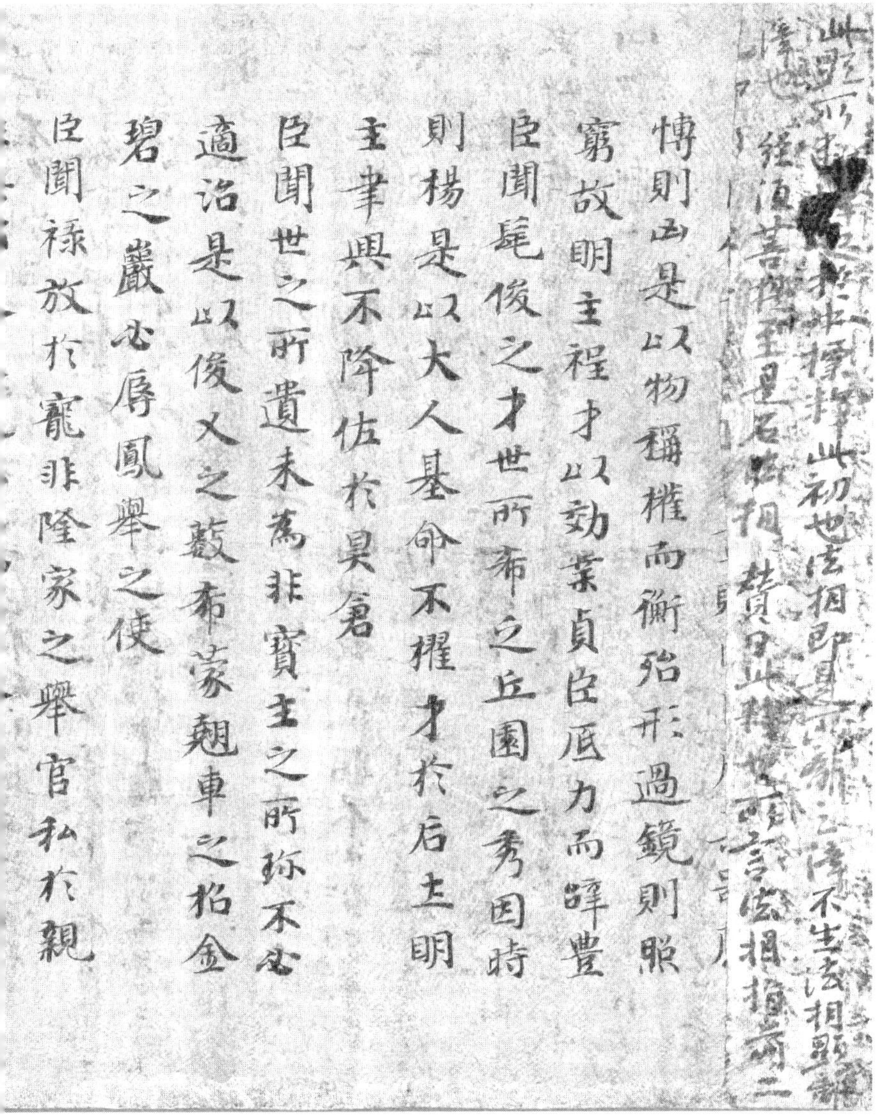
慱則函是以物稱權而衡殆形過鏡則照
窮故明主程才以効業貞臣底力而辭豊
臣聞髦俊之才世所希之丘園之秀因時
則楊是以大人基命不擢才於后土明
主聿興不降佐於昊蒼
臣聞世之所遺未為非寶主之所珎不必
適治是以俊乂之藪希蒙翹車之招金
碧之巖必辱鳳舉之使
臣聞祿放於寵非隆家之舉官私於親

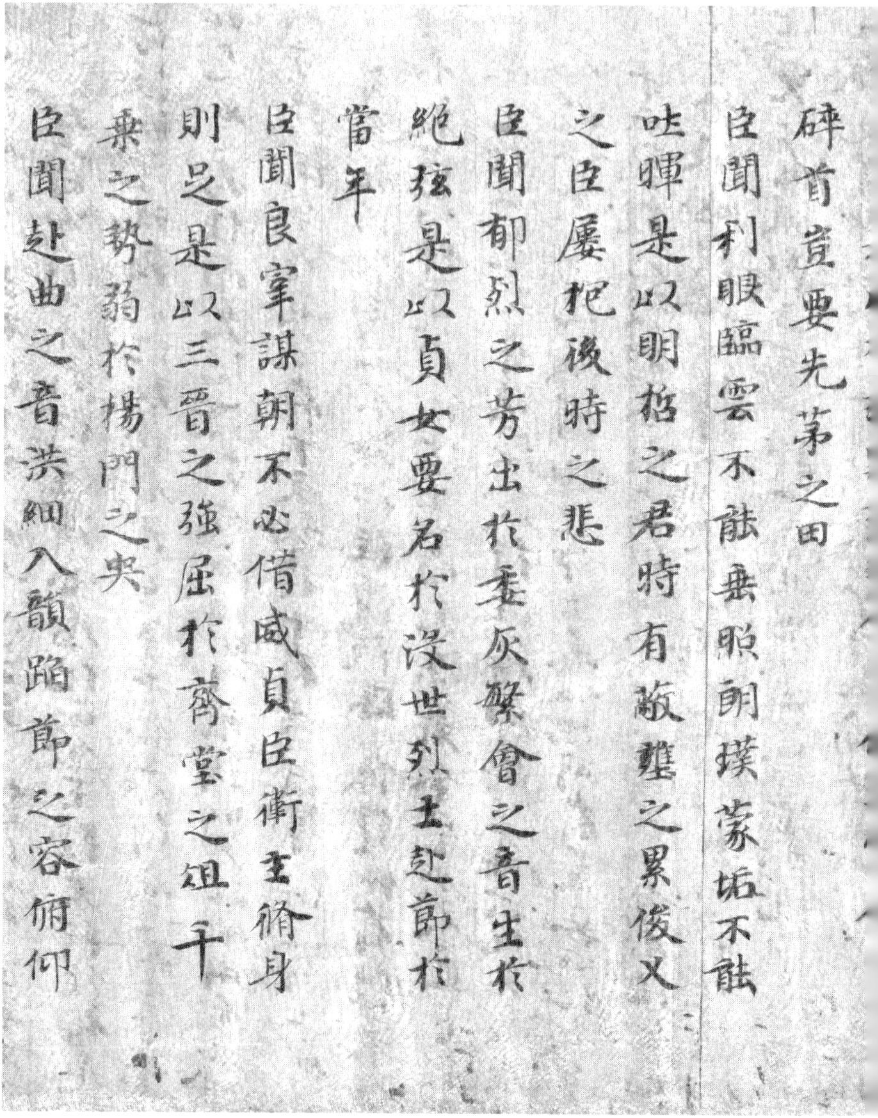
砰首貢要先茅之田
臣聞利眼臨雲不能垂照朗璞蒙垢不能
吐輝是以明哲之君時有蔽壅之累俊乂
之臣屢抱後時之悲
臣聞郁烈之芳出於委灰繁會之音生於
絕弦是以貞女要名於沒世烈士赴節於
當年
臣聞良宰謀朝不必借威貞臣衛主脩身
則足是以三晉之強屈於齊堂之俎千
乘之勢弱於楊門之哭
臣聞赴曲之音洪細入韻蹈節之容俯仰

凱樂非悅鍾鼓之娛天下歸仁非感玉
帛之惠
臣聞積實雖微必動於物崇虛雖廣不能
移心是以都人治容不悅西施之景乘馬
班如不輟太山之陰
臣聞應物有方居難則易藏器在身所
之者時是以充堂之芳非幽蘭所歎繞
梁之音乃縈弦所思
臣聞知周通塞不為時窮才經夷險不為
勢屈是以陵飇之羽不求反風曜夜之
月不思倒日

臣聞春風朝煦蕭艾蒙其温秋霜宵隊
芝蕙被其涼是故威以齊物爲肅德
以普濟爲弘
臣聞巧盡於器習數則與道繫於神人亡
則滅是以輪匠肆目不乏奚仲之妙瞽史
清耳而無伶倫之察
臣聞性之所期貴賤同量理之所極卑高
一歸是以準月稟水不能加涼晞日引火
不必增輝
臣聞絕節高唱非凡耳所悲肆義芳訐
非庸聽所善是以南荊有寡和之歌東

乘之勢弱扵楊門之奥
臣聞赴曲之音洪細入韻蹈節之容俯仰
依詠是以言苟適事精麤可施士苟適
道脩短可命
臣聞因雲灑潤則芳澤易流乘風載響
則音徽自遠是以德教俟物而濟榮名
緣時而顯
臣聞覽景耦質不能解獨指迹慕遠無
救扵遲是以循虛器者非應物之具翫空
言者非致治之機
臣聞鑽燧出火以續暘谷之晷揮翮生風

西子之顏故聖人隨世以擢佐明主因時
而命官
臣聞出乎身者非假物所隆牽乎時者非
克己所勗是以利盡万物不能叡僮昏之
心德表生民不能救栖遑之辱
臣聞動循定檢天有可察應無常節身或
難照是以望景揆日盈數可期撫臆論心
有時而謬
臣聞傾耳求音眡優聽苦澄心徇物形逸
神勞是以天殊其數雖同方不能分其
感理塞其通則並質不能共其休

臣聞絶節高唱非凡耳所悲肆義芳訊
非庸聽所善是以南荊有寡和之歌東
野有釋之辯
臣聞尋煙染芬薰息猶芳徵音録響操
終則絶何則垂於世者可繼止乎身者難
結是以玄晏之風恒存而動神之言已滅
臣聞託闇藏形不為巧密倚知隱情不足
自匿是以重光發藻尋虚捕景大人貞
觀探心照忒
臣聞披雲看霄則天文清澄風觀水則川
流平是以四族放而唐劭二臣誅而楚寧

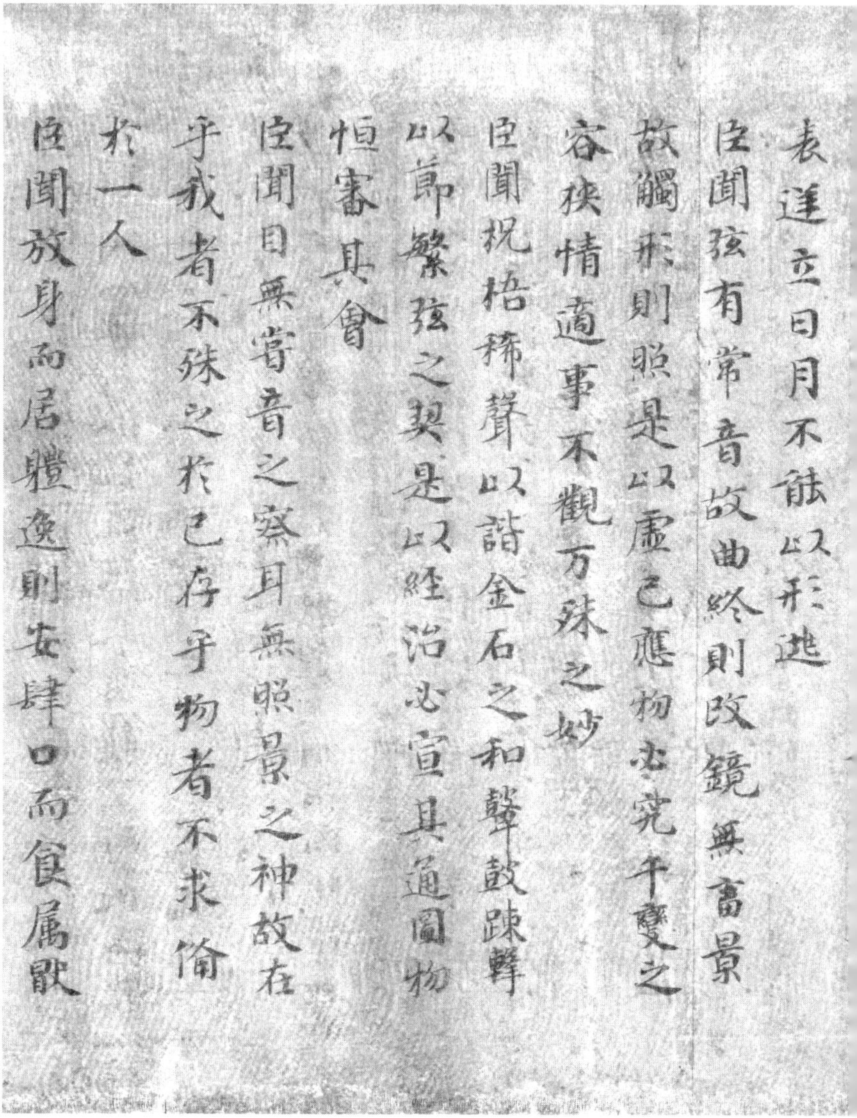

表達立日月不能以形逃
臣聞弦有常音故曲終則改鏡無畜景
故觸形則照是以虛己應物必究千變之
容挾情適事不觀万殊之妙
臣聞柷梧稀聲以諧金石之和鼙鼓疎擊
以節繁弦之契是以經治必宣其通圖物
恒審其會
臣聞目無嘗音之察耳無照景之神故在
乎我者不殊之於己存乎物者不求備
於一人
臣聞放身而居體逸則安肆口而食屬厭

神勞是以天殊其數雖同方不能分其
感理塞其通則並質不能共其休
臣聞遁世之士非受匏瓜之性幽居之女非
無懷春之情是以名勝欲故耦影之操矜
窮愈達故陵霄之節厲
臣聞聽極於音不慕鈞天之樂身足於
蔭無假垂天之雲是以蒲密之黎遺時
雍之世豐沛之士忘桓撥之君
臣聞飛轡西頓則離朱与矇瞍收察懸景
東隤則夜光与碔砆匿耀是以才換世則
俱困功耦時而並劭

乘緣必降彌天之潤故闇於治者唱繁而
和寡審乎物者力約而功峻

臣聞烟出於火非火之和情出於性非性
之適故火壯則烟微性充則約是以殷墟
有感物之悲周京無佇立之跡

臣聞適物之技俯仰殊用應事之器通塞
異任是以鳥栖雲而纖飛魚藏淵而網沉
貴鼓密而含響朗笛踈而吐音

臣聞足於性者天損不能入貞於期者時
累不能淫是以迅風陵雨不謬晨禽之察
勁陰殺節不彫寒木之心

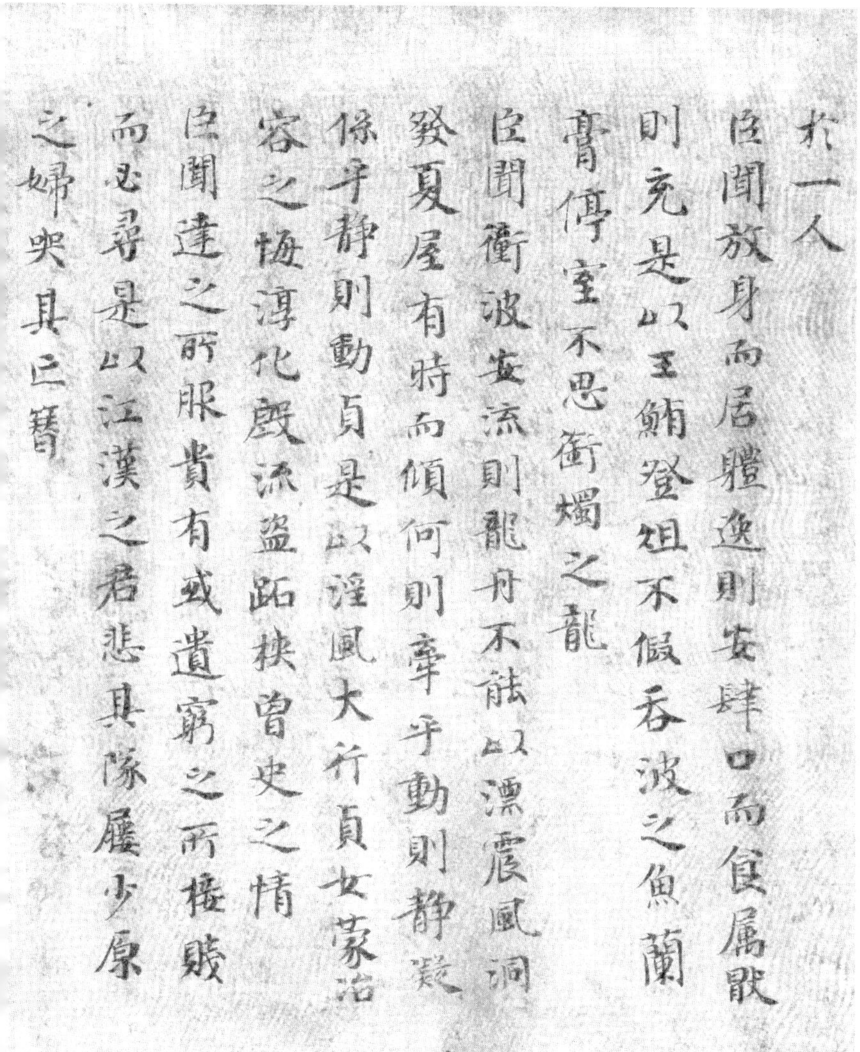

於一人

臣聞放身而居體逸則安肆口而食屬猒則充是以王鮪登俎不假吞波之魚蘭膏停室不思銜燭之龍

臣聞衝波安流則龍舟不能以漂震風洞發夏屋有時而傾何則牽乎動則靜凝係乎靜則動貞是以淫風大行貞女蒙治容之悔淳化殷流盜跖挾曾史之情

臣聞達之所服貴有或遺窮之所接賤而必尋是以江漢之君悲其隊屨少原之婦哭其亡簪

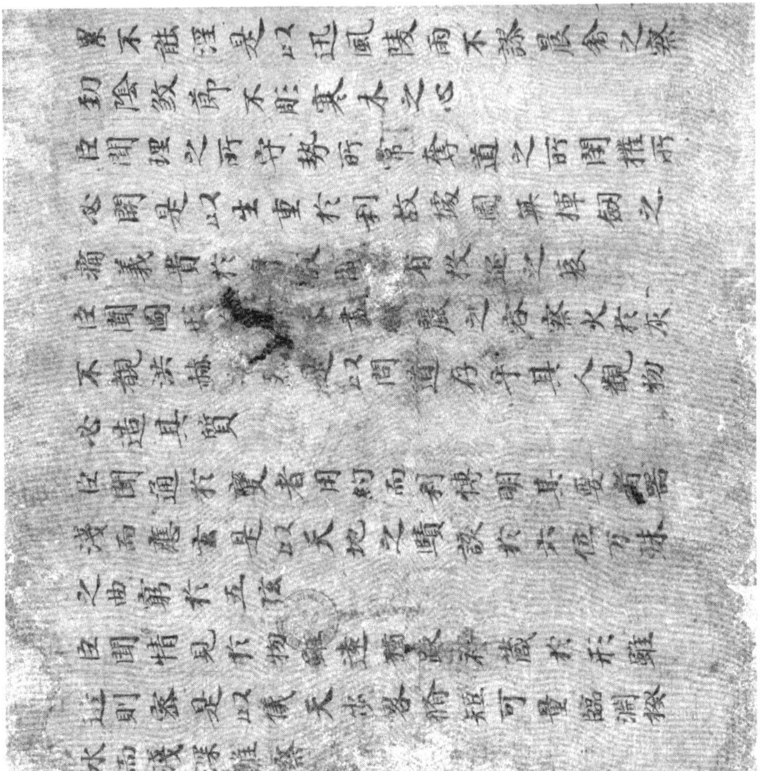

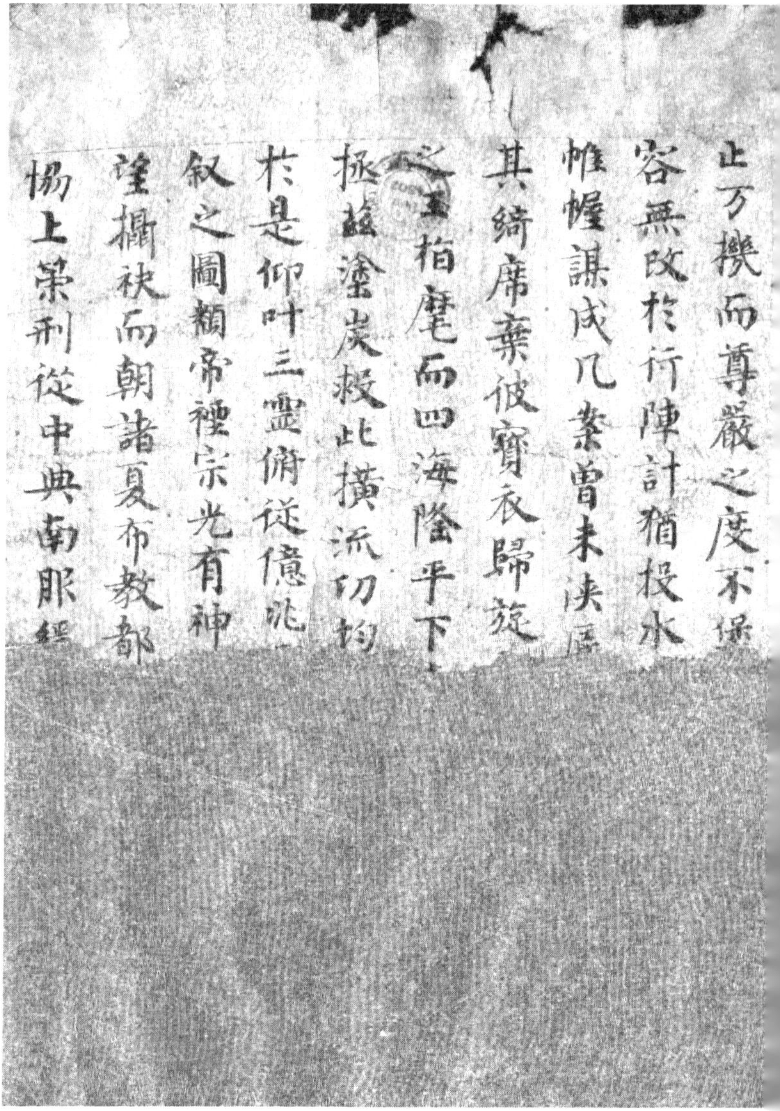

止万機而尊嚴之度不澡
容無改扵行陣計猶投水
帷幄謀成几案曾未浹辰
其綺席棄彼寶衣歸旋
之主栢麾而四海隆平下
拯兹塗炭救此横流切均
扵是仰叶三靈俯從億兆
叙之圖類帝禋宗光有神
望擱袂而朝諸夏布教都
協上策刑從中典南郡經

陸佐公石闕銘並序(法藏 P.5036)

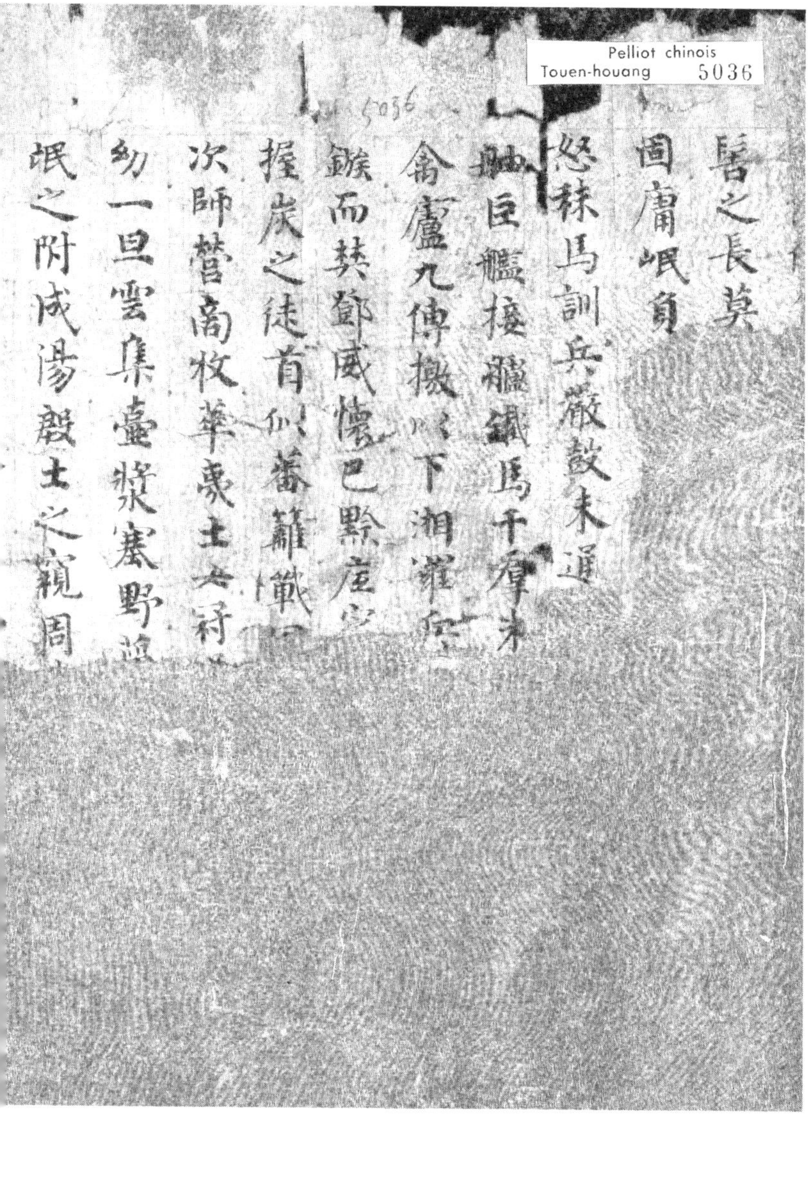

髾之長莫
冏庸岷負
怒秣馬訓兵蔽鼓未遑
舳臣艦接艫鐵馬千羣木
禽盧九傳檄〻下湘羅
鏃而㚇鄧威懷巴黔座
握炭之徒首似蕃籬戟
次師營商牧華夷士女衍
紉一旦雲集壺漿塞野故
岷之附咸湯殷士之覲周

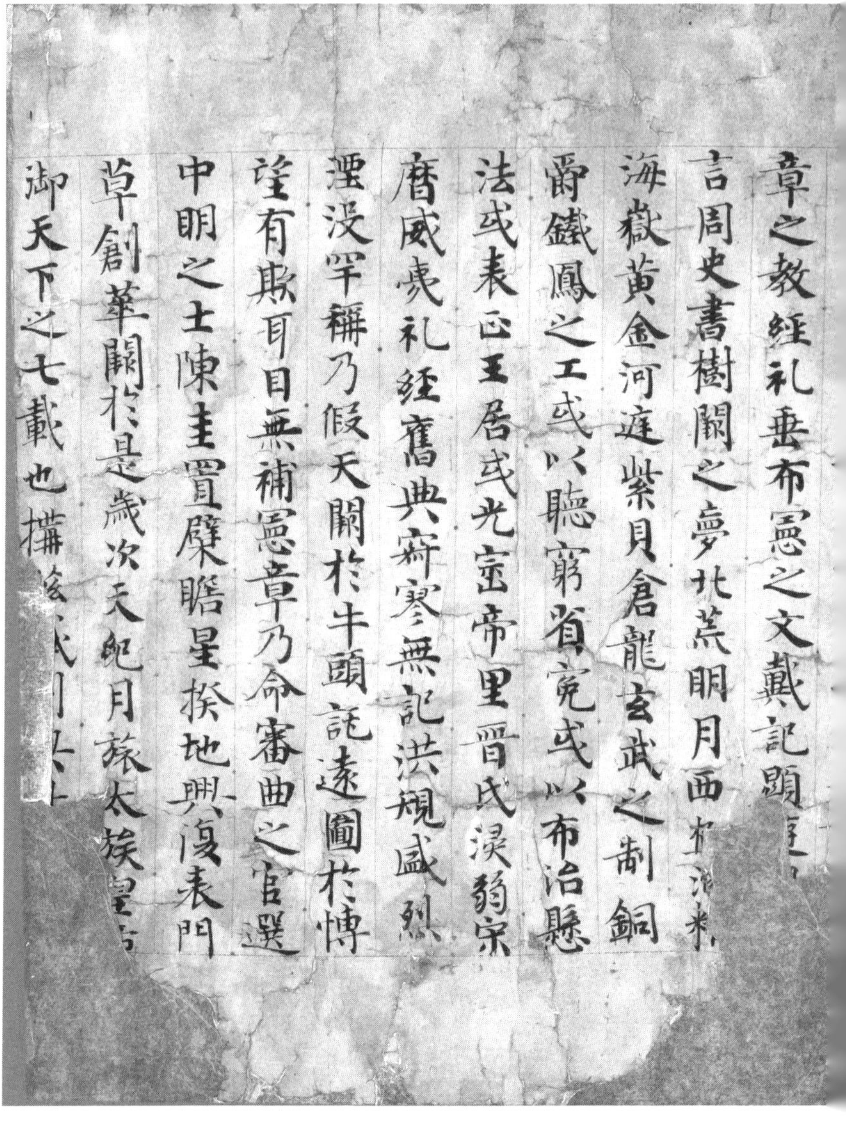
章之教經礼垂布憲之文戴記顯
言周史書樹闕之夢北荒明月西
海嶽黄金河漣紫貝倉龍玄武之制銅
爵鐵鳳之工式以聽窮省寃式以布治懸
法式表正王居式光宸帝里晉氏浸弱宗
廟威夷礼經舊典蕩寥無記洪規盛烈
湮沒罕稱乃假天闕於牛頭託遠圖於博
望有欺耳目無補憲章乃命審曲之官選
中明之士陳圭置臬瞻星揆地興復表門
草創華闕於是歲次天紀月旅太簇皇
御天下之七載也構

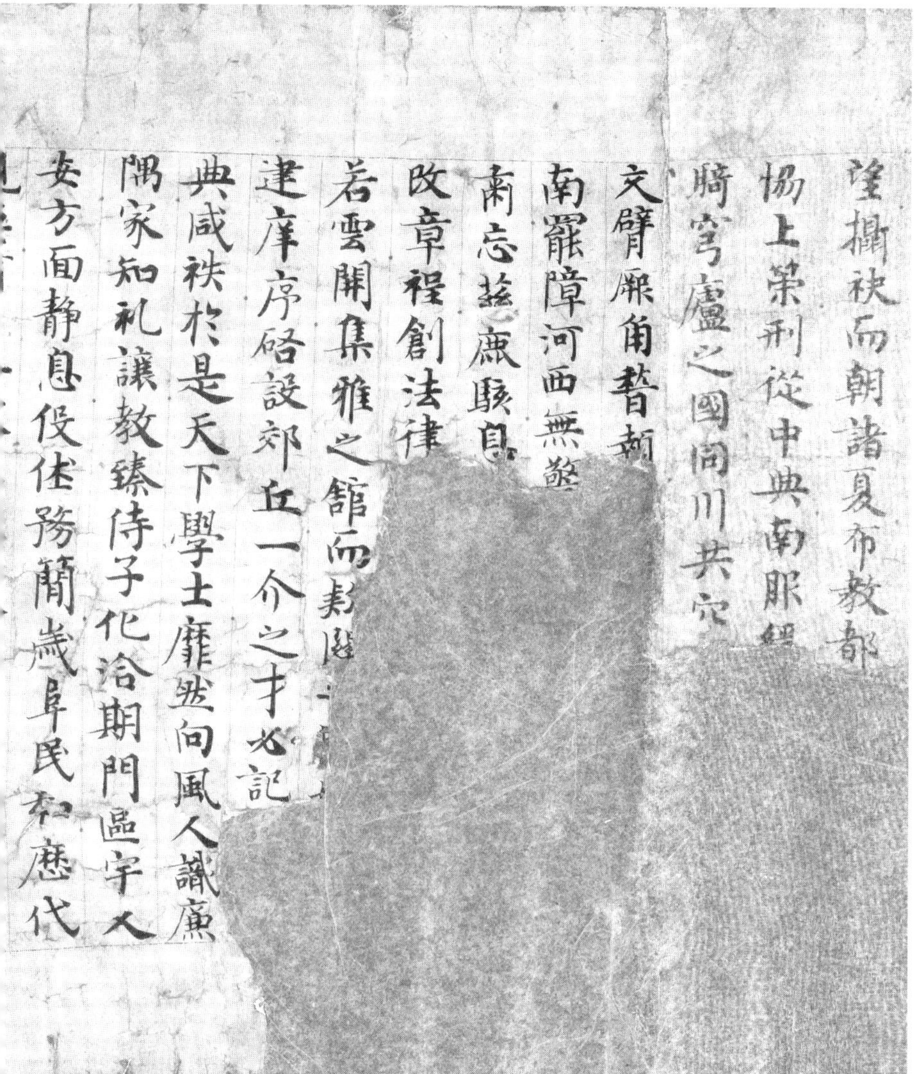

望擁袂而朝諸夏布教都
協上策刑從中典南服緝
騎穹廬之國同川共穴
文臂靡角替新
南羅障河西無縈
爾忘兹庶騄息
改章程創法律
若雲開集雅之館而彰隧
建庠序啓設郊丘一介之才必記
典咸秩於是天下學士靡然向風人識廉
隅家知禮讓教臻侍子化洽期門區宇乂
安方面靜息役休務簡歲阜民和歷代

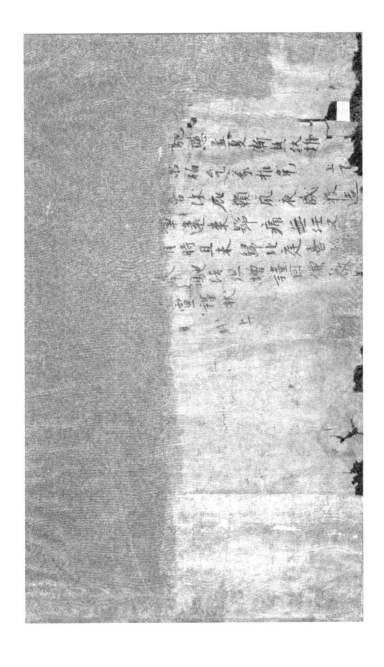

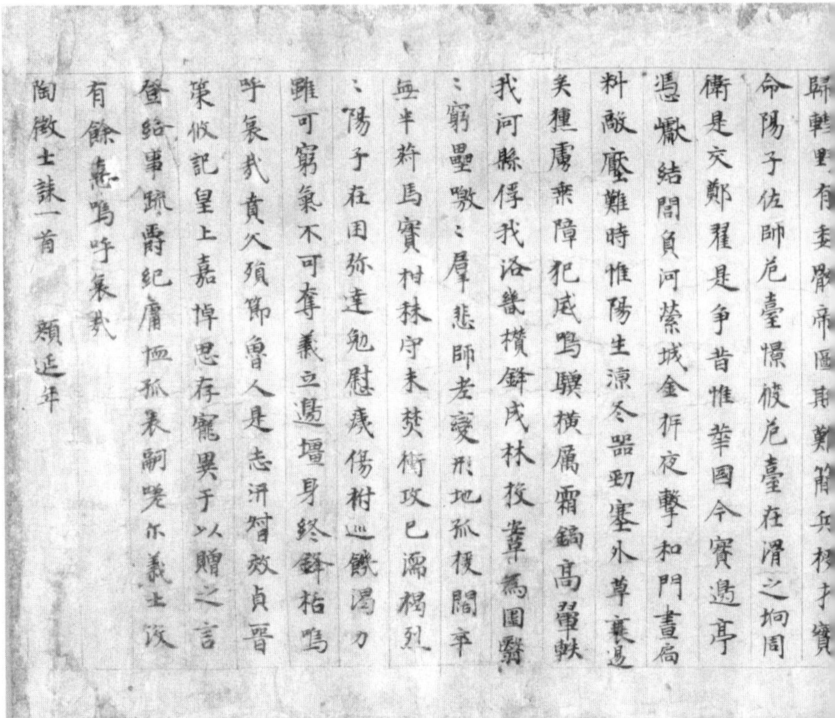

顏延年陽給事誄並序(法藏 P.3778)

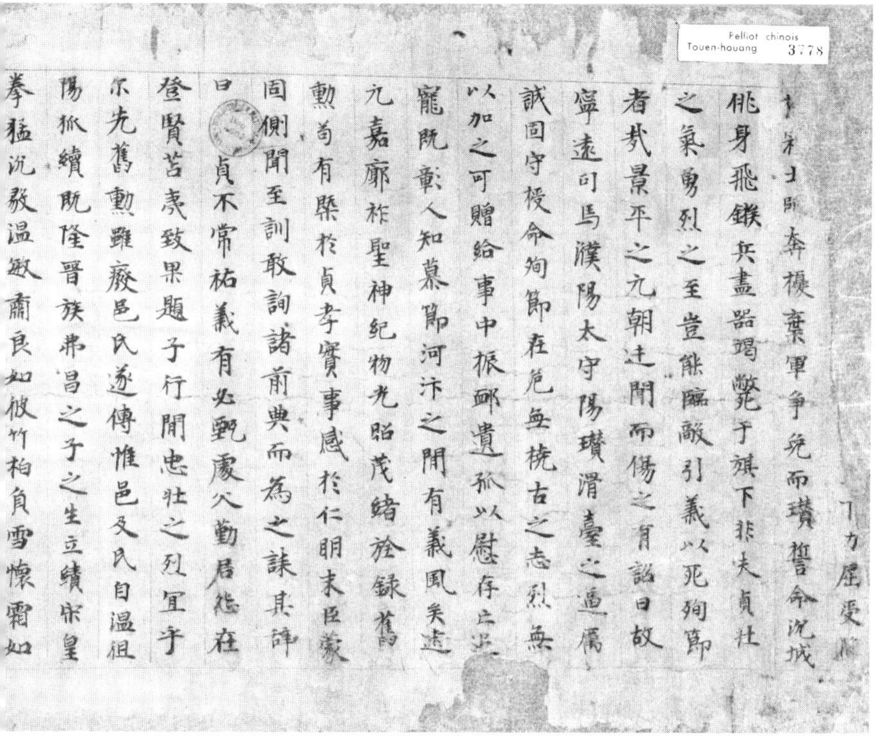
Pelliot chinois
Touen-houang 3778
丁力屋愛
士卒士師奔櫌棄軍爭免而瓚誓命沉城
佻身飛鏃兵盡器竭斃于旗下非夫貞壯
之氣勇烈之至豈能臨敵引義以死殉節
者歟景平之元朝廷聞而傷之有詔曰故
寧遠司馬濮陽太守陽瓚滑臺之逼厲
誠固守授命徇節在危無撓古之志烈無
以加之可贈給事中振卹遺孤以慰存亡
寵既彰人知慕節河汴之間有義風矣遠
元嘉廓祚聖神紀物光昭茂緒旌錄舊
勳苟有槩於貞孝實事感於仁明末臣蒙
固側聞至訓敢詢諸前典而為之誄其辭
曰貞不常祐義有必甄處父勤居悼在
登賢苦夷致果題子行間忠壯之烈宜乎
尔先舊勳雖廢邑氏遂傳惟邑及氏自溫徂
陽胝續既隆晉族弗昌之子之生立績宗皇
拳猛沉毅溫斂肅良如彼竹柏負雪懷霜如

顔延年陽給事誄並序(英藏 S.5736)

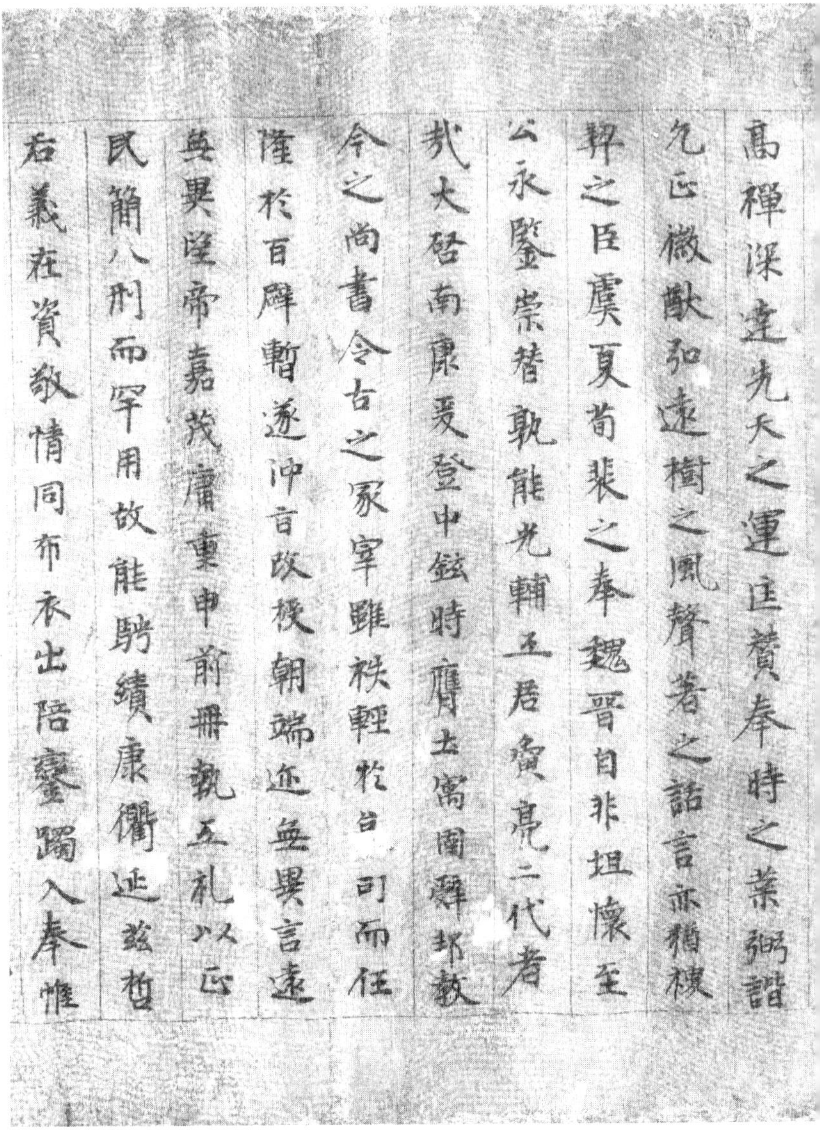

王仲寶褚淵碑文(法藏 P.3345)

Pelliot chinois
Touen-houang 3345

日太祖之威風折亦仁公之翼
佐可謂德刑詳禮義信戰之器也以靜難之
功進爵為侯表授尚書令中軍將軍給班
劍廿人功成弗有固秉撝挹改授侍中々書監
護軍如故又以居母艱去官雖事緣義感而
情均天屬丁顏之合礼二連之善喪亦曷以踰
天厭宋德水運告謝嗣主荒怠於天位強臣
憑陵於荊楚彝倫繼絕之功翦亂寧民之
德公實仰贊密規參聞神筆雖無受脤出車

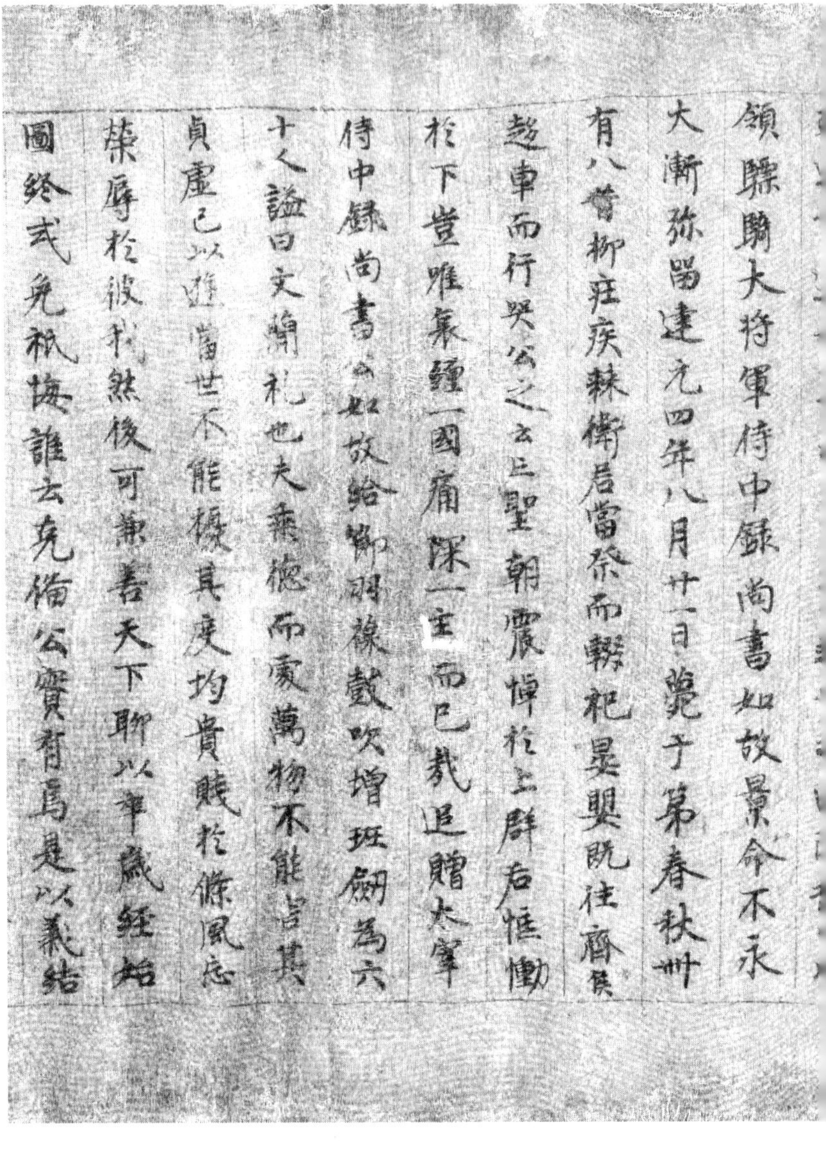

領驃騎大將軍侍中録尚書如故景命不永
大漸弥留建元四年八月廿一日薨于第春秋卅
有八昔柳莊疾棘衛君當祭而辭祀晏嬰既往齊侯
趍車而行哭公之玄臣聖朝震悼於上群后恒慟
於下豈唯褰鍾一國痛深一室而已哉追贈太宰
侍中録尚書如故給節羽葆鼓吹增班劍為六
十人謚曰文簡禮也夫稟德而處萬物不能害其
貞虚已以遊當世不能擾其度均貴賤於條風忘
榮辱於彼我然後可兼善天下聊以章識經始
圖終式免祇悔誰云克備公實有焉是以義結

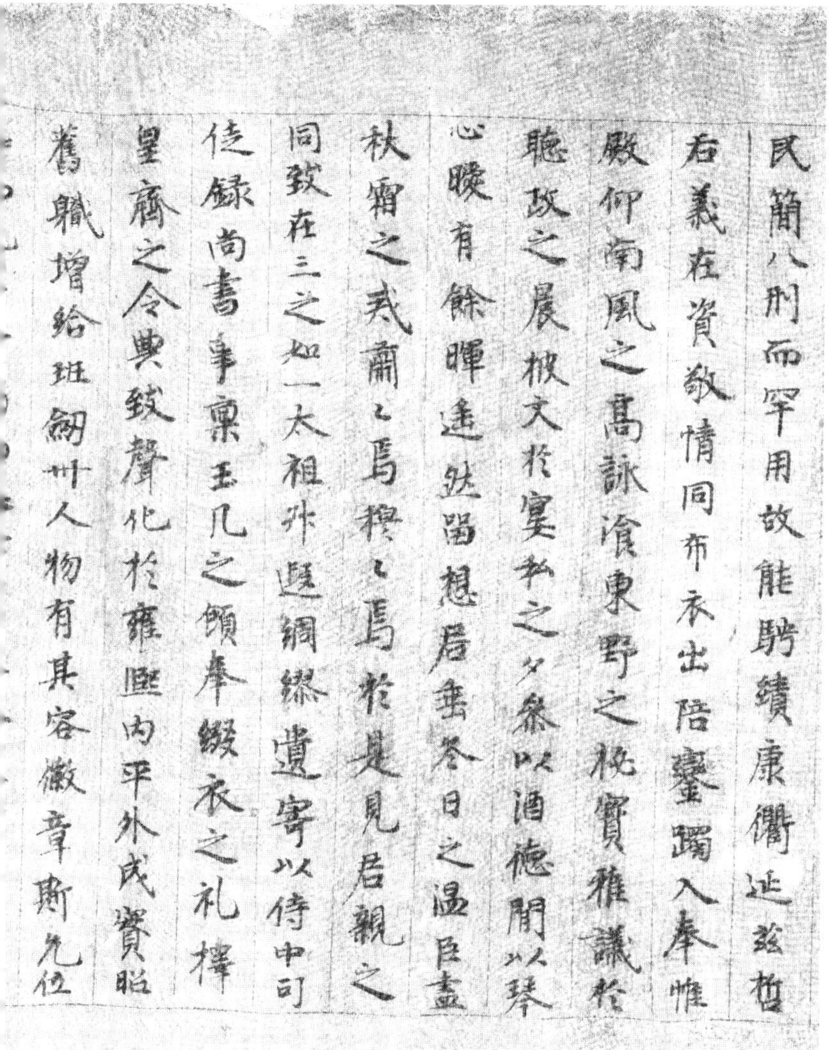
民簡八刑而罕用故能騁績康衢延兹哲
右義在資敬情同布衣出陪鑾蹕入奉帷
殿仰南風之高詠滄東野之秘寶雅議於
聽政之晨披文於宴私之夕叅以酒德間以琴
心曖有餘暉遙然留想君垂冬日之温臣盡
秋霜之戒肅々焉穆々焉於是見君親之
同致在三之如一太祖外遵綢繆遺寄以侍中司
徒録尚書事稟玉几之顧奉綴衣之礼撫
皇齊之令典致聲化於雍熙内平外成賚昭
舊職增給班劍卅人物有其容徽章斯允位

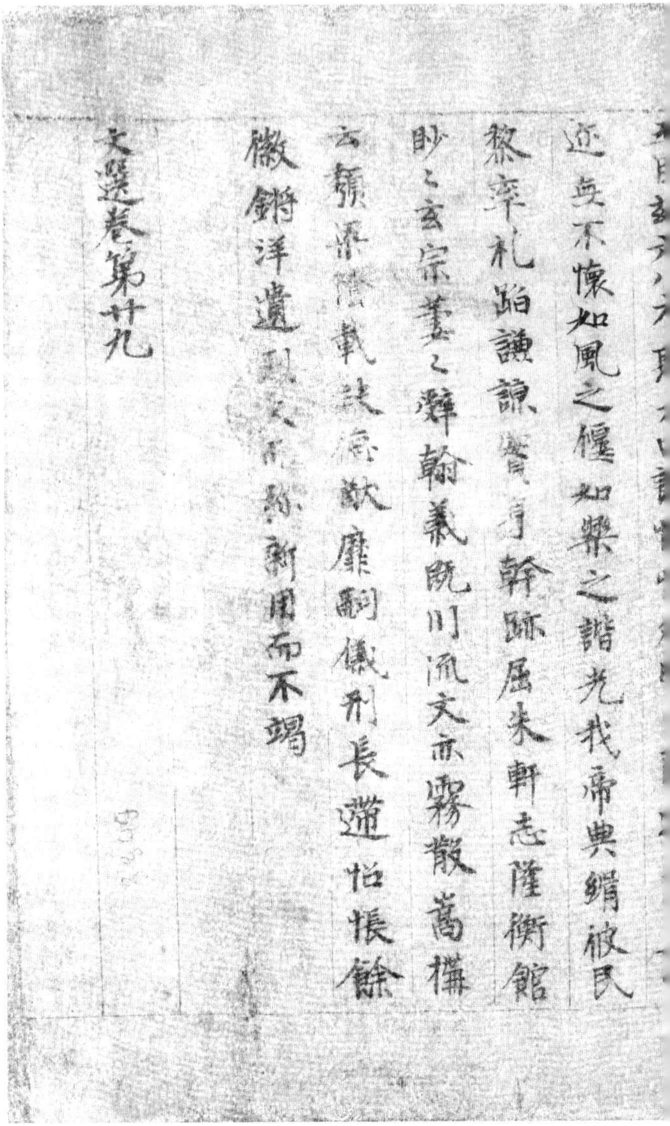
迹無不懷如風之偃如樂之諧光我帝典緝被民
黎宰禮蹈讓諒實有幹跡屈朱軒志隆衡館
眇眇玄宗萋萋辭翰義既川流文亦霧散萬構
云頹漂潛載缺府歎靡嗣儀刑長邈怡悵餘
徽鏘洋遺烈久而彌新用而不竭
文選卷第廿九

榮辱於彼我然後可兼善天下聊以卒歲經始
圖終式免祇悔誰云克備公實有焉是以義結
君子惠洽庶類言象所未形述詠所不盡故吏公
甲等感逝川之無舍哀清暉之眇默懷興誦於
缸里閭雅詠於京國思衛鼎之彝文想晉鍾之遺
則方高山而仰止刊玄石以表德其辭曰
辰精感運昴靈發祥允首惟明股肱惟良天鑒
璿曜踵武前王欽若元輔體微知章永言必孝因

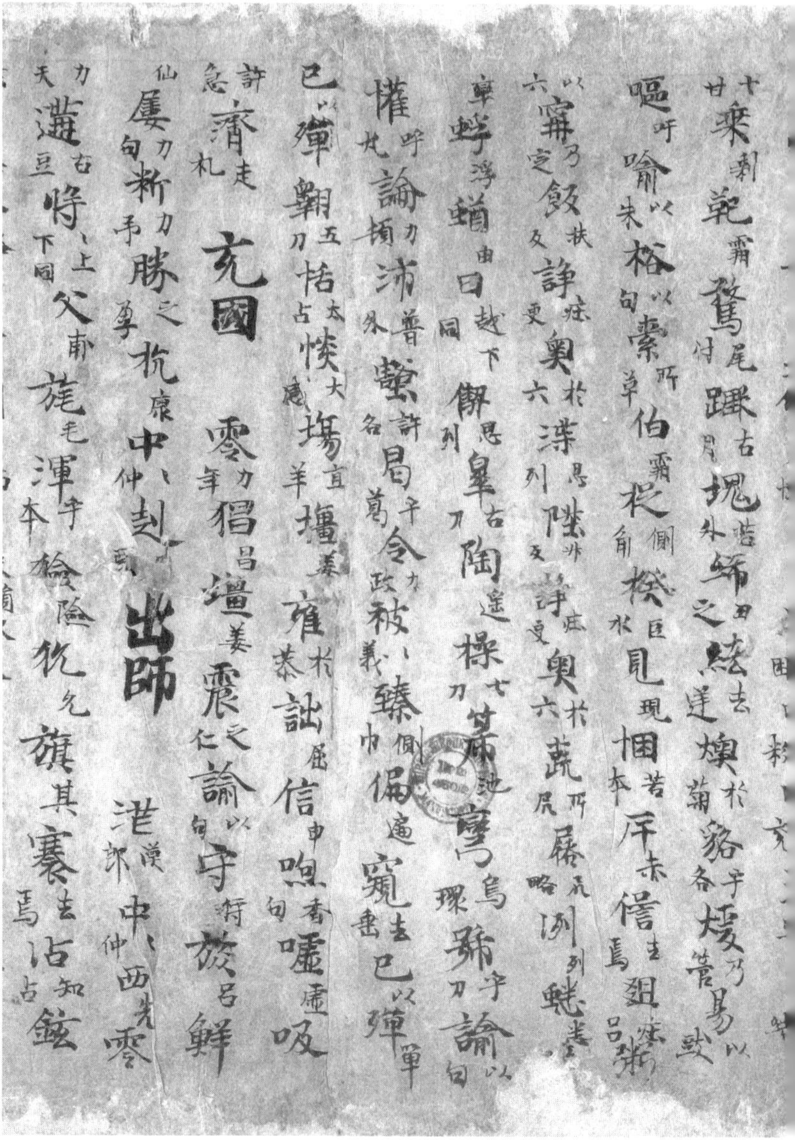

文選音(法藏 P.2833)

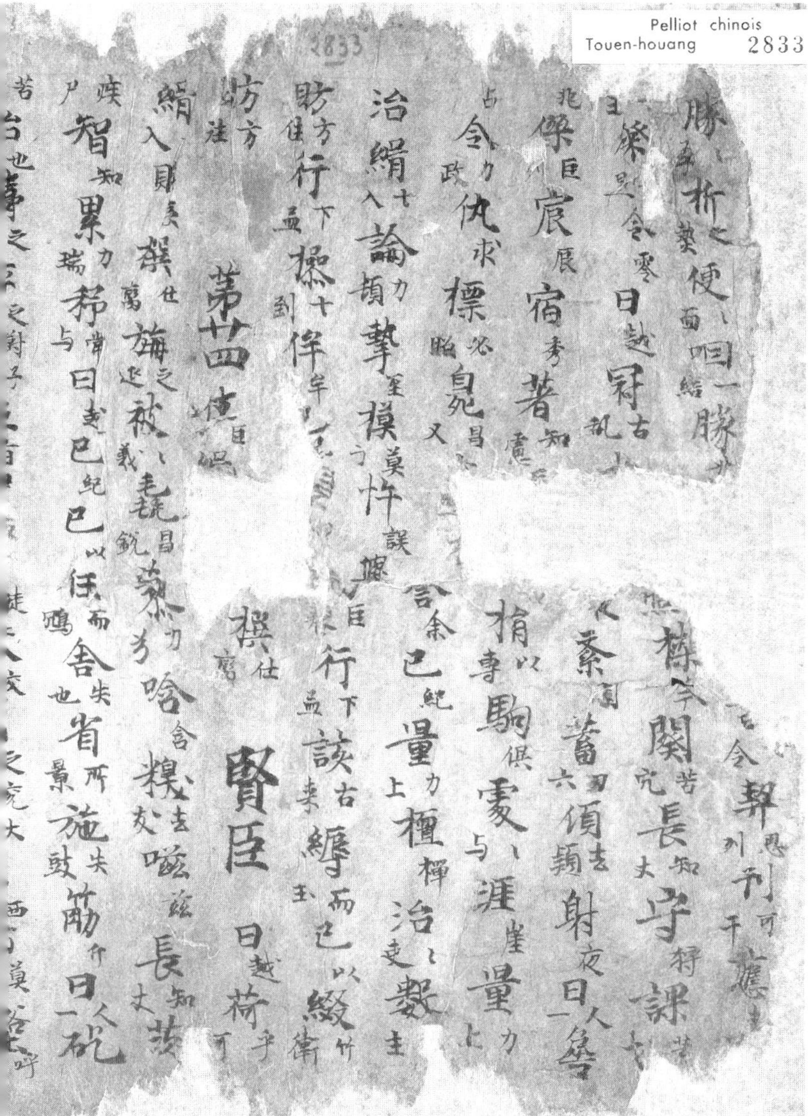
Pelliot chinois
Touen-houang 2833

仙屢力句析力乎勝之孕杭康中、仲封頭 出師 滻漢郎中、仲西先零

力天灉古豆將、上下同父甫旄毛渾本檢险犹允旗其褰去焉沾知占鉆

法壇姜輅路車尺乘剩壤而兩勳訓、音挾龍又令力政 酒德 日人一扃古丁

痛以久轍直列摸莫操七刀卮支觚姑榼若結榼苦臘靁與巳以杖弥尔攘而羊

衿鉾峯棒芳奉覽於耕槽書漱所又缶冊耳占箕基醅力刀踞樓杌之鴻趣去六

𢄑夜糟遠刀樂洛恍往吁醒呈霆大丁月飲樓而治葓步丁蜾果蠃力果螟冥丁

習 相、上鄰何沛布艾相上糸甘頮營屏睢雖權古孔少失照欽許及

鬭刀的食異其基䶂京巨燕一天鳥叔萬而鋭叔沒嗜杖苛何鬭力的 頌曰

滻莫淵惏初錦黷獨蕗録廱去彤大冬積大回渥一角騣後綢直由繆牟音又

靡由又蕨以枕難乃旦樂洛哩墨穰而羊揣初委道大墒難乃旦即一刃籌直由裹、浪

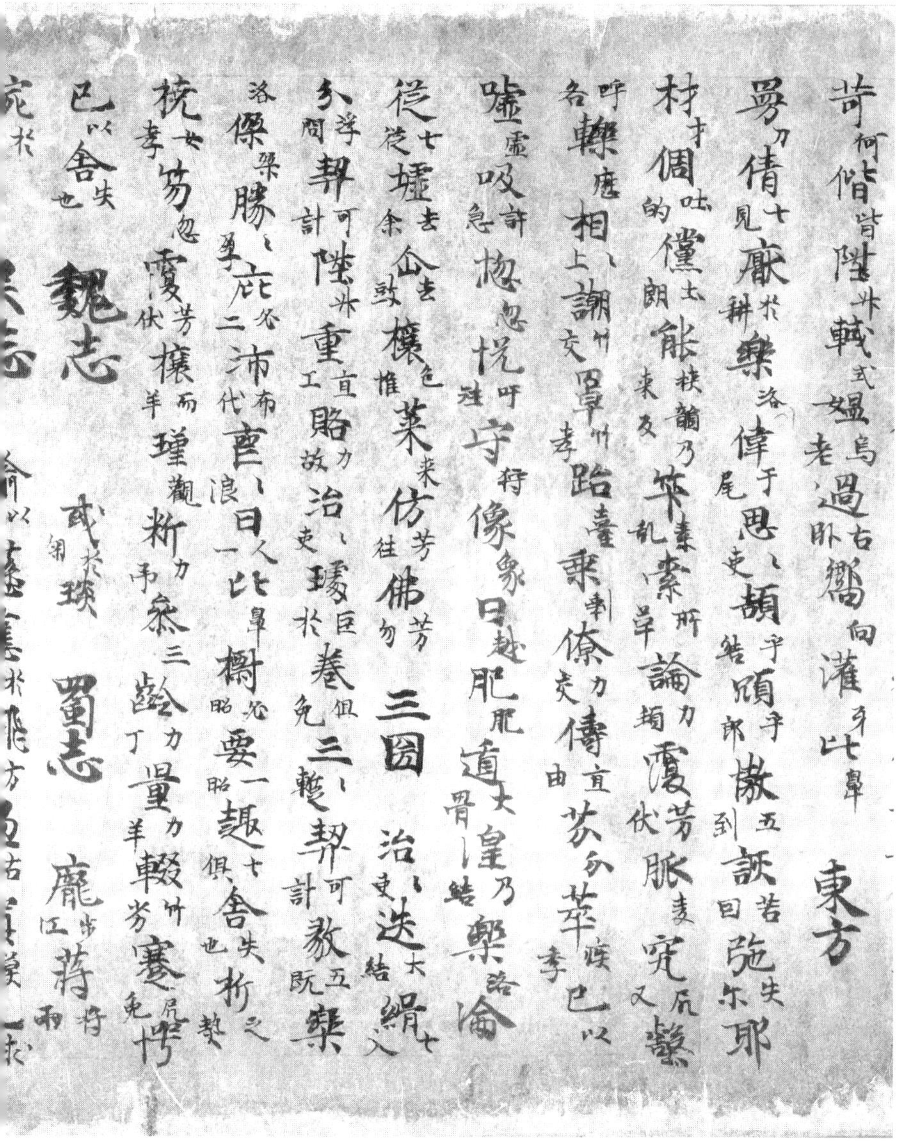
苛偕陛軾媪老過獨灌比　東方
嬰倩厭樂偉思頡頏傲詼弛耶
材倜儻能節索論瑕脈究繫
轢相謝罩跆乘僚儔芬華巳
嘘吸惚恍守像日肥遁皇樂淪
從墟岳樸萊仿佛　三國　治迭緝
分契陛重賂治瑑眷　三　轆契繁
傑勝庇沛亘日比儔要趣舍析
撓笏霞攘瑾炘叅齡量轂蹇愕
巳舍　魏志　武瑛　蜀志　龐蔣

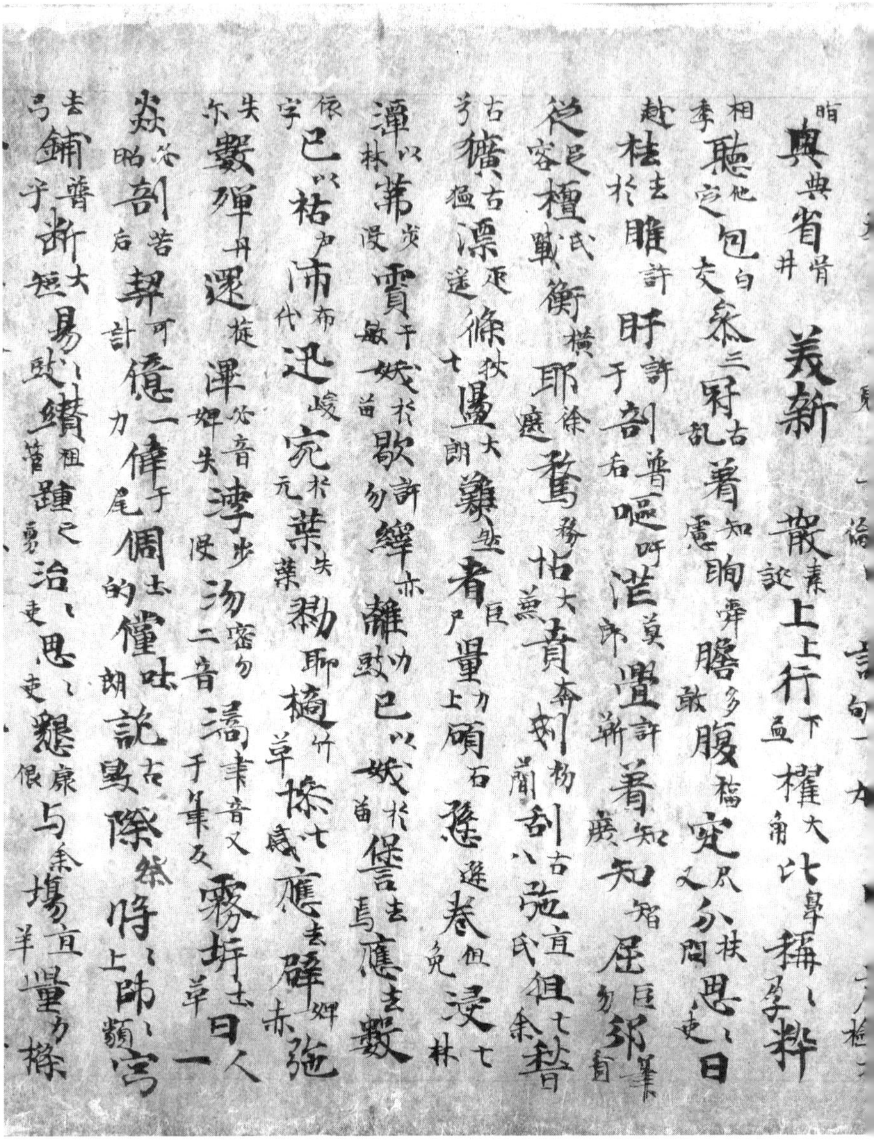

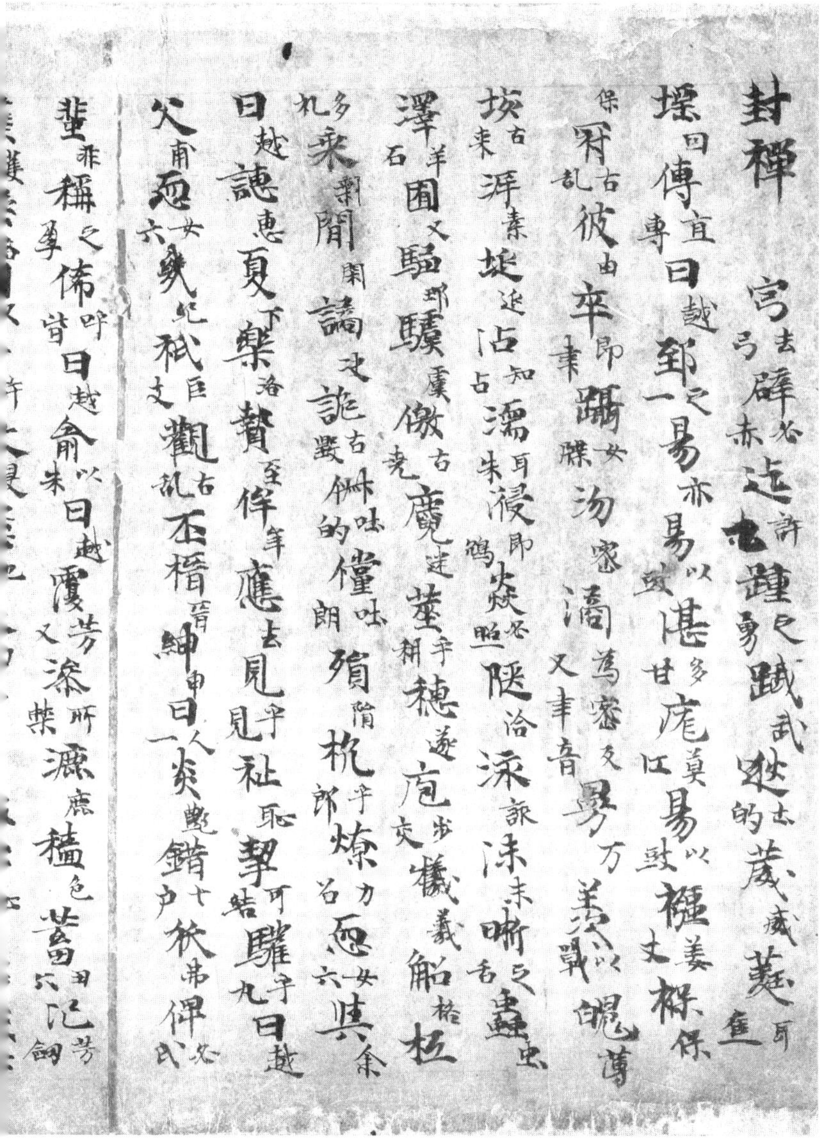
封禪 宮弓去 辟赤名 迮許 蹕勇已 蹶武 蹵的去 蔵歲 蕤隹
堁回 傳直專 曰越 郅之一 易亦 易以豉 湛甘多 庬莫江 易以豉 橿姜丈 楙保
保 罔古乱 彼由 卒即聿 蹻女牒 沕密 潏蕩密又聿音 昜万 羨以戰 鯢薄
垓古来 涄素 埏延 沾知占 濡耳朱 浸即鴆 焱必昭 陘洽 淶詠 浗未 晰之香 蟲虫
澤羊石 囿又 騶邪 騴虞 傲古堯 麗迷 莖手耕 穗遂 庖步交 犧義 船 柂格
多札 來剩 閒閑 譎决 詭古毀 倜吐的 儻吐朗 殞隕 杭乎郎 燎力召 惡女六 甚余
曰越 譓惠 夏下 桀洛 贊至 佯年 應去 見乎見 祉恥 挈可結 驩乎九 曰越
父甫 惡女六 夔蛇 祇巨支 觀古乱 丕 楷晉 紳申 曰人 一 炎艷 錯七户 秕弗 俾必氏
蜚非 穪之事 俙呼皆 曰越 俞以朱 曰越 瀀芳又 滲所禁 漉鹿 穡色 蓄丑六 氾芳劍

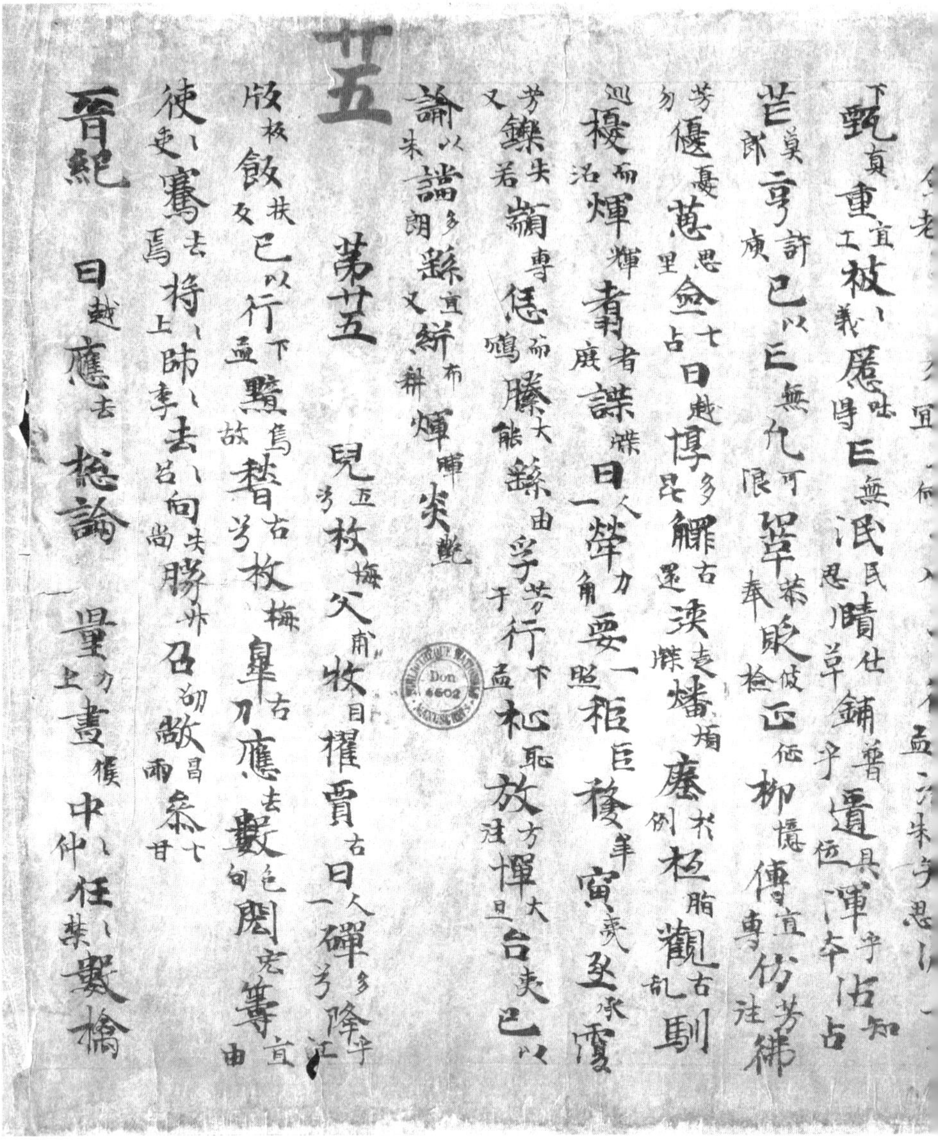

甄下真 重直工 被丶義 麗吐 巨無 氓民 隤仕 鋪普 遺具 渾乎 沾知占

芒莫郎 亭許庚 巳以 巨無 九可限 罕柰奉 睒彼檢 匹 柳 傳直專 彷芳往 彿

優憂芳 蔥思勿 僉七占 日越里 悍多昆 鱹古還 渼蝶 燔 塵於例 柢脂 灌古亂 馴

慢而巡 燁輝沼 肴者庭 諜 曰人一 犖力角 要一照 稆巨 稜羊 寅爽 丞 霣

鑠失芳若又 嶺專 偲而鴝 滕大能 蘇由 孚芳于 行下孟 杺恥 放方往 惲大旦 台夷 巳以

諭以朱 譊多朗 蘇直文 絣布彬 煇暉 尖乾

廿五

第廿五

兒五芳 枚梅 父甫 牧目 擢 賈古 日人一 礫多芳 降乎江

版板 飲扶文 巳以 行下孟 黷鳥故 替古芳 枚梅 皐古刀 應去 數色句 閔宏 籌直由

使丶吏 騫去焉 將丶上 帥丶李 去丶呂 向失尚 勝升 召劭 歊昌雨 系七甘

晉紀 日越 應去 總論 量力上 晝獲 中丶仲 任丶禁 數檎

焱谷昭剖若后挈可計億一力偉于尾倜土的儻吐朗詭古毀際祭恀〻上帥〻類宮

去弓鋪普乎斲大短易〻戥纘祖管踵之勇治〻吏思〻吏懇康很与余塲直羊壘力欙

條軨力丁旂其鑾力丸夏下黼甫黻弗冕勉棧臣支雍於恭觀古亂單式延

復伏慶大各爍式灼俾必尔灌耳延以戰韞於粉韣讀郁於菊究少失照迄許乙

日人一渟大丁壇大干塲直羊踵之勇喝荼惡烏已以冥昌又粹栖季喜荷何可提

大兮壟力丈已以

典引

殺五記郄去逆曰越耶以遮遏

論力頓耶以遮下同曰越著知慮謝七智洿烏卧行下孟論力頓斷多亂見乎見秘

〻戢竄七外浸侵亡無引以刃蹝於荼分扶問樂洛憤扶粉懣莫本軼逸竉竹峰日

越氤曰氳紆云奧於六挈可計亡無系乎計闡昌若舋吁穽函乎甘瞀吉兮冠古亂舍

也失夏下御息列股古肱古乎楄必善見乎見躍以若拊撫熛必昭縊於豉蒞利揖一入度

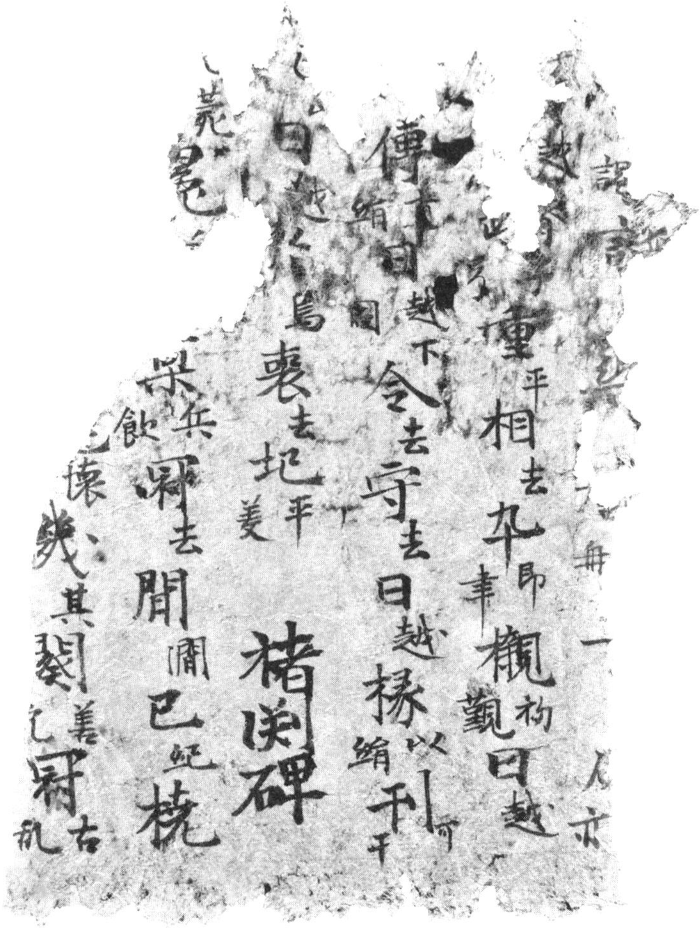

文選音（英藏 S.8521）

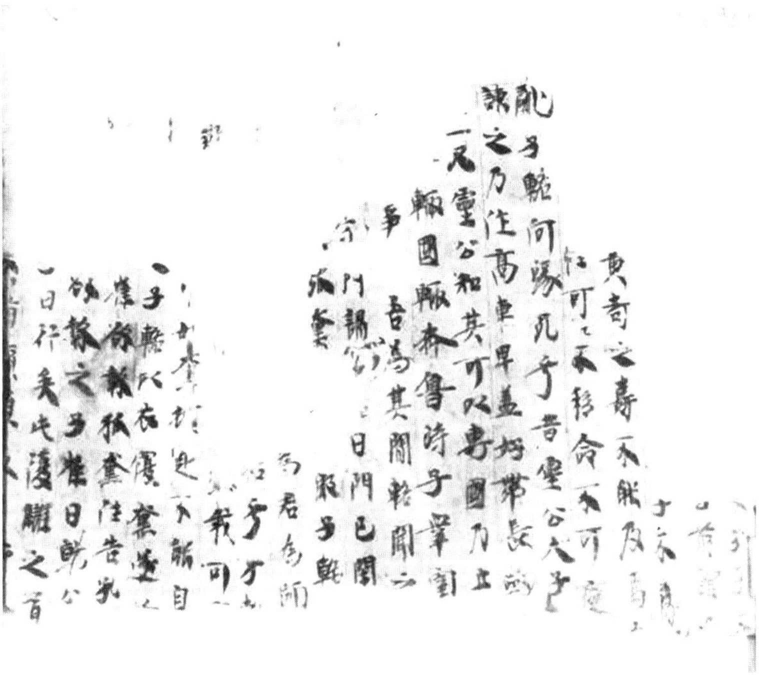

班孟堅幽通賦並注(德藏吐魯番本 Ch.3693＋Ch.3699＋Ch.2400＋Ch.3865)

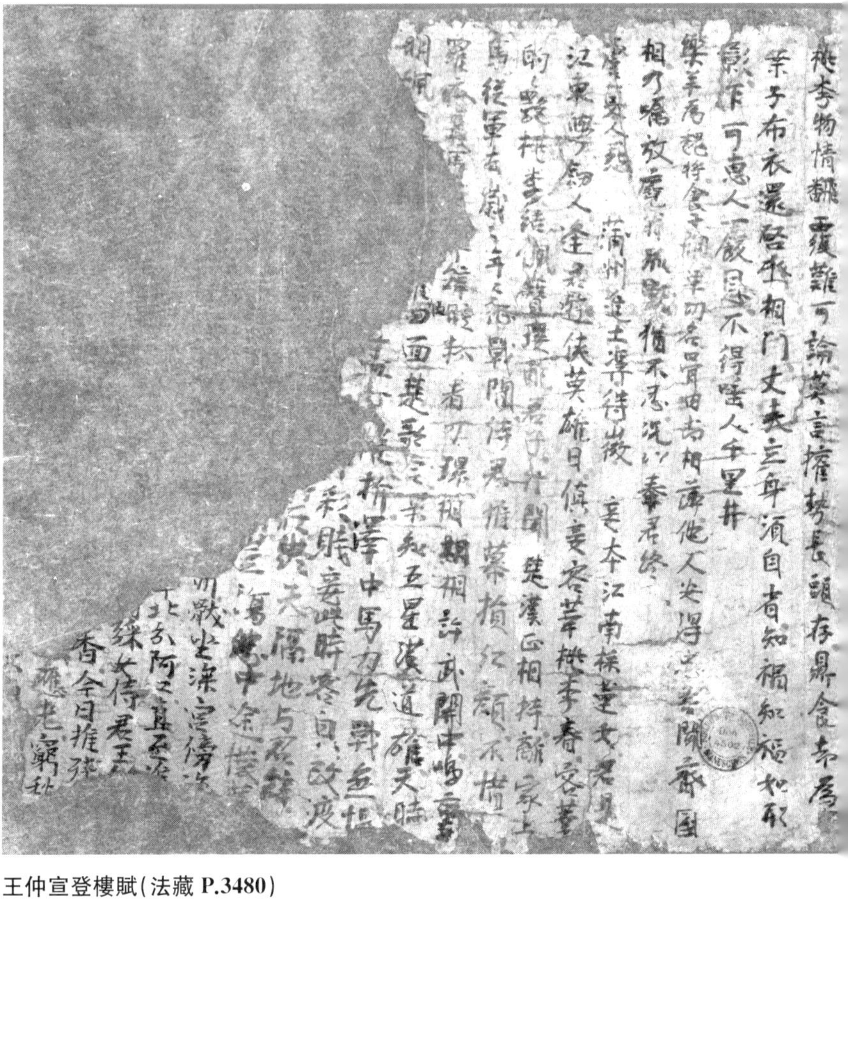

王仲宣登樓賦(法藏 P.3480)

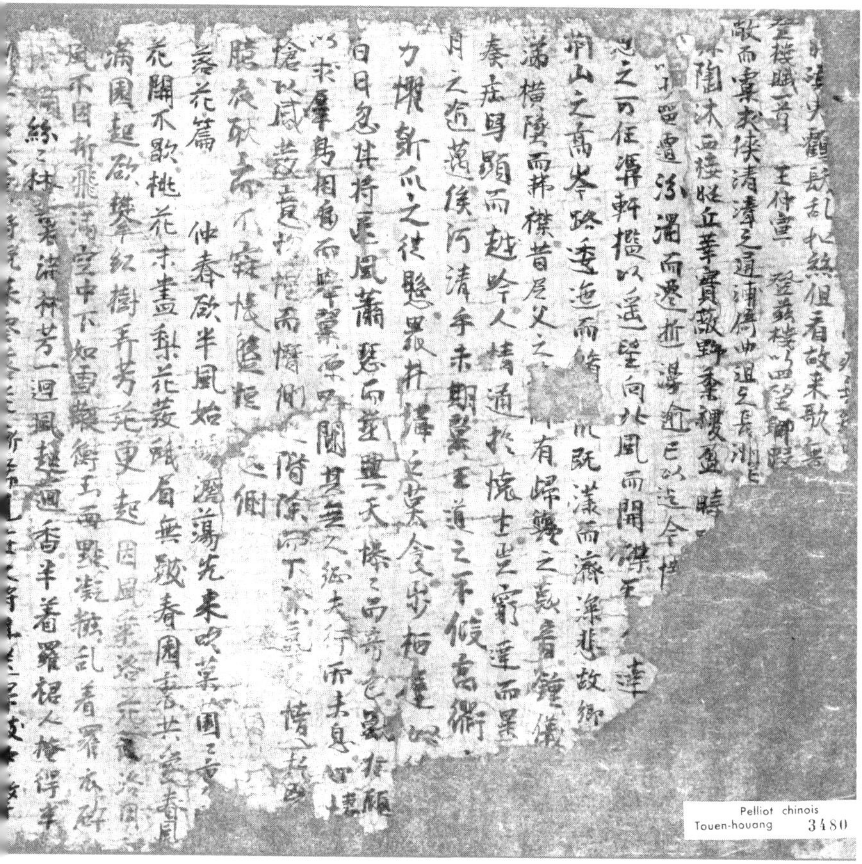
Pelliot chinois
Touen-houang 3480

選堂選學小集

選堂選學小集

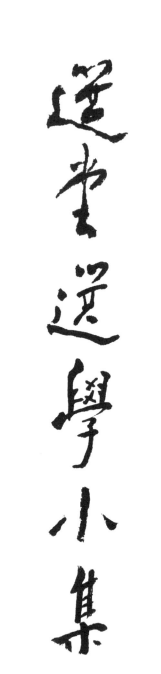

敦煌本《文選》斠證

敦煌莫高窟石室所出唐人《文選》寫卷，羅叔言影入《鳴沙石室古籍叢殘》者，有《西京賦》、東方朔《答客難》、揚雄《解嘲》，此三種俱有李善注；又任昉《王文憲集序》、沈約《恩倖傳論》至范曄《光武紀贊》，則爲白文。日本神田喜一郎影入《敦煌祕籍留真新編》者，有揚雄《劇秦美新》、班固《典引》、王儉《褚淵碑文》，俱白文無注，及《文選音》一種。余旅法京時，每日至國家圖書館，館藏有關《文選》各寫卷，紬讀殆遍。又倫敦大英博物院藏亦有《文選》殘卷三種，爲成公綏《嘯賦》，《答臨淄侯》、《陽給事誄》殘簡，並爲影録。計英法所庋敦煌《文選》寫本，共得十六，兹依今本卷次表列如下：

卷　次	篇　名	行數起訖	編　號
卷末題"《文選》卷第二"一行，與今本善注合。	張衡《西京賦》	三三行。由"井幹疊而百增"起，至賦末李善注。字裡行間偶注反切。	伯希和目二五二八
今本卷第十一	王粲《登樓賦》	共十四行	伯希和目三四八〇

續 表

卷　次	篇　名	行數起訖	編　號
今本卷第十八(原卷題文選卷第九,知爲昭明舊"三十卷"本)。	成公綏《嘯賦》	共四十一行。起"自然之至音",終"音聲之至極"句。	斯坦因目三六六三
今本卷第三十八	謝靈運樂府一首(《會吟行》),鮑照樂府五首(《出自薊北行》《結客少年場行》《東門行》《苦熱行》《白頭吟》)。	存六十五行,起"以秋芳來日苦短"句。	伯希和目二五五四
今本卷第四十	《答臨淄侯》	存二行"而辭作暑賦彌日……而歸憎其皂(即皃字)者也伏想……"十六字。	斯坦因目六一五〇
今本卷第四十五	東方朔《答客難》、揚雄《解嘲》(李善注)。	存一百二十行。起"不可勝數"句,終"釋褐而傅"。	伯希和目二五二七
今本卷第四十六	王融《三月三日曲水詩序》	存十行。起"共也我大齊之握機"句,至"普汎而無(私)"句。	伯希和目二七〇七
同上	同上	存五十四行。起"用能免群生於湯火"句,訖王文憲集序開端兩行。	伯希和目二五四三
同上	任昉《王文憲集序》	存八十行。起"之旨沉鬱澹雅之思"句,訖"弘量不以容非攻乎異論歸之"句。	伯希和目二五四二

續　表

卷　次	篇　名	行數起訖	編　號
今本卷第四十八	揚雄《劇秦美新》(後段)班固《典引》(開端)	存二十七行	伯希和目二六五八
今本卷五十(原卷題"《文選》卷第廿五",知爲昭明舊三十卷本)	沈約《恩倖傳論》至范曄《光武紀贊》末	存六十七行	伯希和目二五二五
今本卷五十三	李康《運命論》	存三十四行	伯希和目二六四五
今本卷五十五	陸機《演連珠》	存百四十五行	伯希和目二四九三
今本卷五十七	顔延年《陽給事誄》	存七行,起"貞不常祐義有必甄"句。	斯坦因目五七三六
同上	同上	存三十五行。起"受陷勍寇",訖篇末,并《陶徵士誄》篇題。	伯希和目三七七八
今本卷五十八原卷末題"《文選》卷第二十九",知亦昭明之"三十卷"本。	王儉《褚淵碑》文(後段)	存五十四行	伯希和目三三四五

此外與《文選》有關之寫卷又有:

(一)《雜詩》二首,潘岳《悼亡詩》四首,石崇《王明君辭》一首　刊伯希和目二五〇三,此卷乃《玉臺新詠》,羅氏《古籍叢殘》已印出。

(二)《文選音》　刊伯希和目二八三三,存二十三節末,至第廿五節開端。《敦煌祕籍留真新編》已刊出，周祖謨有文研究，載《輔仁學誌》。

（三）《李陵蘇武往復書》 巴黎所藏有三卷：其一列伯目二四九八，爲天成三年戊子歲（九二八）正月七日，學郎李幸思寫本；其一列伯目二八四七，爲丁亥年（九二七）二月三日，蓮臺寺比丘僧静惠寫本；其一列伯目二六九二，爲壬午年（九二二）二月二十五日，金光明寺學郎索富通寫本。倫敦所藏亦有二卷：一列斯坦因目一七三，一列斯目七八五。此皆唐人假託蘇李之作，與《文選》所收《答蘇武書》不類。

上舉十五種《文選》寫卷，大别言之：

（一）白文無注三十卷本 此類即《梁書》《隋志》所云之《文選》三十卷本，乃昭明原來編第，李善作注始析爲六十卷。倫敦藏之《嘯賦》，巴黎藏之《劇秦美新》《典引》《恩倖傳論》至《光武紀贊》，與《褚淵碑文》並著卷數於末，蓋即三十卷本。

（二）李善注本 此類祇見兩卷，即巴黎藏之永隆鈔本《西京賦》，及《答客難》《解嘲》，劉師培並撰有《提要》。

其中有原屬一卷，裂爲數段可以綴合者，如伯目二七〇七、二五四三、二五四二諸卷是。《登樓賦》同卷又鈔唐人《落花詩》，則非《文選》原本，乃偶筆録王仲宣此文耳，姑併列於此。

兹十數卷，俱唐人或更早之寫本，吉光片羽，彌覺可珍，持與扶桑所傳百二十卷本之《文選集注》，及宋刊、胡刻諸本，參互校覈，創獲殊多。清代學者於選學致力至勤，惜限於聞見，如許密齋（巽行）平生校讎蕭選至七十二歲，凡十三次，始成定本，而所見不出汲古閣本。（見許氏《文選筆記》卷一《密齋隨録》）益嘆今人眼福，迥非前賢之所能及。兹就勘校所及，依各卷次第，記之於後。

一、永隆寫本　《西京賦》薛綜、李善注

此卷羅氏影入《鳴沙石室古籍叢殘》,末有"永隆年二月十九日弘濟寺寫"一行。寺在長安,此當出寺僧手録。永隆爲唐高宗年號(680),倫敦所藏寫卷列斯坦因目一八三五號者,末亦題永隆元祀,與此堪稱雙璧。善上《文選》表,在顯慶三年(六五八),至永隆相去二十二年,考善卒在載初元年,(即永昌元年,武后年號,公元 689)是此永隆卷繕寫時,善尚生存。李匡乂《資暇録》謂:"李氏《文選》有初注成者,覆注者,有三注四注者,當時旋被傳寫,其絶筆之本,皆釋音訓義,注解甚多。"此永隆寫本未知爲初注抑覆注本,然距善之卒,僅九年耳。

蔣黼跋此卷云别有校勘記,原文未見;惟劉師培則撰有《提要》(劉文有誤處,如謂"少君已見《西都賦》,各本復注少君事",然《西都賦》但注少翁事耳。)高閬仙《文選李注義疏》,已盡將此注異文録入,(間有微誤者,如此卷"窮身極娱",而高氏以爲當作"窮歡",不知窮身語乃見《楚辭・大招》。)兩家辨訂異同,頗爲詳備,兹之考校,多所採摭。又日本上野精一氏藏有舊鈔《文選》白文,中有《西京賦》,故並入校,即文中所稱上野本者也。

井幹疊而百增　唐永隆年弘濟寺寫本《文選》殘卷張平子《西京賦》起此,"井"字已漶,"幹疊"二字餘左半。"增"字,永隆本、各刻本並同,惟漢《郊祀志》顏注引作"層"。顏注又云"幹或作韓,其義並同"。

臣善曰漢書　永隆本注前半行,存此五字,以刻本校之,無薛注"崛高貌"三字。"曰"下無廣雅六字。《漢書》下接"孝武立神明

臺”。字數殆與《四部叢刊》景宋六臣本同(以下簡稱“叢刊本”),知此行共十二字。永隆本凡善注皆作“臣善曰”,後不再舉。

又曰武帝作井　永隆本後半行注存此六字,以位置推之,其下應是“幹樓高五十丈”,即此行同前行各十二字,而叢刊本尚有“輦道相屬焉”,爲永隆本所無。以上善注二段,胡刻作“神明井幹已見《西京賦》”。其非善注原貌可見。

(跱遊極)於浮柱　永隆本上三字已漶滅。

置浮柱之上　永隆本注後半行僅存此數字,“之”字爲各刻本所無。

(兩頭受櫨)者　永隆本此句止存一“者”字,其上漶,其下接正文。知胡刻廣雅以下十六字爲永隆本所無。

累層構而遂躋　“躋”永隆本注作“隮”,各刻本文注並作“隮”。

隮升北辰極也　永隆本注止此,“升”下無“子奚反”,“極”上無“北”字,胡刻本、叢刊本同有,又有善注山海經八字,但“經”下並脱“注”字。

集重陽之清澂

雰埃　此上無“消散也”三字。

下地之垢穢　“垢”字各刻本作“埃”。

之中也　“也”字與叢刊本同有,胡刻無之。

上爲陽清又爲陽　永隆本、叢刊本同,胡刻“陽清”二字誤倒。

故曰重陽　叢刊本脱“曰”字。

入帝宫　“入”上各本有“而”字。

宸音辰　胡刻、叢刊本此上並有“雰音氛”三字,永隆本無。

瞰宛虹之長鬐　“宛”字與日本上野氏藏古寫本同,各刻本作“宛”。案寃爲宛俗字,《説文》兔部“寃、屈也,兔在冂下不得走,益屈折也”。又雨部“霓，宛虹”。此宛虹爲屈折之虹也。又揚雄《解嘲》“談者宛舌”，師古曰：“宛，屈也。”故宛與宛通。

髻渠祇反　永隆本止存此注末四字，其上漶者當是薛注及善曰十六字，其下無《廣雅》以次三十字。又永隆本切音皆稱“反”，後不再舉。

瑶光與王繩　永隆本正文作“瑶”，注作“摇”。“玉”字古寫無旁點。

第七曰摇光　馬國翰輯本運斗樞，引《曲禮正義》《檀弓正義》《史記·天官書·索隱》及《藝文類聚》,《太平御覽》皆作“摇光”，惟《西京賦》注作“瑶光”。不知永隆本正作“摇”，與各本引合，《文選》刻本涉正文而作“瑶”耳。

怵悼慄而慫兢　《龍龕手鑑》云：正作“慫”，今作“慫”。叢刊本作“聳”乃借字。

言恐墮也　永隆本“言”上無“怵恐也”以次十字。

《方言》曰慫悚也先拱反　各刻本“方”上有廣雅六字，此下有怵音六字，“悚”作“慄”。案《方言》十三：“聳，悚也。”永隆本與之合，兩刻本並誤。叢刊本又誤薛注之“慄”爲“悚”。

增桴重棼　“增”字與叢刊本同，胡刻作“橧”，《考異》謂尤氏之誤。案《禮記·禮運》：“夏則居橧巢”，《釋文》云：“橧本又作增，又作曾，同則登反。”是橧、增字通用。

反宇業業　叢刊本“反”下校云“五臣作及”。

屋扉邊頭瓦　“扉”字各刻本並作“飛”。

旗不脱扃

熊虎爲旗　此句之上，永隆本無“《爾雅》曰”三字，各刻本有。案句見《周禮·春官》，非《爾雅》文，刻本誤。

左氏傳曰　文見“宣十二年”，《釋文》《正義》並云：“張衡《西京賦》云，旗不脱扃，薛綜注云，扃所以止旗。”今各本此段薛注止云“扃，關也”，無止旗句。知崇賢所謂“舊注是者因而留之”，蓋有刪節。永隆本“關”字多誤作“鬨”。

　　蘄巨衣反　永隆本此句居末，蓋順序爲注，各刻本誤倒在《楚辭》上。

櫟輻輕騖　胡刻“櫟”字誤从車旁，但注从木旁，與各本同。此節注乃薛注，叢刊本置於“善曰”之下，誤。

連閣雲曼　“連”字永隆本先作“途”，後改“連”。胡刻作“途”。叢刊本作“連”，校云“善本作途”，胡紹煐曰“作連是”。“曼”字與上野本同，刻本正文與注並作“蔓”。

門千户萬

　　説文曰詭違也　永隆本“西都”上無此六字，各刻本並有。案此非《説文》語，《説文・言部》：“詭，責也。”《心部》：“恑，變也。”應如本書《辨亡論》上善注：“《説文》曰：恑，變也，詭與恑同。”方合。但永隆本既無此語，當是後人混增。

轉相踰延

　　移賤切　永隆本無此三字，胡刻混入他本音切，誤與薛注相連。

望叫窱以徑廷　“叫”字永隆本與上野本同。叢刊本作“窌”，校云：“五臣本作叫。”胡刻作“窌”。胡紹煐謂叫蓋窌之假，後人加穴。

　　方万反　永隆本“方”上脱“返”字。

墱道麗倚以正東　“墱”字各本皆同，叢刊本校云“五臣本作隥”。“麗”字各本作“邐”，注亦各隨正文。

　　一屋一直　永隆本“屋”乃“屈”之訛。

　　乃從城西建章館而踰西城　“城西”二字及“而”字乃永隆本所

獨有。

墱都亘切 “西墉”下,永隆本無此四字,刻本並有。

横西洫而絶金墉

洫城池也 永隆本“墉”上無此四字,因已見本篇上文“經城洫”句下薛注,有者殆非善留薛注原貌。

墉牆謂城也 永隆本有“墻”字,各本並無。

似此山之長崖 永隆本“崖”字各本作“遠”,案賦云“遐坂”,則注作“長崖”正相應。

洫已見上文 句與胡刻同,指上文“營郭郛”句下善注,叢刊本複作“《周禮》曰:廣八尺,深八尺,謂之洫”,疑茶陵陳氏所謂增補六臣即屬於此類,叢刊景印宋建陽本,亦增補本也。

城尉不強柝 “強”字,永隆本、胡刻本同,叢刊本文注並作“弛”。

鄭玄周禮注(凡十八字) 永隆本無,刻本並有。

柝音託 刻本作“柝與欜同音”。永隆本無鄭注欜字,故云“柝音託”。然刻本之欜,亦與今《周禮·天官》之柝所見異本。

前開唐中彌望廣潒 各本並同,叢刊本校云:“唐五臣作堂”,“潒,五臣作象”。

漢書曰建章宫其西則唐中數十里 永隆本有此十四字,胡刻作“唐中已見《西京賦》”,蓋已見从省例。叢刊本則增補此注,尚有“如淳曰唐庭也”六字,概從《西都賦注》節取。

又曰五侯大治第室連屬彌(望) “又曰”二字跟上文“《漢書》曰”來,胡刻已省去《漢書》建章宫一節,故“又曰”二字改作“《漢書》曰”三字。叢刊本已增補上節,而此節複作“《漢書》曰”,非善注之例,蓋增補時失檢。“彌”下永隆本脱“望”字,各刻本並有。“彌望”下,胡刻有“彌,竟也,言望之極目”八字,乃顔監《漢書注》,或後人混入，永隆本、叢刊本並無之，《考異》云："袁、茶本無此八字，是。"

字林曰激水潒也　此永隆本引文，下四字有誤。胡刻作"潒，水潒瀁也"，與《説文》合。任大椿《字林考逸》六《水部》："潒，水潒漾也。"《説文釋例》云："漾即瀁之篆文。"是任氏所據《文選》與《説文》合。叢刊本"潒瀁"作"潒潒"，袁、茶本同，案《廣雅》釋訓"潒潒，流也"，是作"水潒潒"者義亦可通，但異於所引《字林》原文矣。

顧臨太液（二句）

漢書曰建章宫其北治太液池　永隆本、叢刊本同，胡刻作"已見《西京賦》"，但永隆本"治"字與《漢書·郊祀志》合，胡刻西都注，叢刊本《西都》《西京》兩注皆誤"治"作"沼"。

漸臺立於中央（二句）

漢書（十五字）　永隆本、叢刊本有此十五字，胡刻作"已見《西京賦》"。

眇赤文也　永隆本作"眇"，乃"盺"之訛。正文仍作"盺"。

清淵洋洋　"淵"字避諱缺末筆，以下多同，從略。

峨峨高大也　永隆本此句在"臣善曰"之下，是善注也。胡刻在"善曰"之上，叢刊本亦作薛注。

三山已見西都賦　永隆本、胡刻本同，叢刊本引《漢書》十八字與《西京賦》注同。此節注永隆本特多誤筆，如"三輔"脱"三"字，"清淵海"下衍"三"字，"三山"又誤作"波山"。

齬音吾　永隆本注作"敔"，正文則爲"齬"。其言音某者止此三字，胡刻此上有壘音等十一字，永隆本無之，叢刊本則二字反切、單字注音，並分系正文各字之下，其與胡刻並有者，如"齬"下系"音吾"二字則相同，"崋"下止系一"罪"字，與胡刻作"音罪"二字者不同，又"嵒"下系一"巖"字，而胡刻則無"嵒音巖"三字，此種紛歧，頗難究詰。

長風激於别島　永隆本先作"隯"字,後乙去,旁作"島"字。上野本及各刻本並作"隯",叢刊本校云"五臣作島"。隯與島同。

水中之洲曰隯　永隆本止改正文,注仍作"隯"。又各刻本"隯"下有"音島"二字,永隆本無。

濯靈芝之朱柯　"之"字,永隆本、上野本同,各刻本作"以",叢刊本校云"五臣作於"。

北海中　"北"字各刻本並作"皆"。

海若遊於玄渚

無馮夷　各刻本"無"作"舞"。

水一溢一否爲渚　永隆本此句,與《經典釋文·毛詩音義》引"《韓詩》云一溢一否曰渚"相合。各刻本並誤作"水一溢而爲渚",陳喬樅《韓詩遺説攷》並引《釋文》及善注,而釋之云"謂一溢而一涸"。

三輔三代舊事　各刻本脱"三代"二字。

中坂蹉跎　此下各刻本有"廣雅"以次八字。永隆本"蹉"字作"嗟"。

采少君以端信　"以"字,上野本及各刻本並作"之",與永隆本異。

少君欒大已見西都賦　胡刻本、叢刊本"欒大"上並有《史記》三十一字述少君事,永隆本無之。叢刊本節引《漢書》四十一字述欒大事,不作"已見西都賦"。案《西都賦》"五利"下删引《漢書》,胡刻、叢刊並於"曰"上脱"大"字,致誤欒大語爲武帝語。而叢刊本補録此注則作"大曰",不誤。

屑瓊蘂以朝湌　"湌"從冫,永隆本、上野本並同,各刻本從歹,高步瀛謂"當作餐,亦作飡,饔飡字從夕不從歹,作殯者誤"。

精瓊靡以爲糧　各刻本誤"精"爲"屑",又以"糧"爲"餦"。永隆本"精"字不誤,"粮"乃"餦"之誤。

美往昔之松橋 永隆本"橋"字,各刻本並作"喬"。

列仙傳曰赤松子 永隆本此段凡十七字,叢刊本句末多"以教神農"四字。

又曰王子喬 永隆本此段凡二十二字,叢刊本同。連上二段胡刻作已見《西都賦》,其《西都賦》"松喬群類"下善注,與叢刊本同。

天路隔無相期 "相"字,永隆本引枚乘詩誤衍。又此句下,永隆本無"要烏堯反"四字,殆非善注,刻本誤以他注混入。

韋照曰 韋曜本名昭,史爲晋諱改作曜。永隆本或作"照",間或作"昭",各刻本概作"昭"。

想升龍於鼎湖

下迎黄帝上騎龍乃上去 此段善注引《史記》封禪文書有删節。永隆本不複"黄帝"字,應從刻本加;刻本"騎"上無"上"字,應從永隆本加,文義乃足。

如脱屣耳 "屣"字乃《漢書·郊祀志》文,《封禪書》作"躧",《漢書·地理志》顔注云:"躧字與屣同。"

若歷世而長存 永隆本"世"字不缺筆。

言若歷世不死而長存 永隆本此句,當是善初注原貌。胡刻本、叢刊本並作"言若歷代而不死",殆是後注曾删潤。

街衢相經

一面三門 胡刻本、叢刊本"一"上並有"街大道也經歷也"七字,又有善注四十七字。永隆本並無之,且但作"面三門",無"一"字。

廛里端直 永隆本正文與注並作"厘",上野本作"纏",(《西都賦》

“傍流百厘”，又作“纏”）各刻本並作“廛”。

都邑之宅地曰厘　永隆本“宅”字，各刻本作“空”。案《周禮·地官》載師“以廛里任國中之地”，鄭注：“鄭司農云：廛，市中空地未有肆，城中空地未有宅者。玄謂廛里者，若今云邑居里矣，廛、民居之區域也，里、居也。”孫詒讓曰：“通言之，廛里皆居宅之稱；析言之，則庶人工商等所居謂之廛，士大夫所居謂之里。”薛注作“宅地”，蓋不用先鄭説。

以廛里任國中之地　刻本並脱“里”字。

當道直啟

故曰第也　各刻本此下並有“北闕”以次八字。

期不陀陊　永隆本、上野本同作“陀”，各刻本同作“阤”，但永隆本注又作“阤”。

好工匠　各刻本無“工”字。

方言曰阤式氏反　各刻本“阤”下並有“壞也”二字，案《方言》六：“阤，壞。”郭注：“謂壞落也。”永隆本蓋有誤脱。

説文曰陊落也　各刻本並誤“陊”爲“阤”。

土被朱紫　此句下，永隆本止有薛注，各刻本多善注十二字。

設在蘭錡　永隆本正文作“蘭”，而注作“闌”，各刻本文注並從艸。

武庫天子主兵器之官也　永隆本“武”上無“錡架也”三字，此殆後人所加。如薛注原有，則應順文次序，不在武庫之上。“官”字各刻本作“宫”。

劉逵魏都賦注曰　案《魏都賦》“附以蘭錡”句下，《吴都賦》“蘭錡内設”句下，並引《西京賦》句。吴都注在劉曰之下，魏都注在善曰之下，然並無注釋，不見此處所引十餘字。善於《兩京賦》薛注已有去留，則於《三都賦》之劉注或張注有所删汰，並不足異。

非石非董疇能宅此　二"非"字，上野本、各刻本並作"匪"。永隆本初脱"能"字，後淡墨旁加。

因顯自決　各刻本"自"作"口"。案《漢書·佞幸傳》宋本、今本並作"白"，應照改。

詔將作爲賢起大第　各刻本"將作"下有"監"字，《漢書》原作"將作大匠"。

木土之功　"木土"二字，永隆本與《漢書》合，各刻本倒作"土木"。

廓開九市

闤中隔門也　各刻本此句下有"崔豹釋闤闠"十四字，或疑薛綜不能引崔説，因謂崔説應在"善曰"之下，然善順文作注，又不應在"九市"之上，殆後人混入。

漢宫闕疏曰長安立九市其六市在道西三市在道東　永隆本、叢刊本同有此，胡刻本作"九市已見《西都賦》"。案《西都賦》九市開場下注同，又"道東"下各刻本有《蒼頡篇》七字，永隆本無。

俯察百隧

隧列肆道也　刻本無此句，胡刻於善注末作"隧已見《西都賦》"。案《西都賦》"貨别隧分"下注引此五字，上冠"薛綜《西京賦注》曰"，前後自能照顧，即"重見者云見某篇亦從省也"之例。叢刊本薛注無此五字，而善注内作"薛綜《西都賦注》曰隧列肆道也"十二字。

周制大胥　"胥"作"胥"，與漢《韓勑碑》同。

今也惟尉

爲三輔更置三輔都尉　此節善注引《漢書》凡二十六字，乃删節《百官公卿表》内史條文，以三輔都尉釋賦文"今也惟尉"，其義甚明，五臣翰注即用其説，高步瀛據《玉海》引《黄圖》曰"以察貿易之事，三輔都尉掌之”，更可互證。今胡刻及叢刊本無“更置三輔都尉”六字，而易以“市有長丞”十六字，反與賦文不相照，殆後人誤改，而翰注襲用者乃未誤改之本也。

瑰貨方至　“瑰”字，永隆本文注並同，各刻本注作“瑰”，而正文則作“瓌”。

鳥集鱗萃

言奇寶　胡刻六臣並誤脱“言”字。

鱗之接也　“接”字，他刻本作“萃”。

鬻者兼贏　“贏”乃“羸”之訛，注同。

匱也　匱下脱“乏”字。

裨販夫婦

以自裨益者　薛注止此，各本無“者”字，下有“裨，必彌切”四字，叢刊本注中已有此四字，正文“裨”下又系“必彌”二字，知薛注混入之音切，殆在增併六臣注之前。

日夕爲市　《周禮・地官》原文爲“夕時而市”，永隆本微誤，各刻本亦以“而”作“爲”。

販夫販婦爲主　永隆本、六臣本同，與《周禮・地官・司市》合。胡刻誤作“裨販夫婦爲主”。《考異》知尤本與袁本、茶陵本不同，尚未勘《周禮》原文。

蚩眩邊鄙

以欺或下土之人也　胡刻、叢刊本“或”作“惑”，無“也”字。惑、或字通。

而貫之　與《周禮・天官・典婦功》合，胡刻、叢刊本並誤“賈”爲“買”。

鄭司農曰　胡刻、叢刊本並誤作“鄭玄”。又各本此下有引《蒼頡篇》《廣雅》《左傳》注共二十四字。

優而足恃

昏勉也　胡刻、叢刊本此下並有“邪僞也”三字，永隆本無，高步瀛云：“疑後人竄入。”

麗靡奢乎許史　“靡”與上野本同，各本作“美”。又各本此句下有薛注十四字。

生元帝帝封外祖父廣漢爲平恩侯　各本無“生元帝”三字。案此注節録《外戚傳》文，據《傳》，乃宣帝立元帝爲太子時，封太子外祖父廣漢爲平恩侯，及元帝即位，廣漢已前卒，復封廣漢弟子嘉爲平恩侯，奉廣漢後，善注不了了。

壯何能加

《漢書》曰翁伯以敗脂而傾縣邑　刻本“漢書”下有“食貨志”三字，案所引《漢書》乃《貨殖傳》文，此後人以旁批誤混者。永隆本“敗”乃“販”之訛。

質氏以洒削而鼎食　“洒”乃“洒”字形近之誤，下文“洒”字不誤，各本上下文並作“洗”，與《漢書》原文不合。

以爲翳　“爲”乃“馬”之訛，“翳”乃“醫”之訛。

晋灼曰胃脯今太官常以十月　各本脱“常”字，又“月”誤作“日”。胡刻“太”誤作“大”。

以末椒薑坋之訖　“訖”字與《史記索隱》引同，《漢書注》無。

擬跡田文

箭張禁酒趙放　此節引《漢書·王尊傳》文，今本《漢書》“箭”作“翦”，宋祁曰“江南本、浙本並作箭”，是永隆本並可爲宋祁校《漢書》之證。胡刻、叢刊作“箭張回酒市趙放”，乃混入《漢書·游俠》、《萬章傳》“箭張回酒市趙君都”語，誤。顧炎武云：“《王尊傳》箭張禁酒趙放，晋灼注此二人作箭作酒之家，今箭張回即張禁也，君都亦即放也，名偶異耳。”刻本注末有“一云張子羅”以下十七字，永隆本無之。

趬悍虓壑　“趬”字與《漢書・衛青傳》顔注同，刻本文注並作“趫”。

虓呼交反　胡刻脱“虓”字。叢刊本以“呼交”二字夾入正文“虓”下，故善注無此四字。

睚眦蠆莽　“莽”乃“芥”之訛。

僵仆也　此三字薛注，永隆本無。

涉好煞　刻本“涉”下有“外温仁内隱忍”六字。

睚眦于塵中獨死者甚多　“獨”字，與《漢書・原涉傳》合，各刻本皆作“觸”。王念孫曰：“獨當爲觸，言涉于塵市中數以睚眦之怨殺人。”其引證爲荀悦《漢紀》載原涉事雖作“獨”，而載郭解事則作“觸”；又范書《王允傳》“睚眦觸死”，章懷注引前書《原涉傳》正作“觸死”。高步瀛謂永隆本作“擉”，案此字犬旁甚分明，以爲從手者，乃傅會之談。

而公孫誅

安世者京師大俠也　刻本無“者”字以次六字。

上書告敬聲　“告”字刻本作“曰”字。

父子死獄中　“死”上各刻本有“俱”字，案連上三條永隆本與《漢書・公孫賀傳》合，刻本誤。又各本注末有“陽石北海縣名”七字，誤，蓋陽石不屬北海，殆以銑注混入。

剖析豪氂　“剖”字，上野本作“割”，“豪氂”二字，各本文注並作“毫氂”。

五縣謂長陵安陵陽陵茂陵平陵　此注胡刻作“五縣謂五陵也，長陵、安陵、陽陵、武陵、平陵五陵也，已見《西都賦》”。“武”乃“茂”

之訛。(袁本亦誤作武)叢刊本作"五縣謂五陵也,《漢書》曰:高帝葬長陵,惠帝葬安陵,景帝葬陽陵,武帝葬茂陵,昭帝葬平陵,五陵也"。案"高帝"至"平陵"即《西京賦注》,茶陵本所謂增補者也。

擘破裂也 "擘"字,各本文注並同,案《周禮·考工記·旊人》鄭注:"薜,破裂也。"不作"擘"。《説文·手部》段注云:"薜乃擘之叚借,《西京賦》李善引《周禮注》作擘,豈其所據與今不同歟?"

所惡成創痏 "創"字,叢刊本作"瘡"。

蒼頡曰 "曰"上各本同脱"篇"字。

郊甸之内

五十里爲近郊 "近"字,胡刻誤作"之"。

百里爲甸師 此句各本並同,高步瀛曰:"師字衍,百里上當有'二'字。"又曰:"甸師,官名,見《周禮·天官·序官》,師爲衍字明矣。"又曰:"二百里爲甸,與盧植《禮記注》合。"

五都貨殖

王莽於五都立均官,更名雒陽、邯鄲、淄、宛、成都、市長皆爲五均司市師也 "淄"上脱"臨"字。《漢書·食貨志下》云:"遂于長安及五都立五均官,更名長安東西市令,及洛陽、邯鄲、臨淄、宛、成都、市長皆爲五均司市,稱師。"王念孫曰:"稱字涉下四稱字而衍,司市師,即所云市令、市長。"案宋本《漢書》已有稱字,今永隆本無"稱"字,正可爲王説佐證。此注"市長"與"長安"之"長"字,易混,故胡刻與叢刊各有舛誤不可句讀處。胡刻本注云五都已見《西都賦》,檢《西都賦》"五都之貨殖"注,同永隆本此説,然"成都"誤作"城都","市長"下誤衍"安"字。叢刊本此注同永隆本,而無"司市師也"四字,然"成都"誤作"城郭","市長"下衍"安"字,與胡刻同誤,其《西都賦》注引《食貨志》原文,注首多"于長安及"四字,下至

“皆爲五均司市稱師”止，然“更名”下删“長安東西市司”六字，“市長”下仍衍“安”字，此皆不明當時制度，不知洛陽等五都各有市長，及長安東西市各有市令，王莽既立五均官，遂易此七地之市長市令爲五均司市師也。各本注末尚有“遷謂”以次十二字，永隆本無。

隱隱展展

重車聲也　《考異》謂袁、茶本無“車”字。薛注末胡刻有“丁謹切”三字，叢刊本正文“展”下夾注同，乃他注混入，永隆本無。

方轅接軫　永隆本此節無薛注。

隱軫幽輵　四字與《古文苑・蜀都賦》合，刻本並作“隱隱展展”。

封畿千里　永隆本善注首無“毛詩”以下十一字。

地絶高曰京　叢刊本“高”下衍“平”字。

百卌五　“卌”，各本並作“四十”，《容齋隨筆》五云：“今人書二十字爲廿，三十字爲卅，四十爲卌，皆《説文》本字也，卌音先立反，今直以爲四十字。案秦始皇刻石頌德之辭，皆四字一句，泰山辭曰：皇帝臨位，二十有六年，《史記》所載，每稱年者輒五字一句，嘗得石本，乃書爲廿有六年，而太史公誤易之，其實四字句也。”永隆本之“卌”，乃所謂“直以爲四十”者，如依泰山石刻讀一音，則不合本賦句法。此節薛注末有“也”字，善注末無“所”字，與各本異。

右極盩庢　永隆本注作“庢”，正文作“屋”，各本文注並作“厔”，王先謙《漢書補注》曰：“庢從广，俗從厂，非也。”

盩庢山名（七字）　永隆本無，高步瀛曰：“盩庢非山名，無者是。”

漢書右扶風　“書”下各本誤衍“曰”字。

遂至虢土

華陰（七字）　永隆本薛注無此七字。

右扶風有虢縣　各本並同，姚鼐曰：“善注非是，此當引地志弘農郡陝縣故虢國。”高步瀛曰：“右扶風虢縣在今寶雞縣，與上言左暨不合，姚説是也。”案《漢書・地理志・弘農郡陝縣》下云：“北虢在大陽，東虢在滎陽，西虢在雍。”善引右扶風虢縣，是後漢併入雍縣之西虢，賦言左暨河華，應指大陽之北虢及滎陽之東虢。

上林禁菀　“菀”字，各本作“苑”，“菀”、“苑”字通用。

禁人妄入也　各本複“禁”字。

邪界細柳

皆地名　“地”字，各本並同，高步瀛曰：“尤本地名誤作池名。”

聯五柞

云有五株柞樹也　叢刊本脱“五”字。

鄭玄（九字）　永隆本無善注“鄭玄”以下九字。

款牛首　“款”字，各本並同，許巽行謂“俗多誤作欵”。

甘泉宮中有牛首池　“池”字，各本並作“山”，今本黄圖無此文。又高步瀛曰：“《上林賦》張揖注：牛首池在上林苑西頭，亦不在甘泉宮中。”

繚亙綿聯　“亙”字文注並同，上野本亦同。各本皆作“垣”，《魏都賦》善注引此句亦作“垣”。

繚亙猶繞了也　“亙”字，各本並作“垣”。

四百菀之周圍　“百”下各本有“餘里”二字。

臣善曰亙當爲垣　此句各本作“今並以亙爲垣”，案善注，永隆本與他本文句雖異，其意則一。因善據薛本作“亙”，薛并以亙本義繞了釋之，而善意則以垣墻爲義，故云當爲垣也。若作“以亙爲垣”，雖不失李注指爲叚借之意，而劉申叔則認爲非李注。至五臣本則作“垣”，故銑注“垣，也。”今各本賦文已作“垣”，而又載善注以亙爲垣，是文注不照。案《説文》云：“亙，求亘也，從二從囘，象亘回形。"《説文句讀》曰："亙回者，回環也。"《説文釋例》曰："回，衹回一面旋轉，亙，求亙也，展轉回環，上下求之，故象其兩面旋轉。"此亙之本義，即薛注猶繞了意。又《説文》云："垣，墻也，從土，亙聲。"是亙又可借聲作垣用，此善訓垣墻而云以亙爲垣也。其意仍本諸《西都賦》"繚以周墻四百餘里"二句，諸家説并不了了。

北至甘泉　"至"字，胡刻誤作"有"。

動物斯止

植猶草木動謂禽獸　"猶"、"謂"二字，各本並作"物"字。高步瀛謂永隆本二字皆作"謂"，亦一時目誤。

臣善曰周禮曰　永隆本分節録注，于"繚亙綿聯"二句作一節，"植物斯生"二句又作一節。叢刊本併四句爲一節，以兩節中薛注歸薛，善注歸善，亦無錯誤。胡刻已併四句爲一節，又但照注之先後直録，致此節居先之薛注接于上節善注之下，又此節注引《周禮》之上未删"善曰"，令一節中"善曰"複出，此尤本剔注時失檢。

動物宜毛物植物宜皂物也　此《周禮·地官·大司徒》文，兩句並無"也"字，注末之"也"，乃注文用爲止截詞。胡刻及叢刊本兩句並有"也"字，似《周禮》原文如此，此傳寫時淺人所加。"皂物"與相臺本《周禮》同，《釋文》八出"早物"字，注云："音皁，本或作皁"，是永隆本又勝陸氏據本矣。

群獸否駓

韓詩曰　當從各本作"薛君《韓詩章句》曰"。

趍曰否否行曰駓駓　各本"否"作"駓"，又"否"、"駓"二字不重，陳喬樅未見永隆本，故《韓詩遺説攷》引此注亦不重否駓二字。高步瀛曰："作否未必是，而駓駓二字則各宜複，與《毛詩》同。"

聚似京涛　"涛"字正文及注皆從水，此爲永隆本保存善注本真貌之一特點。上野本從足旁,胡刻及叢刊本文注皆從山。案本書二十二謝叔源《西池詩》“褰裳順蘭沚”,善注云:“潘岳《河陽詩》曰‘歸雁映蘭洔’,沚與洔同。”此李善沚同洔之説也。而卷二十六《河陽詩》次首云“歸雁映蘭畤”,叢刊本“畤”下校云“五臣作洔”,善注“《韓詩》曰宛在水中沚。薛君曰大渚曰沚”,《經典釋文》二九《爾雅》釋水出“沚”字,注云:“本或作洔,音同。”此善以《韓詩》之沚釋潘詩之洔,而《釋文》可證其相同也。又薛綜謂“水中有土曰洔”,薛君《章句》謂“大渚曰洔”,《穆天子傳》—郭注謂“水岐成洔,洔,小渚也”,《經典釋文》五謂“水枝成渚”,此又洔與沚皆訓小渚之説也。《毛詩傳》及《爾雅》皆謂“小渚曰沚”。(陳奐以薛君之“大”字爲誤)○胡刻“似”作“以”。

善曰洔直里切　胡刻、叢刊並有此注,永隆本無。

不能紀

夷堅聞而志之　永隆本、叢刊本及《考異》所見袁、茶本並無此句,惟胡刻有之,或後人照《列子·湯問篇》加入。

世本曰　“世”字缺筆作“卋”。

黄帝史　叢刊本“史”誤作“吏”。

林麓之饒

木藂曰林　“藂”字,各本作“叢生”二字。

林屬於山爲麓　句與《穀梁傳》合,傳原作“鹿”,借字。各本誤“爲”作“曰”。

注曰麓山足　胡刻有此句,乃《穀梁》僖十四年范注原文,但永隆本、叢刊本、袁本、茶陵本並無此句。

梓棫楩楓

楓楓香也　各本作“楓,香木也”。

爾雅曰梅柟　各本"柟"下有郭璞以次十三字。又叢刊本正文"柟"作"楠",故善注"爾雅"上有"楠亦作柟"四字,袁、茶本同。

椶子公子柟音梓音姊棫　下"子"乃"反"之訛,"梓"上脱"南"字,"棫"下脱"音域"二字。

嘉卉灌藂　"藂"字文注並同,各本概作"叢"。

蔚若鄧林

灌叢蔚皆盛皃　各本"蔚"下並衍"若"字。

與日競走　"競"字,各本皆同,《山海經·海外北經》原作"逐"。

渴飲河渭河渭不足　複"河渭"字,與《山海經》合,各本脱此二字。

道渴而死　"而"字與《山海經》合,各本脱。

橚爽櫹槮　胡刻善注凡舉"蓟"、"橚"、"櫹"、"槮"四音,永隆本無"蓟"音,叢刊本有"蓟"、"橚"二音,餘皆并注正文本字下。

草則葴莎菅蒯　"蒯"字各本並作"蒯",王先謙《漢書補注·司馬遷傳》下云:"古蒯字,本作蒯。"

菅茅屬也　各本無"也"字,而下有"古顔切"三字。

胡郎反　"胡"上不出"芫"字,胡刻有。叢刊本録各家注中之字音,多移于正文之下,而注中從省,如善注"芫"字,胡刻有"胡郎反"三字,而叢刊本無,但正文"芫"下系"胡郎"二字,是其例。然亦有不盡省者,且有注中之音與正文下不一者,如此句"蒯"字,善注内已有"苦怪切"三字,正文下又注"古壞"二字,殆未細辨原注與後人混加之注也。

戎葵懷羊　叢刊本此句下注云"皆草名",此非薛、李注,不知如何混入,永隆本、胡刻本並無。

肩戎葵　"肩"字及下文"音肩"之"肩"字,與《爾雅》合。各刻本概誤作"菺"與"眉"。

彌皐被岡

覆被於皐澤　“皐”字各本並誤作“高”。高氏《義疏》本作“皋”而無校正語。

編町成篁

篠箭也　各本“篠”下有“竹”字，又句下有“蕩大竹也”四字。

尚書曰　各本“曰”下衍“瑶琨”二字。

泱莽無疆　各本“莽”作“漭”，“彊”作“疆”。

言其多　各本“言”上有泱漭以次七字。

黑水玄阯　叢刊本“阯”下校云“五臣作沚”。案《釋名・釋水》四曰“小渚曰沚”，又《釋丘》五曰“水出其前曰阯”。高步瀛曰：“諸沚字，以沚爲本字，阯借字。”

靈沼之水沚也　“沚”字從水，各本並同，《考異》謂當作“阯”。

水色也　此三字各本並作“水色黑，故曰玄阯也”。

樹以柳杞

山海經曰杞如楊赤理　永隆本善注末無此九字，各刻本並有，高步瀛謂後人所加。

揭焉中跱　“跱”之各本作“峙”。高步瀛曰：“《説文》字作峙，跱峙並同。”

豫樟觀　“樟”字各本作“章”。

織女處其右

漢宫閣疏曰　“閣”字，各本作“闕”。此注凡十七字，胡刻作“已見《西都賦》”，案《西都賦》“右織女”下注即此十七字。叢刊本兩處皆注此十七字。

日月於是乎出入

日出湯谷　“湯”字各本作“暘”，今本《淮南子》及類書所引多作"暘"。

出自湯谷 "湯"字與《楚辭·天問》同,胡刻作"陽"。洪興祖《楚辭補注》云:"書云宅嵎夷,曰暘谷,即湯谷也。《説文》云:暘,日出也,或作湯,通作陽。"

次於濛汜 "次"字各本誤作"入"。又胡刻善注末有"汜音似"三字,疑後人以洪氏《楚辭補注》混入。叢刊本則注于正文下,永隆本無。

鮪鯢鱨魦 "魦"字,與叢刊本、袁本、茶本並同。《考異》謂"尤作'魦',誤"。今本《毛詩》《爾雅》並作"鯊"。

鯈頷短項 "頷"字各本作"額"。

皆魚之形也 "之"字各本並脱。

山海經注曰 各本誤脱"注"字。

爾雅曰鱧鮦也 各本並同,高步瀛云:"'曰'上應有'注'字。"

毛萇詩傳曰鮪似鮥 "鮥"字,各本並誤作"鮎",致《考異》别生枝節,然永隆本"鮥"字明與《毛詩·衛風·碩人傳》"鮪鮥也"及《周頌》潛鄭箋同,善注"似"字,殆因傳鈔者與下句相混而又有脱誤所致,此處應依《毛傳》原文,餘詳下條。

鮎奴謙反 此句及上下文,永隆本與各本並同。案賦文與注並無"鮎"字,何以忽出此音。又賦云"鮪鯢鱨魦",今此注之前釋鮪,其下釋鱨,則中間應有釋鯢之注。檢《爾雅·釋魚》郭注有"鯢魚似鮎"之文,似爲善所引用。但傳鈔者既因"鮥"、"鮎"形近而混,遂致上下文有混有脱,今假擬上條及此條注爲:"毛萇《詩傳》曰:鮪,鮥也,于軌反。《爾雅注》曰:鯢似鮎,鮎,奴謙反。"則順賦作注,文無疑誤,即此本"似鮥"之"似"字應删,"鮥"下應加"也"字,又"鮎"字之上加"《爾雅》注曰鯢似鮎"七字。

又曰鱨揚也魦鮀也　此注各本並同，文見毛萇《詩傳·魚麗篇》，如照上條補回《爾雅注》，則“又曰”應作“毛萇《詩傳》曰”。胡氏《考異》明於此注脱誤，但未見永隆本之“鮥”字，故所訂仍有未洽，此古鈔本所以可貴也。

駕鵝鴻鶤　“駕”或作“鴐”，或又謂當作“鳴”，異説紛紜，案《左傳》唐宋石經從“馬”，而刊本于定元年及襄二十八年則從“馬”與從“鳥”互用，《史記》《漢書》亦混用不分，詳見拙著《楚辭書録》。

又曰鶤鷄(共十一字)　永隆本無，胡刻、叢刊並有。

鴰鴇二鳥名也　胡刻作“鴰鴇，已見《西都賦》”，案叢刊本增補《西都賦》“鶬鴰鴇鶂”下注凡三十三字，此云已見《西都賦》，即“凡魚鳥草木皆不重見”之例，叢刊本全録之，即“增補”之例，然永隆本初注如此，則前條十一字及此條從省者，當是後注時所增删。然有可疑者，乃鴰鴇駕鵝之次序，何以不順賦文作注耳。又各本“鴇”字，永隆本文注並作“鴇”，上野本同。

鶤音昆　胡刻有此三字在注末，永隆本無，叢刊注本文下。

季秋就温

孟春鴻鴈來　胡刻脱“鴈”字。

禽獸之知違就温　“知”字各本作“智”。“違”下脱“寒”字。

集隼歸鳧　“集”字各本誤作“奮”，叢刊本校云“五臣作集”，上野本及《考異》所見袁本並作“集”。

沸卉軯訇　“軯”字與上野本同，各本作“軿”，叢刊校云“五臣作砰”。

奮迅聲也　永隆本薛注此四字在“沸卉軯訇”下，釋“沸卉軯訇”爲“奮迅聲也”，不必重舉正文，如“連閣雲蔓”下直注“謂閣道云云”，“橚爽櫹槮”下直注“皆草木盛皃”，是其例。吕延濟注即襲薛義,《考異》以袁、茶本無此四字爲是,說不可據。又各本此句下有“隼,小鷹也”四字,乃他注混入,永隆本無。

寒風肅煞　“煞”字各本作“殺”,上野本作“煞”。

寒氣……(共七字)　各本薛注“孟冬”之上有此七字,乃他注混入,永隆本無之。

善曰……(共十七字)　各本有善注十七字,永隆本無之。

冰霜慘烈

善曰李陵書……(共十字)　各本薛注後有善注十字,案與本書李陵文不合,疑他注混入,永隆本無之。

剛蟲搏摯　叢刊本“摯”下校云“五臣作鷙”,然濟注作“摯”。

禮記……(十一字)　各本善注《毛詩》下有《禮記》十一字,永隆本無。

迺振天維　各本“迺”上有“爾”字,上野本則校筆旁加“尒”字。又“迺”字各本並作“乃”。

揗地絡　永隆本手旁與木旁多因連筆不分明,《玉篇・手部》:“揗,申布也。”與薛注合,各本作“衍”,上野本“衍”上有校語云:“《玉篇》入手部。”

蔌林薄　“蔌”從艸,上野本同,案隸書從竹從艸之字多混用,今本概作“簌”。

草木俱生也　“俱”字各本並作“叢”。

蕩動蔌揚　各本“動”下“揚”下並有“也”字。

寓居穴託

苟寄值穴　各本“寄”下有“而居”二字,“穴”下有“而託”二字。

在靈囿之中　“於”字,上野本同,胡刻作“彼”,叢刊本“彼”下校云:“五臣作於。”

毛詩曰王在靈囿　胡刻此句作“已見《東都賦》”。案《東都賦》“誼合乎靈囿”下善引《毛詩》二句，叢刊本此處所補亦《毛詩》二句。

出于無垠鄂門　各本“門”上有“之”字。

許慎曰垠鄂端崖　永隆本賦文作“垠鍔”，而所引《淮南子》及許注則並作“垠鄂”，此各依所據本也。各刻本許注作“垠鍔”，則與《淮南子》“垠鄂”原文不照，殆後人因賦文而誤改許注。據陶方琦、高步瀛諸氏所説，則“咢”爲正字，咢、鄂、堮、鍔皆假借字。

虞人掌焉

善曰周禮……（十六字）　各本薛注後有善注凡十六字，永隆本無。

柞木翦棘　叢刊本“柞”下校云“五臣作槎”。

國語注曰　各本誤脱“注”字。

槎斫也　與《國語・魯語》韋注合，各本“斫”上多一“邪”字。

左氏……（八字）　永隆本無此八字。

迒杜蹊塞

迒兔道也　各本脱“兔”字。

騈田偪仄　叢刊本“仄”下校云“五臣作側”。案永隆本亦作“側”。

麀鹿麌麌　此《毛詩・吉日》句，各本誤作“麀鹿攸伏”，乃《靈臺》句。金甡諸氏譏李注何不引《吉日》成句，不知永隆本正引《吉日》也。

駕雕軫　“雕”字與叢刊本同，胡刻作“彫”。

倚金較

古今注……（二十五字）　永隆本無此二十五字。胡刻在薛注之末，善注之前。高步瀛則移“善曰”于“古今注”上，作爲善注。

猗重較兮　“猗”字，叢刊本作“倚”，《考異》云：“袁、茶本‘猗’

作'倚'是也。"案《考異》之説,殆謂正文作"倚",則注應同作"倚"耳。阮元《毛詩注疏·淇奥篇》校勘記云:"猗字是,猗、倚假借也。""兮"下胡刻有"音角"二字,叢刊本無此二字而正文"較"下注"角"字。

説文曰較車輢上曲銅也　永隆本此注與《説文》小徐本全合。大徐本"銅"字合,而"輢"作"騎"。《文選》則各刻本概作"鉤"不作"銅",卷三十四七啟"俯倚金較"下善注"《説文》較車上曲鉤",亦不作"銅"。《初學記》十二引作"較車輢上曲銅鉤"。案"輢"字因《考工記》鄭注及《廣韻》《韻會》所引相同,故諸家注《説文》尚未概改爲"騎"。若"銅"字,則各家並舍大小徐本而據《文選》誤本改作"鉤"字,惜乎其未見永隆本也。

璿弁玉纓　句與《説文》引《春秋傳》合,叢刊本"璿"下校云:"五臣作瓊",與今本《左傳》僖二十八年文合。阮元《左傳注疏》校勘記云:"淳熙本瓊作璚,案璚與瓊同。"

又髦以濬玉作之　"又"字各本並同,《考異》謂當作"叉"。

纓馬鞅亦以玉飾　各本"鞅"下有"也"字,無"亦"字,"飾"下有"之"字。又薛注首"弁馬冠"三字,六臣本無,而良注云:"弁馬纓冠也。"

建玄戈　"戈"字先作"弋",後加濃筆作"戈",但注中"弋"字尚未改。上野本作"戈",各刻本文注概作"弋"。案"玄戈"星名,《史記》《漢書》《天文志》注並作"玄戈"。《晋書·天文志》亦曰:"其北一星名玄戈,皆主胡兵。"《後漢書·馬融傳》作"玄弋",誤。

北斗第八星名爲矛　各本"矛"下有"頭"字,高步瀛曰:"頭字誤衍。"

今鹵簿……(十四字)　胡刻、叢刊並有此十四字,永隆本無。

招摇在上　永隆本脱“上”字。

以起居堅勁　“居”字與《曲禮》鄭注合，各本誤作“軍”。案孔疏云：“故軍旅士卒，起居舉動，堅勁奮勇，如天帝之威怒也。”明指起居説。

象天帝也　“帝”，叢刊本誤作“師”。

棲鳴鳶　叢刊本“棲”下校云“五臣作栖”。

棲謂畫……（八字）　各本薛注“鳴鳶”下有此八字，疑他注混入，永隆本無之。高步瀛曰：“《考工記・梓人》，張皮侯而棲鵠。賈疏曰，綴于中央，似鳥之棲，《詩・賓之初筵》鄭箋引《梓人》此文釋之，曰：‘棲，著也。’此棲字意同，非謂畫于旗上也。”

旌旗之流飛如雲也　“流”字，胡刻同，叢刊本作“旒”。

弧旌枉矢

弧旌枉矢以象弧　此《考工記・輈人》文，各刻本“象弧”誤作“象牙飾”。

虹旌已見上注　本賦上文“亙雄虹之長梁”句下善注“《楚辭》曰建雄虹之采旄”，此云已見，蓋從省之例。刻本乃重出“楚辭”九字，殆六臣本概行增補，而尤氏從六臣本剔出時失檢耶。

高唐賦曰蜺爲旌　刻本此注並作“《上林賦》曰拖蜺旌”。案《上林賦》善注仍引《高唐賦》句。此節善注，自“牙飾”以下疑六臣併注時有誤，此又永隆本未經混亂之可貴處。

天畢前驅　叢刊本“畢”下校云“五臣作罼”。

載獫猲獢　上野本同，叢刊本“猲”下校云五臣作“獥”，胡刻亦作“獥”，案《毛詩》作“載獫歇驕”，《釋文》云：“歇，本又作猲；驕，本又作獢。”永隆本善注引《毛詩》字用原文，刻本改《毛詩》字以就賦文。

古今注……(二十一字) 永隆本善注無此二十一字。(刻本注内“同”乃“周”之譌)

漢書音義曰大駕屬車八十一乘 胡刻作“已見《東都賦》”,案《東都賦》“屬車案節”下引同,但“乘”下多“作三行”三字。叢刊本《東都賦》注與胡刻同,而此節注則非用《東都賦》注增補,乃别作“《漢雜事》曰:諸侯貳車九乘,秦滅九國,兼其車服,故大駕屬車八十一乘”。

本自虞初

厭效之術 “效”字,各刻本作“祝”。

凡九百卌篇 “卌”字,各本作“四十三”。

漢書曰虞初周説九百卌三篇 此句爲《藝文志》文。胡刻此下有“初河南人”以下二十三字,乃《藝文志》注文,但中多一“初”字,不合顔注體例,又多“乘馬衣黄衣”五字,可證其非直録舊注。叢刊本先注虞初洛陽人,後乃用《藝文志》此句。《愛日齋叢鈔》五節引此注似從六臣本出,又作“黄衣使者”,而不作“黄車”。案善引《藝文志》止取虞初一句,各本或連注文,或雜他説,紛歧如此,而概括于“《漢書》曰”三字之下,明爲他注所混亂。故永隆本乃善注真皃,後人欲據此誤本選注以補《漢書》,皆未細考。

小説家者蓋出稗官 “稗”字,《漢書》從禾。胡刻“者”下有“流”字,“出”下有“於”字,蓋《藝文志》原文。《考異》謂袁、茶本無“流”、“於”二字,與永隆本同。又各本“官”下有“應劭”以次十字,永隆本無。

寔俟寔儲

皆當具也 “當”各本作“常”。永隆本薛注止此,無善注十九字。

善曰……説文曰儲具也　案《説文・人部》:"儲偫也,從人諸聲。"又:"偫,待也,從人從待。"據諸家所舉《西京賦》、《羽獵賦》、左思《詠史》、曹植《贈丁翼》諸注,"儲"字無一同義,既皆作"《説文》曰",而又無一與今本《説文》相同,段茂堂謂爲兼舉演《説文》語,猶是調停之説,縱使崇賢所見《説文》多異本,亦不應無一相同,而前後又絶不作照應語也。未經混亂之永隆本已無此文,則爲他注混入無疑,故據《文選》誤注以删改其他古籍,乃屬險事。

奮鬣被般

長毛曰鬣　"長毛"二字,兩刻本同誤作"毛萇"。《考異》謂"萇"當作"長",不爲無見。

般與斑古字通　"斑"各本作"班"。高步瀛曰:"斑、辬之或體,作般、作班、作辬,皆借字。"

螭魅蝄蜽　叢刊本"螭"作"魑",胡刻"蝄蜽"作"魍魎"。高步瀛曰:"离本字,魑俗字,螭借字也。"又曰:"蝄蜽與《淮南子》《國語》同,杜注《左傳》作罔兩,《周禮・春官》作方良。"

左氏傳　應同各本"傳"下有"曰"字。

鑄鼎蒙物　"蒙"乃"象"之訛。

莫能逢之　"之"與《左傳》宣三年文同,各本涉賦文誤作"旃",阮元《左傳注疏》校勘記引誤本《文選》注"旃"字作異文,不知永隆本原與傳同作"之"也。

杜預曰(若順也)螭山神獸刑　永隆本無"若順也"三字。"刑"乃"形"之訛。案此節皆杜預宣三年《左傳注》文,各本"螭"上有"《説文》曰"三字乃誤衍,許嘉德知非《説文》之文,而不悟爲杜預注。

毛萇詩傳曰旃之也　永隆本無此注,胡刻、叢刊並有。蓋《魏風・陟岵》傳文，或以《采苓》鄭箋當之，誤。

禁禦不若　阮元《左傳注疏》校勘記引惠棟説：據張平子賦及《爾雅・釋詁》郭注，知今本《左傳》"不逢不若"句，乃晋後傳寫之訛，應從張、郭作"禁禦不若"。

正壘壁乎上蘭　上野本"乎"作"于"。

《漢書》曰……（共十九字）　胡刻作"飛廉上蘭已見《西都賦》"，案《西都賦》"披飛簾"下注同此十九字，但"曰"上有"武紀"二字，叢刊本從西都注補此注，亦有"武紀"二字。

結部曲

善注引司馬彪（凡二十九字）　案此注已見《西都賦》"部曲有署"句下，胡刻不云已見從省，似尤氏從六臣注分剔時失檢。又叢刊本"軍候"之"候"字誤脱。

駭雷鼓　"駭"字，刻本並作"䩗"，叢刊本校云："五臣作駭。"

燎謂燒也　"也"，各本作"之"。

善曰《周禮》曰鼓皆䩗（凡十八字）末云"駭與䩗同"　永隆本無此注，案注謂賦文之"駭"與《周禮》之"䩗"字同也，各本倒轉賦文作"䩗"而《周禮》作"駭"。

赴長莽

方言曰……（十一字）　永隆本薛注無此十一字，刻本並有。

迾卒清候　高步瀛曰："迾"本字，"列"乃通假字。

鄭箋（十字）　永隆本注末無此十字，刻本並有。

緹衣韎韐　"韎"字從末，《説文》段注曰"許云末聲，《廣韻》音末，諸經音莫介反省從之，鄭謂當從未聲，《周禮》音妹者從之。""韐"字，永隆本文注從夾，而引《毛詩》從合，刻本並從同。

睢盱跋扈　"跋"字，刻本並作"拔"，叢刊本校云"五臣作跋。"高步瀛曰:"陳孔璋檄,李注引作跋,是李與五臣同,六臣校語不足據。"阮元《詩經注疏》校勘記云:"拔、跋古字通用。"

毛萇曰韎者茅蒐染也　此《毛詩·小雅·瞻彼洛矣》傳文,"韎"下無"韐"字,"染"下無"草"字,此六字可證今本《毛詩》之失,并可止王氏《經義述聞》紛如之説。

無然畔换鄭玄曰畔换　"畔换"二字,今本《毛詩·皇矣篇》詩、傳、箋、釋文並作"畔援",叢刊本同。胡刻引《毛詩》作"畔援",鄭箋作"畔换"。案《説文通訓定聲》:"援"字"换"字下並云:"援,叚借爲换,《詩·皇矣》無畔援,《漢書》敘傳注引作换。"

光炎燭天　胡刻同,叢刊本"燭"作"爥",銑注同。又"炎"下校云"五臣作焰"。

囂讙也　叢刊本"讙"誤作"權"。

吴岳爲之陁堵

有岳山吴山　此善注節引《漢書·郊祀志》"自華以西名山七"之文,即志中列舉之華山、薄山、岳山、岐山、吴山、鴻冢、瀆山共七山也。注止引吴山、岳山以釋賦文"吴岳",即與上句"河渭"對舉,蓋吴山在汧縣,岳山在武功縣,明是二山各别。但吴山又有吴岳之名,致異説紛歧。此注五字,胡刻本、叢刊本並作"一曰吴山。郭璞云:吴岳别名"十一字,訓詁未諦,乃不明地理者妄改,此亦永隆本未經混亂之可貴。至吴山與岳山之别,分詳《漢書·郊祀志》《地理志》王先謙補注中。

騤瞿奔觸

白虎通(十四字)　各本《羽獵賦》下字音上有此十四字,永隆本無。

羽獵賦曰虎豹之凌遽　"豹"字筆微誤。"凌"字與第八卷《羽獵賦》同,刻本正文及薛注作“愯”,引《羽獵賦》作“陵”。

失歸忘趣 “趣”字與五臣同,各刻本作“趨”。

不徼自遇 “徼”字文注並同,各本並作“邀”。高步瀛曰:“《説文》有徼字,無邀字,邀與徼同。”

趣向(六字) 各本薛注有此六字,但“趣”字異于正文之“趨”,當是他注混入,永隆本無之。

飞罕潚箾 “罕”字,與叢刊本同,《群經正字》曰“篆作罕,隸當作罕,今皆作罕,凡從网之字,經典皆作罒,其變罒爲四者,惟罕與罙二字,此隸變之尤謬者。”“潚”下,叢刊本校云:“五臣作橚。”向注同。“櫹”字,各本文注並同,高氏謂唐寫本作“拍”,乃一時目誤。

矢不虚舍 “舍”字各本同,叢刊本校云“五臣作捨”。

説文曰鋋小矛也 “矛”字與《説文》合,向注同,《東都賦》注引亦同,但刻本並誤“矛”爲“戈”,賴有《方言》“矛或謂之鋋”可證,故《説文》注家知刻本選注“戈”字之誤。

當足見蹍 “蹝”字,注中作“蹝”,各刻本作“蹍”,五臣向注作“碾”。

值輪被轢 胡刻“轢”下有“音歷”二字,與薛注相連,殆尤氏從六臣本割取善注時,尚有他注未删,永隆本無此二字。

爛若磧礫 高步瀛疑薛注本、李注本“磧”並作“積”,惟向注作“磧”,今本以五臣本亂李注本。

竿殳之所揘畢 叢刊本“畢”下校云“五臣作斃”,向注同。

八稜……(十八字) 永隆本無此十八字。

揘畢謂柲也 “謂”下各本有“揰”字。

又音筆 永隆本善注無此三字,刻本並有。

白日未及移晷 胡刻“移”下有“其”字,《考異》謂尤氏誤衍。

獮謂煞也 “謂煞”二字,各刻本止作一“殺”字。

善曰(十五字)　永隆本無,刻本並有。

絶阬踰斥　《廣雅·釋地》王念孫《疏證》曰:“甿字,本作沆,或作坑、阬。《説文》:沆,大澤也。《西京賦》:阬、斥,皆澤也。李注阬音岡,失之。”

爲鷁　各本“鷁”下有“尾長”以次十字,永隆本無。

翬飛也　胡本誤複一“翬”字。

毚兔聯猭　許巽行謂“聯”當爲“獜”,引《吴都賦》注“獜猭逃也”爲義。叢刊本“猭”下校云:“五臣作逯”,永隆本注中音切,亦作“猭”。

皆説禽輕狡難得也　各刻本“禽”下並有“獸”字。

莫之能獲

淳于髡曰夫盧天下之駿猶也　《齊策》三“盧”字作“韓子盧”,“駿猶”作“疾犬”。刻本作“韓國盧”,與《詩·齊風·盧令篇》孔疏所引《戰國策》合,此又唐初《戰國策》異本也。

東郭逡　“逡”字與《國策》《詩》疏合,胡刻、叢刊並作“㕙”。

環山……韓盧不能及之(十二字)　永隆本無此十二字,末云“不能及”,殊違原意,殆非善注。

猶比方也　“猶”上脱“比”字。

尚書傳曰者之　“者”乃“諸”之諸。案《尚書·説命序》:“求諸野”、“得諸傅巖”,孔傳云“求之於野”、“得之於傅巖之谿”,皆以“諸”爲“之於”合聲,胡刻、叢刊並作“諸之也”。

迺有迅羽輕足　“迺”字,各本作“乃”。叢刊本“有”下校云“五臣作使”。

尋景追括　叢刊本“景”下校云“五臣作影”。

括箭之又御弦者　胡刻、叢刊並作“括箭括之御弦者”,《考異》謂“御當作銜,之字不當有”。高步瀛謂永隆本亦有誤字。案《説文》栝下云"一曰矢括,築弦處"。段注云"矢栝字,經傳多用括,他書亦用筈"。張文虎《舒藝室隨筆》云:"張弓引滿,矢頭抵弓背之一點,其根筈弦處如築之也。"《釋名》云:"矢,其末曰栝,栝,會也,與弦會也。"築、會、御、銜義並相近。

獸不得發

臣君曰 "君"字用以代"善"之名,説詳下。

青骹摯於韝下

青骹鷹青脛者蓋 "蓋"乃"善"之訛。胡刻作"善曰"二字,叢刊本于"者"字止,空一格作"善曰",皆誤。《考異》據袁本正之,以善字屬上讀。

鴈下韝而擊 "鴈"乃"鷹"之訛。

禮記曰……宋鵲之屬(四十二字) 永隆本、叢刊本、袁本、茶本並無此四十二字,胡刻有之,乃他注混入。

莫之敢伉

鄭玄……(共十字) 永隆本無此十字,胡刻、叢刊本並有。高步瀛曰:"《詩》箋無此文,殆後人誤增。"

迺使中黄育獲之儔 "中黄"下各本並有"之士"二字,永隆本無之,乃獨異處。高步瀛引《文心雕龍·指瑕篇》:"《西京賦》稱中黄育獲之疇,而薛綜謬注謂之閹尹。"而推論云:"似無者是。"

朱鬢鬣髽 "鬣"字各本作"髮",《考異》謂應作"鬣"。

曰焉而死 "曰"下脱"烏獲之力"四字。

植髮如竿 叢刊本"竿"下校云"五臣本作隅中"。

禮裼戟手 "禮"字文注並同,各刻本文注並作"袒"。

奎踽槃桓 "奎"字五臣本作"跬",翰注同。"槃"字注同,日鈔本亦同,今刻本並作"盤"。

盤桓便旋如搏形也　“如搏形”三字，胡刻無，叢刊本善注亦無，而五臣李周翰注則作“踖踽盤桓，搏物之貌”，仍存襲用薛注之跡，殆删併六臣注時，删薛綜而存五臣，尤氏剔取善注，不知曾經删併，故尤本善注無此三字。（高氏《李注義疏》未校出此三字。以後類此者不再舉。）

廣雅曰般桓不進也　“般”字與《廣雅·釋訓》合，各本概作“盤”。

鼻赤象　金甡曰：“頓其鼻即謂之鼻，猶《子虛賦》脚麟即謂持其脚也。”案“鼻”屬動詞，與下句“圈”字對文，五臣注“鼻謂執鼻牽之”，得其意。

象赤者怒　各刻本“赤”上有“鼻”字，蓋涉賦文誤衍，當以永隆本無“鼻”字爲正。

圈養畜圈也　“養”字各刻本誤脱。下“圈”字各刻本及《説文》並作“閑”。

摣䰊菜　下二字上野本作“髴彙”，胡刻、叢刊並作“狒猬”，叢刊“狒”下校云“五臣作髴”。案“䰊”，《説文》内部作䰊，所引即王會解之費費及《爾雅》之狒狒，桂馥《説文義證》又引《山海經》郭注作髴髴，並聲借字，皆指一名梟陽之食人獸。又《説文》希部“彙蟲似豪豬，重文作蝟”。《經典釋文》三十“彙本或作猬，又作蝟”。各本並字異而義同，故賦文與注，字或不能畫一。

批窳狻　“窳”字與胡刻同，叢刊本作“㺄”。

䰊獸身人面　胡刻、叢刊本薛注並作“䰊”，説詳上條。

㺄軀虎爪食入　“爪”字，各刻本誤作“亦”，《考異》謂“亦當作爪”。蓋以《爾雅》文義推之，適與永隆本合。

突棘蕃　上野本同作“蕃”，各刻本作“藩”。

杜預……(共十四字) 永隆本無。

爲之摧殘

拉郎答切 永隆本無此四字,叢刊本只注“郎答”二字于正文“拉”下,可見確非薛注,胡刻此四字誤連于薛注之末。

凡草木刺人者 胡刻、叢刊本並無“者”字,案《方言》三原無“者”字。

陵重甗 “甗”字文注並同,《毛詩·大雅·公劉》《皇矣》孔疏、《爾雅·釋山》並作“甗”。郭璞注云:“謂山形如累兩甗。甗,甑也。”胡刻、叢刊並作“巘”。又善注末“巘,言免反”,永隆本仍从山。知薛从瓦,而善从山。

如馬枝蹄 “枝”字與《爾雅·釋畜》合,各本並作“跂”。

杪木末

獑猢猨類而白,自要以前黑 各本並脱“自”字。“要”字各本作“腰”。(高氏誤“白”爲“自”)

獲謂握取之也 “握”字,各本作“掘”。

㹃飛鼯

狀如狐 各刻本及《爾雅》注“狐”,上並有“小”字,永隆本誤脱。

昭儀之倫

後宫也 各刻本“宫”下有“官”字,永隆本誤脱。

欒北風之同車

昔貫大夫惡 “昔”字與《左傳》昭二十八年文合,各刻本誤脱。

毛詩北風 “毛”字各刻本並脱。

般于游畋 “般”字,上野本同,與《爾雅·釋詁》合。各刻本作“盤”,與《尚書·無逸》孔疏引《釋詁》文合。

文王弗敢盤于游田　句與《尚書·無逸》合。各刻本無"文王"二字,"田"字作"畋"。

其樂只且只且辭也　胡刻脱下"只且"二字,叢刊本脱下"只"字。

且子余反　各刻本脱"且"字。

鳥獸單　"單"字各本作"殫",通借字。

單也　各本"殫"下有"盡"字,永隆本誤脱。

善曰國語……(共十二字)　與今本《楚語》微異,永隆本無此十二字。

長楊之宫

退還也　"還"字,各本作"旋"。又此注末有"説文"以次十字,永隆本無。

臣君曰　"君"乃"善"之訛。案上文"獸不得發"句下,善注亦作"臣君曰",疑"君"字用以代"善"之訛,並非筆誤,如《文選集注》,任昉《奏彈曹景宗》文末作"臣君誠惶誠恐",乃以"君"字代"昉"之名,又任昉《奏彈劉整》文開端作"御史中丞臣任君稽首言","君"字亦所以代作者之名也,殆唐人風尚如此。

數課衆寡

善曰……(共十一字)　永隆本無此注。

置牙擺牲　"牙"字與上野本同,各本作"互"。案《漢書》顔注:"互或作牙,謂若犬牙相交。"

《廣韻》"互俗作牙"。

破磔懸之　"磔"字,各本誤作"礫"。

頒賜獲鹵　"鹵"字,五臣作"虜",銑注同。

槁勤賞功　"槁"字从木,各本並从牛。

賞有功也　各本脱“也”字。

《左氏傳》注曰　各本誤脱“注”字，《考異》引何義門校補“注”字，與永隆本合。

千里列百重　“里”字誤衍，高氏以爲“列作里”，蓋一時目誤。

漢官儀漢有五營，《周禮》天子六軍；五軍即五營也，六師即六軍也。　各刻本五軍句接“五營”下，六師句接“六軍”下。

千列列千人也　永隆本無此六字。

方駕授邕　上野本同作“邕”，旁有校筆“雍”字。各刻本文注並作“饔”，蓋通假字。

善曰鄭玄……（共二十一字）　永隆本無此二十一字，胡刻、叢刊本並有。

升觴舉燧既釂鳴鍾　各刻本以“觴”爲“觴”，以“鐘”爲“鍾”。

臣善曰説文　各刻本“説”上多“升進也”三字。

膳夫騎馳　末二字，各刻本倒作“馳騎”。

皆視也　“也”下，各本有“貳爲兼重也”五字，永隆本無。

空減無也……及減無者也　二“減”字，叢刊本並誤作“滅”。又各刻本“者”下脱“也”字。

御同於長　“長”下脱“者”字。

炙炰夥清酤𢽾　“炙”字與上野本同，各刻本作“炙”。高步瀛謂：“字書無炙字，疑爲餗字之訛，然無他證。”

炙炙也　永隆本薛注有此三字，各刻本既以“炙”爲“炙”，故無。

楚人謂多夥　“多”下脱“爲”字，各刻本有。

廣雅曰炙多也音支　各刻本“多”上誤衍“日”字。或謂《廣雅》無𢽾字，殆今本有佚文。《左傳》襄二十九孔疏云：“《西京賦》：炙炮夥，清酤多；皇恩溥，洪德施。施與多爲韻。”此又孔氏與李善所見本不同。

皇恩溥洪德施　叢刊本此句下校云：“善本無此二句。”案《魏都賦》“皇恩綽矣”節下善注有“《西京賦》曰皇恩溥”七字，可見善本非無此二句，故六臣本校語有不可信處。《考異》于此舉出袁、茶各本，頗覺紛紜，又有錯字，致其説不明。若梁章鉅所云：“正文溥，注作普，亦似有誤也。”不爲無見。

皇皇帝也普博　永隆本此七字是薛注。叢刊本薛、李二注並無此文。胡刻混作善注，“帝”下無“也”字，“博”下有“施也”二字。此上四句，永隆本分二節録注，胡刻併四句爲一節，致“皇帝”之注，直接“音支”之下，故混成善注。

士忘罷

罷音皮　各刻本善注末有此三字，永隆本無。

相羊五柞之館旋憩昆明之池　“相羊”，叢刊本作“儴佯”，校云：“善本作相羊。”又“羊”下、“憩”下，各刻本各有“乎”字，永隆本無。

憩息也　各刻本善注末有此三字，永隆本無。

簡矰紅

其絲名矰紅也　胡刻“紅也”二字作“音曾”二字。高步瀛云：“合兩文校之，疑當作矰，射矢，長八寸，其絲名紅也。矰音曾。”案“矰紅”與“豫章”對文，則絲名應是“矰紅”，刻本于“矰音曾”上誤脱“紅也”二字耳。叢刊本同胡刻，“音曾”字移正文之下。

蒱且發　“蒱”字與注同，刻本作“蒲”，《淮南子・覽冥篇》高注：“蒲且子，楚人。”

列子曰　刻本無“曰”字。

弱弓纖繳　句與《列子・湯問篇》合，各本“弓”誤作“矢”，“繳”

下衍"射"字。高氏謂永隆本"弓"誤作"兮",非是,書手連筆似兮字耳。

掛白鵠　"掛"字,各刻本作"挂",注同。"鵠"叢刊本作"鶴",校云"善本作鵠"。

往必加雙

雙得之也　各刻本無"也"字。

磻以石繳也　"以"字,各刻本誤作"似"。《考異》引何校舉正,是。又"繳"上各本有"著"字,永隆本無。案《説文》"磻以石箸惟繳也",應有"著"字。

爲水嬉

琴道雍門周曰水嬉則舫龍舟　與《三國志·郤正傳》注引桓譚《新論》"水戲則舫龍舟,建羽旗"合,《琴道》爲《新論》篇名。"舫"字,各刻本並作"艕",乃"舫"之籀文。

浮鷁首

船頭象鷁鳥鷁鳥厭水神　各刻本不覆"鷁鳥"字。

爲畫……(共十三字)　永隆本無此十三字,各刻本有。

翳華之　"之"乃"芝"之訛。

建羽旗

謂垂羽翟爲葆蓋　各刻本"蓋"下衍"飾"字。

水嬉建羽旗　各刻本"嬉"下有"則"字。

縱櫂歌　"櫂"字,五臣作棹,銑注同。

棹子　"子"字,各本作"女",句末"子"字同。

櫂歌也　"歌"下脱"引櫂而歌"四字。

方曰　"方"下脱"言"字。

今正櫂歌也　"正"乃"云"之訛。

發引龢　“龢”字，各刻本作“和”，高步瀛曰：“《説文》：龢、調也，此賦乃唱和之和，不應作龢。”

狡鳴葭　“狡”字注文同，各本作“校”。

餘和也　“餘”下脱“人”字。○薛注末各刻本混入“和胡臥切”四字，永隆本無之。

臣善曰杜執葭賦　“執”乃“摯”之訛。各刻本“杜”上脱去“善曰”字，誤。

漢書有淮南鼓員謂舞人也淮南鼓員四人然鼓員謂無人也　案《漢書・禮樂志》丞相孔光奏“凡鼓十二，員百二十八人”之中有“淮南鼓員四人”。此注所引有複誤處，如删去“謂舞人也淮南鼓員”八字，改“無”字爲“舞”字，則文義適合，蓋賦云“秦淮南”而善引此舞人解釋之，並非十分適切，故用“然”字作轉語，他本無“然”字者，殆非善注原意。各刻本“漢書”下有“曰”字，誤。又“四人”下無“然”字。案永隆本録注，以“齊榩女”二句、“發引和”四句、“感河馮”二句、“驚蝄蜽”二句分作四節，胡刻分節相同，叢刊本則併十句爲一節。兩刻本于“杜摯”上脱去“善曰”二字，遂令善注“杜摯”以次三十餘字混作薛注。

懷湘娥

感動也

説文……（共七字）　連上條善注，各刻本有，永隆本無。

墮湘水之中因爲湘夫人也　“之”“也”二字各刻本無。

憚蛟虵

蛟虵龍類　各刻本無“虵”字。

灑鰋鮋　“灑”字注同，各刻本並作“纚”，高步瀛曰：“灑字疑誤。”

鰋音偃　胡刻無此三字。叢刊本此節注内無反切，各系于正文下。

摶耆龜

摶撫皆拾取之名　“撫”乃“摭”之訛。

龜之年者神　“年”字，各刻本並作“老”字。

蠒潛牛　“蠒”字从虫，各刻本从中，注各同正文。案《説文》𦁾，重文作“𧋍”。

沉牛麈麋　“麈”初寫作“麈”，後加淡墨作“麈”，高氏指爲誤作“麈”者，未審其後改也。各刻本並誤作“鹿”。

潛㴬形角似水牛　“㴬”乃牛之訛 。

南越志　“志”字，各刻本作“誌”。

一名沉牛　句與《上林賦》注引《南越志》合，各刻本無此句。此節善注所引《上林賦》文注，惟永隆本全合。

何有春秋

常誤之也　“誤”乃“設”之訛。

周禮……（共十字）　永隆本無此十字，各刻本有。

濫于泗淵　“淵”字避唐諱，缺左右兩直，各刻本代以“流”字。

摘瀺灂　永隆本書手，從木與從手之字，似無嚴格分别，然今寫從木之字，此卷右旁必有分明小點，今寫从手之字，此卷雖從上向左撇下，但右旁必無小點也。此“摘”字左旁不能謂爲从木，惟右旁則誤从“商”。各刻本並作“擿”。

布九罭　句與各本同，《考異》云：“罭當作緎，善注罭與緎古字通，謂引《毛詩》之罭與正文之緎通也，蓋善緎五臣罭，而各本亂之。”案《考異》所云非是，説詳下。

摘㨂謂一二周索也　“㨂”字各本作“搜”，與正文相應，但“㨂”字又與五臣向注“擿，㨂也”同。“二”乃“一”之訛。

毛詩曰九域之魚　案《毛詩》及《釋文》皆作“罭”，此作“域”者，善所見本也，故下云：“罭與域，古字通。”各本引詩作“罭”，非善真皃。

里革曰禁置罜　韋昭曰罜麗小網也　“禁置罜麗”四字，如依里革所言“水虞于是乎講罛罶……獸虞于是乎禁罝羅……水虞于是乎禁罜麗”語氣讀之，則“置”字衍，然文義無礙也。至《國語》原文，據明刊李金校本爲：“禁罝罜，韋昭曰：罝當爲麗，罜麗，小網也”，則依韋注所正，文從字順，故王引之主之，與永隆本所引亦無大差異。若據黄蕘圃札記本作“禁罝罣麗”，雖與楊倞注《荀子・成相篇》所引相同，然加以韋注宋校、黄校諸説，則不易爬梳，姑從略。《文選》各刻本作“罝禁罜麗”，《考異》謂“罝”字不當有，亦與李金校本合。頗疑永隆本之“置”字爲正，各本之“罝”，乃有疑于“置”字而妄改者。

罭與域古字通，罭音域　“域”字乃善注對所據《文選》之“罭”與所見《毛詩》之“域”作疏通語，應是善注本真皃，各刻本作“緎”，誤，胡克家、郝懿行等所謂善作緎者，殆隨誤本而爲想當然之辭。

里音獨　“里”字乃“罜”之訛。

擽昆鮞　“昆”字，叢刊本作“鯤”，薛注仍同，各本作“昆”。

擽責交切　永隆本薛注無此四字，各刻本有。

蘧藕拔　“蘧”字，叢刊本作“蕖”，向注同，但薛注仍同作“蘧”。

逞欲畋魰

麋子曰麋　下“麋”字乃“麇”之訛。

季梁曰　“梁”字與《左傳》合，各刻本作“良”。

今巳餒而君逞欲　“巳”字缺筆。

音魚　“音”上當有脱文。各刻本有《廣雅》《尚書傳》等二十字，下接“《説文》曰：魰，捕魚也，音魚”九字，永隆本似脱其上二十七字。案《説文》無“魰”字，《周禮・天官・𩝐人》釋文云“音魚，本又作魚，亦作魰”，依釋文是“魚”與“魰”通。《左傳》隱五年孔沖遠疏“觀魚者”云：“《説文》云：漁，捕魚也，然則捕魚謂之魚。”此善注訓魰爲捕魚説，自可通；但以《説文》所無之字而謂之“《説文》曰”，則恐爲後人所加，王紹蘭《説文段注訂補》舉此魰字爲李注《文選》望文傅會之證，是以誤本歸罪于崇賢也。但永隆本“音魚”之上所脱佚者不知究爲何文。

乾池滌藪

鄭玄……（共九字）　永隆本善注無此九字，各刻本並有。

蚳蝝盡取

蟲舍蝝　“舍”下脱“蚳”字，各刻本有。

未孚曰卵　“孚”乃“乳”之訛，各刻本及韋注原文作“乳”。

遑恤我後

遑暇也　“遑”字，各刻本作“皇”。

我躬不悦　“悦”字，各刻本及《毛詩》並作“閲”。

焉知傾陁

貴且安樂　“且”字，各刻本作“在”。

何能復顧後日傾壞耶　“耶”字，各本作“也”。

陁音雉　永隆本無此三字。

大駕幸乎平樂　“乎”字，上野本作“于”。又叢刊本“樂”下有“之館”二字，校云：“善本無之館。”

張甲乙而襲翠被　叢刊本“張”，下校云：“五臣作帳。”

襲服也……（共二十二字）　永隆本薛注無此二十二字，觀其誤改李尤賦之“維陬”爲“維限”，當非薛注。又此二十二字中脱一平字，誤一限字，六臣本與善單注本竟同其誤，亦可證兩本同出一源。

音義曰……（共二十六字）　永隆本善注無此二十六字。

紛瑰麗以奓靡　“奓”字，五臣作“侈”。

程角牴之妙戲　“牴”字疑誤筆，注中並作“抵”，與《漢書·武紀》合。各刻本並作“觝”。

秦名此樂爲角抵　此句與各刻本同，然《漢書·武紀》文穎注無“秦”字，“抵”下有“者”字，文義較順。

技藝射御　各刻本並同，文穎注“技”上有“角”字。

烏獲舡鼎　“舡”字各刻本作“扛”，覩下注“扛與舡同”，知善本賦文作“舡”。

皆至大官　與《史記·秦本紀》合，各刻本無“至”字。

武王有力力士任鄙　各刻本少一“力”字，失《史記》原意。

王與孟説舉鼎　“舉”字，叢刊本誤作“扛”。

扛横開對舉也　“開”，《説文》作“關”，《龍龕手鑑·手部》“扛”下引《説文》則作“開”，與永隆本合。案《説文》云“關以木横持門户也”，《廣韻》云“開欂櫨户上木”，是二字義通。胡刻、叢刊本作“開”，誤。

扛與舡同　“舡”字，胡刻作“舩”，字同。

衝陿鷰濯　各刻本“衝”字作“衝”，“陿”字作“狹”。“鷰”字五臣作“燕”。

匈突銛鋒　“匈”字刻本作“胷”，字通。

跳丸劍之徽霍　“徽”字，上野本同，各刻本作“揮”。案《説文》：“徽，幟也，从巾，微省聲，《春秋傳》曰：楊徽者公徒。”石經借作徽。張衡《東京賦》“戎士介而揚揮”，薛綜注“揮，謂肩上絳幟如燕尾者”，是借揮作徽。李善注引《左傳》與石經同作徽，故又云徽與揮古字通。此文“跳丸劍之徽霍”，謂跳丸劍者之形疾，是借徽作揮。又陳孔璋《爲袁紹檄豫州》“揚素揮以啟降路”，善注亦云：徽與揮古通用。

跳都彫切　永隆本薛注無此音，各刻本並有。

華岳峨峨　“岳”字各本作“嶽”，岳古文，嶽篆文。

朱實離離

靈草芝莫　“莫”乃“英”之訛。

赤也　“赤”上脱“朱”字。

實垂之貌也　各刻本無“也”字。

蒼龍吹篪

羆豹熊虎　“熊”字，永隆本與各刻本並同，《考異》謂當作“龍”，據賦文四獸類當作“龍”。

聲清暢而蜲蛇　“暢”字，各刻本作“暢”。

女莫也　“莫”乃“英”之訛。

被毛羽之襳襹　“襳襹”字注皆从衣，各刻本文注並作“襳襹”，《龍龕手鑑》以“襳”爲正，“襳”爲俗。

三皇時皮人　“皮”乃“伎”之訛。

毛羽之襳襹　各刻本“毛”上及“之”下並有“衣”字，而無“襹”字。

後遂霏霏

皆幼僞作之　“幼”乃“巧”之訛。

漢書贊曰　“贊”字，各刻本誤脱。

臣瓚曰　各刻本無“臣”字。

毛詩……（七字）　永隆本無此七字。

復陸重閣　“復”字，各刻本作“複”，叢刊本“複”下校云“五臣作復”，高步瀛曰：“複、復字通。”又曰：“六臣本作覆，非。”不知指何種六臣本。

磷礰激而增響　“響”字與刻本同，叢刊本校云“五臣作音”。

磅磕象乎天威　“磅”字與刻本同，叢刊本校云“五臣作砰”。

增響重聲　“重”字，與叢刊本同，胡刻作“委”，《考異》依袁、茶本作“重”，謂尤氏誤改作“委”。

威怒也　各刻本無“也”字。

是爲曼延　“曼”字，叢刊本作“蔓”，注同，非。胡刻“延”下有“去聲”二字，下與薛注相連，高步瀛曰：“蓋五臣音注，尤氏失删者。”

神山崔巍　“巍”字，五臣作“嵬”。

欻從背見

所作大獸從東來　各刻本“所”上有“僞”字，“大”字作“也”字，是分作二句讀，高步瀛謂永隆本勝。

欻許律切　永隆本薛注無此音。

熊虎升而挐攫　“挐”字，永隆本與各刻本同，高步瀛引段玉裁説，以今本《説文》拏、挐互誤，訂正作“拏，持也，从手，奴聲，拏攫字當从奴，女加切。至于煩挐、紛挐字，當从如，女居切”。案本書《九辯》“枝煩挐而交橫”，挐字从如，則此賦拏攫字應从奴。

挐皆僞反　“皆僞”二字涉上下注文而誤，依胡刻則作“挐，奴加反”，依訂正應作“拏，女加反”。

大雀踆踆

七輪切　永隆本薛注無此三字，各刻本並有。

垂鼻轔囷　“囷”字，叢刊本作“輑”，校云“善本作囷”。

狀蜿蜿以蝹蝹

海鱗大海也　下“海”字或“魚”字之誤，或其下脱“魚”字，各刻本並作“大魚也”，高步瀛《義疏》本作“大海魚也”，其校語云：“海字，依唐寫增。”

含利颬颬 “含”字與各刻本同，高氏謂“唐寫含作舍，毛本同”，蓋偶爾目誤。

蟾蜍與龜

水人狸皃 “狸”字，各刻本作“俚”。

蟾音詹 各刻本作“昌詹切”。

奇幻倏忽(二句) 永隆本原脱此二句，後以淡墨旁加，各刻本句下有薛注、善注、共十八字，則未加上。“倏”字，各刻本作“儵”。

吞刀吐火

楚辭……(共十字) 永隆本無此十字，各刻本有。

流渭通涇

東海黄公成山河 “公”下各刻本有“坐”字。

淮南王好士方畫地成河 各刻本“士方”上有“方”字下有“士”字，此誤脱。

赤刀粤祝 胡刻“祝”下有“音呪”二字，非薛注，而下與薛注混連。

有能持赤刀 各刻本“有”上有“東海”二字，“能”下無“持”字。

禹步祝厭虎者 “越祝”二字，各刻本作“以越人祝法”五字。“虎”字原寫作“唐”，後以淡墨微改似“虎”字。

卒不能救

少時爲幼能制虵御虎 “幼”乃“幻”之譌。“爲幻能”三字，各刻本作“能幻”二字。

常佩赤金爲刀 各刻本無“爲”字。

術既不行 各刻本無“既”字。

遂爲虎所煞也 各刻本“煞”作“食”，又無“也”字。

故云……（共十一字）　永隆本無此十一字，兩刻本並有。

侲童程材　“侲”字，各刻本文注並同，永隆本文注亦同，惟引《史記》文則依《史記》作“振”。高步瀛曰：“振、侲字通。”“童”字，各刻本正文从人，注仍作“童”。

史記……若振女即得之矣　《史記·淮南王安傳》“振女”下注云：《集解》徐廣曰：《西京賦》曰“振子萬童”。駰案：薛綜曰：“振子，童男女”，字並作“振”，字句與《文選》少異。

譬隕絶而復聯

身如將墮　“墮”字，各刻本作“墜”。

騁足並馳

於撞上作其形狀　“上”字，各刻本誤作“子”。

陸賈雜語　“雜”乃“新”之訛。

增駕百馬而行　句與《新語·無爲篇》合，各刻本“而行”二字作“同行也”三字。

般樂極　“般”字文注並同，各刻本作“盤”。

般樂飲酒驅騁田獵　二句與《孟子》合，各刻本“樂”作“游”，“驅”作“馳”。

微行要屈

要或爲徼　永隆本無此四字。胡刻、叢刊本並作薛注。

臣善曰漢書曰武帝與北地良家子期諸殿門故有期門之號　胡刻此二十一字作“已見《西都賦》”，蓋已見从省之例。叢刊本有此，乃从《西都賦》注補回，即陳仁子本所謂增補六臣注之例。

又曰武帝微行始出　“又曰”二字，承上文引《漢書》期門事，胡刻作“《漢書》曰”，因上文期門事所引《漢書》已从省，故此處應出“《漢書》曰”，叢刊本上文已有“《漢書》曰”，此處不云“又曰”而再複出，是删併六臣注時失檢。"始"字與《漢書·東方朔傳》合，各刻本誤作"所"字，《漢書補注》引王念孫所見本仍作"始"字。

要屈……（共九字）　永隆本無此九字，各刻本並有。

周觀郊遂　"遂"字，叢刊本校云"五臣作隧"，濟注同。

字林曰閭里門也　各刻本脱"字林曰"三字。案任大椿《字林考逸》七閭閻條所引止《後漢書·班固傳》注及《西都賦》注，而不及此注，蓋所見本亦脱此三字也。

章后皇之爲貴

欲小則如蠶蠋　"蠋"字與《管子·水地篇》合，各刻本誤作"蝎"。

欲大函天地也　"函天地"三字，今《管子·水地篇》作"則藏于天下"。

適驩館　"驩"字與胡刻同。高氏《義疏》云："五臣驩作歡。"案叢刊本"歡"下無校語，而五臣良注則作"歡"，知叢刊本從五臣也。

掖庭令官　"令"字，各刻本誤作"今"，《考異》引陳景雲云當作令，與永隆本正合。

從嬿婉

薛臣善曰嬿婉好貌也　此善注引《韓詩》及薛君《章句》説，"臣善"二字，殆"君"字，或"君章句"字之訛。高步瀛曰："治《韓詩》者不見此本，故不敢輯入薛君《章句》中，然則此本雖誤，有益于古書亦大矣。"各本無注末"也"字。

捐棄也　各刻本有此三字，在善注之末。案善注順文作注，此三字順序應在引《毛詩序》之上，今在注末，殆爲後人所加，故永隆本無之。

促中堂之陿坐　叢刊本"陿"下校云："五臣本作狹字。"

中堂堂中央也　各刻本不複“堂”字。

秘僸更奏　“僸”字，各刻本作“舞”，舞、僸字同。

美聲暢於虞氏　“暢”字，各刻本作“暘”。

左氏傳産曰　“産”上脱“子”字。

蠱媚也　永隆本無此三字，此後人所加。

增蟬蜎以此豸　“蟬蜎”二字从虫，而音注並从女。胡刻作“嬋蜎”，文注同。叢刊本二字並从女，文注同。“此”字，叢刊本校云：“五臣作跐，音此。”濟注同。胡刻“豸”下注“音雉”二字，與薛注混。

姿態妖蠱也　“姿”字，各刻本並作“恣”。

蟬嬋此豸　薛注“嬋”字與正文異書，胡刻作“蜎”，叢刊本作“娟”。

若驚鶴之群罷　“罷”字，胡刻同。叢刊本作“羆”，夾注“魄美切”，五臣濟注亦作“羆”。案余蕭客、王念孫皆以“羆”爲“罷”之訛，胡氏《考異》云：“袁、茶本罷作羆，下音魄美切，疑善罷五臣羆也，魄美切，蓋善罷之音。”

相鶴經……（共十五字）　永隆本無此十五字，各刻本並有。

振朱屣於盤樽　叢刊本“朱屣”下校云“五臣作珠履”。

朱屣赤地絲屣　下四字，各刻本作“赤絲履也”。

奮長褏之颯纚　“褏”，各刻本作“袖”。案《説文》：“褏，袂也，俗褏从由。”

要紹修態

態驕媚意也　“驕”，各刻本作“嬌”。

昭藐流眄　“昭”字文注並从召，各本並从名，叢刊本“眳藐”下校云：“五臣本作昭邈。”案昭，齒紹切，《玉篇》“昭目弄人也”，據此則賦文作昭，當無疑義，惟永隆本善注“昭，亡挺反”，是善作“眳”字讀。案《廣雅》：“眳，譪也。”《玉篇》：“眳，不悦皃。”如此，則與賦文不照。高步瀛未校出昭字，謂昭藐，猶綿藐。

轉眼視也　“視”字，各刻本誤作“貌”。

臣善曰昭亡挺反　胡刻此音切在善曰之上，叢刊本在薛注之末，永隆本作善音。又各刻本“挺”作“井”。

絶世稱獨立　“世”字缺筆。“稱”字，各刻本並作“而”。

展季桑門

聞柳下季之言　“季”字與《國語・魯語》合，各刻本作“惠”。

家語昔有婦人曰柳下惠嫗不逮門之女國人不稱其亂焉　此注刪節《家語・好生篇》文。胡刻“曰”上多“召魯男子不往婦人”八字，“柳下惠”上多“子何不若”四字，“惠”下多“然”字，“女”下多“也”字。叢刊本略同胡刻，而“魯男子”易作“柳下惠”，“曰”下又無“柳下惠”三字，“女”下同多一“也”字。案《家語》記此事略與《毛詩・巷伯傳》《荀子・大略篇》相同，永隆本善注節引二十一字，意義自明，胡刻及叢刊本增加字數，並多一“召”字，有違原意，此亦永隆本未經淺人混亂之可貴處。

詔楚王曰　“詔”字與《後漢書・楚王英傳》合，胡刻誤作“制”字。又注末“説文”六字，永隆本無。

列爵十四

《漢書》曰漢興……（共二十五字）　此善注節引《漢書・外戚傳》文。胡刻作“見《西都賦》”。案《西都賦》“十有四位”下注，先引《漢書・天文志》九字，次引《外戚傳》一百餘字。叢刊本以《西都賦》注、《天文志》及《外戚傳》增補，而列舉十四等，有遺漏，有誤併，則彙録六臣注時錯誤也。

飛燕寵於體輕　叢刊本“燕”下校云：“五臣作鷰。”向注同。

逞志究欲　叢刊本“志”下校云“五臣作至”。

逞快也　“快”字,各刻本誤作“娱”字,五臣濟注仍作“逞快”。

《楚辭》曰逞志究欲心意安　句與《楚辭·大招》合,各刻本句末衍“之也”二字。

窮身極娱　叢刊本“身”下校云“五臣作歡”,高步瀛謂“身”作“歡”是,且多推測語,又謂“尤袤本《文選攷異》云五臣作敬亦非,案見陸心源《群書校補》第一百卷”,案《楚辭·大招》云“窮身永樂年壽延”。王注:“言居於楚國,窮身長樂,保延年壽,終無憂患也。”賦文二句正用《大招》二句,毋庸别生枝節。

他人是媮　“媮”字,《毛詩》作“愉”,高步瀛謂愉與媮、偷三字並可通,特訓樂與訓薄義異。

唐詩曰　各刻本“詩”下多“刺晋僖公”以次十二字。

弗曳不婁　“不”字不作“弗”,與《白帖》所引同,而與《韓詩外傳》及《玉篇》所引不合。

不極意恣驕　“驕”字,各刻本作“嬌”,陳喬樅《魯詩遺説攷》引作“恣娱”。

自君作故

君作故　與《國語·魯語》合,各刻本“故”下衍“事”字,殆淺人所加。

增昭儀於婕伃

孝成帝……(共十九字)　永隆本無此十九字。

乃更號曰昭儀在婕伃上　句與《漢書·外戚傳》合,各刻本並將“昭儀”與“婕伃”互倒,謬甚。

昭儀尊之也　《外戚傳》“昭”下有“其”字,永隆本誤脱。各刻本止存“尊之也”三字,而無上半句,誤甚。

許趙氏以無上　叢刊本“以”作“之”。

約趙氏故不立許氏　《外戚傳》"約"下有"以"字,永隆本脱,各刻本並無"約以"二字。

王閎争於坐側

渝易也　永隆本無薛注此三字。

非陛下之有　"之有"二字,與《漢書·佞幸傳》原文合,各刻本誤倒作"有之"。

蹔勞永逸無爲而治　"蹔"字與五臣本及翰注並同,各刻本作"暫"。

漢祖創業蜀漢書平當曰　"蜀"下應有"漢"字,與下"漢書"字連,永隆本脱一"漢"字。

今漢繼體承業三百餘年　"業"字與《平當傳》合,各刻本誤作"基"字。"三"字,永隆本與各刻本同誤,依《平當傳》應作"二"字。

其舜也與　"與"字與《論語》合,各刻本作"歟"。

躭樂是從　永隆本正文作"躭",善注作"湛"。各刻本文注並作"耽"。案《尚書·無逸》"惟耽樂之從",傳、疏與釋文耽皆从耳,《論衡·語增篇》引作"惟湛樂是從",("是"字,與張衡所見本同。)"湛"字與李善所見本同。《毛詩·鹿鳴·常棣》之"和樂且湛"並作"湛"。陳喬樅《韓詩遺説攷》云:"耽,《毛詩》作湛,耽、湛,皆媅之假借;《説文》: 媅,樂也。媅又作妉,《爾雅·釋詁》: 妉,樂也;《華嚴經音義》上云:《聲類》: 媅作妉;《一切經音義》四: 媅,古文妉同,是也。耽字本義《説文》訓爲耳大垂,湛字本義《説文》訓爲没,皆以音同假借爲㦡樂字,據《韓詩》云: 樂之甚也,則從甚作媅者爲正,妉字乃其或體耳。"以耽湛爲媅之假借,段玉裁、王筠諸家《説文注》並同。《文選集注》本陳孔璋《答東阿王牋》"謹韞玩躭"之"躭",各本作"耽",《集注》引《音決》云:"媅,多含反,或爲躭,同",知各本之"耽"或"躭",《音決》乃作"媅"。《正字通》云:"眈樂之眈从目,《易》

《書》《詩》本作眈，譌作耽。”其説近於武斷，《康熙字典》《中華大字典》，皆沿其誤。又《玉篇・身部》：“躭，俗耽也。”

二百餘朞

從高祖至於王莽二百餘年　永隆本此句與胡刻同，叢刊本薛注無此句，而别見於翰注，作二百三十年。似彙六臣注者取翰注之確數，捨薛注之不定數之所爲。高步瀛曰：“自高祖元年乙未至，孺子嬰初始元年戊辰，共二百一十四年。”

衿帶易守

函谷開銘　此本常以“開”爲“關”。

地形險阻守而難攻　《管子・九變篇》此句“守”上有“易”字，各刻本有“易”字無“而”字。

聲烈彌楙　各刻本“聲”字作“馨”字，“楙”字作“茂”字。

傳聞於未聞之者　叢刊本“者”下校云“五臣作口”，永隆本“者”下注一小“口”字，然其下善注有“者，之與反”，亦非改“者”爲“口”也。

孔叢子……（共二十字）　永隆本無此二十字，各刻本並有。

未一隅之能睹

説文……（共十一字）　永隆本善注無此十一字，各刻本並有。

論語　各刻本“語”下有“曰”字。

舉一隅而示之　今本《論語・述而篇》無“而示之”三字，阮元《論語注疏》校勘記云：“皇本、高麗本隅下有而示之三字，案《文選・西京賦》注引有此三字，又晁公武《蜀石經考異》云：舉一隅下有而示之三字，與李鶚本不同，據此，則古本當有此三字也。”案《四部叢刊》景日本覆刻古卷子本《論語》有此三字。又日本所稱能存先唐真本面目之天文板《論語》無“而”字，有“示之”二字。

前八後五　各刻本“八”下有“而”字。

廣雅……（共二十三字） 永隆本無此二十三字。

尚書曰自契至成湯八遷 “書”下應有“序”字，永隆本及各刻本並脱。

尚書序曰盤庚五遷 “《尚書》序曰”應作“又曰”，永隆本及各刻本並誤。

孔安國……（共十字） 永隆本無此十字，各刻本並有。

尚書曰盤庚遷于殷 各刻本誤脱“《尚書》曰”三字，“殷”下並誤複一“殷”字。

率喻衆戚 各刻本作“率籲衆慼”，與今本《尚書》同。案《釋文》三出“籲”字及“慼”字，“籲”注“音喻”。《説文》《玉篇》引“慼”作“戚”。故永隆本之“喻”與“籲”同音假借，“戚”、“慼”字通。

同天號於《帝皇》

方今……（六字） 永隆本無此六字，各刻本並有。

尚書刑德放曰……天有五帝皇者煌煌也 各刻本無末句，永隆本有。高氏《義疏》云：“《藝文類聚・帝王部》引有此句，《太平御覽・皇王部》引《書緯》同。”

春秋元命苞曰皇者煌煌也道爛顯明也 《御覽》引此二句，“皇者”作“天道”，“爛”下有“然”字，永隆本似涉上注而誤，應據改。各刻本無下句。馬國翰《玉函山房輯佚書》元命苞卷引此注，亦未知善注原有二句。

掩四海而爲家

聖人能天下爲一家 《禮記・禮運》此句“能”下有“以”字，各刻本並有，永隆本誤脱。

莫我大也 此節注，永隆本初寫脱“漢”字，又“業”字誤作“漢”字，後各以淡墨改正。

以靡麗爲國華

吾聞以德榮爲國華　句與《國語・魯語》合,各刻本脱“榮”字。

獨儉嗇以偓促　“偓促”二字,各刻本並從齒旁,《玉篇》分收于人部、齒部、足部。案《史記・司馬相如傳》作“握齪”,《漢書》作“握䶬”,本書相如《難蜀父老》文作“喔䶬”,善引應劭注同。又《史記・酈食其傳》作“握齱”,《漢書》同。本書《吴都賦》六臣校云“善作握齪”。並通用字。

言獨爲此節愛　各刻本脱“此”字。

善曰漢書注……(共三十八字)　永隆本無此三十八字。胡刻脱“善曰”二字。案《漢書》注乃韋昭注,今本《漢書》無之,見《史記・酈食其傳》索隱所引,高氏指爲《陸賈傳》,偶混。又注引《公羊傳》注,案之隱公元年何休《解詁》,有誤有倒,《考異》尚未檢原文而悉正之。

蒙竊惑焉

何故及去西都　“及”乃“反”之訛。

非我求童蒙　“非”字,今本《周易》作“匪”,各本句末加“也”字。

辯之之説也

説猶分别解説之　各刻無“之”字。

文選卷第二

永隆年二月十九日弘濟寺寫

校後語

綜上校勘,所得要點,舉例如下:

(一)永隆本有可證今本古籍之疑誤者,如:

《毛詩》“瞻彼洛矣”傳：“韎韐者，茅蒐染也”之“韐”字，詳“緹衣韎韐”條校記。

《説文》“車上曲銅”之“銅”字，“鋋，小矛也”之“矛”字，分詳“倚金較”條，及“矢不虚舍”條。

《漢書·食貨志》“皆爲五均司市稱師”之“稱”字，《東方朔傳》“武帝微行始出”之“始”字，《王尊傳》“箭張”之“箭”字，分詳“五都貨殖”“微行要屈”“擬跡田文”各條。

《經典釋文》八“早物”之“早”字，詳“動物斯止”條。

（二）永隆本有獨異之字，如“聚似京涛”“建玄戈”“昭藐流盼”各條所舉，是其一例。

（三）永隆本有與《古文苑·蜀都賦》相同者，詳“方轅接軫”條。

（四）永隆本屢見之“臣君曰”三字，見“獸不得發”“長楊之宮”及“從嫵婉”三條校記，疑爲唐人一時之風尚。

（五）永隆本有疑誤處，各本因之紛歧者，如“彌望廣潒”注之引《字林》，“青骹摯于韝下”注之“蓋”字，即其一例。

（六）永隆本與各本皆有脱誤，據未經竄改之李善注，猶可推尋原意，較勝胡克家之捫索，如“鮪鯢鱨魦”注中之“鮥”字，即其一例。

（七）各本分節有不同者，因之纂録薛注、善注時，遂致混亂，如“皇恩溥”條校記所舉，是其例。

（八）尤袤本與六臣本同源，尤本善注多從彙併之六臣注中剔出，校記“今也惟尉”“張甲乙而襲翠被”各條所舉，即其一例。

（九）善注所引古籍，永隆本多與原文吻合，他本每多歧異，如“駢田偪仄”“蔚若鄧林”“騁足並馳”各條所舉，皆其例。

（一〇）善注徵引古籍或有删節時，各本因之每有增潤，或再删刻，致違原義，如“展季桑門”“列爵十四”“莫之能獲”各條所舉，皆其例。

（一一）他本善注有不合崇賢體例者，以永隆本對照，可知其曾經後人羼亂。如“本自虞初”條所舉，即其一例。

（一二）六臣注本有增補處，見“前開唐中”各條。

（一三）六臣本校語有不足信者，詳“睢盱跋扈”各條。

（一四）胡克家《考異》有不盡可據者，詳“沸卉訇軯”各條。

二、東方朔答客難、揚雄解嘲殘卷

起《答客難》“不可勝數”句至《解嘲》“釋褐而傅”止。伯希和目二五二七，共一百二十二行，李注本之第四十五卷也，已影入羅氏石室叢殘。

劉師培《提要》云：“每行字數由十七字至十四字，注均夾行，書法至工，前六行均漫其半，‘世’字、‘治’字、‘虎’字各缺末筆，此亦李注未經竄亂之本也。故文與各本多殊……足證後世所傳李本，均與唐本乖違。試更即注文言之，此卷之例，李氏自注均冠‘臣善曰’三字，所引《漢書》舊注，則各冠姓名在李注前，以之互勘各本，或彼有而此無，或此省而彼弗省，或此分而彼合，或此有而彼無，或文字不同，均治選學者所當考及也。”

校記

不可勝數悉　本文起此五字，在行末，其上漶滅者應是九個字。胡氏翻刻尤氏善注本“數”字下有注云“文子曰群臣輻湊”，《四部叢刊》影宋建本亦有此注，而移併於次句“或失門户”之下，此卷無此注。

失門户使蘇秦　次行末存此六字，上加漶滅者八個字，適與前行末“悉”字連接。胡刻本“户”字下有注云“言上書忤旨，或被誅戮”。叢刊本同有此注，與“文子”七字併在“户”字下，此卷並無。

之士曾不得掌　第三行末存此六字。“士”字，胡刻本、叢刊本、北宋監本《史記·東方朔傳》、北宋本《漢書·東方朔傳》並作“世”字。

曰時異事異雖　第四行末存此六字，以位置計此行只漶八個字，文句與《漢書》同。各刻本“曰時異”之上多三十四字，與《史記》同。“事”字上《史記》有“則”字。叢刊本下“異”字校云“五臣作殊字”。“雖”字之上，胡刻、叢刊並有善注“韓子”以次二十八字，此卷無。

身乎哉詩曰鼓鍾　第五行末存此七字，其上漶滅七字，與刻本字數合。《史記》無“哉”字。《漢書》“曰”作“云”。

□善曰毛詩小雅文也□萇曰有諸中必刑□於外　第六行下半存此二十字，作雙行夾注，應在正文“於外”之下，兩刻本此注併在次句“於天”之下。“刑”字刻本並作“見”。

鵠鳴于九臯　“鵠”字位於第七行頂格，以下完整。兩刻本及《史記》“鵠”字作“鶴”，無“于”字。《漢書》“鵠”作“鶴”，有“于”字，與《毛詩》合。臯字，同漢《孔彪碑》。

臣善曰毛詩小雅文也長萇曰臯澤也　“臣善曰”三字應是善注真貌。此“小雅文”，指《鶴鳴篇》，與上節指《白華篇》者義各有當，刻本併兩節注爲一節，故“小雅文”止一見，下“毛萇”字亦改爲“又”字。

乃設用於文武得明信厥説　“明”字頗暗晦，兩刻本及《漢書》無此字。此十一字《史記》作“逢文王得行其説”。

封七百歲而不絶　“封”字下，兩刻本及《史》《漢》並有“於齊”二字。

臣善曰説苑　胡刻無“臣善曰”三字，叢刊本無“臣”字。（此種異文,以下從略。)

此士所以日孳孳敏行而不敢怠也　兩刻本“日”下有“夜”字,“孳孳”下有“脩學”二字。《漢書》有“夜”字。《史記》有“夜”字,有“修學”二字,“孳孳”作“孜孜”,“敏行”作“行道”,“怠”字作“止”。

辟若鸎鴒　“鸎”字同《漢書》,刻本鄴作“鶺”。自此至“則敏且廣矣”,凡百七十餘字,《史記》無。

禮義之不愆　“愆”字,各本並作“愆”,《龍龕手鑑》以“愆”爲俗字。

臣善曰皆孫卿子文也　各本無“也”字。

水至清則無魚　《漢書》“水”上有“故曰”二字。

黈纊塞耳　“塞”字,刻本及《漢書》作“充”。叢刊本校云:“五臣作蔽。”

黈纊以黄緜爲丸懸之於冕以當兩耳所以塞聰也劉兆穀梁傳註曰黈黄色也土斗反　此三十四字,刻本作“薛綜《東京賦》注曰”以次二十八字,與《東京賦》“黈纊塞耳”句下薛注相同。案此節善注,寫卷與刻本義同而文異,或後注修改前注之故。劉兆之“劉”字不甚明,疑指晋劉兆。

赦小過　“赦”字用别體。

毋求備於一人　“毋”字,各本作“無”。

檢身若弗及　“弗”字,兩刻本作“不”。

使自索之

揆度其法以開示之　“示”字,兩刻本作“視”。

蓋聖人之教化如此　《漢書》無“之”字。

欲其自得之　《漢書》無“其”字。

今世之處士　“世”字缺筆。《史記》此句上接“修學行道不敢止也”句。

魁然無徒　此句上兩刻本有“時雖不用”四字，與《史記》同。寫卷及五臣本無上四字，與《漢書》同。“魁”字，兩刻本及銑注並作塊，《漢書》注“師古曰魁讀曰塊”。《史記》此句作“崛然獨立”。

廓然獨居　此句《史記》作“塊然獨處”。

卑辭厚禮以遺之　“之”字同《史記·勾踐世家》原文，兩刻本作“吴”。

遂滅之子胥已見上　兩刻本無下五字。

寡偶少徒　“偶”字，《漢書》作“耦”。

固其宜也　“宜”字，《史記》作“常”。

子何疑於予哉　《史記》至此句止。

酈食其之下齊　句與胡刻《漢書》並同，叢刊本句首多“漢用”二字。

臣善曰史記……聞燕昭王招賢……使於燕昭以禮待之　刻本“招”字作“好”，“昭以”二字作“燕時以”三字。此删節《史記》文，寫卷與刻本各有長短。

李斯已見上　寫卷此五字乃善注“已見從省”之例。兩刻本並作“又曰”以次十八字，殆合併六臣注者複録已見上文之注，即茶陵本所標之“增補”六臣注也。

漢書……臣請説齊王……迺聽食其罷歷下守戰備　此《漢書·酈食其傳》文，善注所引，但有删節，並無竄改。兩刻本同無“請”字，無“聽食其”三字，而“戰”下多“之”字，乃經後人竄改，比對《漢書》本傳，即見所改之陋。

是遇其時者也　《漢書》及五臣本無“者”字。

以管窺天　“管”字，殆書手偶從别本，善本當作“筦”，觀此卷善注引服虔音管，可以推知，胡刻及《漢書》並作“筦”。“窺”字見《隋龍藏寺碑》，刻本作“窺”，《漢書》作“闚”。

豈通其條貫　“豈”下各本並有“能”字。

發其音聲哉　五臣本“哉”上有“者”字。

□□□□音管　上四字漶，第一字頗似“服”字，疑即《漢書》舊注“服虔曰筦”四字，與刻本同。

臣善曰莊子……子乃規規而求之以察……是直管窺天　兩刻本“乃”上無“子”字，“直”下有“用”字。案今本《莊子·秋水篇》並有“子”字及“用”字，又“規規”下有“然”字。此上所引服虔、張晏、文穎之説，乃《漢書音義》舊文。自《莊子》以下乃善自注，故冠以“臣善曰”爲區别，胡刻誤混。叢刊本以服説、文説分注正文本字之下，而張晏説乃録于銑注之下，亦混。

豈能發其聲哉　兩刻本“聲”上有“音”字。

猶是觀之　《漢書》“猶”作“由”。

譬由鵲鷇之襲狗　《漢書》“由”作“猶”。

臣善曰李巡　寫卷“臣善”之上有如淳、服虔音十二字，與胡刻同，叢刊本分附正文本字下。胡刻“李巡”上無“臣善曰”三字。

〔説文靡爛也（共十六字）〕　兩刻本並有此十六字，寫卷無。案“糜爛其民”語見《孟子》，“煮米使糜爛”語見《釋名》，若《説文》則米部“糜，糝也”，非部“靡，披靡也”，皆與善注所引不合。惟火部云“爢，爛也”，桂氏《義證》云“客難借靡字，李引爢義以釋之”，王筠、沈濤等皆信此是善注曲爲之説，其實寫卷已無此注，刻本所有者又與原引書不同，故此注當是後人混入。本書二五盧子諒《贈劉琨詩》“靡軀不悔”下同有此誤。檢本書卷三三《招魂》“靡散不可止”下，善録王逸舊注“靡，碎也”，此乃善引舊説真貌。

而終或於大道也　“或”字同《漢書》，刻本作“惑”。

解嘲一首　揚子雲　寫卷題頂格，作者姓字同行。刻本題低三字，姓字另行。叢刊本無"一首"二字。刻本題下側注"并序"二字,寫卷無之。案此篇所謂"序"者,乃《漢書》雄傳中《解嘲》文之前言,非另有序文之目,寫卷無"并序"二字,當是原貌。"嘲"字,刻本皆從口,《漢書》皆從言,寫卷題從口,文中皆從言。

起家至二千石　《漢書》"起"上有"或"字。

　　漢書音義曰　兩刻本無"曰"字。

時雄方草創太玄　《漢書》無"創"字,王先謙《補注》云:"宋祁曰,'草'下當有創字。"案濟注云"草創,言造作也",知五臣本亦有"創"字。

人謿雄以玄之尚白　兩刻本"人"下有"有"字。叢刊本校云五臣本無"之"字。《漢書》"人"作"或",無"之"字。《補注》云:"宋祁曰:'或'上當有人字。"

　　將無可用也　兩刻本無"也"字。

而雄解之　"而"字同《漢書》,刻本無。

其辭曰　此下爲《解嘲》正文,寫卷與叢刊本皆提行,胡刻則連續而下。

吾聞上世之士　"世"字缺筆,注同。以下不另記。

　　臣善曰孔叢子……有云爲於世者也　刻本"孔"上有"尚書"以次十九字,末句無"者"字。

生必上尊人君　《漢書》"必"作"則"。

析人之圭　"圭"字同《漢書》,刻本及銑注作"珪"。

朱丹其轂

　〔東觀漢記(以次二十七字)〕　刻本有此二十七字,寫卷無。

今吾子　《漢書》無"吾"字。

　　小玉堂殿　"殿"字與《漢書》注晉灼説同,兩刻本無之。

下談公三　“三”字頗晦，畫間似有兩點，各本並作“卿”字。

目如燿星　“燿”字，與叢刊本同，胡刻作“耀”，宋本《漢書》作“曜”，《補注》本作“燿”。

壹從壹横　“壹”字，刻本作“一”。“横”字，《漢書》作“衡”。

〔史記秦王曰知一從一横其説何〕　刻本有此十三字，寫卷無。案《史記·田完世家》：“秦王曰，吾患齊之難知，一從一衡，其説何也。”又《戰國策·韓策》：“秦王曰，吾固患韓之難知，一從一横，此其説何也。”此注似删節舊文，但句讀錯誤，且爲寫卷所無，當是他注混入。

顧默而作太玄　《漢書》無“默”字。

支桊扶踈　“支”字同《漢書》，刻本作“枝葉”。

獨説數十餘萬言　“數”字與刻本同，《漢書》無。胡克家以向注有“數十萬言”句，指爲五臣亂善，不知寫卷善單注本正文亦有此“數”字。又《漢書補注》引王鳴盛曰：“今《太玄經》具存，正文大約與五千文之數合，此云十餘萬言，不可解。”

〔以樹喻文也説文曰扶踈四布也〕　寫卷無此十三字，刻本並有。案《説文·木部》枎字下作“枎疏”，段注云：“古書多作扶疏，同音假借也。”刻本此注似後人誤混。

孅者入無間　“孅”字，《漢書》及五臣本作“纖”，兩刻本作“細”。“間”字，《漢書》及五臣本作“倫”。

〔春秋(以次二十五字)〕　寫卷無此注，兩刻本並有。

何爲官之袥落也　“袥”字从示，各本並作“拓”，師古音託。

〔拓落(以次九字)〕　寫卷無此注，刻本並有。

客徒欲朱丹吾轂　“欲”字與《漢書》同，胡刻無。叢刊本“欲”下校云“善無欲字”。案六臣注本校語疑所見異本，若胡刻無“欲”字，乃尤氏從六臣注剔取善注時照校語删去耳。

不知跌將赤吾之族也　“知”下脱“一”字。

跌差也　刻本此下尚有“赤謂誅滅也”五字，寫卷無。

往者周冈解結　“者”下叢刊本校云“善作昔”，胡刻作“昔”。“冈”字刻本作“網”，《漢書》作“罔”。

合爲六七

臣善曰十二已見東方朔客難　胡刻作“十二國已見上文”，叢刊本録“張晏”以次二十六字，與《客難》“十二國”句下注同。案胡刻此注，義與寫卷相同，但添一“國”字，仍非善注真貌，叢刊本則所謂“增補”也。

張晏……就秦而七也　刻本“而”作“爲”，無“也”字。（刻本注末無“也”字者寫卷並有，此下不另記。）

並爲戰國

晋灼……之意也四分則交午而裂如田字也　此注與《漢書》注引晋灼説同，刻本上“也”字作“耳”，無“四分”以次十一字。

士亡常君國亡定臣　二“亡”字，刻本並作“無”，《漢書》上“亡”字作“無”。

失士者貧

〔春秋（以次十四字）〕　刻本並有此注，寫卷無。

或鑿坏以遁

史記曰王稽辭魏去過載范雎入秦　刻本無“曰”字，“過”字作“竊”字。案善注節取《史記・范雎傳》，“過”字與原文合，刻本作“竊”，疑後人所改。

普來反　刻本“普”上有“坏”字。所有注音，寫本用反，刻本用切，此下不另記。

是故騶衍　“騶”字刻本作“鄒”,《漢書》作“騶”。

〔應劭(以次七十字)〕　刻本有此注,寫卷無。以《漢書注》引應劭説校勘此注,知注中誤“天事”爲“大事”,又“談天鄒衍”句多一“鄒”字。此種錯誤,兩刻本相同,亦可證尤氏善單注本乃從六臣注中剔出。

猶爲萬乘師

不便利也〔趙岐(以次二十字)〕　自“趙岐”以下共二十字,刻本有,寫卷無。

左東海

〔應劭(以次八字)〕　刻本有此注,寫卷無。

右渠搜

連西戎國也　“連”字,與刻本同,《漢書補注》所引無“連”字。

枎支亦搜　寫卷“亦”旁有校筆作×,刻本與《漢書注》同作“渠”。

在金城河關之西　“關”字與《尚書・禹貢》孔傳合,刻本及《漢書補注》並誤作“間”。(何焯校作“關”,與寫卷暗合。)

前番禺

應劭曰南海縣　“縣”字,刻本作“郡”,《漢書補注》引官本亦作“郡”。

蘇林曰音番　下二字,刻本作“番音潘”,《漢書補注》:“宋祁曰:番,蘇林音藩。”

後椒塗　“椒”字,胡刻同;叢刊本作“陶”,校云“善作椒”;《漢書》作“陶”,顔注云:“今書本陶字有作椒者,流俗所改。”《考異》謂善從應劭作“椒”,而不從顔監作“陶”;王先謙謂當闕疑。

東南一尉

如淳曰地理志云在會稽回浦也　胡刻無“回浦也”三字。叢刊本此句無善注，而於向注後有如淳説，亦無此三字。案《漢書·地理志》會稽郡回浦下云"南部都尉治"，寫卷有此三字，與《漢書》合。

製以鑕鈇　"製"字與叢刊本《漢書》並同，胡刻作"制"。"鑕"字，《漢書》作"質"。

服虔曰刑縛束之也　刻本"刑"作"制"，無"之"字。王念孫謂制字乃"徽"之訛，説詳次條。

應劭曰音以繩徽弩之徽　"音"字，刻本訛作"束"。《漢書補注》云："官本引蕭該《音義》曰：徽舊作㣲。應劭曰：徽，音以繩㣲弩之㣲，該案音揮。"案此乃王先謙録宋祁校語，蕭該《文選音》已佚，宋祁引此，至堪重視。《補注》又引王念孫云："《廣雅》徽，束也。《文選》李注引服虔曰：徽，縛束也。應劭曰：徽，音以繩徽弩之徽，則舊注皆不誤。"

臣善曰説文曰糾三合繩　刻本"繩"下有"也"字。案《説文·丩部》作"糾繩三合也"。

何休曰　刻本"休"下有"注"字。

結以倚廬

漢律以爲親行三年服　"以"字，與胡刻同，叢刊本作"不"。《考異》謂茶陵本作"不"，袁本作"以"。案《漢書注》引作"以不"二字。

〔結爲倚廬以結其心〕　寫卷無此八字。

晏嬰麤衰斬　寫卷此句與《左傳》襄公十七年文合，刻本誤倒"衰"字在"斬"字下。

天下之士　句與胡刻《漢書》並同。叢刊本"天"上有"是以"二字，校云"善無是以字"。

營于八區

史記(以次二十一字)　刻本有此注，寫卷無。

人人自以爲皐繇　“臯”字《漢書》作“咎”，“繇”字，刻本作“陶”。

稷契臬咎繇　“臬”字乃“暨”之訛。

戴縰垂纓　叢刊本“縰”下校云：“五臣作纚，音史。”

阿衡已見上　此五字刻本引《詩》及《毛傳》共十八字。

五尺童子

臣善曰五尺童子已見李令伯表　此注乃“已見從省”例。叢刊本及胡刻並複出“孫卿”以次十六字，與李令伯表“五尺之僮”句下注同。《考異》云“袁本作已見李令伯表十字，是也。茶陵本複出，非。”案茶陵本題作“增補”，此十六字即所補也。尤袤善單注本異于此寫卷作“已見”，竟同于茶陵本所增補，知尤本所從出之六臣注本，蓋與茶陵本同源。

故當塗者升青雲　“故”字，各本並無。“升”字，《漢書》作“入”。

譬若江湖之崖勃澥之島　《漢書》“崖”作“雀”，“島”作“鳥”。師古曰：“雀字或作崖，鳥字或作島。”王念孫曰：“臧玉林《經義雜記》云：‘古島字，有通借鳥者，《禹貢》鳥夷，孔讀鳥爲島，可證。此言江湖之厓，勃解之島，其地廣闊，子雲借鳥爲島，淺者因改厓作雀以配之。臧説是也。’”宋祁引蕭該《音義》曰：“案《字林》，渤澥，海别名也，字旁宜安水。”

乘雁集不爲之多

方言曰飛鳥曰雙鴈曰乘鴈　案《方言》六“飛鳥曰雙，鴈曰乘”，此卷句末“鴈”字疑衍。刻本作“四鴈曰乘”，非《方言》文，殆因《漢書注》應劭“乘鴈，四鴈也”之説致混。《漢書補注》云：“乘之爲數，其訓不一，四字後人所加，《方言》無四字。”

昔三仁去而殷虚　“虚”字同《漢書》，師古曰“一曰虚讀曰墟”，胡刻、叢刊本並作“墟”。

臣善曰三仁已見上　寫卷此注當是“已見从省”之例。兩刻本各異于此，殆有疑混。叢刊本善注無三仁之文，而五臣翰注列舉比干、箕子、微子後略述其事，並譏李善引《孟子》注二老爲“誤甚”，且以揚雄爲“用事之誤”，其陋如此，疑非五臣真貌。但併六臣注者取此較詳之注，因删去李善三仁之注，其事甚顯。胡刻善單注本云：“三仁：微子、箕子、比干。”其次序與《論語・微子篇》同，但已違“从省”之例。又《考異》無此注校記，當是袁本、茶陵本與胡刻從同，而與寫卷相異。

孟子曰伯夷避紂……天下之大老（共六十五字）　寫卷此注六十五字與《孟子・離婁篇》相符，但二“作”字誤爲“祚”，句末少“也”字。兩刻本並删去中間“大公辟紂”一節，共二十七字。案五臣譏善引二老，姚寬《西溪叢話》既反斥之，乃併注者竟删善注以曲就五臣，然可證尤氏單注乃從六臣注剔取。

種蠡存而越霸　“存”字，五臣作“在”。《漢書》“越”作“粤”，“霸”作“伯”，師古曰：“伯讀曰霸。”

臣善史記……勾踐反國　“善”下脱“曰”字；“反”字，刻本作“返”。寫卷“蠡”字及上句“胥”字，並用别體。

樂毅出而燕懼

臣善曰五羖已見李斯上書　此“從省”例。兩刻本並複出《史記》百里奚事，凡四十七字，但“聞百里奚”下脱一“賢”字。又兩刻本三十九卷李斯上書“得百里奚于宛”句下同引《史記》，凡七十一字，即注首多“晋獻公”十餘字，而“聞百里奚”下亦脱“賢”字。於此可推知者，即六臣注之祖本李斯書注原脱“賢”字，其後增補者隨之亦脱“賢”字。(《考異》謂各本皆脱)單注本已從六臣注中剔取,故李斯書及《解嘲》兩注皆同脱“賢”字。

史記曰樂毅……乃使劫騎代將而召樂毅樂毅畏誅遂西降趙　寫卷此注乃删節《史記·樂毅傳》文,兩“樂毅”皆不省“樂”字及降趙之“降”字,並與《史記·樂毅傳》原文相符,但“騎劫”二字誤倒。叢刊本注樂毅事不冠以“《史記》曰”或“又曰”,遂與上文《史記·秦本紀》載百里奚事混連;其删去兩“樂”字,及以“奔”字代“降”字,皆與《史記》原文不合;“奔趙”之下“惠大恐趙用樂毅伐燕”亦有脱誤。此下又有“銑注同”三字。案五臣注常用善注所引古籍而删去書名,又常增減古書中二三字以滅其襲引之跡,如以五臣單注本與善注對勘,即可了然。據叢刊本此注,可以推知其爲五臣之銑注,併六臣注者上段已采善注,因下段銑注與善注大同小異,但文較平近而稍詳,故即以銑注爲善注之下段,只于注末記“銑注同”三字,此爲六臣注本通病,所謂五臣亂善者多屬此類。胡刻“樂毅伐齊”上有“又曰”二字,注末“惠大”改爲“惠王”,似經尤氏補修,或尤氏據本不誤。

范睢以折摺而危穰侯　“摺”字,五臣作“拉”。

臣善曰危穰侯已見李斯上書折摺已見鄒陽上書晋灼曰摺古拉字也力答反　此注與胡刻全同。叢刊本善注止留“晋灼”八字,“力答”切音則注正文本字下,其“危穰侯”事以五臣良注入録,已不增補,亦不留原注“已見李斯書”等語。《考異》于此條無校語,殆袁本、茶陵本並與胡刻相同,而叢刊本之祖本獨異。

蔡澤以噤吟而笑唐舉　“以”字,《漢書》作“雖”。

孰視而笑曰先生曷鼻巨肩魋顔蹙齃膝攣吾聞聖人不相　此注與《史記·蔡澤傳》文相合。兩刻本“孰”作“熟”。又删去“先生”以次十二字。“曷鼻”之“曷”字，據北宋本《史記》、南宋本《史記集解》並同，劉師培據不明顯之影本以爲“昌”字，非。

當其亡事也　連下句二“亡”字與《漢書》同，刻本作“無”。

世治則庸夫高枕而有餘　“世”字、“治”字並缺筆，劉師培據此定爲李注未經竄亂之本。

説菀　“菀”字刻本作“苑”。

高枕已見上　此“已見从省”例，叢刊本複引《漢書》《楚辭》，當是併六臣注者增補之例，胡刻單注本亦同複出，則尤氏剔取善注時，未審其爲後人增補也。

或釋褐而傅　寫卷至“傅”字止，以下佚。

以上爲李善注本；自此以下爲白文無注本。

三、嘯賦殘卷

倫敦大英博物院藏敦煌《文選》殘卷，舊列斯坦因目三六六三號，新目編七二八四號，共四十一行，每行十六至十九字，起“自然之至音”，終“音聲之至極”，爲成公子安《嘯賦》，白文無注，末行題“《文選》卷第九”，案善注本《嘯賦》在第十八卷，知此爲昭明三十卷本。篇中不避唐諱，有點校，有音切分注本字兩旁，于隋唐《文選》反切舊音，大有裨助；至其别體字頗與他卷相同。玆以胡克家本、四部叢刊本及吴士鑑斠注《晋書》本傳校記如下。

〔良〕自然之至音　此卷行首從“自”字起，以上佚百七十餘字。

優潤和於琴瑟　“琴瑟”二字誤倒。

反亢陽於重隂　“隂”字，各本並作“陰”。

唱引萬變　“引”字右旁从人不从丨，與《唐寶室寺鐘銘》同。下文不另記。

紛繁鶩而激楊　“鶩”字，各本並从馬。“楊”字見下“柔橈”條。

固極樂而無荒　“固”字，叢刊本作“故”，校云：“善作固。”此卷書手誤倒“極樂”二字，有校筆勾正。

嗗仰拚而抗首　“拚”字，各本作“抃”。《玉篇》云：“抃同拚。”

或冉弱而柔橈　“橈”字从木旁，此卷从手从木之字多不分。叢刊本作“擾”，校云“善作橈”。

橫鬱嗚而滔涸　“嗚”字，胡刻作“鳴”，叢刊本校云：“善作鳴。”

冽繚眺而清昶　“冽”字，《晋書》作“唎”。“繚眺”二字，胡刻作“飄眇”，《考異》疑爲尤氏誤改。“眺”字，叢刊本、《晋書》同作“眺”。

逸氣奮涌　“涌”字，胡刻作“湧”。

烈烈飈揚　“烈烈”二字，胡刻及叢刊本作“列列”。許巽行《文選筆記》云：“列與烈通，《毛詩傳》曰：烈，列也。”

啾啾嚮作　“嚮”字，各本作“響”，下文同。

奏胡馬之長思　“奏”字，五臣作“走”。“思”字，叢刊本作“嘶”。

向寒風乎北朔　“向”字，叢刊本作“迴”。並於“嘶迴”下校云：“善作思向。”《晋書》“向”作“迴”。

又似嗚雁之將鶵　“嗚”字，各本並作“鴻”。“鶵”乃“雛”之别體，近似《唐王訓墓誌》。

南箕動於穹倉　“倉”字，各本作“蒼”。

清飈振乎喬木　“乎”字，《晋書》作“於”，連上四句同用“於”；《文選》則三句用“於”，一句用“乎”。

蕩埃藹之溷濁　“蕩”字，叢刊本作“流”。“藹”字，《晋書》、叢刊本並作“靄”。

變陰陽之至和　“之”字，《晋書》作“於”，與上聯“而播揚”之“而”字相配。《文選》作“之”，與上下句無别。

遊崇崗　“崗”字,胡刻作“崗”,叢刊本、《晋書》作“岡”。

藉蘭皐之猗靡　“蘭皐”,各本作“皐蘭”。

蔭脩竹之蟬蜎　“蟬蜎”二字,叢刊本从女旁。

乃吟詠而發歎　“歎”字,胡刻、叢刊並作“散”,善無注,向注謂發散其志。

聲駱驛而嚮連　“駱驛”,《晋書》及五臣本作“驛驛”。“嚮”字已見上。

若夫假鳥金革　“假象”二字,各本並同,寫卷用别體。象字,見隋《李景崇造象》。

訇磕聊嘈　“聊”字,胡刻、《晋書》有口旁,叢刊本从石旁。

發徵則隆冬熙蒸　“蒸”字,《晋書》作“烝”。

騁羽則嚴霜夏彫　“彫”字,各本作“凋”。

音均不恒曲無定制　“均”字,五臣作韻。此二句各本並同,叢刊本校云:“善無恒字,有二曲字。”《考異》謂“袁本、茶陵本同有此校語,非”。

行而不留　“留”字,筆誤,《左傳》襄二十九年作“流”,各本並作“流”。

假芳氣而遠逝　“假”字,用别體作叚,見魏《鄭義碑》。

羌殊尤而絶世　“絶”字,叢刊本校云:“五臣作純。”翰注云:“純,厚也。”

甯子撿手而歎息　“撿”字,《晋書》作“斂”,叢刊本校云:“五臣作斂。”良注同。

尼父忘味而不食　“尼”字,胡刻作“孔”。

百獸率儛而抃足　“儛”字,胡刻、叢刊本無人旁。

此音聲之至極　“此”字同《晋書》,胡刻、叢刊並作“蓋亦”二字。

文選卷第九　上句爲《嘯賦》終篇,此題篇第提行。此行下半有“鄭(似敬字,Giles 新編目録指爲家字,不似。)爲景點訖”六字,字體

較大且草，疑即點校及注音切者所題。次行爲五言詩四句，字體較大，凡三行，似書手牢騷語。紙背有"撼揩"二字音訓。

附　王仲宣登樓賦

卷列伯希和目三四八〇。賦前殘存七言詩二句，賦文共十四行，後接七言古體詩《落花篇》。此賦夾在詩篇之中，當非《文選》寫本，句中"兮"字盡皆删去，尤爲特異，而書法拙劣。但所用同音假借字、别體字，亦有不宜忽略者，因並校記如下：

登樓賦一首　王仲宣　今本《文選》卷十一題前一行標明分類爲"遊覽"，題下無"一首"二字，寫卷並異。

實顯敞而寡求　"寡"字别體，與《隋太僕卿元公墓誌》同。"求"字，《文選》作"仇"。"仇"、"求"古字通。

俠清漳之通浦　《文選》"挾"字，此用别體。

北彌陶沐　"沐"字《文選》作"牧"。

黍稷盈疇　《文選》"黍"字，此用别體，與《漢孔宙碑》同。

遭汾濁　"汾"字誤，《文選》作"紛"。

逾己以迄今　"己"字，《文選》作"紀"。

涕横墜而弗襟　"襟"字複上"開襟"，誤，《文選》作"禁"。

人情通于懷土　"通"字，《文選》作"同"。

俟河清乎未期　"乎"字，胡刻、叢刊本並作"其"，五臣本作"乎其"。"期"字誤，各本作"極"，叶。

翼王道之平　各本"翼"字作"冀"，"平"上有"一"字，並是。

懼斩瓜之徙懸　"匏"字用别體，"徒"字與《魏慈香造象記》相似。

畏井渫　"畏"字别體。

天慘慘而奇色　"奇"字，《文選》作"無"。

意切悍而憯側　《文選》"悍"作"怛"，"側"作"惻"，並是。

盤桓以返側　"返"字誤，《文選》作"反"。

四、謝靈運鮑明遠樂府七首殘卷

卷列伯希和目二五五四，存六十五行，爲樂府七首，白文無注，每行約十四或十五字，字極佳。卷端四行極殘闕，本文僅校其下七首，即謝靈運《會吟行》，鮑明遠《東武吟》《出自薊北門行》《結客少年場行》《東門行》《苦熱行》《白頭吟》。現行注本此數篇並在第二十八卷，無注本當在第十四卷。校勘所得，多近古義。然王重民《巴黎敦煌殘卷敘録》指爲蕭統原本，恐不可信。日本狩野直喜曾在俄京見此影本，撰有跋文。

首四行上截已佚，觀所殘留，"(蘭)以秋芳，來日苦短"數句，知爲陸士衡《短歌行》。案叢刊本六臣注《文選》陸士衡樂府十七首，《短歌行》居末，次接謝靈運《會吟行》，編次與此寫卷相同。但胡刻善單注本士衡十七首中，《短歌行》次第十四，蓋自第九首《齊謳行》之下，次序即異，故胡克家《考異》于陸士衡《日出東南隅行》校云："此亦善五臣次序不同而失著校語。"又叢刊本樂府上《君子行》篇五臣向曰之末接云："善本無此一篇。"此句疑爲併六臣注者之辭。而許巽行《文選筆記》君子行條云"觀古詞下注'李善本古詞止三首，無此一篇，五臣本有，今附於後'"。此"附後"之句，似爲刻單注者之辭。而胡刻單注本已無此附記，且并無此篇。蓋傳本紛歧，不易爬梳如此。

樂府一首　五言，寫卷第五行起此。叢刊本"府"下有"詩"字。側注"五言"二字，兩刻本並在《會吟行》之下。

會吟行　謝靈運　寫卷第六行如此，叢刊本則分姓字於第三行，胡刻又併總題子題姓字共一行。

迾逳皆静寂 寫卷第八行起爲《會吟行》正文。"逳"字同《唐甯思真墓誌》。

敷績壺冀始 "敷"字、"冀"字用别體,與《魏汶山侯墓誌》及《唐王仲建墓誌》同。

飛鷰躍廣途 兩刻本"燕"字皆無鳥旁,叢刊本校云:"五臣作鷰。"

津呈窈窕容 "津"字,兩刻本並作"肆",有善注引《周禮》鄭注以釋肆字,高步瀛謂《周禮》無此鄭注,則所謂善注已大有可疑。至寫卷之"津"字,用承上句"清沚",以下句"路"字承前句"廣途",脉絡頗清,惜無他本可證。又《西都賦》"列肆侈于姬姜"句,五臣、向注兩處相同,但"善曰"之下,止有鄭注而無《周禮》句,而日本上野藏古鈔本則"肆"字作"女",此或可以旁參。"容"字,五臣作"客"。

自來彌世代 "世"字,與五臣本同,不避唐諱,兩刻本並作"年"。

范蠡出江湖 "蠡"字用别體,近似齊李清爲《李希宗造象記》。

𢹂綴書土風 "牽"字别體,與《唐王徵君臨終口授銘》同。

樂府八首 五言,寫卷總題如此,日本藏古寫本《文選集注》卷第五十六與此同式(《集注》本此行前有"樂府"二字,乃鮑明遠、謝玄暉二人樂府之總題,即其第五十六卷分目之"樂府三"也)。叢刊本"府"下贅一"詩"字,無"五言"二字。胡刻無"五言"二字。

東武吟 鮑明遠 《集注》本姓字與"八首"總題同行。叢刊本題下側注"五言"二字,姓字在次一行。胡刻"吟"下側注"五言"二字。似是總題、子題、姓字三項同行,但因子題注文佔卻位置,故姓字延伸在次行。

僕本寒鄉士 "僕"字用别體作僕,見《周岐山縣侯姜明墓誌》。

占募到河源 "占"字,各本並有善注"應募爲占募"之語,《集注》

本又引《音決》"占，之瞻反"，及"劉良曰：占募，謂投募也"。叢刊本校云："五臣作召。"注引"銑曰：召募，謂投募也"。《集注》之引五臣與六臣注之引五臣，如此紛歧，殆删取不同，但六臣本校語指實五臣作召，似以一偏概全體，豈所見本有不同耶？

密塗亙萬里　"塗"字，《集注》引陸善經本及各本並同。叢刊本校云"五臣作途"，下引五臣"良曰"亦作"途"。《集注》引五臣"張銑曰"亦作"途"。兩本文句全同，但良與銑異，《集注》本連姓著録，似較可據。

要兼刈葵藿　"要"字，叢刊、胡刻作"腰"，五臣本、《集注》本作"腰"。《集注》引《音決》"要，一招反"，末云"今案《音決》腰爲要也"，是寫卷與《音決》同。

空負百年寃　"寃"字，各本並作"怨"。《集注》引《音決》云"怨，於元反，或爲寃，非"。知寫卷祖本遠在《音決》之前。（此句善注，《集注》作"言怨在己，若荷負也"，今刻本作"若何負之"。）

出自薊門北行　"薊"字同《集注》，各本並作"薊"，《魏司空王誦墓誌》以"葪"爲"薊"。"門北"二字，各本並作"北門"。叢刊本、胡刻並于題下側注"五言"二字。

嚴秋筋簳勁　"簳"字，各本並作"竿"。《集注》云："今案《音決》竿爲簳也。"是寫卷與《音決》同。

虜陣精且强　叢刊本"强"作"彊"，校云"善作强"。

天子案劍怒　"案"字，各本並作"按"，惟《集注》引善注作"案"。

蕭鼓流漢思　"蕭"字，各本並从竹頭。

旌甲被胡霜　"旌"字用别體，右下从圭，與《魏北海王元詳造象》同。《集注》本作"旍"，與《唐張興墓誌》相近。（胡刻《曲水詩序》之"綏旌"直與《張興誌》同。）

結客少年場行 叢刊本、胡刻題下並側注"五言"二字。

去鄉卅載 "卅"字,各本並作"三十"二字。

九衢平若水 "衢"字,各本文注並作"塗"。

車馬如川流 "如"字,各本作"若"。

苦熱行 叢刊本注"五言"二字,胡刻無。

玄蜂盈十圍 "蜂"字用别體,與《集注》本同;其右下从"牛",與《唐宴石淙詩石刻》同。

吹蠱痛行暉 "痛"字,五臣本、《集注》本並作"病"。(五臣注云:"病行客使無光暉。"《集注》作"張銑曰",叢刊作"良曰"。)

障氣晝熏體 "障"字,各本並同。叢刊本校云:"五臣作瘴。"所引"向曰"亦作"瘴",但《集注》引"吕向曰"仍作"障"。

芮露夜沾衣 "芮"字,刻本作"菵",注同,《集注》作"茵",引《音決》云:"茵,亡雨反。"

生軀蹈死地 "蹈"字,《集注》作"陷",注云:"今案五家陸善經本,陷爲蹈也。"

君輕君尚惜 上"君"字與《集注》本同,兩刻本作"財",叢刊本校云:"五臣作爵。"

白頭吟 叢刊本側注"五言"二字,胡刻無。

直如朱絲繩 "絲"字用别體,與《唐魏邈墓誌》同。

點白信蒼蠅 "點"字與《集注》同,叢刊本校云"五臣作點"。兩刻本並作"玷"。終卷殘闕三行,以下佚。

五、答臨淄侯牋殘紙

斯坦因目六一五〇號,殘存二行,止十六字,Giles 大英博物院敦煌寫卷目録新編七三三〇號,但不知此爲《文選·楊德祖答臨淄侯牋》，今本次卷四十，無注本當次卷二十。

而辭作暑賦彌曰……而歸憎其皂者也伏想……　寫卷存二行，止得十六字如上。下“而”字，兩刻本及古寫五臣單注，《集注》並無。“憎”字，胡刻作“增”，誤。“皃”字用别體，《集注》本多與此同，亦與《梁蕭憺碑》《魏饒陽男元遥墓誌》相近。“伏想”之上無注文，當是無注本。

大英博物館藏《文選》卷五十《嘯賦》殘卷(S.3663)局部

日本古鈔《文選》五臣注殘卷校記

文選之學，興于隋唐[①]。曹憲開其朔，而李善集其成。善爲注六十卷，敷析淵洽，爲世所稱。厥後吕延祚以善止引經史，不釋述作意義，乃集吕延濟、劉良、張銑、吕向、李周翰五人注，復昭明之舊，爲三十卷。開元六年，延祚上之，名曰"五臣注"[②]。趙宋以降，五臣盛行。其時鋟版，有以李注合于五臣，號曰"六臣注"[③]。今所傳宋槧，或先五臣，次李注。如明州本、廣都裴宅本[④]是也。或先李注，後五臣。如贛州本[⑤]是也。然六臣本于善注及五臣多有增芟，時復羼雜，非盡本來面目[⑥]。五臣後出，立説荒陋，且多剽自李

---

① "文選學"一名見《舊唐書·儒林·曹憲傳》及《新唐書·文藝·李邕傳》。

② 見晁公武《郡齋讀書志》。

③ 《直齋書録解題》云："五臣注三十卷，後人并李善原注合爲一書，名六臣注。"

④ 明州本，紹興三十八年修正，六十卷，題梁昭明太子撰，五臣并李注。有右迪功郎明州司法參軍兼監盧欽跋語。廣都裴宅本，原爲徽宗崇寧五年刊，南宋寶慶、咸淳間河東裴氏重刻。題梁昭明太子撰，唐五臣注，崇賢館直學士李善注，共列三行。明嘉靖六年袁褧覆宋刻，自此出。

⑤ 贛州本，題梁昭明太子撰，唐李善注，唐五臣吕延濟、劉良、張銑、吕向、李周翰注，分列四行，無刊版年月，爲贛州州學教授張之綱覆校（詳《皕宋樓藏書志》），茶陵陳仁子本從此出。

⑥ 淳熙尤袤跋云："雖四明贛上，各嘗刊勒，往往裁節語句，可恨。"

注，久爲學林所詬病。清代選學昌明，從事校讎者，若何義門、陳景雲、余古農、許巽行輩，勤于辨析，竭盡心力，思復崇賢之舊觀。胡克家既據宋淳熙辛丑尤袤于貴池鏤版之李善單注本，加以重雕。彭甘亭、顧千里實預其役，爰有考異之作。惜尤刻仍非未經合併之本，故其正文，或與五臣相雜。蓋南宋時除尤刻外，已無完善李注單刊之本。即尤本亦非盡舊觀也[①]。李注原書，既不易覯（敦煌所出李注，惟《西京賦》及《答客難》《解嘲》兩殘卷），倘五臣原本具在，持以勘校，其異亦可以立見。乃胡氏刊書時，除尤本外，所見僅爲明袁褧本及茶陵陳仁子本。所據既止于此，讎校所得，自不免於事倍功半。是故循六臣本以求善注之原貌，不若求之五臣單注本，爬梳剔抉之爲便也。顧千里故謂："使有五臣而不與善注合併，即合併矣，而未經合併者具在，即任其異而勿考，當無不可。"其言是矣。惜五臣單注本，清世治選學者均未之見，而人間傳帙甚稀。錢遵王《讀書敏求記》有《五臣注文選》三十卷。見于著録，僅此而已[②]。

以余所知，五臣單注古本之存于今者，蓋有二種：一爲宋槧本，紹興（三十一年）辛巳（公元一一六一）建陽崇化書坊陳八郎宅刊，共三十卷，十六册。首三卷，半頁十二行，行二十四字；第四卷以後爲十三行，行二十五字。現藏臺灣"中央圖書館"[③]。一爲日本所存舊鈔殘頁，三條公爵家藏。昭和十二年影印一軸，列《東方

① 見胡刻《文選考異序》。序出顧廣圻手，亦載《思適齋集》卷十。

② 《讀書敏求記》卷四云："宋刻五臣注《文選》，鏤板精緻，覽之殊可悦目。唐人貶斥吕向，謂比之善注，猶如虎狗鳳雞。由今觀之，良不盡誣。昭明序云都爲三十卷，此猶是舊帙，殊足善耳。"

③ 見屈萬里《臺灣公藏宋元本聯合書目》。查長洲王頌蔚《古書經眼録》記重校新雕《文選》二十卷，爲紹興三十一年建陽書肆刊者，即此。顧廷龍有《讀宋槧五臣注文選記》，見《中山大學語史所週刊》一〇二期。

文化叢書》第九。宋槧本，余未獲見；日鈔本，扶桑學人知其可寶，既爲印行，然尚未有人專作研究者。玆試爲校覈，并與胡刻六臣本參證。惜五臣宋槧未能合校，惟有期諸異日耳。

日鈔殘五臣注，僅存卷第二十。影刊卷子高八寸七分，全長四十一尺。紙背寫日本正曆四年（公元九九三，宋太宗淳化四年）；具平親王撰《弘決外典鈔》卷第一[①]。起鄒陽《獄中上書》，自"玉人李斯之意"句至篇終。接司馬長卿《上書諫獵》、枚叔《上書諫吴王》及《重諫吴王》、江文通《詣建平王上書》，"女有不易之行信而"句下缺。中間又缺去任彦昇《奉答勑示七夕詩啟》《爲卞彬謝修卞忠貞墓啟》《啟蕭太傅固辭奪禮》三篇，與《奏彈曹景宗文》前半，即接"軍事左將軍郢州刺史湘西縣開國侯臣景宗"句迄篇終。又接《奏彈劉整》，迄"范及息逡道是采"句，下又缺脱。接《奏彈王源》，文缺篇首，僅存"丞王源忝籍世資"句起，訖終篇。下接楊德祖《答臨淄侯箋》、繁休伯《與魏文帝牋》、陳孔璋《答東阿王箋》、吴季重《答魏太子牋》《在元城與魏太子牋》，俱完篇，至阮嗣宗《爲鄭衝勸晋王牋》"褒德賞功有自來矣"句。據此卷日人所附解説云："原紙數共二十二枚"，似其初非卷子本，重印時爲裱成長軸耳。原本每行字數，十四、十五、十六字不等；注雙行，每行二十二、三字。書法頗工。

此鈔本有濟、良、銑、向、翰等注，無李善注，自是五臣注本。按五臣注復昭明之舊，爲三十卷。自《奏彈曹景宗》以下，在李善注爲卷四十，《上書吴王》以下數篇，在善注爲卷三十九，則此本于五臣注應爲卷第二十。鈔本唐諱民、基等字，并缺筆。其字體及紙質，

---

① 紙背《弘決外典》爲具平親王所撰四卷本中之卷第十本。有卷首親王序文，引外典目録年代略記。此書别有弘安七年金澤稱名寺圓種手鈔本册子，紙面有"花王藏"、"日純"墨書，據推斷爲鎌倉時代書寫，與此卷可相表裡。

據鑒定爲日本平安朝中期所書寫，則其依據本子，可能爲唐本，亦可據以覘五臣注唐本之原狀。

本文校記先列日鈔正文并注，次以四部叢刊影宋慶元間建陽坊刻六臣本讎校，其與李善單注有歧異者，又以胡刻入校。又日本所傳唐鈔《文選集注》卷七十九可與此殘頁參校者，有《奏彈曹景宗》以下至《答東阿五牋》共六篇[①]。其他復以古刊史書合校。鄒陽、枚乘書、相如諫獵、江淹上書共五篇，分以北宋景祐本《史記》、南宋重刊淳化本《漢書》、紹興重刊北宋監本《梁書》校；《答臨淄侯牋》，以紹熙本《三國志》校。謹揭所據古本于此。

案此殘卷起鄒陽《於獄上書》"玉人李斯之意"句，其上缺。

願大王察玉人李斯之意

案此與景南宋重刊淳化本《漢書》同，景北宋景祐本《史記》"玉人"作"卞和"。

子胥鴟夷

案"胥"作"肙來力"，《漢韓勑碑》如此。

比干強諫

案《四部叢刊》六臣本"強"作"彊"（以下簡稱"叢刊本"）。

紂割其心

案"割"字，叢刊本作"剖"。

賜之死，取之死其尸

案日鈔"取"下"之死"二字衍，叢刊本無，是也。

---

① 京都大學影印本在第四集。羅振玉影寫本亦有《奏彈劉整》至《答東阿王牋》一册，其目録題爲"彈事牋"，并謂："無前後題，以李本卷四十三推知爲卷八十五。"然善注《彈劉整》在卷四十。又《集注》原書于《東阿王牋》末實題"文選卷第七十九"。羅説殊誤。

沆之於江

案"沆"字，日鈔連筆致訛。叢刊本作"沉"是。

（以上濟注）

有白頭如新

案"有"字，《史記》《漢書》"鄒陽傳"及明翻宋本《新序》皆有；叢刊本、胡刻本並無。

文不相得

案"文"字誤，叢刊本作"言人"二字。

情若相傾匡蓋之間

案"匡"字誤衍，六臣本"相"下有"得"字，"傾"下接"蓋"字，是。

（以上銑注）

籍荆軻首

案叢刊本作"藉"。"藉"、"籍"通用。

以奉丹之事

案叢刊本"之"下校云："善本無'之'字。"《漢書》亦無，《史記》、《新序》並有，與五臣同。

荆軻見於斯曰

案"斯"乃"期"之訛。

秦購將軍之首

案叢刊本此句下有"金千斤"以次三十八字，其末爲"願得將軍之首"。日鈔因其文之末四字相同而誤脱。

以獻於秦王，王必喜

案叢刊本不複"王"字，而複"秦"字，蓋分句不同。

臣左手持其袖

案叢刊本"左"上有"因"字。

遂自剄藉也

案叢刊本"剄"作"刎"。又"藉"下有"借"字,是。

丹即燕太子丹也

案叢刊本無"丹也"二字。

(以上向注)

案此節善單注本出《史記》曰而删節其文。日鈔與六臣本所録向注,則不標《史記》之文,而就善所引者略爲加減,如"今有一言"句删去"今"字,"遂自剄"上加"從之"二字。行文減色,沿襲之跡全露。

臨城自剄(古郢反)

案六臣本無"反"字,下同此者從略。

以卻齊而存魏

王奢自齊亡之魏

案叢刊本"奢"下有"齊臣也"三字,乃李善引孟康説。惟孟康原作"亡至魏",五臣删其齊臣二字,故作"自齊亡之魏"。

今君來

案叢刊本"君"下有"之"字,乃李善引孟康原文,五臣删去。

遂自殺,齊兵遂卻之也

案叢刊本"殺"作"剄",無"之也"二字,五臣改孟康之剄爲殺,而加"齊兵遂卻"一句,兩句重用"遂"字,亦五臣臨文失檢敗露處。

(以上翰注)

案叢刊本此段先録善注,後云翰注同。再檢善單注本起《漢書音義》曰,止"遂自剄"句,無"齊兵遂卻"句,蓋孟康説。曰鈔五臣單注本無"齊臣也"及"之"字,而有"齊兵遂卻"句。三者比勘,則五臣略改善注之跡甚明,而日鈔爲五臣真貌,亦灼然可見。

蘇秦不信於天下,無爲燕尾生

案叢刊本無"於"、"無"二字。《史記》有"於"字,"無"作"而"。《漢書》有"於"字而無"無"字,《新序》及善本同。此節注語,日鈔作"濟曰",叢刊本作"翰注"。

爲魏取中山

白圭爲中山將六城

案日鈔"六"上脱"亡"字,叢刊本有之。

中山之君,將誅之,亡魏

案"中山之君"四字,叢刊本但作"殆"字,又"亡"下有"入"字。

(以上良注)

案叢刊本此節,先録善注,後云良注同。惟善注乃引張晏説,見《史記》《漢書》注,并作"君欲殺之";今作"殆"者,乃併注時之誤,故文義不順。日鈔作"中山之君",當是良注原貌。而叢刊本謂良同作"殆",是五臣注已間接爲人所亂。

食以駃騠

案《新序》"食"下有"之"字。

更厚一駿馬

案叢刊本"厚"作"烹"。

(銑注)

白圭顯於中山,人惡之於魏文侯,文侯投以夜光之璧

案叢刊本複"中山"字。校云:"善本少一'中山'字。"是日鈔與六臣之善本同。考《史記》《新序》複中山字,《漢書》不複。又叢刊本校云:"五臣本少一文侯字。"今案日鈔用重點,明非少一文侯字。六臣本所見之五臣注,往往不同于日鈔。或併六臣注時,校勘誤混。《史》《漢》並複"文侯"二字,《新序》則不複。

而贈圭寶玉也

案“圭”,叢刊本作“以”。

（向注）

豈移於浮辝哉

案“辝”,叢刊本作“詞”。

爲宗所刖

案宗乃“宋”之别體,他處同此。

而三以爲相也

案“三”字,叢刊本作“王”,《戰國策》原文作“三”。且中山君亦不稱王,疑併注時誤改。今日鈔五臣本無訛,故此類錯誤,不應概目爲五臣之陋。

臏刖足也

案叢刊本無“足”字。

（以上翰注）

卒爲應侯

爲魏齊所笞擊

案叢刊本“爲”下有“魏相”二字,“齊”下有“之”字。此句下“折齒搚肋”四字,亦五臣故倒善注原文“折肋搚齒”之顯見者。

亡入秦

案“亡”字,日鈔用别體字似“止”,全卷皆同。

（濟注）

徐衍負石入海

諫殷五不聽

案“殷”下叢刊本無“王”字。

水自河出爲

案日鈔"爲"下脱"雍"字,叢刊本有之。

衍惡周未之亂,負石於海也

案叢刊本"衍"上有"徐"字,"石"下有"投"字,"也"作"中"。

(此段日鈔作良注,叢刊本作向注。)

以移主上之心

案"主上"二字與《史記》《漢書》《新序》合。叢刊本作"人主",校云:"善本作'主上。'"此又六臣所據之五臣本,與日鈔不同者。

百里奚乞食于道路

案叢刊本同,校云:"善本無道字。"考《漢書》有,《史記》無。

甯戚飯牛車下

案叢刊本"牛"下有"於"字。校云:"善本無於字。"日鈔亦無於字,與《史記》《漢書》《新序》合,此又六臣所據五臣本不同日鈔者。

合於行

案日鈔"行"字與《史記》《漢書》合,叢刊本作"意",與善本同而無校語,是亦六臣據本異于日鈔。

昔者魯聽季孫之説

案日鈔有"者"字,與《史記》合。叢刊本無"者"字,與善本、《新序》、《漢書》合。然叢刊本不云"五臣無者字",是亦據本異于日鈔。

季桓子受三日不不朝

案日鈔"受"下脱"之"字,又衍一"不"字,叢刊本不誤。

魯用季孫

案"孫"字,六臣本作"氏"。

(以上向注)

孔墨之辨

案“墨”字同《史記》《新序》《漢書》，叢刊本作“翟”。校云：“善本作墨字。”是六臣所據之五臣本作“翟”，異於日鈔之五臣本作“墨”。又“辨”字，各本並從言，下“伊管之辨”同。

魯宋竟以弱

案叢刊本倒作“宋魯”，又無“以”字。

（濟注）

積毀銷骨

案此句下五臣無注，日鈔、叢刊本並同。胡刻此句下善注各本互有倒誤，與五臣注無涉。

秦用戒人由余

案“戒”乃“戎”之訛。

穆公爲霸王也

案叢刊本無“也”字。

宣王所以強威

案“強威”，叢刊本作“彊盛”。

（以上良注）

垂明當世

案“明”字與《漢書》同，《史記》《新序》作“名”，叢刊本作“名”，校云：“善本作明。”此亦六臣據本異于日鈔。

由余子臧是矣

案“子臧”二字，《史記》作“越人蒙”。

朱象管蔡是矣

案連上條二“矣”字，與《史記》《漢書》同，叢刊本作“也”。校云：“五臣作矣。”考《新序》亦作“也”。

欲殺舜

案叢刊本"欲"上有"常"字。

言朱象管蔡

案叢刊本作"計此四人",與日鈔意同而文異,疑併注時曾加潤色。

文爲讎敵之矣

案"之矣",叢刊本作"也"。

(以上向注)

捐子之心

案"之"下應複一"之"字,日鈔誤説。宜作"捐子之之心"。子之,人名。

田常之賢

案叢刊本"賢"下有"良"字。《史》《漢》《新序》善本並無之。

齊桓奏穆

案叢刊本"齊"上有"五伯"二字[①]。

(翰注)

於子南面

案"子"下脱"之子之"三字,叢刊本有。

噲死之亡

案"之"上脱"子"字,叢刊本有。

殺簡公

案"殺",叢刊本作"弑"。

常爲相

案叢刊本"常"上有"以"字。

---

① 日鈔此注在"而三王易爲比也"句下,六臣本併在"不説田常之賢"句下。

何足説之也

案叢刊本作"何足悦也"。

(以上濟注)

案此節五臣注易舊説"燕王噲"爲"燕國君噲"。其上竟謂屬國於子之者爲燕昭王,古人譏五臣爲"荒陋"者,並見於此。

欲善無厭也

脩其墓

案叢刊本"脩"上有"而"。

(良注)

強霸諸侯

案叢刊本"强"上有"而"字,同善本。日鈔無"而"字,與《史記》《漢書》並同。但叢刊本不云"五臣無而字",則其校勘是否有漏,抑或據本不同,疑不能明。

獻公逐文公

案"逐"上叢刊本有"之"字。

免吕都之難

案"都"乃"郄"之訛。

遂強霸

案叢刊本"遂"下有"以"字①。

仇爲管仲,公子糾射桓公中鈎,而桓公以爲相,而一匡天下也。

案叢刊本作"仇,謂管仲爲公子糾射桓公中鈎",無"而桓公"以下十二字。

(以上銑注)

---

① 六臣本分此注在"强霸諸侯"句下,日鈔則併下段在"一匡天下"句下。

案日鈔此節與六臣本詳略差十餘字，細察日鈔"仇"下之"爲"字，應是"謂"字；"管仲"下應有"爲"字。改正誤筆，則上半節兩本相合。至下半節日鈔所有之"桓公以爲相"二句，疑併六臣注時，因避與善注引《論語》重複而從省。

誠加於心

案叢刊本"加"下校云："善本作嘉字。"而《史記》《新序》。《漢書》并作"加"，與五臣同。

而遂誅其身

案叢刊本、善本、《漢書》俱無"而"字。《史記》"而遂"作"而卒"。

而爲人灌園

案"而"字乃日鈔所獨有，又日鈔闌外有舊校筆云："或本無園字。"

知其才得也

案叢刊本"也"作"之"。

使使迎之

案叢刊本作"使使往迎子仲"。

爲人灌園之也

案叢刊本無"之"字。

（以上向注）

披心腹

案叢刊本"腹"下校云："五臣作腸。"然日鈔、五臣並不作腸，此種紛歧，或由于據本不同，或由于校勘誤混，亦六臣本使人致疑處。

隳肝膽

案各本《文選》並作隳，注同。《新序》亦同。《史記》《漢書》並作“墮”。

無愛於士

案叢刊本“愛”下校云:“五臣本作變。”或所見異本。《新序》亦作“變”。

桀之狗

案叢刊本“狗”作“犬”。《史記》作“狗”,《漢書》作“犬”。宋祁曰:“犬字當從浙本作狗,則近古而語直。”是日鈔又可爲宋祁校勘《漢書》佐證。

竇,開也。跖,盜跖也。由,許由。

案叢刊本無下七字,殆併注時因善注已明,故於翰注從省。依六臣例,“開也”下應有“餘注同”三字。

(翰注)

沉七族

案叢刊本“沉”下校云:“善本作湛字。”《史》《漢》並作“湛”,同善本。

今吴王

案叢刊本“今”作“令”,是。

以劍刺之也

案叢刊本“以”上有“因”字,句末無“也”字。

(以上濟注)

投人於道路

案日鈔闌外校記云:“本無路字。”“本”上殘缺似尚有一二字。叢刊本校云:“善本無路字。”案《漢書》無,《史記》《新序》有。

萬乘天子之也

案叢刊本無“之”字。

（銑注）

猶結怨

案日鈔“猶”旁有舊校筆“秖”字，叢刊本作“秖足結怨”，善本同。蓋日鈔與《史記》同，《漢書》則作“秖怨結”。《新序》作“秖足以結怨”。

德重也

案叢刊本作“德重者，人不以爲德故也”。

（向注）

故有人先談

案叢刊本引“善曰談或爲游”，考《史記》作“談”，《新序》《漢書》作“游”。

輔人主之治

案叢刊本“治”下校云：“善本作政字。”胡刻善本則作“治”。與日鈔、五臣同。

枯木朽珠之資也

案“珠”乃“株”之譌。叢刊本校云：“善本無也字。”然胡刻善本及《史》《漢》並有“也”字。

龍因也

案“龍”乃“襲”之譌。又日鈔此注脱去題名，叢刊本作“翰曰”。

獨化陶鈞之上

案“化”下脱“於”字，叢刊本有。

造瓦器者也

案叢刊本無“也”字。

故比之天

案“天”叢刊本誤作“矣”。此段良注，日鈔在“衆多之口”句下，叢刊本在“陶鈞之上”句下。

任中庶子蒙之言以信荆軻之説

案“蒙”下,《史記》、叢刊本、善本並有“嘉”字,獨《漢書》無之。顔監曰:“蒙者,庶子名。今流俗書本蒙下輒加恬字,非也。”顧炎武曰:“傳文脱嘉字。”王先謙曰:“蒙嘉事并見《燕策》《新序》,此文《史記》《文選》皆作蒙嘉。”是日鈔所据本乃同《漢書》脱本。又叢刊本無“以”字。校云:“五臣有以字。”所見本與日鈔同。

周文五獵涇渭

案日鈔闌外校云:“本無王字。”然《史》、《漢》、叢刊本並有,獨胡刻善本無。此節銑注剌秦王事,前段删録善注,其下如叢刊本。六臣本併注時,删去銑複善者,故銑注起“爲先言于秦王”句。

今人主沉於諂諛之辭

案句與《史記》《新序》同,叢刊本校云:“善本無沉於字。”而胡刻善本僅無“於”字,與《漢書》同,所謂無“沉於”者不知何本。

此鮑焦所以忿於世也

案句同《漢書》《新序》。王先謙曰:“《史記》《文選》世下有‘而不留富貴之樂’七字。”又《漢書》“忿”作“憤”。此節濟注鮑焦事,略删善注而成。六臣本先録善注,故删銑複善者,止留不羈以下十九字,後云:“餘文同。”

墨子迴車

故配也

案日鈔誤,叢刊本作“故醜之”。

堀穿穴巖藪之中

案《新序》、《漢書》、善本並同,叢刊本校云:“五臣本作巖穴。”此亦六臣所見之五臣本不同日鈔。又《史記》“巖藪”作“巖巖”。

而趨㢶下者哉

案叢刊本校云:"五臣本無'者'字。"此亦所見五臣本不同日鈔。

上書諫獵一首

案叢刊本無"一首"二字。

方自擊熊馳逐野獸

案叢刊本無"馳"、"野"二字。

回上流諫也

案"回"乃"因"之訛,"流"乃"疏"之訛,"也"字,叢刊本作"之"。

(以上爲題名下向注)

遇軼才之之地

案二"之"間説"獸駭不存"四字。

力不得施用

案叢刊本校云:"善本無施字。"《史記》亦無"施"字,《漢書》"力"、"施"二字並無。

盡爲難矣

案句下濟注三十二字,叢刊本録于"屬車之清塵"下。

中路而後馳

案叢刊本無"後"字,《漢書》亦無後字,宋祁曰:"浙本馳上有後字。"王先謙曰:"《史記》有後字。"均同日鈔五臣本。

而況乎涉豐草騁丘墟

案胡刻、善本同。《漢書》無"而"字,《史記》作"而況涉乎蓬蒿,馳乎丘墳"。

不以爲樂出萬有一危之塗

案日鈔"爲樂"之旁,有舊校"安"字,與《漢書》合。叢刊本作

"爲安而樂",與《史記》合。

萬乘天子謂也

案"謂"應在"天"上,日鈔誤倒,無"謂"字。

(翰注)

禍故多藏

案叢刊本"故"下校云:"善本作固之字。"《史記》、《漢書》並作"固"。

坐不垂堂

而傷之矣

案叢刊本無"矣"字。

(銑注)

上書諫吴王

爲吴王濞郎

案叢刊本"郎"下有"中"字。

乘秦書諫王

案"秦"乃"奏"之訛[①]。

得全者全昌,失全者全亡

案"昌"上"亡"上俱有"全"字,與《漢書》同。叢刊本則並無二"全"字。

湯武之士

案"士"字,六臣及他本並作"土"。唐人寫卷,士、土二字,以兩横旁有點者爲士字,無點者爲土字,不以上横長短作分别。

---

① 題名下濟注,但節録善注而已,故叢刊本録善注,後云:"濟注同。"

下不傷百里之心

案“里”，叢刊及他本並作“姓”。

三光日月星不絶其明者(連下共二十七字)

案善引《淮南子》高注：“三光，日月星也。”濟注不標出處，但取義，故其文如上録日鈔本。叢刊本先録善注已有此語，故後録之濟注删去“三光”五字，止録其“不絶”以下二十二字。

(濟注)

忠臣不避重誅以直諫

案《漢書》善本並同日鈔。叢刊本“以”下有“置”字，校云：“五臣本無置字。”此六臣所見五臣本與日鈔相同，而所據有置字，不知出何本[①]。

披腹心

案日鈔與《漢書》同。叢刊本作“心腹”，校云：“善本作腹心。”此六臣所据之心腹，乃另一五臣本，與日鈔異。

下垂不測之淵

廿斤曰鈞

案叢刊本“廿”作“三十”。

不可測也

案叢刊本作“不可得知也”。

(以上向注)

百舉必脱

是以盡脱於禍

案叢刊本無“以”字。

(良注)

---

① 《説苑》亦無置字。

變所欲爲

案日鈔與《漢書》同，叢刊本"所"下有"以"字，校云："善本無以字。"是六臣所据五臣本有"以"字也，與日鈔異。

謀逆之計變也

案叢刊本"變"下有"改"字。

弊無窮之極樂

案日鈔此句與胡刻善本同。叢刊本"弊"作"敝"，無"極"字，《漢書》同。

宂萬乘之重勢

案"宂"乃"究"之訛。"重"字，叢刊及他本並無之。

以居泰山之安

案"以"字同《漢書》，叢刊及他本並無。

不知就陰而止

案"知"字與《漢書》同，叢刊本作"如"[①]。

楚之善射者也

案"也"字與《漢書》同，叢刊本有"也"字。

乃百步之内耳

案"乃"字與《漢書》同，叢刊本"乃"下校云："善本無乃字。"

言養由所得百中者

案叢刊本"由"下有"基"字。

與之相北

案"北"乃"比"之訛。叢刊本"之"作"人"。

---

① 《説苑》作如。

言操持之也

案叢刊本無“言”、“之”二字。

（以上銑注）

禍何自來哉

案叢刊本“哉”下校云：“善本無哉字。”《漢書》亦無“哉”字。

殫極之綆斷幹

案“殫”，《漢書》作“單”，王先謙曰：“《文選》加歹爲殫，不可從。”“綆”字，叢刊本作“絖”，校云：“五臣本作綆。”此與日鈔同。

殫盡也綆索也

案叢刊本無上三字，殆以已見善注，故併注時删去。

（翰注）

漸靡使之然也

靡磨也

案叢刊本“磨也”作“無也”，似非淺人所改。《荀子·性惡》“靡使然也”，楊注：“或曰靡，磨切也。”枚叔用荀子語。靡蓋通作劘。

（濟注）

至文必過

寸寸度

案“度”下脱“之”字，叢刊本有。

必有盈縮矣

案叢刊本無“矣”字。

皆不中

案叢刊本“中”下有“也”字。

（以上銑注）

徑而寡失

若稱文量

按“若”下脱“石”字，叢刊本有。

（良注）

手可擢而抜

按以“抜”爲“拔”，見北周《趙智侃墓誌》。《漢書》作“拔”，叢刊本拔下校云：“善本作抓字。”

先其未形也

按“也”字，《漢書》同，叢刊本校云：“善本無也字。”

不見益也

按叢刊本“見”下有“其”字，句末“也”字，與《漢書》同。

有時而亡

按日鈔“亡”字形“止”混，此“亡”字旁有校筆作“亡”，又同見吳季重《答魏太子牋》。

恐一朝見困矣

按叢刊本訛“困”爲“用”。

磨礱砥皆磨石

按叢刊本“皆”上有“礪”字。

臣願大王熟計

案叢刊本無“大”字，又校云：“五臣本無臣字。”所見與日鈔異。

此百世不易之道也

按日鈔脱“也”字。

上書重諫吳王一首

案叢刊本無“一首”二字。

既舉兵及

“及”乃“反”之訛。

（題下濟注）

昔秦兩舉胡戒之難

案“戒”乃“戎”之訛。又《漢書》“昔”下有“者”字。

南距羌莋之塞

案“莋”同《漢書》。叢刊本作“花”，校云：“善本作莋字。”下文同。

而又反能東向

案叢刊本無“反”字。

（良注）

厲荆軻之威

當率五國逐秦

案叢刊本“國”下有“兵”字。

燕後復使荆軻

案叢刊本無“後”字。

（以上銑注）

并力一心悉以備秦

案叢刊本及他本並無“悉”字。

而并天下者是何也

案叢刊本無“是”字，又“者”下校云：“善本作是字。”善本無“者”有“是”，與《漢書》同。

願責先帝之遺約

案此句下叢刊本有“今漢親誅其三公以謝前過”十一字，他本並同，日鈔良注有“三公”字，乃正文誤脱。

是大王威

案"之"字與《漢書》同，叢刊本校云："善本無之字。"

不如朝夕之池

路言臺下臨路

案叢刊本句首有"上臨"二字，"下臨"下有"苑"字。

朝夕池海水也

案叢刊本無"水"字。

（以上銑注）

絶吴之饟道

魯東海二郡也

案叢刊本訛"郡"爲"都"。

（良注）

亦不得已

滎陽縣也

案叢刊本"也"作"名"。

（銑注）

四國不得出兵以安其郡

案叢刊本及他本並無"以安"二字。

亦以明矣

案"以"，叢刊本及他本並作"已"。

趙王遂發兵應吴將酈寄園邯鄲故云囚也

案"將"上應有"漢"字，"園"字應是"圍"字之訛。叢刊本至"發兵應吴"句止，無"漢將酈寄"以次十一字。此十餘字乃善注引應劭之説，日鈔濟注此十一字應是五臣刪襲原貌，叢刊本無之，殆後人彙併六臣注時，以善注已明此事，故于濟注内刪去複善者耳。

（濟注）

詣建王上書一首

案日鈔此題不提行，直接上篇《重諫吴王》末句“願大王熟察焉”之下。又叢刊本題下無“一首”二字。

江文通

景素好事

案“事”乃“士”之訛，叢刊本及紹興重刊北宋監本《梁書・江淹傳》併作“士”。

得罪連淹繫州獄

案叢刊本“罪”下有“辭”字，“獄”下有“中”字。

淹既上書

案叢刊本無“淹既”二字。

（向注）

案叢刊本江文通題名下，先録善注，次録“向曰：詣，謁也，餘注同”。所謂同者，向述江淹事略與善引《梁書》同也，實則仍有異文。校記此上三則，乃向注與善注之異，當是五臣真貌。

飛霜繫於燕地

案“繫”字誤，叢刊本及紹興本《梁書》並作“擊”。

賤臣，鄒衍也。事燕惠王，左右譖之，被繫于獄。鄉天而哭。盛下，天爲之霜降。叩心言恨也。

案叢刊本無“事燕”以次二十三字，殆因已具善注，故删併六臣注時，節去翰注。“下”乃“夏”之訛。

（翰注）

振風襲於齊堂

案"堂"字與《梁書》同。叢刊本作"臺"，校云："五臣本作堂。"又句下注作："濟曰：襲，及也，餘文同。"案日鈔濟述齊庶女事同善注，但字句微異，殆濟襲善注而微易其文字也。

女有不易之行

案日鈔本文止此句，以下佚。

奏彈曹景宗

軍事左將軍郢州刺刺史湘西縣開國侯

案日鈔起此，以上佚。

邁兹多幸

非分而得之多幸

案叢刊本"之"上有"謂"字，唐鈔本《文選集注》所引銑注同。日鈔誤脱。

獲獸何勤

言景宗

案日鈔"言"上有漢高論功狗事，與叢刊本所録善引《漢書》一段相同，其删節《漢書》處亦同。而胡刻善單注本及《集注》所録善注皆多數字(即《考異》指出袁本、茶陵本所無之九字)。知胡刻及《集注》爲李善真貌，日鈔爲向注真貌，六臣本則割向注爲善注，遂兩失之。

(向注)

鍾鼎遽列

案"鼒"爲"鼎"之别體，《集注》作鼑，字見《龍龕手鑑》斤部者，乃作鼎下從"斦"。

二八已陳

而已當此賜也

案“已”字與《集注》所録良注同,叢刊本作“亦”字。

(良注)

案以從事

皆以親書從事

案“親”字誤,叢刊本及《集注》本並作“新”。

(良注)

略不世出挺拔也不略謀也世出言非世人所能出也

案叢刊本“不”在“世出”上,日鈔誤倒,《集注》本則脱“不”字。

(向注)

聖朝乃顧

聖胡謂梁也

案“胡”乃“朝”之訛。叢刊本無“也”字。《集注》本于銑注前有“銑曰聖朝,謂梁武帝”,故删銑注此句。

(銑注)

致辱非所

案叢刊本“致”下校云:“五臣本作累。”此六臣本所見與日鈔異。

臣謹以劾(胡伐反)

案日鈔“伐”字闌外有校筆作“代”。

濟曰劾發其罪

案叢刊本脱“濟曰”二字。

(濟注)

削爵土

案日鈔“土”字,不論兩横筆之長短,右旁加點者爲土字。

收付廷尉法獄治罪

案《集注》本"治"作"罰",注云:"今案鈔五家陸善經本罰爲治。"

白簡以聞

按善本止此。日鈔及叢刊本並有"臣昉誠惶"以下二十字,即《考異》所説"似善五臣之異"者也。《集注》則"聞"下止"臣君誠惶誠恐"六字。"君"字乃《集注》用爲作者主名之代字,詳見下繁欽條。又《集注》正文已删"稽首"句,仍留李周翰"稽首"注。

奏彈劉整

家無常子

兗號其家

案叢刊本此句下録善注作"青土號其家",下云:"五臣作兗土。"後又云:"良注同。"是良注作"兗土"也。疑日鈔脱"土"字。案胡刻善注作"青土",《集注》録善注則作"兗土"。

是士以義士節夫

案日鈔"是"下衍"士"字,餘與各本同。叢刊本校云:"五臣本義上無'是以'二字。"是六臣所見異于日鈔。

廿許年

案此與《集注》本同,各本並作"二十"兩字。

叔郎整恒欲傷害

案"恒"字與《集注》本同,叢刊本校云:"善本作常字。"

前奴教子當伯

案"伯"字,日鈔、叢刊本並同。叢刊本校云:"五臣本作百,後'當伯'字同。"是六臣與日鈔所見異本,惟《集注》引"鈔曰:教子、當百，二奴名也”。則“百”字與六臣所見本同。又日鈔自“並已入衆”至“不分迻”止，凡三十二字，旁有校筆作〕號，似表示此三十二字乃他本所無。又案麻注本此句下引陸善經曰：“本狀云奴教子當伯已下並昭明所略。”又善單注本“整即主”句下注云：“昭明删此文太略，故詳引之，令與彈相應也。”由此知“前奴教子當伯”句下“並已入衆”起，至“整即主”止，約八百一十字，乃昭明所删，而善本補回者。現行胡刻及叢刊本于此八百餘字大體從同，日鈔則有二百九十餘字連彈文佚去，然以《集注》所引鈔五家本推之，當與叢刊本無大異。此外《集注》本只有“寅第二庶息”至“整便打息迻”八十餘字，即上文删去三十餘字，下文删去七百餘字。又《集注》引陸善經本，則删去《集注》本所有之八十餘字。再觀日鈔校筆，又有删去“狀首”三十二字本子。則此八百餘字之删存多寡，極不一致。細審善注云“因詳引之，令與彈相應”一語，知所謂“詳”者，未必全，所謂“引”者，乃引作注文，並非與正文連讀。故以本狀羼入正文，乃後人各以己意爲之，而五臣則以全狀羼入者也。

以錢婢姊妹

案叢刊本及善本“以”上有“又”字，日鈔及《集注》引並無。

仍留奴自使

案叢刊本“使”下校云：“善本有伯字。”日鈔及《集注》引並無。

整便責范米六斗

案“斗”字，各本皆同，日鈔旁有校筆作“升”。《集注》作“升”所引鈔曰作“升”，五家本兩作“斗”。“升”、“斗”二字形近易混。

隔簿攘拳

案“薄”，叢刊本作“箔”。校云：“善本無隔箔字。”案胡刻善本有。《考異》云：“此尤添之，以五臣亂善。”案《集注》删節此段大異五臣，仍有“隔簿”二字，知非五臣獨有，胡刻善本有此，殆据本不同。又《集注》本作“簿”，後引五家則作“薄”。

突進屋中

案“屋”與《集注》本同，六臣從善本作“房”。

取車帷米去

案日鈔“帷”下旁有校筆作“準”，《集注》本同作“準”，叢刊本作“准”。

車闌來杖

案日鈔“來”旁校筆作“夾”，《集注》本“闌夾”字同，叢刊本作“欄夾”。

問失物之意

案叢刊本“物”下校云：“五臣本無物字。”而日鈔有之，知所見異本，《集注》本亦同有“物”字。

整及整母

案《集注》引五家本同。叢刊本“及”下無“整”字。校云：“五臣作無及字。”是此校語有訛脱。

六人來共至范屋中

案各本並同，叢刊本“共”下校云：“善本無共字。”

輙攝整父舊使奴

案日鈔《集注》引並同。叢刊本“父”上校云：“善本有亡字。”

興道先爲零陵

案日鈔及《集注》引同，叢刊本“陵”下有“郡”字。

得奴婢四分賦

案“賦”字日鈔與《集注》引五家本同。叢刊本“賦”作“財”，校云：“善本作賦。”詳六臣意，是用五臣之“財”字，故校云善作賦，但胡刻尤本善反作財，而日鈔五家又反作賦，知六臣本校語殆不足信。《考異》所謂尤改之者，似未審此。又六臣本“四”下有“人”字。

乞大息寅，寅亡後

案日鈔與《集注》引同，叢刊本“亡”下校云：“善本作‘亡寅’。”

各錢五千文

案日鈔與《集注》引同，叢刊本“各”下有“准”字。

先是衆奴兄弟未分財之前

案日鈔與《集注》引同，叢刊本“奴”下校云：“善本有整字。”“未”下校云：“善本無未字。”

寅未分贖當

案日鈔“當”下脱“伯”字，《集注》引及叢刊本並有。

整規當伯行還

案日鈔與《集注》引同。叢刊本“行”下校云：“善本無行字。”

疑已死亡迴

案日鈔與《集注》引同，叢刊本善本“亡”下並有“不”字。

劉整兄弟二息

案《集注》引作“第”，餘同日鈔，叢刊本“整”下校云：“五臣本無整字。”是所見異本。“弟”上有“寅”字，校云：“五臣本無寅字。”

停任十二日

案叢刊本“任”作“住”，《集注》引同，日鈔誤。

整即納受

案“即”字，日鈔與《集注》引同，善本亦同；獨叢刊本作“則”。

二月九日夜去失車蘭子

案“去”字，《集注》引作“亡”字，叢刊本作“云”字，校云：“善本無云字。”又“蘭”,日鈔與《集注》引同,叢刊本作“欄”字。

范及息逡道是采

案日鈔止此,以下佚。

奏彈王源

丞王源忝藉世資

案原文“臣謹案南郡丞王源”句,日鈔起“丞”字,以上佚。《集注》本“丞”下有“臣”字。

同之抱布

同抱有之事

案“有”乃“布”字之訛,《集注》本、叢刊本並作“布”。

薰蕕不雜

案日鈔與《集注》同。叢刊本作“薰不蕕雜”。“蕕”下校云:“善本作‘薰蕕不’。”是六臣不從善本,而所據五臣與日鈔異。

濟曰:“季文曰:‘非我族類,其心必異。’哲,智也。”

案日鈔“季文子”下十二字,六臣本無之,殆前録善注已有此文,故濟注中删去複見者,與《集注》所録濟注相同。又《集注》所録善注有《家語》顔回十四字,故日鈔、叢刊兩本同有之濟注中《家語》十四字,《集注》中濟注亦從省。

(濟注)

宋子河魴

銑曰:“詩云:‘豈其食魚,必河之魴?豈其娶妻,必齊之姜?豈其食魚,必河之鯉?河之鯉,豈其娶妻,必宋之子?’姜子,齊宋姓也。”

案日鈔複出“河之鯉”三字。叢刊本無引詩八句,殆因已具善注内,故從略,又脱“齊”二字。《集注》本銑注引詩止取下半章四句，亦因前録善注具全文也，"齊宋"及餘文並同日鈔。

（銑注）

蔑子辱親

蔑輕也

案叢刊本"輕"作"無"。《集注》本向注末無此字，殆因已見前録善注。

以明科黜之流伍

案叢刊本"以"上日鈔誤脱，"宜""真"二字，各本並有。

方媾如此婚姻者也

案日鈔與《集注》引吕延濟曰同，叢刊本無"將""媾""者也"四字。

答臨淄侯牋一首

案日鈔與《集注》本同。叢刊本、善單注本並無"一首"二字。

楊德祖

案日鈔題名下注，李善、張銑及《集注》本引陸善經注，並引《典略》，但三家詳略微異。

丞相主簿

案叢刊"相"下有"府"字。

曹公以脩前後漏泄

案"泄"下各本並有"言教"二字。

爲收殺之

案"爲"字，叢刊本作"乃"。紹熙本《三國志・陳思王傳》裴注引《典略》亦作"乃"。疑改"乃"爲"爲"，殆銑注真貌。

（以上銑注）

脩死罪

案日鈔與《集注》本、叢刊本同,《集注》引"鈔曰:今上此書有犯死之罪,再言之者,怖懼之深也"。又注云:"今案鈔陸善經本死罪下有死罪兩字。"知《集注》所据本同日鈔,而所見兩本則並複死罪字。又善單注本亦複死罪二字。《考異》謂爲尤氏所添,似武斷。《三國志》注引《典略》删此句。

彌終也

案叢刊本向注無此三字,以已見善注,故從略。《集注》引善注與單注本同有此三字。日鈔乃作向注,是五臣用善注而没其名之證。

(向注)

損辱嘉命,蔚矣其文

翰曰:"嘉命,謂植書也。蔚,盛。"

案此節注,日鈔全文如上。《集注》因植書已見鈔曰而録在五臣之前,故翰注止節取"蔚盛"二字。叢刊本"蔚,盛也"在"嘉命"之上。于李周翰順文作注之例不合。又有"辱,污也"三字,應在注首而反在注末,且据日鈔則五臣無此文,据尤本則善注亦無此文,殆六臣又有混他注爲五臣注者。

(翰注)

斯皆然矣

應璩時居于汝潁太祖食邑故云魏

案叢刊本無"于"字,無"太祖"下七字,殆因已見善注,故删。

(良注)

宣照懿德

案"照",各本及《三國志》注並作"昭",善注引《毛詩》同。惟

《集注》引“鈔曰：昭，明也”，昭下有四小點，似校筆作“照”。

無得踰焉

案紹熙本《三國志》與此同作“得”，但誤本作“所”字。

斯須，須臾也。子貢曰：仲尼日月，無得而踰焉；以比植文章。

案“子貢”以下，日鈔與《集注》避複他家注，故删“斯須”五字。叢刊本“須臾”下接“比植文章”，因避複善注故删子貢十二字。但“比”誤作“北”。

（良注）

彌日而不獻

今脩作

案“今”字誤，叢刊本作“命”是。此段銑注，日鈔與六臣本同。然自“竟日不敢獻”以上，乃采自善注而稍易其字面。《集注》所引善注與胡刻同，乃善注真貌。六臣本删善注而出銑注，正可與胡刻比對。許巽行《文選筆記》謂五臣混入，蓋未細勘六臣本與善單注有微異也。

（銑注）

教使刊定

云後誰復相知

案“云”上，日鈔脱“向曰植書”四字，叢刊本有。

脩又辭以無能

案叢刊本脱“又辭”二字。

（以上向注）

絶凡庸也

翰曰：“孔子在位……不能贊一辭。秦吕不韋聚智略之士作吕氏春秋……而莫能有變易者，此皆聖賢用心高大……”

案日鈔此段翰注，孔子一節乃善引《史記》文；吕不韋一節乃善引桓子《新論》文；又據《集注》，“聚智略之士”句，亦日鈔引《吕氏春秋》文；故知删去書名，變换字面，集衆説以爲己説，乃五臣注之真貌。《集注》本、六臣本所録翰注皆節取“此皆”以二十四字，因上文皆複善注也。

（翰注）

悔其少作

良曰：“植書云……壯夫不爲是悔其少壯也。子雲，雄字。……即法言也。”

案日鈔“少壯”二字，叢刊本作“少作”。日鈔良注具如上文，六臣本則全作善注。云“良同善注”，以善單注本及《集注》所録善注勘之，善乃止于“壯夫不爲”句，而良用善説之後，加“悔其少作”句作停頓，然後再以己意注子雲數句，日鈔全爲良注，具見良没善注之實，六臣全作善注，則以五臣亂善矣。《集注》本録良注，起“子雲雄字”句，蓋善與良即已分録，自無須“悔其少作”句耳。許巽行《文選筆記》知善注無“雄與脩同姓”之句，尚未知爲良注也。

（良注）

若此仲山周旦爲皆有保邪

案日鈔、《集注》本全同。叢刊本“此”作“比”，“旦”下有“之疇”二字，“保”作“保”。《三國志》注引“此”字同，“旦”作“之徒”二字，“爲”作“則”，“保”作“愆”。

云如雄言

案叢刊本“云”作“言”。

（銑注）

竊以未爲思也

案“以”下無“爲”字。《集注》本、《三國志》注、善單注本、叢刊本並有。

向曰："鄙宗謙詞過言謂壯夫不爲者。"

案叢刊本脱"謙詞"二字,"者"字作"也"字。

（向注）

經國之大美

案日鈔"美"旁有校筆作"義"字,《集注》本、《三國志》注、善單注本、六臣本並作"美",惟《集注》云:"今案陸善經本美爲義也。"知日鈔曾以陸善經本校過。

豈爲文章相妨害

案"爲",各本並作"與"。

吾雖薄位爲藩侯

案"薄"下脱"德"字,叢刊本、《集注》本翰注,及曹植原書並有。又日鈔以此節爲"濟注",誤,應是翰注。

誦詠而已

案各《文選》本並作"誦詠",紹熙本《三國志》作"誦歌",易培基補注本作"歌誦"。

矇瞍昏耄

案日鈔、叢刊本同,《集注》本濟注"昏"上有"猶"字。

（濟注）

惠惠子之知我

案上"惠"乃"悖"之訛,《集注》六臣並作"悖"。此節注,《集注》本前録善注止引植書二句,後録良注凡五十二字,良注起二句同善注,但改善之"曰"爲"云",又減善一"也"字。觀此則善與良之别甚明。乃善單注本并下半之良注共五十一字全作善注,六臣本亦全以五十一字爲善注,下云:"良同善注。"此亦五臣亂善之例也。《考異》謂:“袁本無後半三十七字,是。有者,乃并五臣入善。”不爲無見。

（良注）

季緒璅璅

案《集注》訛“季”爲“香”。

脩云何足以云

案《集注》本“脩”上有“故”字,下“云”作“言”,是。

（銑注）

與魏文帝牋一首

案“一首”二字,日鈔、《集注》、善單注本並同,叢刊本無。

繁休伯

案日鈔題名與文題隔一空格,不另行。題名向注,襲用善説有删潤。叢刊本作:“向曰:繁,步何反,餘文同。”謂同善注也。然《集注》引“《音决》:繁,步和反。”知吕向此注全襲舊文。日鈔夾注下直接本文“正月八日”云云。

領主簿繁欽

案“欽”字,各本同,惟《集注》本“君”。案《集注》本屢以“君”字代作者名,如任昉《奏彈曹景宗》結末作“臣君誠惶誠恐”,任昉《奏彈劉整》起句作“御史中丞臣任君稽首言”,但結仍作“臣昉誠惶”。又六臣本無“繁”字,亦無校語,與日鈔及胡刻並異,殆據本不同。

薛訪車子

案此四字,日鈔、叢刊本、善單注本并同;《集注》本“車”訛“申”,而注仍作“車”,是亦從同。《魏文帝集》叙繁欽云:“余守譙,繁欽從,時薛訪車子能喉囀,與笳同音。”(見善注引。篇題從《全三國文》卷七。）又有《答繁欽書》云："固非車子喉轉長吟所能逮也。"（《藝文類聚》四十三引）是車子應爲一職名。故善注引《左傳》"叔孫氏之車子鉏商獲麟"釋之。孔疏釋杜注云："杜以車子連文，爲將車之子，鉏商是其名也。"然孔疏又云："《家語》説此事云：叔孫氏之車士曰子鉏商。王肅曰：車士，將車者；子，姓；鉏商，名。今傳無士字。服虔云：車，車士；子，姓；鉏商，名。"今姑不論《左傳》異詁，斷以車子爲將車之士，於魏文原書，可無窒礙。然繁欽牋云："年始十四。"又恐年幼不勝將車之任。此可疑之一説也。《集注》云："今案鈔，車上有弟字。"又云："鈔曰：姓薛，名訪，兄弟之子也。"是謂薛訪之弟名車者，有子能喉轉也。《集注》又云："陸善經本車爲弟。"即陸本作"薛訪弟子"，可解爲薛訪之弟之子，義與鈔曰相同，此又一異説也。李周翰注、日鈔及《集注》别云："薛訪車姓名。"未免望文生義。叢刊本引五臣作"薛訪車子姓名"，可讀爲薛訪是車子之姓名，此雖無據，亦一説也。上所引本，流傳多歧，時代荒遠，竟難究詰矣。

鼓吹樂署也

案《集注》同，叢刊本誤"樂署"爲"音樂"。

薛訪車姓名

案《集注》句末有"也"字，叢刊本"車"下有"子"字。

（以上翰注）

能喉囀引聲

案日鈔、叢刊本、善單注同作"囀"。《集注》作"轉"，注云："《音決》：轉，丁戀反。"又云："今案五家本轉爲囀。"此與日鈔正同。

哀音外激

案《集注》同此。叢刊本"音"作"聲"，校云："善本作音字。"此又六臣本所見五臣本異日鈔者。

幽闇散絶也

案《集注》同，叢刊本脱"闇"字。

（銑注）

巧竭意遺

案"匱"作"遺"，日鈔與《集注》并同，字又見《唐潤州魏法師碑》。

匱之也

案"之"乃"乏"之訛，叢刊本不誤。

（翰注）

而此䅷子

案"穤"作"䅷"，日鈔與《漢書》同，《集注》則作"䅷"。

優遊轉化

案"轉"字與《集注》同，叢刊本作"變"，校云："善本作轉。"是所據異本。

餘弄未盡

案"弄"字，各本並同，《集注》引音決作"哢"。

悲懷慷慨

衽襟流㒵

案"衽襟"，與《集注》同。叢刊本作"衽，衣衿"。日鈔"流"上脱"泫"字，《集注》，叢刊本並有泫。

慷慨歎息

案日鈔與《集注》同。叢刊本"息"下有"皃"字。以上日鈔及叢刊本皆併作一節，《集注》于"流泉東逝"下多分一節。

（以上銑注）

謇姐名倡

案"倡"字日鈔與叢刊本同,《集注》本作"唱",注云:"今案鈔音決唱爲倡。"

僉曰詭異

翰曰詭奇也

案日鈔與叢刊本同,《集注》作"吕向曰"。

案日鈔、五臣本,與唐寫《集注》本多别體字,兩本或全同,或微異,兹不備録,其最易混目者,爲"喉"與"唯",因末筆斜拖,横磔難分也,《魏張始孫造象》直以隹爲侯。又如"宋"。

答東阿王牋

案日鈔與叢刊本同,《集注》與善單注本題下並有"一首"二字。

陳孔璋

案題名下向注"遠紹辟之",日鈔"遠"字乃"袁"之訛。案此節注,止東阿六字是向注,餘皆善注。許巽行以爲全是五臣注,亦誤。

披覽粲然

案"粲"作"粲",日鈔與《集注》同(又見《周聖母寺四面象碑》)。

高俗之材

案日鈔"俗"旁有校筆"世"字,叢刊本作"俗",校云:"善本作'世'。"《集注》本作世,其濟注則作"君侯高俗",明是五臣避改。

明皃

案叢刊本作"粲然,明白貌也"。

(翰注)

拂鍾無聲

案"拂"字,各本並同,《集注》引"《音決》:刜、芳勿反,或爲拂,非"。考《説苑》原作"拂"。或疑此《音決》未必即公孫羅所著《音決》,不爲無因。

過曰欲説東諸侯

案日鈔此句,良注也。叢刊本作善,于良曰下云餘文同;善單注本與叢刊本同。《集注》本所録善注此句作"欲東説諸侯王",與《説苑》原文合,當爲善注真貌。知叢刊本及單注本之善注反與日鈔合者,實以五臣注爲善注。

音義既遠

案"音"字,各本並同,《集注》云:"今案鈔'音'爲'指'。"

焱絶煥炳

向曰焱絶煥炳言文詞光明也焱火光煥炳皆明也

案此爲五臣注原貌,叢刊本無下八字。

(向注)

夫之白雪之音

案上"之"字誤,旁有校筆作"間"。《集注》本、叢刊本並作"聽"。

然後東野巴人

案日鈔、叢刊本同,《集注》本無"後"字,注云:"今案鈔五家陸善經本,'然'下有後字。"

欲罷不能

案日鈔與叢刊、胡刻並同,《集注》本"罷"作"疲",注云:"《音決》:罷音皮,又如字。"是《音決》與日鈔等本同,而《集注》獨異。

謹韞櫝玩耽

案日鈔、叢刊同作"耽",《集注》作"軀",引《音決》云:"耽、多含反,或爲軀,同。"知《音決》又作"媅"。耽、躭、媅諸字,另詳見拙稿《敦煌寫本文選考異張平子西京賦"軀樂是從"句下校記》。

以爲吟誦

案日鈔、叢刊本、《集注》本並同。《集注》云："今案鈔吟爲琴。"是耽，《集注》所謂鈔又一别作"琴"，恐誤。

韞藏櫝匵玩珍耽好也

案日鈔與叢刊本同。《集注》引良注自"玩珍"字起，因上文已引馬融《論語注》"韞，藏也；櫝，匵也"，故良注從省。以此知五臣襲用舊説多不標名。

（良注）

答魏太子牋一首

案叢刊本無"一首"二字。

吴季重

案題名下注，銑用善注，故叢刊本云："銑同善注。"

以文帝所善

案"文"下脱"才爲文"三字。

官至振盛將軍

案"盛"字譌，叢刊本作"威"。

（以上銑注）

質臣言

案日鈔"質臣"二字誤倒。

奉讀手令

案"令"旁有校筆"命"字，叢刊本作"命"，向注亦作"手命"。

追正慮存

案"正"旁有校筆"亡"字，日鈔用别體，凡"亡"字似"止"，又似"正"，枚叔《上書諫吴王》，亦有此校。是校者尚未悟其爲别體字，殆校者與鈔者之時代相距已遠。

恩哀之降

案"降"字,叢刊本作"隆",校云:"五臣作降。"與此同。

歳不我與

案叢刊本倒作"與我"。翰曰:"不與我,言不留也。"知五臣正文原作"與我",殆日鈔所據正文本又不同于注本耶?

冉冉疾行自

案"自"字乃"皃"之訛。

(翰注)

可終始相保

案叢刊本同,"保"下校云:"五臣本作報。"此六臣所見五臣本與日鈔不同。

衆賢陳謂徐

案日鈔有脱誤,叢刊本作"衆賢謂陳徐之流也",是。日鈔上注在"相保"句下,六臣本録在"相保"句前。

(良注)

誠如來命

案叢刊本同,"誠"下校云:"五臣本作試。"此又六臣本所見與日鈔異。

凡此几此數子

案"几此"二字衍,叢刊本作"凡此數子"。

謂冠至也

案"冠"乃"寇"之訛。

言衆來如車輻之湊

案叢刊本無"來"字。

（以上向注）

臣竊聽之

案“聽”字誤，旁有校筆作“恥”。叢刊本正作“恥”。

後來君子

謂後後者也

案下一“後”字乃“俊”之訛。

（銑注）

伏惟所天優逝典籍之場

案“逝”字訛，旁有校筆作“遊”。又叢刊本有校云：“善本無伏惟所天字。”然胡刻善本有此四字，且有善引《左傳》乃何休説以釋天字，而叢刊云：“善本無此”，當是所據異本。

休息篇章之圃

案叢刊本“圃”下校云：“善本作囿。”

此衆議所以歸高

案叢刊本“所”下校云：“五臣作可。”此又六臣所見五臣本異日鈔者。

遠近所以同聲

案叢刊本“聲”下有“也”字，而無校語，是所據五臣及善本並有“也”字。今日鈔五臣與胡刻善本並無“也”字，明是所據異本。而《考異》云：“袁、茶本有也字，何校添，陳同，是也。”覈以日鈔，知義門、少章諸氏之所是，亦“有異而不知考”耳。

吾世時在軍中

案“世”乃“三十”之訛。

太子書云吾德不及蕭王年與之齊矣故質以此答之

案叢刊本無太子以次十五字，因善注引此十六字已録于前也。

依六臣本例，向曰之末應有“餘注同”三字。又向注“所天”、“抗高”、“蕭王”、“同聲”四節，六臣本分録四處，日鈔則併在同聲句下。

（以上向注）

已卌二矣

案“卌”，叢刊本作“四十”二字，又有校云：“五臣本無已字。”此亦所見異本。

平且之時也

案“且”疑“日”之訛，叢刊本作“生”，有校云：“善本作日字。”

遊宴之歎

案“宴”字原筆如上，“歎”字訛，旁有校筆作“歡”。

下遇之才

案“遇”乃“愚”之訛。

略陳至惜

案“惜”字訛，旁有校筆作“情”。

在元城與魏太子牋

案題下向注，乃向用善注。

燿靈慝景

案“燿”同善本，叢刊本作“曜”，又“慝”字，叢刊本、善本並作“匿”是。

平原入秦

案此節濟注虞卿平原二事，並襲善注。

初至承前

銑曰承前謂前人之教化也

案叢刊本無“承前”、“也”三字。

（銑注）

北鄰栢人

案叢刊本此節作“翰曰：栢人，縣名，餘文同”。所謂同者，以日鈔比勘，乃翰襲善注而略節其字也。

唱然歎息

案“唱”乃“喟”之訛。

想李齊之流

案“想”旁有校筆作“存”。叢刊本作“存”，有校云：“五臣本作想。”是六臣所見五臣本，與此日鈔同。

逸豫於壃畔

案以“壃”爲“彊”，見《魏恒州刺史韓震墓誌》。

因非質之能也

案此鈔校筆“因”旁有“固”字，“能”上有“所”字。“固”字，各本同；“所”字，叢刊本無，善本有。

賦事行資於故實

案“行”下校筆補“刑”字，是。

壽王去侍從之娱

虞兵壽王

案“虞”，各本及《漢書》皆作“吾”，班固《兩都賦序》作“虞”，善注引《漢書》同，王先謙《漢書補注》謂《說苑》《新序》“吾丘”“虞丘”並見，虞、吾，古同音，又“兵”乃“丘”之誤筆。銑注此節，兩引《漢書》，皆作善注。

張敞在外

案此節向注張敞、陳咸事，全同善注。叢刊本曰：“向同善注。”

願左右之勤也

案叢刊本同作“願”，校云：“善本作顯字。”翰注：“願在左右，亦質之心。”知五臣原據本作“願”，與善異。

爲鄭沖勸晋王牋一首

案六臣本無"一首"二字。

題名注

案"公卿將校"之"校",誤筆作"授"。

褒德賞功有自來矣

案日鈔止此,以下佚。

日鈔此卷,爲現存最古之《文選》五臣注本,可以窺見未與善注合併時之原貌。其有裨于選學者,舉其例,約有下列諸事:

(一)可證五臣襲改善注。如鄒陽書"王奢卻齊"注條。

(二)可證五臣注有爲人誤亂處。如鄒陽書"爲魏取中山","卒相中山"及《答臨淄侯牋》"蔚矣其文"各注。

(三)可證六臣本割併五臣及李善注有兩誤處。如《奏彈曹景宗》"獲獸何勤"注條。

(四)可證六臣本之誤字。如鄒陽書"陶鈞之上"良注之誤"天"爲"矣"。

(五)可證六臣本校語之歧異。如鄒陽書"披心腹"句,校謂五臣作"腸",然日鈔實作腹。《答魏太子牋》"誠如來命"句,校謂五臣作"試",然日鈔實作誠。又"始終相保"句,校云:"五臣作報。"然日鈔實作"保"。

(六)與《史記》《漢書》參校。如《諫獵書》"中路而後馳"句,同《史記》而異于《漢書》。"而況乎涉豐草騁丘墟"句,同《漢書》而異于《史記》。又鄒陽《獄中上書》"有白頭如新"句,善本、六臣本并無句首之"有"字,惟日鈔此卷有之,《史記》《漢書》。《新序》同,足正善本之奪誤。

(七)可與日本舊鈔《文選〈集注〉》參校知其異于各本。如《答臨淄侯牋》"若此仲山周旦"句，各本"旦"下有"之儔"二字，惟日鈔與《集注》本無之，異于衆本。

（八）有舊校筆可資參證。如吴季重《在元城牋》"想李齊之流"句，日鈔"想"旁筆作"存"，乃用李善本。又《答臨淄侯牋》"經國之大美"句，日鈔"美"旁有校筆"義"字，乃用陸善經本。惟日鈔校筆有不悟鈔手用别體字者，如吴季重《答太子牋》"追亡慮存"句，日鈔"亡"字用别體，而旁有校筆作"亡"，是校者未悟其爲别體也，殆鈔與校之時代，相距已遠。

（九）鈔本正文有特異者。如鄒陽《上書重諫吴王》"并力一心，悉以備秦"句，善本、六臣本、《漢書》并無"悉"字，獨日鈔有之。

（一〇）《奏彈劉整文》。五臣以昭明所删本狀補入正文者八百餘字。他本補引，則詳略不一。

上舉各點，皆足資研究，特爲指出，餘詳各句下記。惟日鈔習用别體字，如"亡"字作"正"，"宋"作"宋"，"土"作"士"之類。又脱字[①]、衍字（如鄒陽書濟注"賜之死取之死其尸"句，衍"之死"二字是）、誤字（如鄒陽書"秦用戎人"之"戎"誤作"戒"，"枯木朽株"之"株"，誤作"珠"，注中如"樊於期"誤作"於斯"之類），觸目皆是，并隨文舉例，具見前校記中，不復縷述。

日鈔此卷，承京都大學吉川幸次郎教授遠道郵假，厚誼可感，謹此誌謝。

原載《東方文化》第三卷第二期，1956年

① 如鄒陽書"則人主必襲按劍相眄之跡"句，注首脱"翰曰"二字是。

唐本《文選集注·離騷》殘卷校記

日本所藏失名鈔本《文選集注》,《日本國見在書目》未著録。據岡井博士《柿堂存稿》引《御堂關白記》: 長保六年(即一條天皇年號,爲宋真宗景德元年,公元 1004 年)九月,乘方朝臣集注《文選》並元白集持來,“感悦無極”。又其卷八卷九末並有源有宗嘉曆元年識語(即日本醍醐天皇年號,當元泰定三年,公元一三二六年),蓋此書自北宋時傳入扶桑,卷中於唐諸帝諱,或缺或否,其寫自東瀛,抑出唐手筆,不能遽定,要所據爲唐本,則無疑也。《集注》共一百二十卷,全帙舊庋金澤文庫,後散出各處不全。東京大學倉石教授爲余言: 當原卷發覺被人剪拆盜出,島田翰即以此負咎自戕。今《集注》有羅振玉影刊十六卷,及京都帝國大學影印舊鈔本(自第三集至第八集),惜非全豹。其卷六十三爲《離騷經》,起注引王逸《序》至“恐導言之不固”爲上卷,自“時溷濁而嫉賢兮”以後爲下卷,今僅存上卷而已。兹擷其要,撰爲校記,至王注異同亦多,從略。

(一) 唐本無“曰黄昏以爲期”二句。六臣本《文選》亦無之。洪興祖疑後人誤以《九章》二句增此。今唐本正無二句,可爲洪説佐證。

（二）“聊須臾以相羊”句，及所引王逸注並作“須臾”，與騫《音》作“㯷臾”合。明本則並作“逍遥”，騫公云：“本或作消摇二字，非也。”

（三）“長顑頷亦何傷”句，唐本“顑頷”作“減淫”，《集注》引：“曹，減摇二音，陸善經曰：顑頷亦爲咸淫”。

按《説文》：“顑，飯不飽而黄起行也。從頁咸聲，讀若戇。”又：“頷，面黄也。”《集注》引曹憲音讀“減摇”。唐本作“減淫”，及“咸淫”，他本所未見，當是音假。“頷”與“頜”通。《玉篇》及《一切經音義》引《説文》云：“摇其頭也。”（見《古本考》）《左傳》“迎於門頜之而已”，本作“頷”，杜注“頷摇其頭”。《釋文》“頷本又作頜”。曹音頷爲摇，疑取音義於此，“摇”又轉爲“淫”，故又作咸淫耳。

（四）唐本有，而明本無者：如“皇覽揆余於初度”之“於”字，又“重申之以攬茝”之“重”字。

（五）唐本無者：如“折若木以拂日”之“以”字，似奪。

（六）唐本異文多與《考異》引之一作同。如：

齊怒之“齊”（明本作齌）。

按六臣本《文選》亦作“齊”同，《考異》齌一作齊。劉師培引《匡謬正俗》《御覽》《事類賦注》並作齊。作齌者乃通假字。

夭平羽之野之“夭”（明本作殀）。

“何不改此度也”及“道夫先路也”，（明本無二“也”，而注云一本句末有也字。）按《屈賦音義》：“與上也字一呼一應。俗本删去者非。”覈以唐本，其説是。黄省曾本有“也”字。

（七）唐本“世”字避作“代”或作“時”或作“俗”，又“民”字避作“人”。按洪氏《補注》云：“李善注本有以‘世’爲‘時’爲‘代’，‘民’爲‘人’之類，皆避唐諱。”

（八）衆皆競進以貪婪句，唐本注云“陸善經本無衆字”。

（九）唐本誤者如“好朋”誤爲“好明”，“鑿枘”誤爲“鑿柄”。其注文亦有一二誤筆。

（一〇）唐本有異體字，如“蘂”、“涕”等。

唐陸善經《文選·離騷》注輯要

日本舊鈔《文選集注》卷第六十三屈平《離騷經》，注引公孫羅《音決》案語言："序不入，或並録後序者皆非。"《集注》作者案：曰："此篇至《招隱》篇鈔脱也。五家（即五臣本）有目而無書，陸善經本載序云云。"（即王逸《離騷序》）《集注》既載陸氏異文，又時著其説於王逸舊注之下，有裨於騷學至鉅。《集注》爲天壤孤本，殘帙雖經景刊，而購求不易，故不憚繁瑣，迻録其要，以餉讀者。

善經，玄宗時人。《集賢注記》云："開元十九年三月蕭嵩奏：王智明、李元成、陳居注《文選》。（中略）明年五月，令智明、元成、陸善經專注《文選》，事竟不就。"（《玉海》五十四引）惟《文選集注》屢稱引"陸善經本"。（上舉外，又如六十一上，江文通《雜體詩》下云："《音決》陸善經本有序，因以載之也。"）則善經注《文選》似曾獨力成書。日本新美寬著《陸善經之事蹟》，即主是説，詳《支那學》中（九卷第一號）。

陸注《離騷》，不少新義，如解胡繩爲冠纓，皆與叔師異詁；顑頷亦作咸摇，屬殊于他本，並足以資考鏡而廣異聞。治《楚辭》者向未捃摭（洪氏《補注》引《文選異文》及五臣説不及善經），斷璣碎璧，其可寶貴爲何如耶！《集注》本《離騷》殘存其半，自《九歌》至《九辯》並缺，不力稽其同異，是可惜耳。(《集注》《招魂》及《招隱士》尚存，兹不録。)

王逸注　逸字叔師，南郡宜城人，後校書郎中，注《楚調》，後爲豫章太守也。

按楚調，調當是詞字之誤。

庚寅　歲月日皆以寅而降生，爲得氣之正也。

按此本王逸説。

皇覽　言父觀揆之爲初法度。

内美　内美謂父教誨之。

扈　扈，帶也。

紉　紉謂紀而綴之。《禮・内則》曰："衣裳綻裂，紉針請補綴。"

遲暮　喻時不留，己將凋落，君無與成功也。

先路　言君何不改此度而用賢良，求入於正，吾則爲先道也。

申椒　申椒，椒名。菌桂，生於桂枝間也。

窘步　窘，迫也。堯舜行耿介之德以致太平；桀紂昌狂，唯求捷徑，而窘迫失其常步，以至滅亡。

踵武　言己急欲奔走先後以輔翼君，望繼前王之跡。

齊怒　君不察我中情，反信讒言而同怒己也。

按此釋"齊"爲"同"。

靈脩　靈脩，謂懷王也。言己知謇諤之言以爲身患，忍此而不能舍。指九天以行中正者，唯欲輔導君爲善之故也。

數化　化，變也。言我不難離别放流，但傷君數變易耳。

畦　爲區隔也。

萎絶　萎絶，猶將死也。言所種芳草，冀其大盛，忽逢霜雪，遂至萎死。喻修行忠信，乃被放流，不惜身之時亡，恐志士亦羅(罹)害也。

婪　婪,貪之甚。此句原案:“陸善經本無衆字。”

憑　憑,每也。

嫉妬　讒諂之徒,行皆邪僻,乃内恕諸己以度人,各與其嫉妒之心。

顑頷　顑頷亦爲咸淫(按原卷作“長減淫亦何傷”)。

木根　貫,穿;蘂,花也。木根取其顧本也。

胡繩　胡繩,冠纓也。莊子云:“緆胡之纓。”

按《莊子·説劍》:“曼胡之纓,短後之衣。”成玄英《疏》:“曼胡之纓,謂屯項抹額也。”《釋文》:“曼胡,司馬云:曼胡之纓。謂麤纓無文理也。”《魏都賦》:“三屬之甲,縵胡之纓。”銑《注》:“縵胡,武士纓名。”此説與王逸注訓胡繩爲香草,義獨異。

謇吾法夫前脩　帶佩芳草,蹇然安舒。

朝誶　誶,告也。告以善道,所謂諫也。好自脩係,以爲羈飾,謇然朝諫而夕見廢,言忠之難也。

九死　亦心之所善,雖死無恨。九,言其多也。

謡諑　謂共爲謡言而諑訴也。諺曰:“女無善惡,入宫見妬。”《方言》云“楚以南謂訴爲諑”,音涿。

按《方言》十:“諑,愬也。”此以愬爲訴。

追曲　隨曲而行。

競周容　皆競比周相容以爲法,言敗亂國政也。

所厚　所以屈忍者,欲伏清白以死,直節堅固,乃前世之所共厚也。

相道　相道,謂君側之人;不敢言君,指其左右。

按此與王《注釋》相爲視迴異。

止息 言步馬于蘭澤之中，馳往椒丘，且焉止息，猶俟君命也。

信芳 雖不我知，情其信芳也。

四荒 觀乎四荒，欲之他國也。

繁飾 言外服鮮華，喻内行脩潔也。

博謇 博謇，寬博偃蹇也。原案"陸善經本謇爲蹇"。

按五臣《文選》作蹇，同陸本。

歷兹 己之所行，皆依前聖節度中和之法，而被放流，經歷於此，故撫心而歎。

陳辭 謂興亡之事也。

九歌 言夏啟能修禹之功，奏《九辯》《九歌》之樂以和神人。

《九辯》亦見《山海經》。

五子 太康但恣娛樂，不顧禍難以謀其後，失其國家，令五弟無所依。

羿 羿，夏諸侯，《左傳》云："羿因夏人以代夏政。"

浞 《左傳》曰：寒浞，伯明氏之讒子弟。羿以爲相，殺羿，因其妻而生澆。

嚴而祗敬 原案"陸善經本嚴爲儼"。

按《補注》，儼一作嚴，與此同。

周論道既莫差 原案"陸善經本'既'爲而"。

阽 臨也。

按《補注》云："阽，臨危也。"

未悔 臨我身於死地，亦未悔於初。

鑿枘 枘將入鑿，須度其方圓，猶臣欲事君，先審其可否。

哀朕時 自哀不與時合也。

陳詞　陳辭於重華也。

中正　言我耿然既得中正之道而不愚，時將遊六合以後（疑應作俟）聖帝明王。

軔　軔，止車木也。蒼梧舜所葬也。

靈瑣　瑣門鋪道，言欲留君門側以盡忠規。

勿迫　弛節徐行，忽迫令急也。

須臾　原案“陸善經本須臾爲逍遥”。與明本《章句》同。

奔屬　奔走以屬繼也。

雷師　雷聲赫赫，以興於君也。

雲霓　雲霓惡氣，以喻臣之蔽擁。

上下　言欲求賢輔君，而讒佞之人，聚相離絶，紛紛衆多，乍離乍合，斑然參差，或上或下，言其盛也。

延佇　曖曖，光漸微之貌。猶政令漸衰，不可以仕，將欲罷歸，故結芳草，遷延佇立，有還意也。

蹇脩　言先解佩玉以結誠言，令其蹇然脩飾以達分理，冀宓妃之從己也。

按《廣雅》：“理，媒也。”此釋分理，采王逸説；惟解蹇脩爲脩飾，則與王逸訓伏羲臣名迥異。

洧盤　王逸曰蹇脩既通誠言於宓妃，而讒人復相上（下）離合而毁之，令其意乖戾，暮則歸舍窮石之室，朝沐洧盤之水，而不肯相從。

按此引王説，語與《補注》本多出入。

二姚　幸及少度未有室家，留取二姚與共成功，不欲速去之意也。

不固　欲留二姚，則辭理懊弱，媒氏拙短，恐相導之言不能堅固，復更迴移。

讀《文選序》

一、《文選》編成之年代及背景

昭明自序云:"余監撫餘閑,居多暇日。歷觀文囿,泛覽詞林……自非略其蕪穢,集其清英,蓋欲兼功,太半難矣。"自述其編書經過如此。昭明事蹟,詳周貞亮著《昭明太子年譜》附《昭明太子世系表》①,惟不論《文選》成書年代。近人何融《文選編撰時期及編者考略》②定"《文選》編撰,開始於普通中,而成於普通末年"。按普通元年,昭明年二十歲。普通只有七年,七年昭明恰廿六歲③。《文選》所收作品,其限斷有二事可注意者:一爲詳於近代④,一爲不録生存⑤。梁代作家如任昉、沈約,陸倕、劉峻皆入選。劉峻之《辨亡論》實作於天監十五年以後,其人則歿於普通三年⑥;陸倕卒於普通七年⑦。今《文選》收其《石闕銘》及《新刻漏銘》二篇,

---

① 《武漢大學文哲季刊》二卷一號,1931 年。

② 《國文月刊》七十六期,1949 年。

③ 昭明逝於中大通三年,年三十一歲。

④ 宋、齊、梁作品甚多。

⑤ 此晁公武引竇常説,以何遜在世,不録其文。

⑥ 見《南史》本傳。

⑦ 時昭明二十六歲。

知《文選》編成應不早於普通七年[1]。劉孝綽爲《昭明太子集序》,其中有"粤我大梁二十一載,盛德備乎東朝。……編次謹爲一帙十卷"云云,時爲武帝普通三年。《梁書·孝綽傳》云:

> 遷太府卿、太子僕,復掌東宫管記。時昭明太子好士愛文,孝綽與陳郡殷芸、吴郡陸倕、瑯邪王筠、彭城到洽等,同見賓禮。

梁于天監四年,置五經博士各一人,明山賓爲道選。明山賓著《吉禮儀注》二二四卷、《禮儀》二十卷,蓋爲禮學專家。陸倕與徐勉書荐沈峻,以《周官》立義。其時頗盛禮學,昭明諸學士均深于禮者[2]。

普通四年,東宫新置學士明山賓、殷鈞爲東宫學士[3]。是時乃東宫全盛時期,《文選》之編纂,或始於此時。諸人之中,劉孝綽與昭明關係最深,一度任太子舍人,兩度爲太子洗馬,兩掌東宫書記。昭明起樂賢堂,使畫工先圖孝綽,孝綽集其文章并爲之序,故孝綽必爲《文選》主持策劃之人。

大通元年,到洽、明山賓、張率皆於是年卒。今《文選》不收此數人作品,則其編成定稿必在普通七年之末陸倕卒後。

《玉海》引《中興書目》云:"《文選》,昭明太子與何遜、劉孝綽等選集,三十卷。"按何遜未任東宫職,此説似未可信。高閬仙已駁

---

① 繆鉞《詩詞叢論》頁四六,亦以陸倕卒歲證知《文選》編定在昭明二十六歲之後,即大通元年至中大通三年數載之中。

② 參《四庫提要辨證》經部案語。

③ 見《梁書·明山賓傳》。

之。孫志祖《文選理學權輿補》謂昭明聚文士劉孝威、庾肩吾等，謂之高齋十學士。按劉孝威乃事蕭綱，則殊張冠李戴也。

二、《文選》選文之標準問題

《自序》述其不録經、史、子之文，而獨選取史述贊者，以其能"事出於沉思，義歸乎翰藻"。此二語最爲扼要。J. Hightower 譯作：

> Their matter derives from deep thought, and their purport places them among belles lettres.

按以事（matter）、義（purport）對言，其説甚早。孟子云："其事則齊桓晋文，其文則史，其義則丘竊取之矣。"已將事、義分開。班固《東都賦》："美哉乎斯詩！義正乎揚雄，事實乎相如。"李注："揚雄、相如辭賦之高者，故假以言焉。"此以"義"對"事"，似爲昭明所本。事者，或説爲事類。事類一名，起於東漢。《越絶書・越絶篇外傳》記："因事類以曉後世。"曹丕《答卞蘭教》云："賦者，事類之所附也。"是"事類"二字不自《文心》開始。事類復特别施用於賦。摯虞《文章流别》云："古時之賦，以情義爲主，以事類爲佐。"此則以情義與事類對待爲言。可見事即事類。左思《三都賦序》："於辭則易爲藻飾，於義則虚而無徵。"則以辭代事。辭者，載事之文也。范曄謂文患其"事盡于形，情急於藻，義牽其旨，韻移其意"，則其言事與義，取與情、韻相配。

朱自清撰《文選序事出於沉思義歸乎翰藻説》云："事，人事也；義，理也。引古事以證通理叫做事義。《抱朴子・喻蔽》評王充云：

‘事義高遠[1]。’”此則“事義”合言。按《文心雕龍》言事義者更多。略舉如下：

(1) 事義淺深。(《體性篇》)

(2) 學貧者迍邅於事義。(《事類篇》)

(3) 其五曰：觀事義。(《知音篇》六觀之一)

(4) 必以情志爲神明，事義爲骨髓，辭采爲肌膚，宫商爲聲氣。(《附會篇》)

此則合事與義而爲一辭矣。《顔氏家訓》論文章：“以理致爲心腎，氣調爲筋骨，事義爲皮膚。”是時已習用“事義”爲一名。朱氏揭舉《抱朴子》、劉勰“事義”之語，以爲昭明所祖。按事義分言，莫先於班固《兩都賦》，朱説未爲諦也。

至於沉思翰藻之對言，則亦始於漢季。有以藻(辭)與義對舉者。曹植詩云：“流藻垂華芬，騁義逕寸翰。”若沉思與翰藻之對言者，始於魏卞蘭之《贊述(魏)太子賦》。文云：

竊見所作《典論》及諸賦頌，逸句爛然，沉思泉湧，華藻雲浮，聽之忘味，奉讀無倦。(《初學記·皇太子篇》)

左思《蜀都賦》：“幽思絢道德，摛藻掞天庭。”幽思即沉思也。摛藻一詞，漢代常見。如延熹二年《議郎元賓碑》：“圖籍擒(摛)翰著作，時人莫能預其思。……”則亦以“摛翰”與“預思”對舉，開

---

① 見《文史論著》。

後世思與翰相對之先河。詩賦欲麗，麗爲詩賦特徵。東漢杜篤《書攄賦》云："加文藻之麗飾。"(《類聚》五五)文藻必須麗飾，然佐以幽思，則文而有其質矣。此辭賦所以有麗則、麗淫之分，以有事義，故麗而能則也。由藻之出現，知純文學(belles lettres)應起於漢季。卞蘭之語正反映出此一實情。思與藻對舉，諸家之語，表之如下：

時代	思、藻對稱	出　處
東漢	預思　摛藻	《元賓碑》
魏	沉思　華藻	《贊述太子賦》
晋	幽思　摛藻	《蜀都賦》
梁	沉思　翰藻	《文選序》

至於翰藻一詞，又有可得而言者。翰藻本借義于飛禽，亦倒稱曰"藻翰"。潘岳《射雉賦》："敷藻翰之陪鰓。"李善注："藻翰，翰有華藻也。"《文心》之論翰藻見於《風骨篇》者，謂宜如"翰飛戾天"。吴楊泉《草書賦》："發翰攄藻，如華之楊枝。"則以卉木爲喻。玆表之如次：

翰爲氣骨——力之表現
　＋　　　　　＋
采爲辭采——美之表現

是知翰藻原爲兩事，朱氏單以辭藻當之，似亦未盡恰切。又《文選序》所言之篇翰，則指文章而言。復有異稱如下：

(1) 翰墨　《典論·論文》："古之作者，寄身於翰墨，見意於篇籍。"

(2) 文翰　如王儉《文翰志》。

(3) 翰林　如李充《翰林論》。

義歸乎翰藻者，觀曹植詩云"流藻垂華芬，騁義徑寸翰"，以翰代筆，則如蔡邕《筆賦》"惟其翰之所生"是也。惟流藻又須騁義，此可取以解説"義歸翰藻"一句；即辭藻之中須有義，否則祇爲虚辭浮采而已。故《文選》一書中，非徒爲美文，其中尚有"幽思掞道德"；即 morality。此義爲昭明論文之宏旨，阮元輩徒見其一端耳。

昭明選文標準，根據此二句，向來有若干異説：

(一) 阮元《書昭明太子文選序》：

經也，子也，史也，皆不可專名之爲文也。故昭明《文選序》後三段特明其不選之故。必沉思翰藻始名爲文，始以入選也。

此説側重"翰藻"。

(二) 翁方綱《杜詩精熟文選理理字説》：

蕭氏之爲選也，是原夫孝敬之準式，人倫之師友。所謂事出於沉思者，惟杜詩之真實足以當之。而或僅以藻繢目之，不亦誣乎！

此主肌理，以側重藻繢爲非。

（三）朱自清《文選序事出於沉思義歸乎翰藻說》：

> 若說"義歸乎翰藻"一語專指比類，也許過分明畫；如說這一語偏重"比類"，而合上下兩句渾言之，不外"善於用事，義於用比"之意。

此說則主"事類"，恐亦太偏，誠不免翁方綱所譏。

三、昭明文學見解與文質綜合觀

文質問題在建安至魏已成爲討論之主題，阮瑀、應瑒皆有《文質論》。昭明之文學見解是主張綜合折衷論。其選文工作，《文選》以外，又有二書：

> 一爲《正序》十卷，撰古今典誥文言。——此爲經世文編。
>
> 一爲《英華集》二十卷，"五言詩之善者"。《隋志》作《古今詩苑英華》十九卷。——此爲詩選。

與《文選》可謂鼎足而三。文筆觀念在宋、齊已極發達，二者界限甚爲分明；《文心·總術》已具論之。《文鏡祕府論》引《文筆式》，以韻者爲文，非韻爲筆。昭明《文選》文與筆兼收，擬綜合文、筆，泯其分界。任昉以"筆"名，《文選》收任文極多。若《天監三年策秀才文》《奏彈曹景宗》《劉整》皆入選（文共十七首），爲衆家之冠，可見其兼重"筆"，非純以"翰藻"之文爲主。又蕭選已言不選經、子之文，但於經則取子夏《詩序》、孔安國《尚書序》、杜預《左傳序》、束皙之《補亡詩》，可見仍是"宗經"。

昭明之文學見解，在《答湘東王求文集及詩苑英華書》云：

> 夫文典則累野，麗亦傷浮。能麗而不浮，典而不野，文質彬彬，有君子之致。吾嘗欲爲之，但恨未逮耳。

《文選》之編集工夫在於選擇作品，亦是實現此一理想。此一見解與劉孝綽正取得一致。劉氏《昭明文集序》云：

> 深乎文者，兼而善之。能使典而不野，遠而不放，麗而不淫，約而不儉，獨善衆善，斯文在斯！

此亦折衷綜合之説。故知：

事出于沉思	義歸乎翰藻
↓	↓
典而能不浮	能正麗而有則

事出沉思，則質而不浮；義歸翰藻，由麗而有則，正合文質彬彬之旨。

范曄之文章以縟麗勝，而其論文則主不得純主盛藻，徒以工巧圖繢，意無所得，故主藻繢之中必有義。晋氏以來，賦家持論，亦主義與理。左思《三都賦序》，譏於義則虚而無徵，則患在不實也。皇甫謐《三都賦序》明云：

因文以寄心,託理以全制,爲賦之首。

摯虞論賦亦主"以情義爲主,事類爲輔"。是賦亦主乎事義,求能徵實,皇甫謐言"託理全制",故知所謂文選理之理,實劉勰云:"擘肌分理,唯務折衷。"(《序志》)即此事義之所託,非可單純視作事類,或以譬喻解之。是朱自清之説仍是落於一邊也。

《文心·諧隱》:"會義適時,頗益諷諫。"如是則會義幾乎同于諷諫矣。

又事類有二:即古典與今典[①]。

(1) 直接的——在當前所見、所聞、所思。

(2) 間接的——借古以言今。如《西征賦》之作法。辭賦上事、義互相爲用。

後人亦有以辭、義分開來看古典文學作品。如黄節《詩學》:"於三百篇求其義,於《楚辭》以降求其辭。"不知《楚辭》以降,雖其文章有時辭勝於義,然無義之辭,又焉能流傳于後代。只是義勝,抑爲辭勝,視其如何偏差而已。

四、《文選》與文體分類問題

Prof. James R. Hightower 撰 The Wen Hsüan Genre Theory (《文選與文體論》)嘗將《文選》文體分類,與《文心》作比較[②]。汪辟疆

---

① 見陳寅恪説。

② *H.J.A.S.* Vol. 20/3 4,1957。

以爲“劉彦和爲昭明上賓,《文選》類目之區析,劉氏未嘗不與有力焉”。又云:“選樓諸子,近則本劉彦和所論列,遠則守摯仲洽之成規,斟酌損益,非由獨創可知也[①]。”按天監十六年,昭明時十七歲,到洽遷太子中庶子,劉勰兼東宫通事舍人。時同爲東宫通事舍人者,又有何思澄[②]。是昭明與劉勰有舊,甚有碻據。

《文選》分類法既遠承摯虞、劉勰舊規,此外似尚别有根據者:

(一) 晋、宋以來,文章分體,總集之作,風起雲湧[③]。昭明在東宫時有書幾三萬卷,此類之書必曾寓目。

(二)《文選》收任昉文計十七篇,詩一篇[④]。昉他著有《文章始》一卷[⑤]。今傳《文章緣起》[⑥],列八十四題,向疑其僞書[⑦]。然核其類目,有可與《文選》所列文體參證者:

(1) 於詩云:“四言五言,區以别矣。”“又少則三言,多則九言。”“又三言八字之文。”今任書開首爲三言詩,晋夏侯湛作,以至九言詩,高貴鄉公作。

(2) 序云:“弔祭悲哀之作。”今《文選》所收,只有哀、弔文、祭文,而無悲。張銑注:“悲,蓋傷痛之文。”《文章緣起》有悲文[⑧]、祭文、哀詞、挽詞各體。序所謂悲哀之作,故悲字乃文體。Hightower譯作 Threnody (Pei) Lament (ai)。注云:“Pei as a separate form is

---

① 《與黄軒祖論文選分類書》,《制言》十八期。

② 見何融《蕭統年表》。

③ 見附表。

④ 昉卒於天監七年。

⑤ 《隋志》稱其有録無書。《新唐書·藝文志》著録《文章始》一卷。注曰:張績補。績,不詳何人。

⑥ 夷門廣牘本,明陳懋仁注。

⑦ 《四庫提要》即有此説。

⑧ 蔡邕作《悲温舒文》。

into mentioned in Wen Hsüan, or else where, so far as I can discover."

按 Threnody 爲挽歌、葬歌,與悲似不同,應如蔡邕製作,悲某君文之例。

由上兩項似可推知《文選》之分類,其中有斟取任昉之處。

(三)張率以天監十七年①除太子僕射②,普通三年③爲太子家令,與中庶子陸倕、僕射劉孝綽對掌東宫管記。是張率與昭明關係至深,不在劉孝綽之下。張率著有《文衡》十五卷,殆亦論文之作,則張氏之文學見解,對蕭統或有影響,亦未可知。

附表　昭明以前及同時之文章總集與分體總集略表

甲　總集類

書　目	編　撰　者
善文,五十卷	晋杜預。見成瓘《蒻園日札》。宋裴駰《史記集解·李斯傳》引之。選文兼記作者,《後漢書·馬皇后傳》李賢注引,似唐時尚有其書。
翰林論(梁五十四卷,隋志三卷)	晋李充。充成帝時丞相王導掾。
文章流别志、論(梁志二卷、論二卷)	摯虞④
集苑,六十卷	謝混
集林,一百八十一卷(梁二百卷)	劉義慶

① 統年十八歲。

② 見《梁書》本傳。

③ 統二十二歲。

④ 《文心·頌讚篇》對贄虞《流别》大有抨擊。如"仲治流别,謬稱爲述,失之遠矣"。詳拙作《劉勰以前及其同時之文論佚書考》。

續　表

書　　目	編　撰　者
集林鈔	
文苑,一百卷	會稽孔逭
文苑鈔	

乙　各體總集類

書　　目	編　撰　者
賦集,九十二卷。	謝靈運
詩集,五十卷。	同上
詩英,九卷。	同上
古今詩苑英華,十九卷。	昭明太子
古樂府,八卷。	
七集,十卷。	謝靈運
子抄,三十卷。	庾仲容
雜論,九十五卷。	殷仲堪
頌集,二十卷。	王僧綽
古今箴銘集,十四卷。	張湛
弔文集,六卷。	
碑集,十卷。	謝莊
誄集,十二卷。	同上
雜祭文,六卷。	釋僧祐

續 表

書　目	編　撰　者
衆僧行狀,四十卷。	同上
設論集,二卷。	劉楷
客難集,二十卷。	
集論,七十三卷。	
雜露布,十二卷。	
雜檄文,十七卷。	
書集,八十八卷。	王履
策集,一卷。	殷仲堪
誹諧文,十卷。	袁淑

五、吐魯番寫本《文選序》之校勘

《文選序》古寫本主要有二：一爲吐魯番三堡[①]所出之初唐寫本,一爲日本之上野鈔本。上野本有楊守敬跋尾,羅振玉《文選集注》十六卷本所稱楚中楊氏得一卷者也。高閬仙《文選李注義疏》曾據入校。三堡本見黄文弼之《吐魯番考古記》,係1928年發見,存十七行,起"(懷)沙之志,吟澤有顦顇之容"句,訖"自姖漢已來"句。余曾取與上野互校。如：

"譬陶匏異品"句,胡克家"品"作"器",而三堡、上野兩本

① 即哈拉和卓。

均作“品”。

“舒布爲詩，既其如彼”句，此二本悉同。胡本作“既言如彼”，“又亦若此”。明成都周滿刊遼國重梓《昭明太子集》作“若斯”。

至於異體俗書兩本相同者，如：

“表奏牋記之别”，二寫本同，胡本遼集作“列”。又互作㸦，析作枏，姬作姖（从巨），《移碁》作“碁”，遼集“碁”，誤。

黄氏校記有誤認者，如：

“弔祭悲哀之文”，黄誤弔爲予。原自不誤。

其中文字異體可記者，如分“鑣”作“鏕”，缺火旁；“箴”作“葴”，从草；“誄”之作“諫”，“河梁”之作“何梁”等。

此序出張懷寂墓，有長壽三年（694）《寂墓誌》，爲武周時物。日本龍谷大學藏有長壽二年張懷寂“河中散大夫行茂州都督司馬告身”[①]，懷寂蓋王孝傑部將也。

附録　《文選》解題

《文選》是中古詩文總集對後代影響最大的一部著作。現在所知最早的總集，似乎是杜預編的《善文》。自《文選》流行，已被淘汰

① 《西域文化研究》三，p.294。

而失傳了。隋唐時,考試以《文選》出題目,故《文選》成爲士子學習作文章的基本讀物;時人因之有"《文選》爛,秀才半"的諺語。及李善作注,詳注出典。歷宋至清,《文選》成爲顯學,有"選學"之稱。五四以來,文學改革家排斥儷體,給一般駢文作家載上"選學妖孽"的帽子,但《文選》在中國文學史上的地位仍是十分重要,不能抹殺。

《文選》編者爲梁昭明太子蕭統,好士愛文,所羅致的助手,當時號爲東宫十學士(見《南史》二十三《王錫傳》)。以劉孝綽、王筠、陸倕等爲首。蕭統卒於梁中大通三年(531)。他所禮接的文士,陸倕於普通七年卒(526)。查《文選》收有陸倕文篇,但没有選劉、王作品,故知《文選》編成必在526年以後,531年之前這一段時間。

蕭氏在《文選序》上提出他選文的標準,是要合乎"綜緝辭采,錯比文華"的要求。他説明著書體例時,排除經、史、子三者,但對史書中的贊、論等,如果能夠具有"事出沉思,義歸翰藻"的條件,亦可破例入選。可見他如何重視辭采。另一方面,在章、表、奏、啟部分,卻佔極大的篇幅。如任昉一人即收有十篇之多。從另一角度,可看出蕭氏對實用性的文篇,亦不漠視。他並非完全以文藻爲主,同時兼顧文和筆的。

《文選》分體共三十八類。有人病其過於繁碎。如果拿它和《文心雕龍》論文章體式作一比較,便發覺有些地方,暗合於《文心》。《文選》成書在前,似乎嘗參考過劉書,但蕭選類目,割裂駢枝之處甚多,不及《文心》義例之嚴。

《文選》自宋後有刻板,本子繁多,主要有四個系統:

(一)無注本。蕭統原來三十卷本。敦煌有六朝寫卷殘帙,存於法京。

（二）李善注本。六十卷。現存有唐永隆年寫《西京賦》殘卷。北宋大中祥符四年（1011），國子監始刻李注本（北京圖書館藏殘本）。南宋淳熙八年（1181）尤袤刻本，最爲重要。

（三）五臣注本。三十卷。唐開元中，吕延祚集吕延濟、劉良、張銑、吕向、李周翰五人注本，世謂爲五臣注。日本有唐寫本（天理大學藏，已印入該校善本叢書），臺灣"中央圖書館"有宋紹興十四年建陽陳八郎刊本。

（四）六臣注本。即李善注與五臣注合刊。宋本通行有三種：贛州本，前李善注，後五臣注；明州本，紹興二十八年刊，先五臣，後李善；日本足利學校祕籍叢刊複印（汲古書院印）廣都裴宅本，崇寧五年刊。臺灣翻印。

日本另有《文選集注》，爲百二十卷本。《集註》撰者未詳，所引李善注，較宋本爲詳。京都大學影印本。

翻譯

Erwin Van Zach：Die Chinesische Anthologie，Introduction by James R. Hightower Havard-yenching Institute Studies XVIII 1958.

Stadies：James R. Hightower：the Wen Hsüan Genre Theory，H. J. A. S. 20，1957.

David R. Kneehtges：Wen xuan' 2 vol. Princeton University，1982，1987.

Gerhand Schmitt：Aufschlüsse über das Wenxuan in seiner frühesten Fassung durch ein Manuskript aus der Tang-zeit，Deutsche Akademie der Wissen Schafter Zu Berlin，Band XIV，Heft 3. 1968.

高步瀛《文選李注義疏》，收入《選學叢書》中。

黄侃《文選平點》，上海古籍出版社，1984 年。

駱鴻凱《文選學》。

林聰明《昭明文選考略》，臺北：文史哲出版社，1974 年。

《文選》論文

饒宗頤《敦煌本文選斠證》一、二，《新亞學報》第三卷第一期(1957)，又第二期(1958)。

何融《文選編撰時期及編者考略》。

古田敬一《文選編纂の人之時》，《小尾郊一退官論文集》，廣島。

斯波六郎《文選諸本の研究》，在《文選索引》卷を前，1957，京都大學人文科學研究所印。

程毅中、白化文《略談李善注文選的尤刻本》，《文物》，1976，11。

岡村繁《文選集注と宋明板印の李善注》，《加賀博士退官紀念中國文史哲論集》，講談社，1979。

齊益壽《文心雕龍與文選在選文定篇及評文標準上的比較》，《古典文學》第三集，臺灣學生書局，1981。

文選序"畫像則贊興"説[①]

——列傳與畫贊

有友談及沙畹的《史記》法文譯本,提出列傳二字,應作如何解釋? 余答謂: 司馬貞《史記索隱》云:

> 列傳者,謂敘列人臣事跡,令可傳於後世,故曰列傳。

張守節《正義》云:

> 其人行跡可序列,故云列傳。

都把列字解作"序列"。《史記》列傳第一篇是《伯夷列傳》,司馬遷自言:"孔子序列古之仁聖賢人,如吴太伯、伯夷之倫詳矣[②]。"是所謂"序列",即是列舉的意思。"序列"一詞,亦見《史記・孟荀傳》,稱"(荀卿)序列著數萬言而卒"。(又見劉向叙録)凡敘次都可以稱

---

① 高步瀛《文選》、李注義疏《文選・序》此句,全無注解。

② 《論語・泰伯》篇稱泰伯爲至德。

爲"序列"。班彪《史記論》云：

司馬遷序帝王，則曰本紀；公侯傳國，則曰世家；卿士特起，則曰列傳。

他則單用"序"字作動詞，來包括本紀、世家、列傳。劉知幾《史通·列傳篇》云：

傳者，列事也。列事者，録人臣之狀，猶春秋之傳。尋茲例草創始自子長。

以列爲列事，亦和序列之意，相差不遠[①]。後來讀《隋書·經籍志》史部雜傳類序云：

……史記獨傳夷、齊，漢書但述楊王孫之儔。其餘略而不説。又漢時阮倉作列仙圖。劉向典校經籍，始作列仙、列士、列女之傳。……魏文帝又作列異，以序鬼物奇怪之事。

所有列仙、列士、列女、列異諸傳，都冠以"列"字。最可注意的，是列仙傳有列仙圖在先，繼乃撰傳。列士、列女亦都是因圖，而後爲傳的。試分别考述如次：

列仙：張彦遠《歷代名畫記》有《列仙傳圖》一卷。

---

① 古人著書，每篇稱曰"序"，如《漢書·藝文志》言蒯通所序，劉向所序，揚雄所序等例。序即序次之意。

列士:《論衡·須頌篇》:"宣帝之時,畫圖漢列士,或不在畫上者,子孫恥之。"

蔡質《漢官典職》云:"尚書奏事於明光殿省中,畫古列士,重行書贊。劉光禄既爲列女傳頌圖,又取列士之見於圖畫者,以爲之傳。"(《初學記》十一職官引)[①]又云:"省中皆以胡粉塗壁,紫素界之,畫古列士。"(《初學記》二十四居處部引)這是列士有圖之證。司馬相如曾撰荆軻一讚[②],《文心雕龍·頌讚》云:"相如屬筆,始讚荆軻。"即是蔡質所謂畫古列士書讚之一例。

顧愷之論畫有一條云:

> 列士,有骨俱。然藺生恨急烈,不似英賢之概。以求古人,未之見也。於秦王之對荆卿,乃復大閑。凡此類雖美而不盡善也[③]。

這是顧愷之對於所見古列士圖的評騭,藺相如、荆軻皆在列士圖之中。

列女:《七略·别録》云:"臣向與黄門侍郎歆所校列女傳,種類相從爲七篇,以著禍福榮辱之效,是非得失之分,畫之於屏風四堵。"應劭《漢官儀》上稱:"黄門有畫室署,有長一人。"(《御覽》職官

---

① 應劭《漢官儀》上"尚書郎"條亦云:"明光殿省皆胡粉塗畫古賢人烈女。"參陳祚龍《漢官七種通檢》,1962年,巴黎大學漢學研究所刊行。

② 參 Yves Hervouet, *Un Peo'te de Cour Sous Les Han: Sseu-ma Siang-jou*(司馬相如)頁395—396。

③ 顧愷之《論畫》,見《歷代名畫記》引。參中村茂夫《中國畫論の展開と顧愷之の畫論》,《論畫》第十條引《貞觀公私畫史》中晋明帝所作"史記列士四",謂即爲愷之所見者(頁35)。

部引）劉歆爲黄門侍郎，繪畫即其屬官所掌。《後漢書・宋弘傳》“弘當讌見，御坐新屏風，圖畫列女，（光武）帝數顧視之。”又《梁皇后紀》：“常以列女圖畫置于左右，以自監戒。”

漢晋諸家所繪列女圖，種類甚繁。據張彦遠《歷代名畫記》所載，列女且有大小之别：

漢明帝有史記列女圖。

蔡邕有小列女圖。

荀勖有大列女圖、小列女圖。

王廙有列女仁智圖。

衛協有小列女傳（圖）[①]。

謝稚有大列女傳。其他尚多。

顧愷之論畫云：“小列女圖，如恨刻削爲容，不盡生氣。”即對於小列女圖作不好的批評。《石渠寶笈》初編（32）有顧愷之畫列女圖。黄伯思於大觀四年寓目（《東觀餘論》）。宋時馬欽山亦有列女圖，與宋高宗書女訓合爲一卷（《虚齊名畫録》卷一）。

畫像的起源，《楚辭》已有若干記載，《九章・橘頌》云“行比伯夷，置以爲像兮”。又（抽思）云：“望三五（三王五伯）以爲像兮。”是楚人所傳有伯夷像，及三王五伯像，天問即屈原所見到的壁畫。長沙左家大山出土有女巫像的帛畫。是畫像之事，楚俗已盛行了。

從傳和圖的相互關係看來，傳往往因有圖而後作的。有列圖，才産生列傳。是序列的取義，亦一半出於圖畫的系列，所謂“傳”無

---

① 列女傳圖資料，可參考黄伯思《東觀餘論》下《列女傳仁智圖跋》，阮元宋本《列女傳圖跋》，孫詒讓《籀廎述林》：《列女傳圖書後》。又德人 Lise Martin《列女傳及圖》（《中德學誌》1943）。列女圖詳細，可參米澤嘉圃著《衛協研究》，《東方學報》，東京十二册之三，及《列女傳圖卷》（《國華》九〇九，頁 21）。

異即是"圖"的説明了。

閻立本所繪的帝王圖卷(現藏美國波士頓美術館),周必大淳熙十五年(1188)的題跋,稱之爲列帝圖,和列士圖、列女圖等一樣,特别習慣用"列"字。《歷代名畫記》稱閻立本有"昭陵列象圖傳於代"。此圖唐以後已不見著録,則題作"列象"。

一、

《文選》昭明太子序云:"畫像則讚興。"五臣吕延濟只云:"若有德者,後世圖畫其形,爲文以讚美也。"説得非常含糊。讚是一種新興起的文體,可惜向來很少人注意。

晋李充翰林論佚文云:"容象圖而讚立,宜使詞簡而義正,孔融之讚楊公,亦其義也。"(《全晋文》五十三)

蕭統所謂"畫像則讚興",正是李充所謂"容象圖而讚立"。説明讚是由圖而生的,蕭氏的意見,和李充没有二致。

漢代宫殿,每畫人像。(如《漢書·楊惲傳》云:"上觀西閣上畫人。")後宫有温室,亦列圖像。左思《魏都賦》云:

> 特有温室,儀形宇宙,歷像賢聖。圖以百瑞,綷以藻詠。芒芒終古,此焉則鏡。有虞作繪,兹亦等競。

李善注:"中央有温室,中有畫像讚。"後宫歷像的藻詠,即是畫讚。

漢興以來,畫風甚盛。顧愷之《論畫》云:"南中像興,即形布施之象。"("北風詩"條下注)《三國志·蜀志·諸葛亮傳》裴注引《襄陽記》云:

蜀習隆向允上奏文言：自漢興已來，小善小德，而圖形立廟者多矣，況亮德範遐邇，勳蓋季世云。

圖形立廟的風氣，東漢非常流行。《後漢書·延篤傳》云：

永康元年(300)，卒於家，鄉里圖其形於屈原之廟。

延篤是南陽犨人（在魯山縣）。他死後，鄉里圖其像與屈原爲偶，這是一個很有趣的例子。東漢明帝好畫。《歷代名畫記》載有明帝畫《宮圖》五十卷。第一起庖犧五十雜畫讚。稱其"雅好畫圖，别立畫官，詔博洽之士班固、賈逵輩，取諸經史事，命尚方畫工圖畫，謂之畫讚。至陳思王曹植爲讚傳"。（在述古之秘畫珍圖項内）《隋書·經籍志》集部：畫讚五卷，漢明帝殿閣畫、魏陳思王讚。梁五十卷。是原共五十卷，隋時僅存五卷，然兩唐志皆録《漢明帝畫讚》五十卷，惜其書不傳。曹植畫讚現存，亦非完帙。嚴可均從《藝文類聚》卷十二輯出，自庖犧、女媧、神農、黄帝，黄帝三鼎以下，至漢武帝、班婕好共讚三十一篇。可據以推測明帝畫讚内容的梗概。

東漢郡縣廳壁繪畫人像題讚始於建武，倡自應奉。《續漢書·郡國志》河南尹下注云：

應劭《漢官》曰：尹，正也。郡府廳事壁諸尹畫讚，肇自建武，迄于陽嘉，注其清濁進退……後人是瞻，足以勸懼。雖春秋采毫毛之善，貶纖介之惡，不避王公，無以過此，尤著明也。

《後漢書·應劭傳》：

> 父奉爲司隸時，并下諸官府郡國，各上前人像讚。劭乃連綴其名録，爲狀人紀。

此類畫讚，兼題善惡，以寓褒貶，意取勸戒[1]。至于郡縣盛行的情形，試以西蜀一地爲例，常璩《華陽國志》所記尤詳：有列畫於東觀者，如：

> 鄭純，郪人也。明帝時，永昌郡太守。卒，列畫頌東觀。（《華陽國志》十廣漢）

有列畫學官者，如：

> 王祐，郪人，弟獲，志其遺言，撰王子五篇，作誄列之顔子，列畫學官。（同上）

此處屢見"列畫"一詞，與"列圖""列傳"正可比觀，宜加注意。或言"立圖表之"。如："敬楊，涪郭孟妻。""中平四年，涪令向遵立圖表之。"（同書《梓潼士女讚》）或言"圖象府廷"。如紀配、李餘（同書《廣漢烈女》及《梓潼士女》）。

他若李業，"益部紀其高節，畫其形象"。（《後漢書・李業傳》）益州從事楊竦之卒，得"刻石勒銘，圖畫其像"。（《後漢書・西南夷傳》）蜀之譙周，益州刺史董榮爲圖畫其像，從事李通頌之。有"攀

---

① 參米澤嘉圃《漢代繪畫にずける勸戒主義と畫家》（《東方學報》，東京，第九册）。

諸前哲，丹青是圖”之句(《蜀中廣記畫苑記》引《益部耆舊傳》)。兹所以不殫繁稱博引，欲以見當日畫像題讚風氣之盛，雖僻在西南之蜀土，尚流行如此[①]，則其他地方，可想而知。漢時蜀畫工甚衆，梅原末治《漢代紀年銘漆器圖説》所記畫工題名，有文，長、定、恭、豐、獲壺、譚等，共數十人[②]。元興元年(105)和帝崩，太后敕止蜀漢釦器，不復調。止畫工三十九種(《後漢書·鄧皇后紀》)。蜀畫風之盛，可以概見。

靈帝更好書畫，《御覽》七五引孫暢之《述畫》云：

> 漢靈帝詔蔡邕圖赤泉侯楊喜五世將相形象於省中，詔邕爲讚，仍令自書之。(亦見《歷代名畫記》)

光和元年置鴻都門學，畫孔子及七十二弟子像。劉旦、楊魯并光和中畫手，書於鴻都學(《歷代名畫記》引謝承《後漢書》)。《蔡邕傳》云：

> (帝)本頗以經學相招，後諸爲尺牘及工書鳥篆者，皆加引召，遂至數十人。……待制鴻都門下。邕上封事，其五事即論書畫辭賦才之小者，匡國理政，未有其能。

當日靈帝所喜之鳥篆，當以其接近圖畫。故曹植畫讚序云：“蓋畫者，鳥書之流也。”是其明徵。是時畫像必兼撰頌讚。名家之

① 漢代繪畫史料，長廣敏雄列出三十九則，見所著《漢代人物畫参考文獻》，《東方學報》，第三六册，京都，頁139，衹據兩漢書采録。不及《華陽國志》。

② 見《考古社刊》第六册。

卒，世人争相圖頌。

《蔡邕傳》云："卒後，……兖州、陳留皆畫像而頌焉。"又《邕别傳》云："兖州、陳留並圖畫邕像而頌之曰：又同三閭，孝齊參、騫。"

亦有自圖自讚者：

> 《後漢書·趙岐傳》："建安六年卒。先自爲壽藏，圖季札、子産、晏嬰、叔向四像，居賓位。又自畫其像，居主位，皆爲讚頌。"

尚友古人，如邠卿者，尤屬少見[①]。

自曹植畫讚以後，文士所撰畫讚，名篇日出，以及釋氏之圖讚，更難盡考。兹略舉之以見一斑：

摯虞《古聖帝像讚》(《全晋文》七七)。

傅玄《漢高祖像讚》(《藝文類聚》十二)，又《古今畫讚》(《北堂書鈔》一一三)引。

庾闡《虞舜像讚》《二妃像讚》(《全晋文》三八)。

夏侯湛《鮑叔像讚》(《類聚》二一)、《東方朔畫像讚》(《文選》四七)。

顧愷之《魏晋名臣畫讚》(《晋書·顧愷之傳》)(《名畫記》引作《魏晋勝流畫讚》)。

楊宣《宋纖畫像讚》(《晋書·宋纖傳》)。

常景(《魏書》卷八三云："景圖古昔可以鑒戒之事而爲之讚。")

① 謝國楨《漢代畫象考》上篇(《周叔弢六十論文集》)，董井《館藏新出漢畫石刻考釋》(《山東省立圖書館季刊二》)，勞榦《論魯西畫像三石》(中研院《史語所集刊》八本第一分)皆有關漢畫資料討論之專文。

其他浮屠圖讚，若慧遠《晋襄陽丈六金像讚》（《廣弘明集》），道宣《聖跡見在圖讚》一卷、《佛化東漸圖讚》二卷（《法苑珠林》一百），都很有名。至於州郡像讚，多爲先賢而作，爲數亦夥。

吴張勝《桂陽先賢畫讚》一卷。有羅陵等，見《御覽》四二〇引。

陳英志《陳留先賢像讚》一卷。

賀氏《會稽先賢像讚》五卷。

晋留叔先《東陽朝堂像讚》一卷。

以上俱見《隋書·經籍志》著録。此類畫讚，乃一新興文體，自東漢至晋，寖已流行成爲一時風尚。所謂畫像則讚興，誠爲不刊之事實。在西漢盛行的文體是賦，而東漢盛行的文體卻是讚，這一事實，談文學史者，是不應該加以忽視的。

二、

魏汲塚所出書，其第十五類爲圖詩一篇，束晳云："畫讚之屬也。"（《晋書·束晳傳》）晋初荀勖爲中書監，因魏鄭默《中經》更著《新簿》分爲甲乙丙丁四部，其丁部所收的作品，有下列各項：

詩、賦、圖讚、及汲塚書（《隋書·經籍志》）。

因爲汲塚中出圖詩一篇，即相當於東漢以來的圖讚。讚爲韻語性質，略近於詩，故可稱爲"圖詩"。但這並不同於後代的題畫詩。畫讚到荀勖編《新簿》的時候，數量之多，和詩賦幾乎可以相埒，在目録學上地位，和詩賦比肩，故同列於丁部。其實畫讚一類的作品，到劉宋初期，已有人爲之結集。《隋志》有《讚集》五卷，謝莊撰（兩唐志著録皆同）即其一例。

《文心雕龍·頌讚篇》論讚名起於唱拜，又謂："及景純（郭璞）注雅，動植必讚，義兼善惡，亦猶頌之變耳。"所舉讚體之文，僅止於此,略焉不詳。又謂讚之爲體,“發源雖遠,而致用蓋寡。大抵所歸,其頌家之細條乎?”不知東漢以來,畫讚流行,實已蔚成大國。故荀勗《新簿》以圖讚與詩賦等量齊觀。讚是東漢後的時髦文體,且極富實用價值,何得目爲“致用蓋寡”。由上所論,可以明白荀勗以圖讚與詩賦得以駢列的道理,這一層似乎可補劉彦和的缺略。

三、

兹將結語列下:

(1) 傳生於圖,讚亦興於圖,可見傳與讚二者都和圖畫離不了關係。

(2) 列的意義是序列,人物繪成圖畫的有列仙、列士、列女、列帝,所以“列”字本和“列圖”、“列畫”(二字見《華陽國志》)、“列像”取義相近。列傳之稱列,當作如是觀,不單是“列事”而已。

(3) 東漢州郡圖讚盛行,以蜀地爲例,可見一斑,“畫像則讚興”一句,正宜由此事實取得恰當的説明。

(4) 畫讚和詩賦在質量方面具有同等地位,所以荀勗把它特别列於丁部,與詩賦駢重。

既知先有人物畫像,上面的題識,用韻語寫成的便是“讚”,用散文記敘其生平即是“傳”。列傳之稱“列”,和列畫之稱“列”,原來都有序列、系列的意思。戰國時,汲塚已出畫讚式的圖詩。司馬相如讚荆軻,司馬遷又爲荆軻立傳,列於刺客,但他本是廁於列士圖之列的。列傳與列畫的關係,對於中國史學史和中國繪畫史,是極重要的問題;而畫像和讚體的相互關係,正是其中關鍵之所在,而向來不爲人所注意。所謂“畫詩”,原即爲畫讚(據束皙説),雖屬於

“題畫文學”，但性質卻不同于後世的“題畫詩”[①]，今參摭史傳，試爲抉發，以供治藝術史者之參考。

1971年2月屬稿於耶大研究院，八月改定於星洲

補記

章炳麟云：“畫象有頌，自揚雄頌趙充國始。……讚之用不專於畫象，在畫象者，乃適與頌同職。”（《國故論衡》中《正齋送》）三國時，桓範有讚像篇，謂“所以述勳德”（《群書治要》引，似出其《世要論》）。晉傅咸撰《畫像賦》，存序一篇（《類聚》七四引）。

北海景君碑云：“或著形像於列圖。”東漢人亦稱爲“列圖”，與“列像”同例。至於圖詩一名，或又稱爲“畫詩”，王彪之有《二疏畫詩序》。

漢代圖讚，多已亡佚。山東武梁祠石刻人物題記，爲有韻之語，亦是讚體，世所習知。河北望都縣漢墓前室的西耳室，過道南壁下方有朱書四言題讚八句，文云：“嗟彼浮陽（浮陽，地名，漢置，在浮水之陽，隋改清池，故城在今河北滄縣東南），人道閑明，秉心塞淵，循禮有常。當軒漢室，天下柱梁。何億掩忽，早棄元陽。”該墓四周都有壁畫，這裏用朱書題讚，可以看出東漢圖讚在墓室中的實際情形（參1955年北京歷史博物館印“望都漢墓壁畫”，圖四八）。至於其他現在可見到之後出資料，試舉出一二，以供參考：

凌煙閣功臣圖讚拓本（圖四九），此碑《寰宇訪碑録》曾著録。據云原石在麟游縣。爲宋元祐五年（1090）游師雄撰書上石，現存

① 如青木正兒《題畫文學の發展》（《支那文學藝術考》）所論。

拓本二紙，畫像上有題讚。石刻題稱王珪、魏徵、李勣、(侯)君集四人。考吕温所作(凌煙閣勛臣讚)，文字相符，查勘吕文，應作蕭瑀、魏徵、李勣、秦叔寶(詳《文物》1962 年第 10 期，金維諾《步輦圖與凌煙閣功臣圖》)。康熙中王仲英跋、喜詠軒叢書丁編、陶湘刻，李公麟聖賢圖石刻(圖五〇、五一)。原刻在杭州府學，共十五石，自孔子至樂劾，凡七十三人，每像有宋高宗題讚。紹興二十六年(1156)高宗手書讚，並以畫像刻石，附秦檜題記。明宣德二年(1427)巡撫吴訥令人磨去秦檜文，自加題識。此石刻今有印本行世(黄湧泉編《李公麟聖賢圖石刻》，北京人民美術出版社印，1963 年)。

《列女傳》刊本，明仇英補圖。

《吴郡名賢圖讚》，清長洲顧沅輯。

以上二種普林斯頓大學美術史系藏。

任熊，《於越先賢傳像》。

敦煌石窟所出卷子，鈔録貌真讚一類文字甚多，唐末五代邊陲地區畫讚風氣之盛，不下於東漢。陳祚龍先生已輯成專書，*Éloes de Personnages Eminents de Touen-Honang*，1970，Paris，亦是畫讚的重要文獻。

列士一詞有時因用假借字而寫作烈士，但並非訓爲光烈之士。(列士一名，自《墨子·天志下》，至劉向《説苑·臣術》、班固《答賓戲》，都解作多士。)即列女亦非專指節烈之女。(列女一名，見於《韓策》。《列女傳》中有一類是"孽嬖傳"。王回序云："列古女善惡。所以致興亡者，以戒天子，此向述作之大意也。"故列女之列，其義仍是序列。)列士、列女中列字的用法，和列位(《史記·三王世家》)、列侯(《漢書·高帝紀》張晏曰："列者，見序列也。")、列爵、列宗、列代……是相同的。

《史記索隱》及《正義》都採取"序列"一義，來訓釋"列傳"，乃本諸伯夷列傳中"孔子序列古之仁聖賢人"句。張晏亦用"序列"二字來解釋"列侯"之列。序與列同義，序列方可倒言稱"列序"，並是複詞（參王叔岷《史記斠證·伯夷列傳》）。故知"序列"一説非始於唐人。劉知幾《史通·列傳篇》言"傳者列事也"。又云"尋兹例草創始自子長"。按《史記·伯夷傳》内已言"其傳曰"，則史遷非始爲夷齊立傳，更有所本。唐卷子《琱玉集》引《列士傳》載《伯夷叔齊傳》，《列士傳》雖云劉向所作，亦出於纂集，如其《列仙傳》之取自阮倉。《抱朴子·論仙篇》云："劉向撰《列仙傳》，自删秦大夫阮倉書中出之。"阮倉爲秦大夫，則列仙有傳有圖（《隋志》稱漢阮倉作列仙圖，其人必當秦漢之際）實起於漢初。故司馬相如有"列仙之儒，居山澤間"語，皆在史遷之前。列傳之"列"作動詞用，以"序列"訓之，原甚恰當。

《七略·别録》云："臣向與黄門侍郎歆所校《列女傳》，種類相從……建之於屏風四堵。"故列女屏風，後來相沿不替，光武時，因宋弘語而撤屏風列女圖，唐人猶播爲美談。北魏平城太和殿皇信堂四周，圖古聖忠臣烈士之容，爲張僧達、蔣少游筆（《水經注·㶟水》）。這種習慣，見於北魏遺物。一九六五年，在山西大同石家寨發現琅琊王司馬金龍夫婦墓（年代爲延興四年（474）至太和八年（484））中有彩繪漆屏風，猶保存十餘殘段的故事畫，上面有太姜、衛靈公、靈公夫人、漢成帝、班倢伃等標題及傳贊（見《文物》1972,1），正可提供漢晋時代列傳上的文字説明與圖畫互相聯繫的重要例證。這裏有幾件事可以注意的：

（1）太姜一段内"能以胎教，溲於豕牢而生文王"等語，乃出

《列女傳》卷一周室二母傳，可見這屏風的畫材，有些取自《列女傳》。

（2）題讚在未書寫以前，先用絲欄界畫。

（3）人名大標題外面，加一長方形框。以後的故事畫人物畫，像敦煌石窟、武宗元的朝元仙仗等都沿用此例。

（4）班倢伃原在《續列女傳》。又另一處文字可辨認的像"順世宰物，道濟身逸"等句則顯然是四言的讚體。晋南北朝的繪畫，今可見到的甚少，這一資料，極爲重要，故爲補述於此。至於屏風有畫，爲王羲之與殷浩書勸令畫廉（頗）藺（相如）於屏風。

列女列仙圖，魏晋時有人相繼撰讚。列女有魏曹植、繆襲撰讚各一卷；列仙有晋孫綽、郭元祖撰讚，俱著録於《隋志》。又《陶潛集》内有扇上畫讚，自荷篠至陽周珪九人，可見晋時讚又有寫在畫扇上面的。

唐康希銑爲《自古以來清吏圖》四卷，自爲序讚以見志（《顔魯公文集》七），《永樂大典》第一七一册"像"字號，資料可參。日本狩野《君山文》卷三有《畫圖讚文跋》記唐人抄本，此書題云（畫圖讚文）卷第二十七，其中載《浄住子》浄行法文及頌，參齊竟陵王、王寧朔各集，及内藤炳卿考證。

一九七二年四月

答李直方論文選賦類區分情志書

直方足下：得書並新製《論騷經哀志》、《九歌》傷情之異，辨析之精，突過前人，甚善甚善。以情、志區别文體，蕭《選》已然。其賦之庚辛癸分志、哀傷、情三大類。《幽通》《思玄》《歸田》《閑居》，屬"志"；《高唐》《神女》《登徒》《洛神》屬"情"。《論語》云"隱居以求其志，行義以達其道"，此窮達之殊軌。

昭明所録，賦之言志者，皆窮居求志之文也。蕭《選》之撰，後于《文心》，何以言之？《文選》賦庚題曰"物色"，以《風》《雪》《月》《秋興》諸賦屬之；彦和所謂"言節候則披文而見時"，亦即此類：而《文心》有"物色"篇，此昭明采自彦和之明證也，蕭《選》哀傷别爲一類，揆以彦和之論，《離騷》以哀而《九歌》以傷，以一分一合，著眼迥殊，則昭明于彦和此語，未能措意可知矣。昭明分體，往往斟酌于任（昉）、劉（勰）之間。"情""志"區分之顯，尤不可忽。漢賦以來，言志之作，若劉歆《遂初》，崔篆《慰志》，他如《顯志》《愍志》，以至元吴萊之《尚志》，俱以志爲名，並求志道志[1]之作，此一途也。張衡之《定情》、蔡邕之《静情》、應瑒之《正情》、陶潛之《閑情》（按"閑"字

① 詩以道志。

即閑邪存誠之“閑”），言情而欲定之、静之、正之、閑之，將以抑流宕之邪心，而歸于正，此又一途也。其所謂情，大抵指人欲而言[①]，與“以情緯文”之情異趣。漢世緯書有情性陰陽之辨，《孝經援神契》：“性生于陽以理執，情生于陰以繫念。”《齊詩》張其説，許君因有性爲陽氣、情爲陰氣，性善而情有欲之義。以“性”理“詩”，漢以來論詩論賦，多本之[②]。《詩緯含神霧》：“詩者，持也。”故孔穎達謂：“爲詩所以持人之行，使不失隊。”詩以導情，使歸于正，説亦同此。蕭《選》于“哀傷”之外，别分“情”一項，仍是舊義。彦和之論“情采”，且標舉“情文”[③]，其所謂“情”，乃廣義之情[④]。蕭統文學見解，仍在正情，彦和則言攄情耳，此兩家之不同，不可不察也。書覆，並問起居。

饒宗頤白

① 董子云：“情者人之欲也。”

② 宋人天理人欲之辨，即漢世“性”“情”之一轉語，可參《漢儒通義》。

③ 二字本之陸雲。

④ 猶云 emotion。

饒宗頤先生文選學年表簡編

鄭煒明　羅　慧

1917　8月9日,生於中國廣東潮州。小名福森,小字百子,又稱伯子。其父饒鍔先生早就爲他取名宗頤,字伯濂,蓋望其師法周敦頤,成爲理學家。[①]

1940　1月,饒先生於香港撰成《楚辭地理考》[②],有童書業先生7月24日識於上海的《楚辭地理考序》,對饒先生此書極爲肯定。[③]饒先生於此書卷上有《高唐考》及所附的《伯庸考》[④]二篇考證文章,雖非直接以研究《文選》爲題,但内容頗涉《文選》,故可視爲饒先生與文選學相關的著述;而上述《伯庸考》一文,饒先生更曾以《離騷伯庸考》爲題,早於1939年7月25日已發表於昆明《益世報》史學副刊[⑤],由此足可證明饒先生最遲於二十世紀三十年

---

① 鄭煒明、陳玉瑩《選堂字考——兼及先生名、字、號的其他問題》,見鄭煒明主編《香港大學饒宗頤學術館十周年館慶同人論文集:饒學卷》,上海古籍出版社,2015年7月,第16—23頁。

② 饒宗頤《楚辭地理考》,(上海)商務印書館,1946年初版,《自序》第3頁。

③ 饒宗頤《楚辭地理考》,(上海)商務印書館,1946年初版,《序》第1—2頁。

④ 饒宗頤《楚辭地理考》,(上海)商務印書館,1946年初版,正文第1—10頁。

⑤ 鄭煒明、胡孝忠編《饒宗頤教授著作目録三編》,齊魯書社,2014年,第71頁。

代末已開始從事文選學的研究。

1945　　2月28日於上海《東方雜誌》發表《〈蕪城賦〉發微》。[①]

1952至1968　　期間饒先生在香港大學中文系任教，所講授的諸多課程中，多有涉及《文選》的。今香港大學饒宗頤學術館尚存饒先生這個時期在港大授課的講義。其中如《漢魏六朝文學通論》[②]和《漢魏六朝文學通表》上[③]這兩種未刊稿中，尤其是後者的"作品"一欄中，就頗有涉及《文選》的地方。而香港大學圖書館所藏的饒先生多種港大授課講義中，在《漢魏六朝詩研究》[④]這一種裏，也頗有涉及《文選》之處。可具見饒先生這個時期的文選學是寓研於教的。

1954暑假或以後　　饒宗頤先生於1954年夏天第一次赴日，主要是調查日本所藏的甲骨，以京都大學爲主，也曾到東京大學及東京的一些收藏或與學術文化相關的機構。饒先生因文選學而與吉川幸次郎先生成爲好友。他並購藏了兩大箱書籍回港，包

---

① 《東方雜誌》(第41卷第4號)，(上海)商務印書館，1945年2月28日，第58—60頁。

② 此未刊稿現僅見藏於香港大學饒宗頤學術館，爲一份油印稿殘本，分成三疊：第一疊爲起首第1—5頁，第1頁有兩份，上首行印有"漢魏六朝文學通論　饒宗頤講"及第二行印有"緒言"等字，第二疊爲第6—14頁，第三疊爲第3—17頁。第一和二疊內有饒先生多處眉批校補。如此則此本只存17頁，以後闕。

③ 此未刊稿今僅存完整的上册，起漢高帝元年乙未，迄曹丕自立爲魏文帝止，共九十四頁。後册未見，或已佚。此册亦油印稿，封面標題大字作《兩漢文學繫年》，副標題小字作"《漢魏六朝文學通表　上》(自公元前二〇六年至公元二二〇年)"等，署"饒宗頤編"。正文首頁首行標題則粗黑大字作"漢魏六朝文學通表"，下亦以粗黑大字署"饒宗頤稿"。

④ 此未刊稿封面作《漢魏六朝詩研究》，署"饒宗頤講"，封面頁底部印有"香港大學中文系講義本"等字。

括京都帝國大學出版的《舊鈔本文選集注殘卷》。後（或於第二次訪日時，或在1957年，待考）曾拜訪日本廣島大學的漢學名家斯波六郎先生。斯波氏乃東瀛的文選學大家。兩人曾就文選學範疇，作學術上較深入的交流，饒先生並獲斯波氏贈予氏著文選學著作（今香港大學饒宗頤學術館仍藏有斯波氏題簽贈予饒先生的《文選索引》一書）。饒先生自言其文選學有受到日本人所藏中國典籍古抄本、古書和學風的影響，並對日本漢學界很早就提倡選學予以肯定。①

1955　端午，在其著作《楚辭書録・自序》中開始自字選堂。②據饒先生自撰的《選堂字説》一文謂其字有三義，其第一義亦即最早之義實與文選學相關："平生治學，所好迭異。幼嗜文學，寢饋蕭《選》；以此書講授上庠歷三十年。"③

1956　1月，出版《楚辭書録》。此書的外編名爲《楚辭拾補》，其中收録的《隋僧道騫〈楚辭音〉殘卷校箋》《唐本〈文選集注・離騷〉殘卷校記》《唐陸善經〈文選・離騷〉注輯要》三篇④，加上該書另一版本的《後記》⑤，實皆爲文選學相關的著述。這一年先生首次赴法國，出席在巴黎舉行的第九届國際漢學會議，與法國

---

① 有關饒先生那幾年的日本之行，可參考饒宗頤述，胡曉明、李瑞明整理《饒宗頤學述》，浙江人民出版社，2000年，第46—52頁。

② 鄭煒明、陳玉瑩《選堂字考——兼及先生名、字、號的其他問題》，見鄭煒明主編《香港大學饒宗頤學術館十周年館慶同人論文集：饒學卷》，上海古籍出版社，2015年，第24—25頁。

③ 饒宗頤《固庵文録》，（臺北）新文豐出版公司，1989年，第325頁。

④ 饒宗頤《楚辭書録》，（香港）東南書局，1956年，第105—124頁。

⑤ 饒宗頤《楚辭書録・後記》，《饒宗頤二十世紀學術文集》，（臺北）新文豐出版公司，2003年，第16册，第341頁。

著名漢學家戴密微訂交[①]。饒先生在巴黎法國國家圖書館幾乎遍閱該館所藏的敦煌本《文選》卷子，後曾在《敦煌本〈文選〉斠證(一)》首段中自謂："余旅法京時，每日至國家圖書館，館藏有關《文選》各寫卷，紬讀殆遍。"[②]

1957　8月，發表《敦煌本〈文選〉斠證(一)》。[③] 爲學術界講敦煌本《文選》的第一人。[④]

1958　2月，發表《敦煌本〈文選〉斠證(二)》[⑤]。這篇著作後於1976年爲陳新雄、于大成收入他們主編的《昭明文選論文集》。[⑥] 又於1999年爲鄭阿財、顏廷亮、伏俊璉收入他們主編的《中國敦煌百年文庫·文學卷(二)》。[⑦]

2月，發表《日本古鈔〈文選〉五臣注殘卷》。[⑧] 此文撰成於1956年，爲文選學史上首先標舉廣都本《文選》及其條例的一篇著作，

---

① 王振澤著《饒宗頤先生學術年曆簡編》，(香港)藝苑出版社，2001年，第33頁。

② 見饒宗頤《敦煌本〈文選〉斠證(一)》，《新亞學報》第3卷第1期，(香港)新亞研究所，1957年8月，第303頁。案此文1957年8月發表於香港，而饒先生於1957年曾先後赴德國、英國、日本參加學術會議及作學術活動，其中不見有法國之行(據王振澤《年曆簡編》)，則亦可佐證饒先生於巴黎遍讀敦煌本《文選》卷子之時必指1956年無疑。

③ 《新亞學報》第3卷第1期，(香港)新亞研究所，1957年8月，第303—403頁。

④ 王振澤著《饒宗頤先生學術年曆簡編》，(香港)藝苑出版社，2001年，第35頁。

⑤ 《新亞學報》第3卷第1期，(香港)新亞研究所，1958年2月，第305—332頁。

⑥ 陳新雄、于大成主編《昭明文選論文集》，(臺北)木鐸出版社，1976年，第97—196頁。

⑦ 鄭阿財、顏廷亮、伏俊璉主編《中國敦煌百年文庫.文學卷(二)》，甘肅文化出版社，1999年，第1—66頁。

⑧ 《東方文化》第3卷第2期，香港大學出版社，1958年版，第218—259頁。後又被收入鄭州大學古籍所編，俞紹初、許逸民主編《中外學者文選學論集》(下)，中華書局，1998年，第537—582頁。

並指出此本即今之《文選》宋刻合注本系統中的最古及最佳版本。[①]

6月,饒先生在香港大學中文系的三位二年級本科生,出版《賈誼研究》[②]一書,饒先生爲作序文,首段有云:"余向治生書,未能深至,比年以《文選》課士,遂及《過秦》等篇。因以疏證及賈子思想探索等題,屬諸生爲之,而陳君煒良炳良昆仲、江君潤勳所作獨爲精善,因略爲苴訂。"[③]是以知此書亦即饒先生在香港大學中文系因講授文選學而爲學生所布置的作業之一,其實也是教研成果之一。因此,饒先生這一篇《〈賈誼研究〉序》,尤其序文中的第三部分"《過秦論》之發端及影響"一節[④],應亦可視爲與文選學關涉的著作。

1959至1965　　期間饒宗頤先生於香港大學中文系先後指導過七位研究題目直接或間接與文選學相關的碩士研究生,其中包括與楊維楨先生和Dr. B. E. Rooke三人聯合指導、1965年通過的黄兆傑《〈文選〉纂例蠡測》等。饒先生這一批碩士生,後來成爲著名學者的有陳煒良、何沛雄、李直方、梁伯鉅、蘇紹興和黄兆傑等五位大學教授和一位大學圖書館副館長。[⑤]

---

① 游志誠《饒宗頤文選學評述》,見鄭煒明執行主編《饒學與華學——第二届饒宗頤與華學暨香港大學饒宗頤學術館成立十周年慶典國際學術研討會論文集》(上),上海辭書出版社,2016年,第192—193頁。

② 江潤勳、陳煒良、陳炳良合著《賈誼研究》,(香港)求精印務公司,1958年。

③ 江潤勳、陳煒良、陳炳良合著《賈誼研究》,(香港)求精印務公司,1958年,見《饒序》第1頁。

④ 江潤勳、陳煒良、陳炳良合著《賈誼研究》,(香港)求精印務公司,1958年,見《饒序》第4—7頁。

⑤ 趙令揚教授編《香港大學中文系碩士學位獲得者及其論文題目與導師名單(1959年—1997年9月)》(未刊稿,香港大學饒宗頤學術館藏影印本)。

1960 至 1961　饒先生自 1952 年起於香港大學任教，即曾多次開課講授文選學。今尚存 1960 和 1961 年間饒先生在港大授課和導修時所述、學生吳懷德先生所記的文選學筆記共二百餘頁。[①]

1961　4 月，於日本京都大學發表《陸機〈文賦〉理論與音樂之關係》。[②]

1962　3 月，發表《敦煌寫本〈登樓賦〉重研》。[③]

8 月，發表《六朝文論摭佚》。[④]

10 月，發表《論〈文選〉賦類區分情志之義答直方》[⑤]。案：直方，即李直方先生，饒先生學生，後來成爲香港大學圖書館高級助理館長及該館的馮平山圖書館主任。

1962 年 9 月至 1964 年　法國漢學家汪德邁於香港大學進修，隨饒先生修習《文心雕龍》、《文選》、《説文解字》、十三經和二十四史等。[⑥]

1964　秋，赴日本京都大學講學；途經牛田，訪已故友人斯波六郎故居，並題詩《過牛田訪故友斯波六郎舊居》以留紀念，有句云

---

① 鄭煒明主編《饒宗頤教授筆記系列》第一種：饒宗頤述、吳懷德記，《選堂教授香港大學授課筆記七種（1960—1962）》，香港大學饒宗頤學術館，2016 年 4 月限量紀念版，第 299—450 頁、903—972 頁。

② 《中國文學報》（第 14 册），京都大學文學部中國語學中國國文學研究室内中國文學會，1961 年 4 月，第 22—37 頁。

③ 《大陸雜誌》第 24 卷第 6 期，（臺北）大陸雜志社，1962 年 3 月，第 1—3 頁。

④ 《大陸雜誌》第 25 卷第 3 期，（臺北）大陸雜志社，1962 年 3 月，第 1—4 頁。

⑤ 《東方》（第 13 期），香港大學中文學會，1962 年 10 月，第 15 頁。案：此篇本爲李直方所著《騷經"哀志"、九歌"傷情"説》一文的附記。

⑥ 李曉紅、歐明俊《汪德邁與他的漢學引路人戴密微》見吳俊、何寧、劉雲虹主編《中國文學的跨域世界觀：新文藝・新人物・新中國》，南京大學出版社，2023 年第三輯。

"六代徵文又幾人",句下小字自注"君爲日本選學巨擘"。[①]、[②]可見饒先生對斯波氏的文選學,十分推崇。

1965　於香港中文大學新亞書院以《〈後漢書〉論贊》爲題作學術演講,由胡耀輝、黄耀炯筆録,並發表於該書院中文系會的年刊[③];饒先生後又修訂此稿,正式以《〈後漢書〉論贊之文學價值》爲題,於日本發表。[④]

1966　3月,出版詩集《白山集》(1966年初春遊阿爾卑斯山之作)。集中三十六首詩作實與《文選》有關,乃步韻謝靈運詩的作品。

1967　中秋,爲門人李直方著《謝宣城詩注》撰序。此序亦饒先生的文選學相關著作之一,後收録於《固庵文録》。[⑤]

1969　12月,於新加坡新社的《新社學報》(第3期)上發表詩集《長洲集》(1961年春作品),有抽印單行本行世。此集爲饒先生遍和阮籍《詠懷詩》八十二首的作品,可見仍與《文選》有關。

1970　8月11日(星期二)下午三時正,於新加坡南洋大學文學院第一講堂,以新加坡大學中文系系主任身份,爲新加坡南洋大學亞洲研究所共同研討會主講人,以"《文選序》的探討"爲題作

---

① 王振澤著《饒宗頤先生學術年曆簡編》,(香港)藝苑出版社,2001年,第46頁。

② 見饒宗頤著《選堂詩詞集》所收的《冰炭集》,(臺北)新文豐出版公司,1993年,第131頁。

③ 《新亞書院中國文學系年刊》(第3期),(香港)新亞書院中國文學系系會,1965年6月,第26—29頁。

④ 《中國學誌》(第2本),(東京)泰山文物社,1965年,第75—81頁。

⑤ 饒宗頤《固庵文録》,(臺北)新文豐出版公司,1989年,第289頁。

學術演講。[①]

1972 6月，發表《〈文選〉序"畫像則贊興"説——列傳與畫贊》。[②]

1973年9月至1978年8月 期間，饒先生在香港中文大學中文系任講座教授、系主任。曾於港中大的聯合書院以"屈原與經術"爲題作學術講座，由李達良先生筆記。[③]

1974 發表《釋七》，對《文選》中的"七"這種文體作了綱要性的闡釋。[④]

10月24日，法國漢學家戴密微先生寫了一通英文打字的函件給饒宗頤先生，信末親筆附記中提到了他請了 Henry Vetch 影印並郵寄了一些敦煌本《文選》的卷子給饒先生。[⑤]

12月3日，致函戴密微先生，信內附有《敦煌本文選》的目録[⑥]，並於信中提到："目録大綱，見另紙，尚在撰寫中。圖版部分，請法京隨時供給。"[⑦]

---

① 據1970年8月11日南洋大學亞洲研究所共同研討會的中英文通知文件。原件見藏於香港大學饒宗頤學術館饒宗頤教授資料庫暨研究中心，未編號。

② 《文物彙刊》(創刊號)，(新加坡)南洋大學李光前文物館，1972年6月，第12—23頁。內含圖版6頁。

③ 後收入饒宗頤《文轍——文學史論集》(上册)，臺灣學生書局，1991年11月，第147—154頁。

④ 《香港大學中文學會會刊1971—1974》，香港大學中文學會，1974年，第12—13頁。

⑤ 鄭煒明、鄧偉雄、饒清芬、羅慧主編《戴密微教授與饒宗頤教授往來書信集》，香港大學饒宗頤學術館、饒宗頤基金會、饒學研究基金出版，2012年，第39頁。

⑥ 鄭煒明、鄧偉雄、饒清芬、羅慧主編《戴密微教授與饒宗頤教授往來書信集》，香港大學饒宗頤學術館、饒宗頤基金會、饒學研究基金出版，2012年，第74頁。

⑦ 鄭煒明、鄧偉雄、饒清芬、羅慧主編《戴密微教授與饒宗頤教授往來書信集》，香港大學饒宗頤學術館、饒宗頤基金會、饒學研究基金出版，2012年，第69—70頁。案：此函於本集出版時，因失校而誤作1974年2月23日，應正。

12 月 31 日，戴密微先生寫了一通親筆的法文函件給饒宗頤先生，信中又提及 Vetch 先生和法國國家圖書館中的敦煌本《文選》卷子。[①]

可具見二十世紀七十年代中，饒宗頤已在整理和編撰《敦煌吐魯番本文選》了。

1975　5 月，出版《選堂賦話》，其中多有涉及文選學的地方。[②]

案：此作原輯録於饒宗頤先生的學生何沛雄先生編的《賦話六種》內，爲其中一種賦話[③]；饒先生並爲此書撰序。

6 日 30 日，戴密微先生寫了一通親筆的法文函件給饒宗頤先生，信中提到有關饒宗頤先生的《敦煌吐魯番本文選》著作是否能用中文在法國出版的事宜，他建議待饒先生親赴巴黎時再討論此事。[④]

11 月 12 日，饒宗頤先生致函戴密微先生，信内又提到《敦煌本文選》的工作進度，並邀請戴密微先生作摘譯，謂"目前尚未完稿。……此書因其屬於敦煌重要文獻，最好請先生大筆摘譯，爲第二次之合作，應由法京出版爲是。"[⑤]案：饒宗頤先生與戴密微

① 鄭煒明、鄧偉雄、饒清芬、羅慧主編《戴密微教授與饒宗頤教授往來書信集》，香港大學饒宗頤學術館、饒宗頤基金會、饒學研究基金出版，2012 年，第 40—41 頁。

② 饒宗頤《選堂賦話》，(香港)萬有圖書公司，1975 年。

③ 何沛雄編《賦話六種》，(香港)萬有圖書公司，1975 年，第 87—115 頁。

④ 鄭煒明、鄧偉雄、饒清芬、羅慧主編《戴密微教授與饒宗頤教授往來書信集》，香港大學饒宗頤學術館、饒宗頤基金會、饒學研究基金出版，2012 年，第 44 和第 55 頁。

⑤ 鄭煒明、鄧偉雄、饒清芬、羅慧主編《戴密微教授與饒宗頤教授往來書信集》，香港大學饒宗頤學術館、饒宗頤基金會、饒學研究基金出版，2012 年，第 81—83 頁。

先生以此模式作爲合作的第一次乃指 1971 年於巴黎出版的《敦煌曲》。

1981 至 1987　饒宗頤先生於澳門東亞大學本科學院中文系和研究院中國文史學部任教，期間多次講授文選學，在講授其他先秦兩漢魏晋六朝文學課程内容時，更曾直接以《文選》爲教材。[①]

1983 至 1986　饒宗頤先生於日本東京二玄社出版其編撰的《敦煌書法叢刊》共 29 卷，於第 16 卷《詩詞》中收録了伯 2554 號的《文選・陸機短歌行等殘卷》，於第 17 卷《雜詩文》中收録了伯 3345 號的《文選第二十九殘卷》，開創了敦煌本《文選》書法研究的先河。這兩個卷子後又收録於 1993 年 11 月在廣東人民出版社刊行的他編撰的《法藏敦煌書苑精華》第五册《韻書　詩詞　雜詩文》之中。饒先生更於相關的解説詞中簡略示範了可以日本所傳唐寫本《文選集註》與敦煌本《文選》作互校（詳見其 1958 年發表的《敦煌本〈文選〉斠證（二）》）。

1984　3 月，遊浙東，1985 年 2 月於香港《明報月刊》上發表《浙東遊草》（後來定名爲《江南春集》）。[②] 集中記其所遊會稽、天台、雁蕩諸勝跡，其中作品亦間與《文選》有關，如《石梁飛瀑爲天台勝處》《臨海道中，懷故法國戴密微教授（用大謝廬陵王墓下韻）》等詩即是。

---

① 筆者即饒宗頤先生當時的首屆本科生和碩士生，曾先後三度上饒先生文選學的課，兩次在本科時，一次在研究生階段。

② 曾參考羅慧、孫沁《饒宗頤先生〈江南春集〉文獻及相關史料研究》（未刊稿），謹此致謝。

1986　於澳門發表《非常之人、非常之事及非常之文》，論述司馬相如其人其事與其文。①

1987　發表《説琴徽——答馬蒙教授書》。②

1988　8月在吉林長春參加由長春師範學院昭明文選研究所主辦的首届昭明文選國際學術討論會，發表《讀〈文選序〉》③。其後饒先生又加了一個附録《〈文選〉解題》作爲補充。④

1989　7月，發表《説㣧——兼論琴徽》。⑤

發表《〈報任安書〉書後》。⑥

這一年饒先生曾赴捷克布拉格參加"紀念五四七十周年國際學術研討會"，發表《連珠與邏輯——文學史上中西接觸誤解之一例》；向大會提交的乃此文英譯版"The Sino-western Contact and the Chinese Misinterpretations of Western Culture shortly before and after the May Fourth Movement, a case study——Lianzhu(連珠)and Logic"(由門人/助手鄭煒明譯)，後刊於該研

---

① 《濠鏡》(澳門社會科學學會學報創刊號)，澳門社會科學學會，1986年9月，第114—115頁。案：此文爲饒先生口述，李鋭清筆記。

② 見收於《斅學集》(香港中文大學教育學院二十周年紀念專刊)，香港中文大學教育學院，1987年，第3—16頁。又以《説琴徽——答馬順之教授書》爲題，見刊於《中國音樂學》(1987年第3期，總第8期)，中國音樂學雜誌社，1987年7月，第4—7頁。

③ 趙福海、陳宏天、陳復興、王春茂、吴窮編《首届昭明文選國際學術討論會昭明文選研究論文集》，吉林文史出版社，1988年6月第1版，第19—26頁。

④ 饒宗頤《文轍——文學史論集》(上)，(臺灣)學生書局，1991年，第333—336頁。

⑤ 《中國音樂學》(1989年第3期，總第16期)，文化藝術出版社，1989年，第24—31頁。

⑥ 饒宗頤《固庵文録》，(臺北)新文豐出版公司，1989年9月，第195—196頁。

討會論文集。[1]

1990 發表《讀〈頭陀寺碑〉》。[2]

1991 於中國旅遊協會文學專業委員會温州年會暨謝靈運學術研討會上作主題發言，發表《山水文學之起源與謝靈運研究》(由隗芾先生整理)。[3]

1992 10月，於香港中文大學舉行的第二届國際賦學研討會上，[4]發表《賦學研究的展望——在第二届國際賦學研討會上的演講》。[5]

1997 發表《三論琴徽》。[6]

1998 發表《唐代文選學略述——〈敦煌吐魯番本文選〉前言》。[7]

12月，發表《再談〈七發〉"玓"字》。[8]

---

① 中文版後收入饒宗頤《文轍——文學史論集》(下册)，(臺灣)學生書局，1991年，第915—919頁。

② 《廣州日報・藝苑版》，廣州日報社，1990年2月14日。又載廣州日報編委會、廣州詩社編選，《藝苑掇菁：廣州日報〈藝苑〉專欄文選》，廣東高等教育出版社，1993年，第418—420頁。

③ 後見刊於《温州師範學院學報(哲學社會科學版)》(第4期)，温州師範學院，1992年8月，第3—4頁。

④ 王振澤著《饒宗頤先生學術年曆簡編》，(香港)藝苑出版社，2001年，第121頁。

⑤ 後刊於《社會科學戰綫》(1993年第3期，總第63期)，吉林人民出版社，1993年，第206—208頁。再其後增訂版又刊於《新亞學術集刊》(第13期賦學專輯)，香港中文大學新亞書院，1994年，第1—6頁。

⑥ 《音樂藝術・上海音樂學院學報》(1997年第1期)，上海音樂學院，1997年1月，第1—3頁。

⑦ 《唐研究》(第4卷)，北京大學出版社，1998年，第47—66頁。

⑧ 《音樂藝術・上海音樂學院學報》(1998年第4期)，上海音樂學院，1998年12月，第1—3頁。

2000　　5月，出版所編撰的《敦煌吐魯番本文選》。[①]

5月25日，在屈原研究國際研討會上發表《重讀〈離騷〉——談〈離騷〉中的關鍵字"靈"》；7月，於《浙江師範大學學報》(社會科學版)上正式發表此文[②]。

2003　　7月，發表《賈誼〈鵩鳥賦〉及其人學》。[③]

---

① (北京)中華書局，2000年5月第1版。

② 《浙江師範大學學報》(社會科學版)，第25卷第4期，總第106期，2000年7月，第1—2頁。

③ 《東南大學學報》(哲學社會科學版)，第5卷第4期，2003年7月，第99—101頁。

中州問學叢刊已出書目

王翠紅《〈文選集注〉研究》

劉群棟《〈文選〉唐注研究》

劉鋒《〈文選〉校讎史稿》

王建生《"中原文獻南傳"論稿》

邵傑《古典研習録》

高小慧《楊慎〈升庵詩話〉與明代詩學》

饒宗頤著,鄭煒明、羅慧編《文選卮言——饒宗頤先生文選學論文集》